樊 落◎著
FANLUO WORKS

心知道
HEART KNOWS

重庆出版集团 重庆出版社

图书在版编目(CIP)数据

心知道 / 樊落著. —重庆：重庆出版社，2023.9
ISBN 978-7-229-17651-8

Ⅰ.①心… Ⅱ.①樊… Ⅲ.①侦探小说—中国—当代 Ⅳ.①I247.5

中国国家版本馆CIP数据核字(2023)第099962号

心知道
XIN ZHIDAO
樊落 著

责任编辑：钟丽娟
责任校对：杨 婧
装帧设计：八 牛

重庆出版集团
重庆出版社 出版

重庆市南岸区南滨路162号1幢 邮编：400061 http://www.cqph.com
重庆出版社艺术设计有限公司制版
重庆市鹏程印务有限公司印刷
重庆出版集团图书发行有限公司发行
E-MAIL:fxchu@cqph.com 邮购电话：023-61520646
全国新华书店经销

开本：890mm×1240mm 1/32 印张：13.375 字数：380千
2023年9月第1版 2023年9月第1次印刷
ISBN 978-7-229-17651-8
定价：56.00元

如有印装质量问题，请向本集团图书发行有限公司调换：023-61520678

版权所有 侵权必究

目 录
Contents

楔子 / 001

第一章　倒霉的约会 / 008

第二章　误擒歹徒 / 030

第三章　烧炭自杀疑云 / 048

第四章　事件背后的隐形人 / 070

第五章　死神在身旁 / 093

第六章　冤家再聚头 / 111

第七章　虐杀 / 129

第八章　联手缉凶 / 155

第九章　蒲公英之家 / 174

第十章　死亡刺青 / 198

目 录
Contents
▼

第十一章　不吉的数字 / 217

第十二章　旧案重提 / 234

第十三章　消失的尸体 / 256

第十四章　谁是嫌疑人 / 277

第十五章　爱心小人的秘密 / 296

第十六章　黑凤凰酒吧 / 321

第十七章　反杀 / 350

第十八章　信仰与洗脑 / 372

第十九章　凤凰图腾 / 395

第二十章　只有心知道 / 410

楔子

A

晚上，陈飒从凤凰酒吧出来，转着钥匙环，往停车场走去。

今晚聚会的人都不太熟，中间又出了点不愉快的事，所以陈飒只是捧场凑凑热闹，刚好他的前女友打电话让他过去，他就叫了代驾，抽身出来了。

身后传来脚步声。

女朋友……确切地说，是刚认识的女性朋友梁晓茗追了出来，上前挽住他的胳膊，用甜腻腻的声音说："我送你回家吧？今晚真是谢谢你了。"

看着女生晃晃悠悠的脚步，陈飒认真地问："你是准备送我回家啊，还是准备送我去医院啊？"

"讨厌，不是还有代驾嘛，让他送我们回家啊。"

"其实我是要去前女友家，她说她就要直播自杀。"

梁晓茗一愣，随即便笑了。

"你可真风趣。"

陈飒一摊手，苦笑着想是不是他这人看起来特别不靠谱，所以每当他说实话时，总是没人信。

他只好找了个更简单的方法,指指梁晓茗的身后,说:"你朋友在叫你。"

趁着梁晓茗转头去看,陈飒加快脚步来到自己的车位。

就在这时,有个人突然从黑暗里跑了过来。

陈飒以为是代驾到了,转身正要跟他打招呼,对方一记拳头先招呼了他。

嘴角传来疼痛,陈飒被打得向后晃去,紧接着衣领被揪住,随着呛人的酒气,对方拎起拳头又打在了他脸上,一边打嘴里还一边骂骂咧咧的。

男人戴了帽子,陈飒看不清长相,不过这打人和骂人的架势他太熟悉了,一个小时前刚见识过。眼看着男人挥起第三拳,他急忙招架住,说:"郑先生你误会了。"

"误会你妈×的,明明是你自己承认的,你知道老子是在哪儿混的,老子杀过人,你敢抢我的女人,是活得不耐烦了吧……"

男人喝了不少酒,口齿不清,后面还叽里咕噜跟了一大串话。

陈飒听不清他说了什么,估计不是什么好话,偏偏他特能打,每一记都够硬实。陈飒不擅长打架,连着挨了好几下,顿时头晕目眩,抱着头绕着轿车逃。

不远处传来尖叫声,梁晓茗看到他们扭打,大声叫唤保安,代驾听到声音,也赶了过来。

男人急了,几步追上陈飒,扯着他的后领往旁边一甩,陈飒就被他掼到了车上。

腰部被撞得生疼,陈飒呼吸困难,他举起双手想要求和解,肚子被对方的膝盖重重顶了一记,他疼得弓起腰。

男人还不解恨,又一拳头擂在他心口。

这一拳成了致命一击,陈飒只觉得心脏像是要炸开了,所有热量

楔子

从心口迅速向全身蔓延,他眼前发黑,四肢开始痉挛,无法站立,靠着车体往地面滑倒。

梁晓茗捂着嘴,再次发出尖叫,醉酒男看到陈飒脸色惨白,躺在地上全身抽搐,吓得酒醒了大半,慌慌张张地说:"我没用太大力气,就是随便……"

"杀人了,救命啊,快来人啊!"

女人在恐怖的支配下,声调和肺活量都达到了顶峰,醉酒男捂着耳朵往后退,代驾趴在地上查看陈飒的情况,见陈飒表情痛苦,看样子不是装的,再看到保安也陆续赶来,他顾不得解释,仓皇逃离现场。

"先生!先生你怎么样?"

脸颊被谁的手掌拍打,陈飒的意识有一瞬间回归,眼前还是模模糊糊的,只听到女人尖锐的哭喊,他的耳膜一阵作痛,不知是被高分贝的尖叫震到的,还是心脏发生异常导致的。

OK,可以把这位小姐从他的女友后备军中剔除了,叫得像是见鬼,简直太不淑女了。

陈飒躺在地上,全身冰冷,喘息得厉害,无法对大家的询问做出回应,他只知道身体某个器官的机能在慢慢停止。滑稽的是都这种时候了,他居然还可以冷静地考虑淑不淑女这种问题。

大概以往类似的事发生过很多次,他都习惯了吧,然而经验告诉他,这次情况不一样,这一次他可能没那么幸运了。

救护车的鸣笛声由远及近,就在陈飒涌起一丝希望的时候,他恍惚看到有人跪下,双手按住他的心脏部位,貌似要为他做心脏复苏。

撤回前言,这一次他绝对没那么幸运了,因为这颗心早就千疮百孔,稍微的撞击都可能要了他的命啊……

B

严宁刚把两瓶啤酒拿去门口,外面就又有客人在叫,让再加十串鸡胗、十串烤大虾。

这家路边烧烤店生意很好,都晚上十点多了,店里依旧爆满。严宁把下的单传去厨房,再把客人点的酒送过去,这时微型耳机传来队长的提醒。

"目标已出现,在外面第二张桌,可能带了凶器,大家注意周围客人的安全,先不要惊动他。"

严宁听完,拿了啤酒和起子去了外面。

男人靠墙坐着,他戴了帽子,帽檐压得很低,一条腿跷起脚尖,神经质地打着颤。

这就是他们今晚行动的目标刘飞,一个因为要赌资不成砍伤妻子一家人的凶徒。

"老板,要啤酒吗?"严宁站到他面前,做好起瓶盖的动作。

刘飞略微抬头看了她一眼。

一个瘦瘦的女生,穿的大花围裙上都是油渍,他稍微放下警觉,点头让她开了啤酒,又说:"二十个串,十个猪肉十个羊肉。"

"老板要不要再来点鸡胗,我们家的鸡胗是招牌菜。"

严宁一边说着一边扫视刘飞的衣着,他穿着薄夹克,右手一直放在口袋里。

资料上说刘飞擅长改装射钉枪,并通过这种技术赚赌资,他右边口袋很有可能放了射钉枪,裤子口袋也有点鼓,估计枪不止一把——这类罪犯是极度危险分子,一定要抢先制伏,不给他反抗的余地。

"不要。"

刘飞不耐烦地摆摆手,严宁当没看到,又说:"光是肉太单调了,要不加点菜吧,烤大蒜或是茄子……"

楔子

"不要不要!"

刘飞火了,为了不刺激到他,严宁撤开。

右边餐桌的客人吃完离开,一对情侣想坐那个位子,严宁的同事楚枫和常青抢先坐了过去,情侣不太高兴,严宁对他们说:"老板进去吃吧,里面有空调,可以慢慢吃。"

情侣进了餐馆,严宁又过去给楚枫点餐,悄悄做了个枪的手势,让他们留意刘飞右边的口袋。

刘飞像是饿极了,几口就把送上来的肉串吃完了,他左边还有两桌客人在喝酒聊天,看样子一时半会儿不会走,严宁怕刘飞先走,马上跑过去问要不要加啤酒,他拒绝了,只要了一杯水。

严宁刚把水送上,就有个男人朝刘飞走过来,意外状况出现了,大家都没想到有人和他碰头。严宁看了眼在不远处传菜的队长,队长微微摇头,示意大家先按兵不动,观察情况。

男人走到刘飞对面坐下,掏出一个小布包给他,严宁看形状猜想里面装的是现金,在附近充当店员的同事说:"那是刘飞的舅舅。"

队长听了后,马上让常青撤掉,因为常青曾去刘家的亲戚那边调查案子,刘飞的舅舅认得他。

常青起身离开,谁知左边那两桌客人喝高了,几个人拿着酒杯摇摇晃晃地往店里跑,刚好撞到了他身上,啤酒晃出来,洒了他一身。

刘飞的舅舅听到声响,抬头看过来,马上认出了常青,他一推刘飞,喝道:"有警察,快跑!"

刘飞抄起布包起身就跑,几位埋伏的便衣立刻围了过去,谁知他掏出射钉枪,大家为了保护周围客人的安全,急忙叫道:"危险,都趴下!"

客人们不知道发生了什么事,一部分人趴下了,还有一些人东张西望地看热闹，便衣要去追刘飞，被刘飞的舅舅从后面拦腰抱住，大叫："快跑！快跑！"

就这么一眨眼的工夫，刘飞就跑了出去，他拿着射钉枪，一枪射中了灯泡，顿时火花四溅，看热闹的人这才相信有歹徒，纷纷叫嚷躲避。

现场大乱，再加上刘飞的舅舅恶意阻拦，刘飞趁机从人群中穿过去，跑到了小路上。

严宁一马当先追了上去，刘飞脚速很快，眼看着双方拉开了距离，严宁弯腰捡起路边的石块朝前面扔了过去。

石块正打中刘飞的腿弯，他叫了一声差点跌倒，随即转身开枪，趁着严宁躲避还想掉头再跑，谁知没跑几步，背后就传来冷风，严宁冲上来撞到了他的后背上。

刘飞被撞了个狗啃泥，射钉枪也飞了出去，还没等他爬起来，严宁已经用膝盖顶住他的后背，把他的双臂别在后面，控制了他的行动。

"刘飞，你被捕了！"

"逮捕我？呵呵，你有这个资格吗？"

刘飞在地上奋力挣扎，他力气很大，严宁几乎控制不住他，用力拧住他的手臂，把他的脸按在地上，喝道："老实点！再反抗，罪加一等！"

刘飞吃痛，终于老实了，嘴里却嘟囔道："我没犯法，没犯法，我只是跟他们要点钱周转而已，先生说的，一家人，理应相互帮衬。"

"先生？"严宁眉头微皱。

根据她的调查，刘飞这人一向好酒好赌，不过胆子比较小，没有过犯罪记录，这次却一连砍伤妻子家四口人。所有认识他的人都说难以相信，直觉告诉她，刘飞犯罪与这个所谓的"先生"有潜在的关系。

她问："先生是谁？"

"就是死神，呵呵……"刘飞用那双发黄的眼眸盯着严宁，恶狠狠地说，"迫害我们的人，迟早会受到死神的惩罚，你也不会是例外……嘿嘿嘿……"

突然间，他像是变了个人，也不挣扎了，趴在地上呼哧呼哧地喘着气，又开始咬牙切齿喃喃自语。

严宁听了半天也没听懂他在嘟囔什么，见他眼神涣散，精神亢奋，怀疑他来之前嗑过药。

其他便衣紧跟着追上，把刘飞提了起来，刘飞裤兜里还有一把改造的射钉枪，还好没机会用到，楚枫冲严宁竖了下大拇指，赞道："干得漂亮！"

"这家伙好像还吸毒，注意点儿。"严宁提醒道。

楚枫看了眼刘飞，他从起先的亢奋凶暴变得萎顿，原本高大的身躯蜷缩起来，看着像大病了一场，一点精神都没有，他"喊"了一声。

"看了他，就知道什么叫赌毒不分家了，交给我，我会让他把所有话都吐出来的。"

严宁点点头。

蹲点了一晚上，终于把逃犯抓到了，她很开心，返回去和大家会合，又接通了手机电源。

手机传来振动，是同事陈一霖的留言，让她结束任务后马上回电。

陈一霖矮严宁一届，是她的学弟，他最近在忙着调查一起碎尸案，就没参与缉捕行动，现在这么急着找她，直觉告诉严宁有事发生，她急忙打给陈一霖。

电话第一时间接通了，没等严宁发问，陈一霖就急急地说："常烁出车祸了，大夫说……说……"

带着哭腔的声音传来，严宁脑子里嗡的一声，后面都说了什么，她听不清了，手机从掌上滑落，摔到了地上。

Chapter 1
第一章　倒霉的约会

"呜哇哇……疼啊……哇哇……"

蓝天牙科诊所的椅子上，小男孩刚看到在头上打亮的灯光就开始号啕大哭，他妈妈在旁边努力安慰，效果却适得其反。

陈飒在这家口腔诊所工作了半年多，对付这种小患者他早就驾轻就熟了。他抬起左手让孩子看，就见随着他的手指晃动，一枚巧克力硬币凭空出现在他的指间。

"咦？"

小孩子的注意力被成功吸引过去了，嘴巴还张着，陈飒趁机在那颗要拔的乳牙牙龈附近抹了点麻药，乳牙已经摇晃了，很轻松就拔了出来。

孩子合上嘴巴，看到带血的乳牙，扁扁嘴又要哭，陈飒一晃手，手指间又多了块巧克力，他说："不哭的孩子才有巧克力吃喔。"

"不哭……不哭……"

孩子拿到巧克力，从椅子上跳下来，就迫不及待地撕开外面的包装纸，塞进了嘴里。

陈飒对孩子的母亲说了注意事项，等他们出去了，他走到电脑前记录病历。

第一章　倒霉的约会

他的学长、这家牙科诊所所长江蓝天在旁边感叹地说："你应付小孩可真有一套，幸好有你，否则我都不知道该怎么办了，你不知道，我一听到小孩子哭就头大啊。"

"小孩子的确是这世上最可怕的生物，尤其在他们哭的时候，"陈飒点头表示赞同，"还好我会点小魔术，可以哄哄他们。"

"真的，谁能想到当初你为了追女孩子学的那些雕虫小技，将来会用在工作上呢。"

"看在老同学的分儿上，这个秘密请带进坟墓。"

陈飒转着鼠标瞥了江蓝天一眼，江蓝天做了个OK的手势。

对面传来挂钟的报时声，还有半小时就下班了，陈飒点开预约的患者名单，江蓝天在旁边做着记录，随口说："你说你，要是在自家公司做事，这时候早就下班了。"

"我想赚出创业的第一桶金嘛，否则我妈死活不让我开诊所。"

"那是当然，自己创业多累啊，我要是跟你一样是富二代，我什么都不干，每天躺在床上数钱就够了。"

护士进来，打断了两人的闲聊。

她走到陈飒面前，为难地说："陈医生，来了位新患者，说是朋友介绍来的，指定让你看。"

"是女性吧？"江蓝天问。

"是个女生，长得还很漂亮呢。"

护士把患者填写的问诊表递过来，江蓝天翻了一下，对陈飒说："是我们的老客人介绍的，既然她都指定你了，你就给看下吧。"

陈飒无所谓，点头同意了，护士又问："那陈医生原本要看的患者怎么办？"

"刚好那位也是新患者，就转给我吧。"

江蓝天说，他把问诊表还给护士，护士出去后，他点开外面的监控，就见护士在跟一个女生说话。

女生长得很漂亮，身材丰满匀称，穿着低胸长裙。他笑了，对陈飒说："不错不错，是你喜欢的类型。"

"大胸好像是你喜欢的吧。"

"可惜人家不指定我，不过没关系，转给我的那个患者也挺好看的。"

快下班了，候诊室只有两位患者，江蓝天顺便看了另一位，问陈飒："要追吗？"

陈飒瞥了一眼。

那是个高高瘦瘦的女生，齐耳短发，清爽干练，她侧对着镜头，看不清长相，看气质应该不差，不过不是陈飒喜欢的类型。

"没兴趣。"

他丢下一句话，去了隔壁的诊室。

没多久，患者进来了，她很健谈，坐到椅子上，没等陈飒询问，就说自己叫梁晓茗，是梅姐介绍的，梅姐一直夸陈飒的医术好，所以她指名陈飒了。

陈飒微笑着点头附和，脑子里却在飞快地转动——她说的梅姐应该是冯君梅吧，他的一位女性朋友，在律师事务所工作，好久不见了，谢谢她给自己拉生意。

等梁晓茗说完了，陈飒才给她做检查，又拍了片，说左上第二磨牙是蛀牙，需要修补，梁晓茗一听就怕了，问："会不会很痛啊？我最怕痛了。"

"只是轻微蛀牙，没到神经，不会痛的。"

"那如果痛的话，可以也给我变巧克力吗？我刚才在候诊室听小朋友说你会变巧克力呢。"

陈飒看到对面的护士在翻白眼了，他反而觉得女孩子楚楚可怜的

第一章 倒霉的约会

模样很可爱,说:"没问题,不痛我也帮你变巧克力。"

护士的白眼翻得更大了,陈飒避开她鄙视的目光,刚好看到一个短发女生穿过走廊,匆匆走出去,正是刚才转给江蓝天的患者。

女生拿着手机正在接听,像是感觉到被注意,转头看了这边一眼。

那眼神非常犀利,陈飒下意识地把目光瞥开了,觉得女生有点面熟,好像在哪儿见过,不过……不可能啊,那女生不是他的"菜",他们应该没有过交集。

"陈医生?"

护士的叫声让陈飒回了神,就见梁晓茗还张着嘴巴在等待治疗呢,他急忙拿起器具开始工作。

蛀牙修补完毕,座椅一返回原位,梁晓茗就开始称赞陈飒的技术好,补牙一点都不痛。

陈飒履行诺言,变出两块巧克力硬币给她,她惊奇得不得了,连声问:"这是怎么变出来的?你事先把巧克力放在哪里的啊?"

"这可是业务机密,不能随便透露的。"

"那今晚你有时间吗?"

女孩的眼睛亮晶晶地盯着他,老实说,被漂亮女性崇拜,没一点感觉那是不可能的,陈飒觉得只要自己稍微主动点,追上她应该没问题,便说:"有的。"

"那太好了。"

梁晓茗翻翻手提包,拿出一张名片给他。

"这是我朋友新开的酒吧,其实是个清吧,今晚我们都过去捧场,你也来吧,我请你,就当是你帮我治疗的答谢了。"

陈飒接过名片。

名片纯黑,右上角有个烫金凤凰图案,当中印着凤凰酒吧的名字,再看地址,陈飒想老板应该挺有钱的,他因为要开诊所,查过不

011

少店面，知道这个位置的租金有多贵。

"好，我一定去。"

梁晓茗和他交换了微信，临走时又说："那我等你，我的朋友们要是知道我请了帅哥来，还会变魔术，一定开心死了。"

陈飒回到隔壁办公室，江蓝天看完诊，坐在椅子上喝茶。

他听到了两人的对话，接过名片看了看，说："看起来不错啊，有人请客，又有美女认识。"

"你也一起去呗。"

"我也想去啊，不过今晚不凑巧，我爸妈让我回家吃饭，估计又是相亲。"

"刚才那患者不就挺好的。"

说起那位女患者，陈飒有点好奇，问："她刚进来就走了，不会是被你吓跑的吧？"

"怎么会？她才坐下就来电话了，好像是急事吧，她接了电话就走了，都没再预约，真是个奇怪的女生。"

陈飒也觉得她有点奇怪，不过比起她，现在陈飒对梁晓茗更感兴趣。

今晚一定很刺激——转动着凤凰酒吧的名片，他对晚上的约会充满期待。

晚上，陈飒如约来到酒吧。

酒吧档次还不错，装潢也挺有品位的，灯光照明设置得刚刚好，陈飒往里走的时候，看到了走廊两侧墙壁上的凤凰图案。

客人以年轻人为主，三三两两坐在角落沙发上，梁晓茗也在那儿，看到他，站起来朝他招手。

陈飒走过去，经过吧台，他看到调酒师在那儿很花哨地晃动调酒

第一章 倒霉的约会

器，另一个貌似店长。

店长正在和一位男性客人攀谈。客人气质文雅，大约四十出头，他拿酒杯时，陈飒发现他小拇指颇长，上面戴了个蓝宝石戒指。

如果是纯天然蓝宝石的话，这么大颗的应该价值不菲啊。

陈飒习惯性地做出评价，还想细看，梁晓茗跑过来，拉着他过去坐，又跑去吧台点饮料。

和梁晓茗在一起的还有几个年轻人，女生们都是一身名牌打扮，妆容艳丽。

与她们一比，梁晓茗就显得清纯多了，陈飒坐下来和大家聊了一会儿，就看出梁晓茗最受周围男士的欢迎，对此几个女生都显得很不以为然。

梁晓茗本人完全没留意到，把陈飒介绍给大家，还夸大其词地称赞他的牙医技术和魔术。

女生们听说他会变魔术，都来了兴趣，七嘴八舌地问个不停。

陈飒当然不会放过这个打广告的好机会，利用变魔术的手法变出诊所名片，一人派发了一张，又拣着以前常练的几个小魔术玩了玩。

趁着大家看得入迷，他又顺便加了个牙齿小讲座，目的还是给他的学长拉客户。

大家聊到兴头上，有个女生问陈飒有没有女朋友，还没等陈飒回答，梁晓茗就抢先挽住他的胳膊，大声说："有的有的，就是我，你们可别想跟我抢男朋友！"

为了不驳她的面子，陈飒没有更正，只是配合着微笑，大家都信了，又酸又羡慕，开始取笑梁晓茗。

聊得正开心，对面传来吵闹声，一个男人冲他们走过来。

男人长得很出众，穿着普通T恤和牛仔裤，打扮和这里的气氛格格不入，不过他身材高大魁梧，又一脸怒气，倒也有几分震慑力。女生们看到他,都停止了嬉笑,附近几位男士还没明白是怎么回事,没有阻拦他靠近。

梁晓茗一看到他脸色就变了,往陈飒身旁靠了靠,男人指着陈飒问她。

"这就是你新搞的小白脸?"

"郑大勇你不要乱说话,我们已经分手了!"

"我知道,你就是为了这个小白脸把我给甩了!"

郑大勇上前揪住梁晓茗大骂,他一身酒气,陈飒被呛得差点咳嗽。

梁晓茗也很生气,说:"你不要在我朋友这里闹事!是你自己不上进,背着我撩骚,还赌钱,分手你也同意了,现在还来说什么?"

"我以前也是这样,为什么你以前不说,现在就看不顺眼了,你这种女人,眼里只看得到钱……"

郑大勇越说越气,冲梁晓茗举起了手,还好那几位男士一齐上前把他拦住推开了。

梁晓茗气得都快哭了,陈飒看在眼里,对郑大勇说:"我觉得吧,人家女孩离开你,也不光是因为你没钱。"

"你说什么?"

"也可能是因为你没脑子,这就有点糟糕了。"陈飒摊摊手,一脸遗憾地说。

旁边传来女生们的憋笑声,梁晓茗也笑了,郑大勇恼羞成怒,挥拳就要打,陈飒眼疾手快,一闪身,躲在了一位男士后面。

保安赶到了,几个人扯住郑大勇把他往外拉。

郑大勇拉扯不过他们,用手指用力点了陈飒几下,一副"你给我记住"的架势,嘴里还骂骂咧咧的,被人拉出去了。

酒吧恢复了最初的平静,梁晓茗给大家道了歉,各请了一杯香

第一章　倒霉的约会

槟，等大家开始闲聊后，她小声对陈飒说谢谢。

"不用谢，只要你下次别把我拿出来当枪使就好。"陈飒说，梁晓茗一脸"秘密被看穿"的表情，尴尬地笑笑，说："对不起，我们其实都分开了，他大概是不甘心吧，刚好你在旁边，我就……回头我请你吃饭，就当是赔罪吧，地点你来选。"

"没问题。"

假如可以预知几小时后会发生什么事的话，陈飒一定就不会这样说了。

他甚至想不到——接下来一连串惊心动魄的事件正是从他和梁晓茗的相识开始的。

"患者心脏的供血系统出现紊乱，血压上压已达240mmHg，还在持续升高……有惊厥表现，无法自主呼吸……"

"患者情况相当危急，需要马上进行心脏移植手术……"

"徐离医生，请救救我儿子，花多少钱都行！"

"患者的病情在持续恶化，如果没有匹配的心脏供体……"

叫喊声、恳求声、哭泣声，还有医疗器械发出的电子音，各种嘈杂响声汇集到一起传过来，遥远又浑浊，宛如当中隔着重重浓雾，最后，所有声音汇成了一道单一音符……

"扑通！扑通！扑通！"

陈飒猛地睁开眼睛。

阳光透过车窗射进来，他下意识地伸手按住胸口，坐直了身子。

掌心下，一颗健康的心脏正沉稳而有力地跳动着，和梦中的跳动声渐渐重叠到了一起。

这是在接受心脏移植手术后，他头一次做梦梦到那晚的经历，对话断断续续的，他当时意识不清，一度以为自己就这么死了，没想到

015

再睁开眼睛，他居然躺在病床上。

他是幸运的，那晚有位器官捐献者遭遇车祸，其心脏供体还与他非常匹配。事后陈飒听医生说如果再迟一点，他可能就没命了，所以应该说他的命是捐献者救的。

陈飒看向车外，田园风光早已消失了，取而代之的是鳞次栉比的高层建筑物。就和每一座大都市一样，这里繁华又嘈杂，空气不好，节奏快压力大，但依然有人趋之若鹜。

在乡间别墅住了五个多月，陈飒觉得他都有点不适应这种生活了，心想也许他该把口腔诊所开在乡间。

"做噩梦了？"司机老刘问。

老刘在陈家做了十几年，陈飒是他看着长大的，跟他也不见外，说："是啊，就是那晚上的事。"

"都过去了，今后否极泰来，会越来越好的，啊对了，记得随身带着我给你求的平安符，那东西很灵验的。"

陈飒掏出老刘来接他时塞给他的那道符，那是个黄澄澄的小袋子，里面也不知道塞了什么。他不信那些东西，不过长辈的好意，他笑着接下了。

老刘透过后视镜打量他，欲言又止，陈飒问："怎么了？"

"嗯，这一路上没见你玩手机，不太适应。"

"如果你拿的是老人机，也不会想用它的。"陈飒自嘲地说。

他紧急住院后，手机就被母亲没收了，换成了老人机，并且在乡间休养的这几个月里，他再没见过自己的手机。

想到等回了家打开手机，里面跳出来上千条留言和来电，他感到了头疼。

"没东西看是挺无聊的，我现在都手机不离身了。"老刘说着话，把电视打开了。

第一章　倒霉的约会

新闻头一条就是即时报道，当事人做了马赛克处理，只听到呜呜咽咽的哭诉声，说自己遭受家暴许多年，一直逃不出去，现在终于离婚了，谢谢大家的帮助。

接着镜头一转，一位西装女性面对众多记者讲述这类事件的恶劣影响以及如何援助当事人等问题。

标题标注了她的名字——孙佰龄，她四十多岁，稍微有点胖，气质干练，分析问题条理清楚，陈飒还以为她是律师，谁知她接下来开始介绍他们的工作内容，原来是公益社团在做推广，下方还打了社团的名字。

"蒲公英之家？"陈飒看着，扑哧笑了，"名字还挺有趣的，就是不知道是不是正经做事的，现在的骗子社团特别多。"

"当然是真的，我有个远房亲戚就接受过他们的帮助，他们主要负责帮助被家暴者，特别不错，做实事，不接受捐款……哟，孙老师就在这附近呢，我可以过去看下吗？顺利的话，说不定能拿到她的亲笔签名呢。"

陈飒同意了，好奇地问："她这么出名吗？"

"属于知道人自然会知道的那一类，我家那口子就特崇拜她，经常跑去听她的课，我要是拿到了签名，回头就可以向她炫耀了。"

刘叔打转方向盘，一路开到了做节目的地方，附近站了不少人，刘叔好不容易才找到一个空车位，他停好车，说过去看看，让陈飒留在车里等他。

"我也去，顺便透透风。"

陈飒下了车，看着刘叔一溜小跑挤进了人群，他在后面慢慢踱步。

周围除了摄制组的工作人员外，多数是女性群众，好像都是孙佰龄的崇拜者，岁数稍微偏大，很多人手里都拿着书，陈飒瞟了两眼，书名叫《遥远的星空》。

封面设计得很有意境，上方是深蓝色的广袤苍穹，星光点点，与下方的人影相互辉映。

听大家的对话，这本书是孙佰龄的自传，她自己就出身单亲家庭，早年吃了很多苦，所以才会在立业后热心公益。

节目已经录完了，孙佰龄的助理、一位中年男士在和录制组沟通，说还有点时间，老师可以现场为大家签名，于是一帮人一拥而上。陈飒被他们挤来挤去，在摔倒前总算找了个空位子站好。

看来不管是什么崇拜者都挺可怕的。

陈飒暗自感叹，今天天气挺好的，他就没马上回车上，站在不远处看风景。

时间限制，签书活动很快就结束了，人们让开路，孙佰龄在助理的随同下离开，就在这时，陈飒忽然看到有个男人推开周围的人，朝他们快步走近。

他穿着卫衣，天气不冷，他却把卫衣帽子搭在头上，低着头，看不清长相，气质和这里的氛围格格不入，一只手抄在口袋里，手肘微微屈起，一副随时会抽出来的架势。

陈飒心一跳，直觉感到这家伙不对头，忍不住多看了几眼，果然就见男人快走到孙佰龄身边时，突然把手抽了出来，手里居然握了把匕首！

周围人的注意力都放在偶像身上，对临近的危险毫无感知，陈飒的心房骤紧，急切之下他开口大叫："住手！"

声音拔得太高，尾音都破音了，人群骚动起来。男人见被发现了，持刀刺向孙佰龄，幸好她的助理反应很快，及时推开了她，匕首擦着助理的手臂滑了过去。

几乎与此同时，周围的惊叫声此起彼伏，随即很多人围了上去，

第一章　倒霉的约会

陈飒最讨厌凑热闹了，所以他没动，准备站在原地看情况，就在这时，手机铃声响了起来，是母亲打来的，他只好回车上接听。

自从陈飒接受了心脏移植手术后，陈妈妈就有点神经质了，几乎每天都来电话询问，要不是陈飒一再坚持，她大概也会跟着在乡间住上几个月。

今天也不例外，电话一接通，陈妈妈就开始提醒陈飒要定期去看医生，不要做剧烈运动，不许再去混什么酒吧，最好是跟以前那些狐朋狗友全部断绝来往。

陈飒的心思都在刚才的意外事件上，听着远处的警车鸣笛声，又有好多人来来回回地跑，也不知道情况怎么样了。正想着呢，陈妈妈突然停止滔滔不绝，不快地问："你有没有在听我说话？"

"有啊，你不是说准备健身减肥吗？"

"什么减肥啊，我就知道你没在认真听，我只是健身……"

"那个……妈，我现在有点忙……"

"有什么事能比跟你妈聊天更重要？"

"好吧，那咱们就聊点重要的事，之前说的开诊所……"

"这事你想都别想，我跟你说，你现在首先要做的就是保证身体健康，家里不缺你那点钱，给我把身体养好了。"

"不是，我整天闲着也没事做……"

"那你继续去蓝天那儿打个钟点工嘛，妈先帮你看着地角，这种事别急，慢慢来，当年我跟你爸……"

陈妈妈开启了唠叨模式，陈飒放弃沟通，找了个借口挂了电话。

电话刚挂断，老刘也回来了，手里拿了本相同的书，一脸笑眯眯的，看他的样子就知道事情解决了。

"你不知道啊，刚才出大事了。"老刘上了车，把书往旁边一丢，说道。

陈飒心想我怎么不知道啊，叫"住手"那一嗓子就是我喊的。

"出了什么事啊？"他配合着问，"我看警察都来了。"

"有歹徒混进来了，想对孙老师行凶，幸亏她的助理反应快，只是点小擦伤。现在都怎么了？动不动就动刀子。"

"歹徒抓到了？"

"没有，溜得可快了，他带了刀子，也没人敢拦，希望警察给力吧。"

老刘唠唠叨叨着，把车开了起来，跑进车道时，陈飒看到了赶来的警车，他安慰道："现在到处都是摄像头，应该很容易抓到的。"

陈飒探头看看副驾驶座上的书，说："不管怎么说，签名书弄到了就好。"

"是啊，最后一本呢，可真不容易，那帮女人真能抢……我还跟孙老师提了我那个远房亲戚，她好像不记得了。这也难怪，她每天要见那么多人，不过对我亲戚来说，她就是大恩人，我那亲戚的孩子爱上了个有妇之夫，那个有妇之夫有不少坏毛病，又嫖又赌，后来亲戚去求孙老师帮忙，有孙老师出面规劝，才终于让那孩子想通了。"

陈飒有点感兴趣了，问："是像心理医生那样规劝吗？"

"具体我就不清楚了，这种事也不好多问……对了，孙老师年轻时还救过仙鹤呢，我亲戚说这是有仙缘。"

陈飒微笑着点头表示同意，心里却开始琢磨午饭和晚饭吃什么，还有，在乡下这几个月他都没和大家来往了，现在回来了，该先去找谁好呢。

他首先想到的是梁晓茗，接着又从梁晓茗想到了郑大勇。他往前面的椅背上靠了靠，打断了那个仙鹤的话题，问："刘叔，警察后来有没有再去找过我？"

第一章　倒霉的约会

"去过，不过就是走个过场，那个混混是自作自受，我听说他有前科，又好赌，欠了别人不少钱，说句不好听的，那种人活着也是浪费粮食。"

说起郑大勇，老刘暂时把仙鹤的故事抛到一边，开始口若悬河。

郑大勇的死亡消息是陈飒手术后醒来听说的。

据警方的调查，郑大勇在出租屋里喝了安眠药和啤酒，留了遗书后，烧炭自杀，根据遗书内容推测他是以为自己杀了人，再加上背了不少外债，就畏罪自杀了。

当时听了这个消息，陈飒首先的想法就是生活真是充满了讽刺，他徘徊在死亡线上时努力想要活下来，而那个健壮的人却连面对真相的勇气都没有，主动选择死亡。

也许正因为他健康，才体会不到生命的珍贵吧。

回到陈飒的公寓，老刘去保安室借了推车，把路上买的日用品放到推车上，陈飒走在后面，保安老王跟他打招呼。

"陈先生，听说你去度假了，好久没见到你了。"

陈飒含糊着点点头，老王又说："前两天有个女人来找你，我跟她说你最近都不在，她说她会再来。"

陈飒一愣，心想和他关系不错的女性朋友应该都不知道他的住处啊，不会又是那位设计方案一遇到瓶颈就吵吵着说想要死的前女友吧。

"她有没有说叫什么？"

"没有，是个三十多岁的妇女，看打扮也不像是陈先生你的朋友，所以她向我打听你，我都敷衍过去了。"

陈飒更疑惑了，直到回到家，他也没想出来那个妇女是谁。

下午，陈飒开车去医院复诊，等面诊时抽空翻了下那支被母亲留在公寓里的手机。

　　里面塞满了朋友们的来电和留言，压根看不过来，陈飒都直接点了已读，心想反正有事的话，他们会再来联络的。

　　陈飒的主治医生叫徐离晟，他的姓是复姓，是个名字奇怪个性也很奇怪的人，但他的医术也是最好的，是心脏外科一把刀，所以陈飒的病一直由他负责，这次的移植手术也是他主刀。

　　他看了陈飒的检查结果，面诊时说："都在正常值范围内，看来你的身体已经适应了新器官的存在，这次我会减少抗排斥药物的剂量，你自己也注意观察，如果感觉身体不适，随时联络我，还有啊，千万不能觉得没事了就不吃药了。"

　　"我知道，我这条命可是捡回来的，我会珍惜的。"

　　"可以适当地运动运动，我听你妈说你最近住在别墅，乡间气候好，对你身体复原也有帮助，你看你的脸色比以前好多了。"

　　"每天早睡早起，还早晚散步半小时，活得就像退休老干部似的，脸色能不好嘛，啊对了，我每天还做做俯卧撑和引体向上呢。"

　　主要是乡下什么都没有，他的手机也上交了，除了散步睡觉，他也没其他事可做。

　　"那挺不错的，不过也要注意不要过于劳累，毕竟你的身体还在适应期。"

　　"放心吧，你也知道我很讨厌运动的，要不是睡不着，我才懒得做。"

　　现在好了，有手机有朋友有各种娱乐活动，陈飒心想，运动什么的可以让路了。

　　他从心外办公室出来，乘电梯去楼下。

　　今天很难得，电梯里一个人都没有，陈飒对着电梯墙壁梳理头

第一章　倒霉的约会

发，又整整领带，接下来他打算去蓝天诊所，顺便买些糕点过去。

一楼到了，陈飒刚出来，旁边就冲过来一道人影，他没防备，被撞得原地转了180度，再往后一趔趄，重新飞进了电梯厢。

"对不起！"

一个年轻女声传过来，陈飒还没看清，她已经跑远了，眼看着电梯门要重新关上，陈飒急忙按住开门键走了出去。

女子跑得很快，苗条身影很快就混进了人群中，陈飒从后面只看到她穿着白衬衣和牛仔裤。

"我只见过有人偷东西才跑这么快。"

陈飒抱怨着，又整了下西装，正要离开，脚步临时又退了回来。

说不定那女人真的是小偷呢，据说小偷都喜欢来医院找目标，至少她刚才的举动太不正常了。

要说人家是不是小偷，其实也不关他的事，他一不了解情况，二不能打，可不是管闲事的料。

陈飒一边这样想着，一边心里又蠢蠢欲动，看看女子跑走的方向，又转头看对面，最后决定还是先了解下情况再说。

对面走廊的长椅上坐着几名患者，拐过走廊，那边是排号的地方，人比较多，大家或是坐在那儿打瞌睡，或是低头玩手机，一片寂静。

陈飒看了一圈，大家除了时不时地看看叫号器外没有其他反应，他无法确定是不是自己想多了，灵机一动，拍拍巴掌，大声说："我是本院保安组长，刚接到联络，有位患者的钱包被偷，请大家检查和保管好自己的财物，以防失窃。"

他穿着西装，仪表堂堂，谁都没怀疑他的身份，一听这话，大家顾不得再睡觉和玩手机了，各自检查自己的包。

陈飒站在一旁像模像样地看着，忽然发现角落里坐了个瘦削的男人，他四十出头，也在摸口袋翻手机，可是目光和陈飒对上后，马上就移开了。

陈飒也不知道为什么，首先的想法就是这人有问题，他走过去，让大家检查号码牌，又对男人说："先生你号码牌呢？"

"那个啊……"

男人更紧张了，来回摸口袋，但就是摸不出来，陈飒故意问："不会是被偷了吧？"

"嗯，嗯，可能……"

"你这手机挺可爱的嘛。"

陈飒趁他慌乱，一把夺下他的手机，最新的苹果机，后面还贴了个粉红卡通图，陈飒不知道那是什么动漫人物，看男人四十多了，也不像是追动漫的，便故意试探。

男人的脸立刻变了，突然伸手一推陈飒，趁着他踉跄，拔腿就跑。

他这举动简直就是此地无银三百两。见自己居然轻易就看出了破绽，陈飒不免洋洋得意，直到有位大妈扯着嗓子冲他喊。

"你怎么还在这儿愣着啊，赶紧去追小偷啊！"

"欸？"

"你不是保安组长吗？还不快点，看，人都跑了！"

"对啊，你的通话器呢，赶紧通知你的同事啊！"

大家七嘴八舌地说，陈飒傻眼了。

他来找小偷纯粹是出于那该死的好奇心……啊不，与其说是好奇心，倒不如说是猪油蒙了心，都怪那女人撞他，他大概是被撞蒙了，才会多管闲事。

"大家误会了，其实我……"

"快点去，快点去！"

第一章　倒霉的约会

　　大妈们的七嘴八舌成功地盖过了陈飒的解释，被众人鄙夷的目光扫射，他都感觉无地自容了，抬腿朝着小偷逃跑的方向追去。

　　要说小偷的腿速有多快，这一次陈飒有了深刻的体验，追了两步拐过走廊，就见他溜溜地跑远了，他心想说算了，自己好歹也是半个病号，可这个念头刚升起就自我否决了。

　　小偷都在眼皮底下了，怎么可以置之不理！

　　这么一想，陈飒就忍不住又加快脚步追上去了。虽然脑子里还在环绕"做人得量力而行啊，你这不是还在治疗期嘛"，可想归想，实际上他跑得还挺快，眼看着就和小偷拉近了距离。

　　也是刚巧，对面有人听到声音跑过来，陈飒连忙叫道："快抓住他，他是小偷！"

　　前面就是走廊尽头，被那人一堵，小偷没退路了，他折返回来，顺手从口袋掏出刀子冲着陈飒一晃，骂道："你这个多管闲事的家伙！"

　　陈飒没想到他会又跑回来，再看对面那个人，居然还是个熟人，男人长得高大魁梧，敢情这小偷也是柿子拣着软的捏。

　　他马上停下脚步，双手高举表示投降，顺便堆起他自以为很友善的笑。

　　"发生这种事，我也不想的。"

　　"什么？！"

　　"我说你刚才如果演技高超点，我也不会发现你有问题啊，我不发现的话，你也不用跑路了，你要是不跑路，我也不会追了，我并不想做这种体力活啊……"

　　"你奶奶的！你在说都是我逼你的吗？"

　　"不，我是说识时务者为俊杰，该投降时就投降，你也不想罪加一等吧？"

小偷被他的话气得发昏，早忘了身后还有个人了，他握着匕首就要冲向陈飒，被身后那人及时抢上前，握住他拿刀的手向后一拧，他便疼得立刻松了手，哎哟哎哟地叫起来。

男人又踹中小偷的腿弯，小偷半跪下来，刀子也落到了地上。

陈飒原本躲得远远的，直到确定没有危险了，他慢慢走过去，把匕首捡了起来。

小偷无法挣扎，气得瞪他。

他一脸真诚地说："对不起，我真的不是有意的。"

小偷瞪着他不说话，倒是抓小偷的男人反驳陈飒。

"他偷东西就该抓，你道个什么歉？"

"我不是道歉，我是说出事实，我没想多管闲事，我就是……"

就是什么？

陈飒自己也说不清，说是好奇心吧，不太像；说是见义勇为吧，在他迄今为止的人生中，似乎与这类事迹也无缘，纠结了半天，他想，这大概就是一种潜意识的行为吧。

"不管怎么说，谢谢了。"

男人把小偷揪起来，又看看陈飒，问："你身体复原了？"

"勉强追个贼什么的。"

"我就知道你没事，你们这些富二代就是喜欢小题大做，一点小毛病就躲去乡下休养，把问题推给我们警察。看，养得像是变了个人似的，我刚才都没认出你来。"

说到这个警察，陈飒和他有过一面之缘。

他叫陈一霖，是负责追踪郑大勇的警察，后来郑大勇自杀，他还去医院向陈飒录过口供。

院方没有向陈一霖透露陈飒的手术详情，只交代说患者身体虚弱，请他们不要多打扰，所以当时陈飒提供口供只是走了个过场。

第一章　倒霉的约会

陈一霖原本想等陈飒出院后再详细询问，谁知后来陈飒就去乡间休养了，他没想到时隔五个多月，他们会在医院偶遇。

"你是怎么发现他是小偷的？"

陈一霖从小偷的内衣口袋里翻出了两个钱包，他好奇地问陈飒。

"直觉，就像你们警察常说的那种直觉。"

陈一霖想说他们警察的直觉那可是常年与罪犯打交道积累下来的经验，不是什么玄乎的东西，他一个牙科大夫，谈什么直觉啊。

耳机里传来同伴的询问，陈一霖说刚抓了个小偷，他看看陈飒，陈飒说："可能还有同伙。"

"我没同伙！"

小偷反驳，被陈一霖按着脑袋转去一边，陈一霖问陈飒。

"你确定？"

"我刚才一出电梯，就被一个女的撞到了，我觉得她挺可疑的。"

陈飒把刚才的遭遇说了，接着又说："她穿白衬衣加牛仔裤，短发，身高168左右，偏瘦，你们查下监控，应该很好找的。"

"哟呵，你这观察力还挺不错的嘛。"

"因为率直男不受欢迎。"

陈一霖一脸"你在说什么啊"的表情，正要跟同伴联络，对面人影一闪，先前陈飒说的女生朝这边跑过来。

陈飒一眼就看到了她，指着她，对陈一霖说："就她！快抓她！她跑得可快了！"

看到她，陈一霖的表情更古怪了，女生走近后，问他："怎么回事？"

"他，"陈一霖指指陈飒，忍住笑说，"说你是小偷的同伙。"

"绝对不是，我要是有这么漂亮的女朋友，我还偷什么东西啊。"

女生五官端正秀丽，眉宇间还带了一股英气，小偷忍不住反驳。

陈一霖再次把他的头扭开，女生皱眉看向陈飒。

"你怎么会认为我是小偷？"

陈飒也不知道，就是觉得她行为诡异，上下打量她。

长相勉强给个七分吧，不过人太瘦了，看这气场，和温柔也完全不沾边，这种女生是他最不擅长应对的类型，以往他不仅不会感兴趣，还会绕着走。

应该说他现在也没兴趣，就是觉得这女生有点面熟，是在哪里见过呢……

就在陈飒冥思苦想时，女生拉着陈一霖离开，陈飒叫住她，问："你不会也是警察吧？"

"是的，她是我们副队长，"陈一霖半带揶揄说，"这次你的直觉搞错了。"

女警瞪了陈一霖一眼，押着小偷离开。

看着他们要走，陈飒忍不住又叫住了她："喂，你刚才撞到我，还没道歉呢。"

"我道过歉了。"

"那个完全听不出诚意，我被你撞得差点又进ICU，所以我需要一个有诚意的道歉。"

其实陈飒不是个难缠的人，他现在只想找个借口拖住女警，因为她太眼熟了，那种感觉就好像是马上就能想起来，却又偏偏想不起来，难受得心里直痒痒。

女警还另外有任务，不想把时间花在跟他纠缠上，站到他面前，很认真地说："对不起，是我不小心撞了你，请你原谅。"

"不想原谅。"

"哈？"

"你道歉是因为你做错了事，可是没有规定说受害人就必须要接

第一章　倒霉的约会

受道歉啊。"

陈飒笑嘻嘻地说，他这副表情在女警看来实在是太欠打了。她上下打量了他一圈，高档西装高档鞋，领带看不出牌子，她猜也是名牌。

这种人就是欺软怕硬！

她冷笑一声，突然举起了拳头，陈飒习惯成自然，抱着头往后躲。

女警要的就是这效果，看他这害怕的反应，又觉得很搞笑，趁着他躲避，叫上陈一霖就走。

走出一段路，她小声问："那家伙什么来头？"

"一个跟人争风吃醋被打得进ICU的富二代，啊对了，就是几个月前我办的郑大勇的那个案子，说起来那晚出了好多事，常烁他……"

女警脸色变了，陈一霖发觉失言，马上改口，说："反正就是个有钱的花花公子，据说有不少女朋友，这次撞铁板了，在ICU躺了好几天，谁会想到他没事，那个打人的先挂了。"

女警转头看过去，刚好陈飒也在往这边看，杵在那里一动不动，不知道在发什么呆。

Chapter 2
第二章　误擒歹徒

陈飒其实不是在发呆，而是在那儿琢磨事情。

对，刚才女警要动手时，他的感觉就特别明显，就是又怕又讨厌的感情吧，这种女生实在是太粗鲁了，可是另一方面又感觉她有那么点……好吧，是挺可爱的。

"我觉得我有必要顺便看下精神科。"他嘟囔道。

看他们似乎还另外有行动，那么刚才女警急匆匆从电梯前跑过去就得到解释了，难道是小偷团伙作案？

陈飒的脑子里又开始天马行空了，往外走着，忽然灵光一闪，他想起来了！

啊对，几个月前，那个女警去过蓝天口腔诊所，结果还没接受治疗就跑掉了，她的眼神特别锐利，所以陈飒记住了。

除了那次以外，他们应该就没有交集了吧，可总感觉哪里不对劲。

陈飒想了半天想不出个所以然来，最后把问题归结于——大概是他太闲了，还是去找点事做吧。

"陈飒！"

身后传来叫声，陈飒转过头，一男一女走了过来。

第二章　误擒歹徒

女人身材高挑，打扮既有事业型女性的魄力，又不失妩媚，正是冯君梅，当初就是她介绍梁晓茗去蓝天牙科诊所的。

陈飒和冯君梅是在朋友的酒会上认识的，两人有共同的朋友，挺谈得来的。

冯君梅是律师，既漂亮又有头脑，陈飒最初曾想过要追求她，不过冯君梅比陈飒大几岁，行事作风非常强硬，让人有些吃不消，所以最后陈飒就打消了追求的念头。

她身旁的男人四十出头，一身西装，不名贵却熨烫笔挺，体现出他良好的职业素养。

看到他，陈飒微微一愣。上午他才见过这个人，他是孙佰龄的助理，在孙佰龄遭受攻击时就是这个人出手帮忙的，幸好他反应快，避免了更大的灾祸。

男人胸前别了个金色圆扣，像是律师徽章。陈飒仔细看去，发现是个饰扣，像是朵蒲公英，这应该是蒲公英之家的徽章吧。

"还真的是你啊，我还以为我看错人了呢。"冯君梅打量着陈飒，笑道。

陈飒和她打了招呼，冯君梅又指着助理说："这位是林先生，我的客户。"

冯君梅主要负责离婚诉讼方面的官司，她和林助理在一起，多半是与社团负责的案例有关。陈飒不便多问，礼貌性地点点头，心里却在想看来这位助理的业务是真的忙，受了伤都没法休息。

林助理看出他们有话要谈，寒暄后就先行离开了。

等他走远了，陈飒问冯君梅，"你的业务都做到医院来了？"

"别提了，家暴案，我是来向医生了解情况的。"

陈飒也不知道脑子哪根神经搭错线了，按捺不住好奇，故意问："刚才那位不会就是家暴分子吧？"

冯君梅瞪了他一眼。

"当然不是，那是配合我做调查的社团职员，叫林晖，是个很有担当的人。我的当事人因为长期遭受暴力，身体和精神方面都受创严重，幸好有他们公益社团的帮助，否则光靠个人很难支撑下去。"

"你也开始参与公益事业了？厉害。"

"我没那么高的觉悟，只是做些力所能及的事。"

冯君梅一边说着一边上下打量陈飒，笑道："不说这些了，你怎么换发型了？刚才我是真的没认出你来，不过这发型挺适合你的，看起来更精神了。"

陈飒摸摸自己的头发，终于明白了——难怪刚才陈一霖也说没认出他来——原来是发型问题啊。

说到他这个发型，都是在乡下住惹的祸。

陈飒住的地方附近只有一家小理发店，老板只会理这一种发型，就是比板寸稍微长点，理完了还硬说适合他。

好像全天下的理发师都喜欢用这个借口，他们不会说是自己剪砸了，只会说："哎呀呀，你的脸型就适合这发型，你让大家看看好不好？"

小理发店没有"大家"，陈飒只好自己对着镜子看，他来回照了好一会儿，不知是被老板的"甜言蜜语"给洗脑了，还是他的审美变了，居然也觉得还不错。

打断陈飒的感叹，冯君梅又说："看你气色不错，身体都好了吧？"

"算我命大，还活着呢。"

"没事就好，我还是从晓茗那儿听说你出事的，我给你打过电话，一直没人接，晓茗也很担心你，说起来你这事也是她引起的，她怕你生气，见你不回电，就没敢再主动找你。"

第二章　误擒歹徒

陈飒不好意思说其实是他的手机被没收了，说："最近我在乡下休养，忘记带那支手机了，我没怪她，倒是她没事吧，她男朋友那样……"

"不是男朋友，是前男友，爱赌钱到处赊账，又没个正式的工作，那种男人人没了倒好，大家都轻松。"

"你好像挺了解梁小姐的。"

"她家和我亲戚家是邻居，富家独生女，什么都不懂，也不知道怎么被这男的洗脑了，好不容易分了手，结果这男的死了，她又要死要活的。"

冯君梅叹气说，陈飒想想和梁晓茗两次不算长的接触，她的确是个不谙世事的大小姐，没经受过挫折教育，一时间走不出来也可以理解。

两人出了医院，来到地下停车场，冯君梅说："要我送你吗？顺便一起吃晚餐，就当是给你接风洗尘了。"

陈飒是开车来的，不过既然美女邀请，他也乐得配合，说："只要你男朋友不吃醋。"

"早分手了，现在正单着呢，你要是不介意的话，可以替补一下。"

"难得美女垂青，不胜荣幸啊。"

两人说笑着，来到冯君梅的车位前。

一辆黑色轿车停在拐角，刚走近就看到有个人弯腰在车门前摸索什么，冯君梅马上冲了过去，大声问："你在干什么？"

那人听到喊声，转过身，他的卫衣帽子罩在头上，又站在背光的地方，看不清模样，不过块头很大，身上散发着凶悍的气场，陈飒首先的反应就是他是小偷的同伙。

"这是我……唔！"

冯君梅的话半路夭折，陈飒及时伸手捂住她的嘴巴，冲那男人赔笑说："对不起，对不起，我女朋友精神有点问题。"

"你才有问题，那明明……"

冯君梅把陈飒的手推开，陈飒马上又捂上，拖着她往前走，就在这时，男人突然向他们冲过来，伸手去抓冯君梅。

冯君梅也觉察到不对劲儿了，拎起小皮包就打，下一秒小皮包飞上了天，她的衣领也被男人扯住了。

看他的意思是要卡住冯君梅的脖子，紧急关头，陈飒下意识地去拉冯君梅的后领，就听刺啦一声，裙子在两道力量的拉扯下一口气撕到了胸口。

"抱歉！抱歉！"

陈飒急忙松手，马上又想到现在不是照顾冯君梅面子的问题，便顺手抱住她的腰把她带去一边，他自己却因为用力太大，往前栽了俩跟头，刚好撞到那个男人身上。

"不许动！"

对面传来脚步声，陈一霖和同事追过来，大声喝道。

歹徒一看不好，刚好陈飒自动送上门了，他就一把抓住，把匕首顶在了陈飒脖子上。

"怎么又是你！"

陈一霖跑近，当看到眼前这个倒霉的人质是陈飒后，无语了。

"我也不知道，我就是……"

他就是准备和美女共进晚餐而已啊……

后面的话没说出口，因为陈飒的脖子被用力卡了一下，他咳嗽起来。

"不想他死，就全部退后！"歹徒大声喊道。

几位便衣警察对望一眼，慢慢向后退，歹徒拖着陈飒往车那边

第二章　误擒歹徒

移动。

陈飒被勒得呼吸不畅,想到好不容易才换了心脏活下来,要是因为这种事就死了,他真是要死不瞑目了,所以拼命从嘴里挤字劝歹徒。

"听我说,你只是偷窃,罪名不大的……咳咳,如果伤到了人,性质就完全不一样了。"

歹徒无视他的建议,喃喃咒骂道:"妈的,今天可真邪门,一次两次都不顺,总有人多管闲事!该死的!"

"啊,你……"

眼前灵光一闪,陈飒从这只字片语中捕捉到了真相——这家伙不是小偷的同伙,是上午那个企图杀孙佰龄的歹徒啊!

这么一想,陈飒的腿都快软了,幸好歹徒没认出他来,否则要是知道两次都是被他搅黄的,说不定这一刀子早就割下去了。

"你不是喜欢英雄救美嘛,老子就成全你!"

歹徒勒住陈飒的脖子把他往后拖,陈飒呼吸不畅,都快翻白眼了,看到陈一霖等人手里都举着枪,一个不留神,说不定子弹就射到自己身上了,歹徒手里还有刀,他决定自救。

"这都是误会……"他咳嗽着说,"你们放下枪,你也放下刀,万一伤到谁都不好,大家先冷静下来。"

不知道陈一霖和同事是怎么协商的,他们放下了枪,陈飒抬手指指颈下的刀,提示歹徒。

"到你了,咳咳……至少移开一点点,你要想跑路,需要的是活着的人质。"

陈飒的话奏效了,歹徒拿开了刀,正准备顶到他后背上。就在这时,有人从后面一脚踢来,正踢中歹徒的手腕,把匕首踢飞了。

那人紧跟着又挡开了歹徒挥来的拳头,把陈飒从他身边拖开,陈飒趔趄了一下，靠着车身刚站稳，就看到攻击歹徒的就是那个女警。

她出手很快，紧接着又是一拳顶在歹徒肋下，歹徒吃痛弯腰，又被她扯住衣领撞去车上。

陈飒只听砰的一声，声音近在眼前，那声响让他忍不住怀疑这么重的撞击，车会不会给撞出个窟来。

歹徒还大叫着试图反抗，仰起头，一脸狰狞可怖，陈飒努力往旁边移，希望退出危险地带。

还没等他迈腿呢，女警扳住歹徒的手臂，又狠狠给了他一拳，歹徒终于老实了，趴在车上哼哼着不动弹。

从女警突然攻击到制伏歹徒，前后不过十几秒，陈飒在旁边看得心惊肉跳，等他回过神，一切都结束了，歹徒的鼻子撞破了，鼻血糊了一脸，看着还挺可怕的，他再把眼神移到女警身上……

刚好女警也在看他，接着手伸过来。

"你还好吧？"

不好！一点都不好！

看着这张脸，陈飒的心房突然开始不受控制地剧烈跳动，某个久远的记忆被唤醒了，晃晃悠悠着和眼前这一幕重叠到了一起。他终于明白为什么会觉得女警眼熟了，不，应该说是女警打人的方式实在是太熟悉了！

眼看着女警向他靠近，陈飒的心脏跳动得更猛烈，疼痛从胸口传来，心跳超出了可以承受的频率，他脱口而出。

"大魔头！"

大叫声中，陈飒的身子顺着车体往下一滑，他就什么都不知道了。

高级病房外，走廊寂静，严宁靠在长椅上一动不动。

第二章　误擒歹徒

　　对面传来脚步声，陈一霖走过来，把刚买的饮料递过来，严宁道谢接了，却没打开。

　　陈一霖在她身旁坐下，喝着饮料，劝道："头儿就那脾气，骂完就完了，你又不是不知道，别放心上。当时情况危急，换了其他人，肯定也会那样做的，都是意外，谁会想到那个富二代身体真的那么弱。"

　　严宁转动着手里的饮料，说："我没在意被骂，出这事本来就是我的错误判断导致的，还好陈立风没事。"

　　"他叫陈飒，不叫陈立风。"

　　陈一霖说完，又压低声音，说："咱们在这里小声说哈，我总觉得陈飒突然昏厥不是被歹徒吓的，好像是被你吓的。"

　　严宁转头看他，问："我真那么可怕？"

　　陈一霖被她看得脸红了，咳了两声，回想当时严宁揍歹徒那凶狠劲儿，他觉得作为陈飒这种普通男性来说，不被吓到反而不正常。

　　"要不他怎么会叫你大魔头？你们以前是不是很熟？"

　　"初中同学，同级不同班，我一直以为他叫陈立风。当初毛笔字评比，他交的稿就是自己的名字，后来还得了奖，挂在宣传栏上让大家欣赏，要不我连他的名字都记不住。"

　　"能把陈飒看成是陈立风，他的字应该不咋地吧。"

　　"他的人品更不咋地，有次他过生日，带了同学围堵校花，差点把人家女孩吓哭了，我正好路过看到了，就忍不住过去和他理论，一不小心给他弄了个熊猫眼。"

　　"欸，你确定是不小心吗？"

　　"确定，我只是想吓唬吓唬他，没想真动手，是他的脸突然撞到了我的拳头上，那时候他个头和我差不多，就……高度刚刚好。"

　　严宁抬起拳头比画了一下，陈一霖急忙捂着眼睛往旁边挪了挪，问："后来呢，有没有像这次这样把他父母都惊动了？"

"事后班主任没找我问话，应该是没有吧，不过后来听说校花和他好上了，我一直奇怪为什么大家背后都叫我魔头，原来是那家伙给起的。"

"啧啧，这峰回路转的，搞得你里外不是人。"

陈一霖笑了，严宁想想也觉得好笑，说："是啊，早知道就不多管闲事了，要是那个富二代说是因为我当年揍他，导致他吓晕的，我绝对不认。"

正说着，不远处的病房门打开，他们刑侦科的科长魏炎走出来，看到他们俩，脸色一沉。

严宁急忙跑过去，小声问："陈立……陈飒没事了吧？"

"他没事，你们有事。"

魏炎黑着脸看看他俩，最后目光落到严宁身上，说："陈太太说她儿子病才刚刚好，就因为你们的暴力执法搞得他差点又进ICU，说要投诉你，我好说歹说，她的态度总算没那么强硬了，你进去再道个歉，态度要好点。"

"这不能怪严宁吧，要不是我们及时赶到，她儿子说不定就被歹徒当人质劫走了，到时候更是凶多吉少，那家伙上午当众行凶未遂，居然还敢尾随当事人来医院试图再动手，这种人还在乎陈飒一条命？"

陈一霖为严宁抱不平，魏炎瞪了他一眼。

"你是不是也想停职做检查？"

严宁拦住陈一霖，说："这件事的确是我造成的，我来处理吧。"

她走进去，高级病房相当宽敞，陈家父母坐在沙发上，陈飒的父亲陈明开是个生意人，很有城府，从外表看不出愠怒，所以陈太太虽然不高兴，也没有表现得太明显。

严宁看向对面的病床，刚好陈飒也在看她，两人目光交接，陈飒

第二章　误擒歹徒

马上把眼神瞥开了，严宁忍不住想他的昏厥不会真是少年时代的心理阴影造成的吧？

严宁先走到陈明开夫妇面前向他们道歉，陈明开已经从魏炎那儿听说了事件的来龙去脉，不咸不淡地说："这是个意外，幸好没出大事。"

陈太太马上接着说："我看新闻了，那歹徒是个杀人凶手，大庭广众之下就敢持刀杀人，也不知道你们警察怎么做的，居然让他给跑了，就因为你们能力太差，才会闹出这么多事来，所以归根结底，这个意外是你们警察一手造成的。"

"对不起，都是我的问题，请您原谅。"

"你该道歉的人是我儿子，他才是当事人，要不要投诉警察滥用职权由他来决定。"陈太太气呼呼地说。

感觉大家的目光都落到了自己身上，陈飒苦笑着想，要是知道醒来后要面对这么尴尬的事，他宁可再多晕一会儿。

严宁看看陈飒，接着朝他走过来，陈飒的心一跳，下意识地往后闪了闪。

要说当时到底是因为一连串的突发事件导致他的新心脏不堪负荷而晕倒，还是因为记起了严宁的身份而吓得晕倒，陈飒觉得还挺微妙的，好像两种原因都有，又好像都不太对，他唯一能肯定的是终于想起了严宁是谁，心里原本的疙瘩消除了。

严宁走到床前，说："对不起，这次都是因为我的莽撞让你住院，今后我会注意不再犯相同的过错，请你原谅。"

陈飒的脑子里还在回旋当年被揍的那一幕，本来他都忘得差不多了，可随着严宁的靠近，那段记忆变得越来越清晰。因为严宁，他被同学们嘲笑了好久，回家还不敢告诉母亲真相。

他这辈子就没那么憋屈过，还是在自己生日那天，要他原谅怎可能，嘟囔说："不想原谅。"

似曾相识的回答，再看陈飒还一脸认真，严宁感觉背后被好几个人的目光盯着，她压低声音说："可我这次是真心道歉的。"

"你道歉我就得接受吗？那你打我，我是不是可以打回去，再跟你说声对不起？"

陈太太一听就急了，站起来，大声问："怎么？她还打了你？你们警察怎么回事？不抓歹徒，却打普通的市民……"

魏炎也愣住了，看向严宁，陈一霖马上说："我作证，当时严宁绝对没有打他！"

严宁点点头，问陈飒，"你说我打你？不会是……"

"啊不！"

关键时刻陈飒终于回了神，大喊一声，打断了她的询问。

被一屋子的人瞪着，陈飒额上冒出了冷汗，大概是刚醒过来，大脑硬盘还没顺利启动，他居然把心里话都说出来了。

生怕严宁提起当年的事，他急忙说："妈你别急，我只是举个例子，她没打人，人家是警察，怎么会打人呢，呵呵。"

严宁问："那你说不原谅是……"

"我说了吗？那你一定是听错了，我什么都没说。"

陈飒信口雌黄，还堆起一脸真诚的笑，这笑容和他在医院拒绝接受道歉时的笑很像，严宁有点理解为什么当年会想揍他了。

因为这家伙就是真的欠揍啊！

刚才陈飒的话大家都听到了，但纠正那是自找麻烦，魏炎就趁机说："所以陈先生的意思就是不投诉了对吧？"

"投诉！"陈飒本能地回道。

要知道第一次遇到严宁，他被揍了，第二次他被撞了，到第三次，他直接被吓晕倒，还是在众人面前。

第二章 误擒歹徒

幸好他把原因推到了刚做过手术上，否则这让他的面子往哪儿搁。

所以怎么能不投诉呢？

陈飒看向严宁，听到他的话，严宁的脸绷紧了，嘴唇抿了起来，看起来颇受打击。

她的脸盘原本就小，这么一绷紧，透着楚楚可怜，陈飒看在眼里，心房被触动了，觉得自己有点咄咄逼人，毕竟在这次的事件中，严宁没有失误，晕倒都是他自己的原因。

一瞬间，他就像是魔障了，脑子一热，紧跟着说："啊不……我不投诉……"

陈一霖被他搞烦了，问："那你到底投诉还是不投诉？"

他当然想投诉，因为他讨厌严宁，但他又不想投诉，因为……

因为什么，陈飒自己也不知道，他也是头一次发现自己居然是这么纠结的一个人，不做吧，自己委屈，做了，又怕对方委屈。

要不……

陈飒灵机一动，说："我可以先持保留意见吗？让我好好想一想，再决定要不要投诉。"

听了这话，严宁原本所抱的歉意转为气恼，心想这家伙是在故意找麻烦吧？那还不如就直接投诉她好了，谁都知道刀子一直悬在头上的感觉更糟糕。

魏炎见她脸色难看，及时加了一句："这样吧，我先停她的职，让她写检查，陈先生你放心，我会根据她检讨的态度来做判断的，到时检查我也会给陈先生你一份，这比投诉要有效率多了。"

魏炎的想法是这种富二代就是要个面子，他配合走个过场，过后就完事了，怎么说陈明开也是有头有脸的人，不会真的一直揪着不放，至于检查给不给过，那就是他的事了，到时谁管陈飒怎么想啊。

要说魏炎这算盘打得挺精明的，可他不知道两人的"夙怨"，所以一听他的提议，陈飒立刻点头，严宁立刻摇头，陈一霖叫道："不行不行，他肯定会给严宁小鞋穿的！"

魏炎看看陈飒，故意说："人家陈先生是个通情达理的人，怎么会做那种事？"

"可是……"

陈一霖还要再阻拦，陈太太开了口："这提议挺不错的，魏警官你真是个有心人，那就这样定了，放心吧，我们也是讲理的人，大家都是照章办事，对不对？"

她都这样说了，陈一霖也不好再说什么，看向严宁。

严宁一开始听到停职，她有些急，转念一想，她最近忙得没时间私下做调查，现在陈飒给她提供了机会，正好用上，便点头同意了。

双方达成了协议，先后离开了，照陈太太的意思，想让陈飒再留院观察一下，不过等他们走后，陈飒咨询了他的主治医生，在得知没有问题后他就出院了。

老刘留下来照顾陈飒，开车送他回家。

已经是傍晚了，折腾了一天，陈飒原本想做的事都没做成，他有点郁闷。

回到家，他拿起手机想叫外卖，APP还没点开呢，老刘就说："叫外卖不行，你妈特别交代的，一切外卖都禁止，你想吃什么，我来做吧。"

"刘叔你想多了，我只是要跟朋友报个平安，我不挑的，家里有什么，随便做点就行。"

心思被看穿了，陈飒临时把叫外卖改为联络冯君梅。

陈飒晕倒后被送去急救，冯君梅一直都陪着，直到听说他没事才

第二章　误擒歹徒

离开。

陈飒打电话给她，简单说了自己的情况。

听到他的声音，冯君梅都快哭了，说："这次真是谢谢你，要不是你，受伤的就是我了，真没想到关键时刻你这人还挺靠得住的，以前倒不觉得。"

陈飒哭笑不得，想说那只是凑巧，如果有机会给他深思熟虑的话，他肯定……

"我说，你是不是喜欢我啊？"

"啊？"

"行了，没意思的话你会帮我打歹徒吗？虽然衣服被撕破了挺尴尬的，不过看在你帮忙的分儿上，勉强原谅吧。"

"那个……真不是……我有女朋友……"

"我知道啊，你有'没女朋友'的时候吗？反正公平竞争呗，我就不信争不过别人，至少你还为我拼命了呢。"

听她的口气大有把事情定下来的趋势，陈飒头大了，急忙说："这次不一样，我的新女友会打人的。"

"有武力值？不会是警察吧？"

陈飒一听，眼前立马划过严宁擒拿歹徒的那一幕，他慌忙摇头。

"不不不，我的意思是……"

"行了行了，这借口真蹩脚，那改天吃饭吧，你帮了我，怎么说我也要好好请一顿。"

陈飒和她约了时间，要挂电话时，冯君梅说："对了，我把你的情况告诉晓茗了，她还没回我。郑大勇畏罪自杀后，她好像被好多人说，精神一直不太好，她要是联络你，你就安慰她一下吧，哄女孩子开心是你最擅长的。"

电话打完，晚餐也做好了。

老刘照陈飒的喜好做了个番茄意大利面，陈飒拿过胡椒研磨瓶，往面上转胡椒，忽然后知后觉地想——等等，他现在又没有固定的女朋友，为什么要拒绝冯君梅？

冯君梅聪明又漂亮，身材还好，虽然个性有些强硬，不过今天他英雄救美，正好趁这个机会训练她顺服，人家美女都主动了，积极配合才是他的交友风格，他竟然给回绝了。

"你磨这么多胡椒粉，不嫌辣啊。"

询问声把陈飒的思绪拉了回来，低头一看，他只顾着想事情了，意大利面上盖了厚厚一层胡椒粉。

陈飒试着吃了一口，口感还不错，便放心吃起来，老刘在对面看着他，表情很不可思议。

"你什么时候喜欢吃胡椒了？"

"还好，又不是辣椒粉，没那么辣。"

"不是说辣，你以前不喜欢胡椒的味道。看来乡下厨师的手艺挺不错的，住了几个月，硬是把你的口味给改了。"

老刘笑着说，陈飒愣了一下，下意识地去拿水杯。

老刘给他倒的是冰水，他喝了两口，觉得不太舒服，去饮水机兑了一半热水，这么一来温温的好像更难喝了，索性倒掉，完全换成了热水。

饭后老刘离开了，陈飒给江蓝天打电话，说回来了，准备明天去诊所。

两人聊着天，电视里跳出热点新闻，正是孙佰龄被袭击事件。

报道说歹徒有盗窃和诈骗前科，因金钱纠纷和亲戚发生冲突，后来亲戚在孙佰龄的帮助下向法院提起民事诉讼，拿到了欠款，歹徒就怀恨在心，先是拿刀砍伤亲戚，又跑去攻击孙佰龄，失败后就近躲进医院，准备找机会弄辆车逃跑，被警察顺利缉捕。

第二章　误擒歹徒

陈飒收了线，又上网重新看了新闻，新闻重点放在蒲公英之家上，详细讲解了社团的各种支援活动以及孙佰龄的个人情况，算是免费帮他们打广告了。

陈飒不太信歹徒躲在医院里只是为了找车跑路，像这种偏激性格的人，多半是想实施更大的报复，林助理也去过医院，歹徒的目标里说不定也有他，幸好警察的行动快，否则后果不堪设想。

想到这里，陈飒有点后怕，就在这时，电话突然响了，把他吓得一激灵。

来电话的保安老王，说那个女人又来了，问他要不要见。

陈飒让老王把电话转给女人，那头是个有点怯懦的声音，说："我叫郑月明，是郑大勇的姐姐，那件事真是对不起了，有些话我想跟你说，不知道方不方便？"

陈飒很惊讶。

他怎么也没想到来找自己的会是郑大勇的家人，一个是受害人，一个是已经死亡的加害者，他们有什么好聊的？

陈飒犹豫了一下要不要见，不过郑月明说话还挺有礼貌的，应该不会像她弟弟那样一言不合就动手，最后好奇心占了上风，陈飒让她上来了。

没多久，门铃响起，陈飒过去开了门。

门外站了个三十出头的女人，头发随便扎在脑后，体形偏矮偏胖，面相也很朴实，和郑大勇完全是两种类型的人。

陈飒便让她进来了，请她去客厅坐下，又倒了杯水给她，说："不好意思，我家没饮料。"

"没事没事，白开水就挺好，对身体好。"

郑月明随口附和着，双手端起水杯，这个小动作揭示了她的紧张，陈飒重新打量她。

她没化妆，比实际年龄看着要老一些，手指粗糙，发鬓和指甲里蹭了些白色粉末，衣角上也有一些。她穿着平底鞋，鞋头底部磨损有点严重。

那些粉末应该是面粉，身上蹭了这么多，她可能是在面食店做事的，所以没化妆，平时走动多，鞋底磨损大。

观察着她的衣着，陈飒猜想，问："我听说你来找过我几次，是因为你弟弟的事？"

"是啊，他那脾气都是我爸妈给惯的，他自己也不学好，吃喝赌的什么都来，横起来谁都打，害得你差点没命，真是对不起……"

"这与你无关，你不需要道歉的，我也听说了他的事，还请节哀顺变。"

"嗯，总算不用再连累我们了。"

郑月明愤愤不平地说，马上发现自己的话太奇怪，赶忙说："我这次冒昧过来，是想问下那晚他有没有跟你说什么？"

"跟我说什么？"

"是啊，我听说是他误会你和他抢女朋友，好像说了不少话，我就想知道他都说了些什么。"

"好像说他……"陈飒看看郑月明的表情，把"杀过人"这句惊悚的话改为，"说他是道上混的，让我别跟他抢女人。"

他把当时的情况仔细讲了一遍，最后说："其实是他误会了，我和梁小姐那天才刚认识。"

"我知道我知道，他一向都是那么混。"

"你为什么想知道他和我的对话？"

"嗯……不管怎么说，我们都是亲人，我想多知道一些我弟弟走之前的事，也是个念想。"

郑月明说的时候，眼神往右上方瞟了瞟，陈飒觉得她没说实话，

第二章　误擒歹徒

　　这让他更好奇她来的目的了，送她离开时，在门口突然问："你怎么知道我住在这里？"

　　"我在安和医院附近开了家馄饨铺，有一次去医院送饭，刚好听到你母亲和医生说到你的公寓，不过我不知道是哪栋楼，就在附近挨个打听了一下。"

　　她说完，又连声道谢，离开了。

　　他们姐弟关系明明不好，却在弟弟过世后千方百计想了解他的事情，郑月明的行为实在太矛盾了，可陈飒又想不出她特意来询问的意图，心想真是个奇怪的女人。

Chapter 3
第三章　烧炭自杀疑云

　　第二天上午，陈飒买了点心去诊所。
　　江蓝天刚忙完一轮，看到陈飒，先是注意到他的发型，哈哈笑起来，接着又转成一副哭腔。
　　"亲爱的学弟，你什么时候回来帮我啊？那几个熊孩子全归你，我不就是不会变巧克力嘛，就被他们鄙视了。"
　　"抱歉，短时间内我来不了，我妈让我在家里好好休养，开业那事也黄了。"
　　"唉，你也是真够倒霉的，去清吧玩都能遇到神经病，不过总算逢凶化吉了。"
　　江蓝天知道陈飒的身体情况，所以他也只是口头抱怨一下，抱怨完，就开始吃着点心看患者名单了。
　　陈飒没打扰他，打完招呼原本就想离开，目光扫过电脑，脚步顿住了。
　　"大魔头！"他脱口而出。
　　江蓝天负责的下一位患者不是别人，正是严宁，陈飒的心房突突跳了两下，心想他和大魔头到底是冤家路窄还是怎么着，这还没过二十四小时呢，竟然又见面了。

第三章　烧炭自杀疑云

"什么魔头？"江蓝天抬头疑惑地看他。

"哦，我是说这个甜点，因为特别受欢迎，所以大家都管它叫大魔头。"

陈飒信口胡诌，目光迅速把严宁的就诊病历看了一遍。

她的右上第二前磨牙是蛀牙，不是很严重，可就这颗不很严重的蛀牙居然治疗了五个月还没搞定，原因是经常性的预约后又取消，警察嘛，看来是真的忙。

等等，不对啊……

昨天他找借口让严宁停职是为了报仇，可不是为了给她制造机会看牙医的，这不是反而帮了她吗？早知如此，昨天他就该再加一句——停职不停工，在局里写检查。

不过……看着很容易就能修补好的牙却拖了好几个月，身为一位牙医，这一点更让人无法容忍，相对来说，后者他更在意，脑子一热，他就说："这个患者转给我，让我来。"

"你？"江蓝天再次看看他，"你不是要回去休息吗？"

"好久没做事，手突然有点痒。"

陈飒说完，不容分说，取了自己的牙医制服穿上，戴上手套和口罩，去了隔壁诊室。

不多一会儿，严宁随护士进来。

她坐到椅子上，护士给她戴上蓝布，陈飒把椅子滑到她面前。

看到他，严宁的眼睛顿时瞪大了，脱口而出。

"怎么是你？"

"因为我在这家诊所做事啊，"陈飒向她亮亮自己胸前的姓名牌，"很幸运你遇到我，很不幸我又遇到了你。"

"我不认为遇到一个小……"

严宁本来想说"小肚鸡肠"，又一想既然都知道他小肚鸡肠了，那针锋相对对自己也没好处，所以话到嘴边，她改为问："你不会借着治疗挟私报复吧？"

这句话踩到了陈飒的底线，他不悦地说："请尊重我的职业，谢谢。"

严宁注视着他，陈飒的表情难得地严肃，这让他看起来没那么讨人厌了，至少比他那副假笑要顺眼。

严宁本来也只是故意试探，目的达到了，她说了句对不起。

陈飒的心情一瞬间变好了，要知道这声"对不起"即使当年他被揍成熊猫眼都没听到过啊。他放下椅背，让严宁张嘴，严宁照做了。

她意外地听话，陈飒心里更舒服了，好吧，其实严宁也没说错，他会特意为严宁看牙，报不报复暂且不说，但肯定是想挟私做点什么的。

就比如说……欣赏大魔头在补牙时露出的紧张又害怕的反应，要知道听到补牙器械发出的嗡嗡声，大多数人都会非常紧张的。

所以严宁也不例外，陈飒在治疗途中，目光往旁边扫了一眼，看到她的手握成了拳头。

这反应绝对不是他想看到的那种，万一对方一拳头揍过来，就遭殃了。

还好，前期都治疗得差不多了，陈飒只是做检查和修补，所以几分钟就搞定了。

他把椅子升回原位，拿镜子给严宁，严宁对着镜子看看补好的牙，很惊奇，说："你技术不错啊，几乎看不出修补过。"

"这是最新的治疗方式，尽量保存牙齿的完整性，只磨掉被蛀的部分。"

"也没有疼。"

"那当然了，我可不想被揍。"

第三章　烧炭自杀疑云

"我说你这人也太小鸡肚肠了，都十几年前的事了，你还……"

陈飒大声咳嗽，盖住了严宁的指责，又拿起她的病历，一边看着一边严肃地说："既然都来了，就顺便洗一下牙吧。"

"不用了吧，我觉得我刷牙刷得还挺干净的。"

"那只是你觉得，实际上总会有刷不到的地方，所以牙医都建议半年洗一次牙，"陈飒放下病历，笑眯眯地对严宁说，"反正你现在停职了，有的是时间不是吗？"

陈飒戴着口罩，但严宁完全可以想象得出他现在勾起一边的唇角，露出幸灾乐祸的坏笑。

她停职是谁造成的啊，始作俑者还敢取笑她。

几秒钟的时间里，严宁原本对他抱有的一点好感全部秋风扫落叶了，她反唇相讥道："托您的福，我还要努力写检查呢。"

陈飒只当没听到，安排护士给她洗牙。

严宁靠在椅背上，心想她要调查的人现在正在接受治疗，去了也见不到，正好借这个时间洗洗牙。

陈飒在那边安排完，手机响了，他放下病历，看看来电显示，居然是梁晓茗的。

大概是冯君梅跟她说了自己的事，陈飒心里想着，走到角落接听。

"梁小姐你好。"

那次事件比较尴尬，陈飒正琢磨着接下来的措辞，梁晓茗用虚弱的声音说："因为我，连累到你差点没命，真对不起。"

"那不关你的事……"

"昨天听梅姐说你很健康，我就放心了，郑大勇死了，我真怕你也出事，她们说得对，都是因为我的任性才弄成这样的，那晚要是我不乱说话，就不会……"

后面是努力克制住的哭泣声，陈飒感觉她的精神状况非常差，好像生病了，说话声调忽高忽低，便安慰道："那只是个意外，别多想了。"

"嗯，你说得对，今后不会再多想了，是我害死大勇的，有人因为我死了，我也没资格再活着……"

"梁小姐，请冷静，千万别想不开！你现在在哪里？"

"在……"梁晓茗的声音更虚弱了，恍惚了一下，说，"在家里……别担心，不会难受的，谢谢你陈先生……"

电话挂断了，陈飒急忙回拨，手机那边传来已关机的提示，他不敢怠慢，脱下制服跑了出去。

陈飒之前交往的某个女朋友有点神经质，她是搞设计的，没灵感的时候常常在朋友圈来个自杀宣告什么的，所以对方是在刷存在感还是真有心自杀，他还是能判断出来的，听梁晓茗的说话和反应，明显是吃了什么药，精神状态非常不稳定，什么事都能做出来。

严宁听到了他的话，问："出了什么事？"

陈飒不答，跑了出去，这边护士已经准备好了洗牙道具，正要放下严宁的椅背，她抢先跳下了椅子。

"严小姐，你不洗牙了？"

"下次再说。"

话音未落，严宁已经追着陈飒跑远了，护士很无奈地摊摊手。

"下次啊，不知道又会拖到什么时候了。"

陈飒跑进停车场，很快想到他不知道梁晓茗的家在哪儿，忙打电话给冯君梅。

冯君梅听说他要梁晓茗的家庭地址，还以为他对梁晓茗有意思，说话有点酸溜溜的，直到陈飒做了简单的解释，她才急了，说了梁晓

第三章　烧炭自杀疑云

茗家的地址，不过她不知道电话，说去问问亲戚，问到了马上告诉他。

陈飒打完电话，严宁跑了过来，问："出了什么事？需要我帮忙吗？"

"不……"

这个字刚出口，陈飒就想到严宁是警察，这种事求助警察最方便，他摆了下头示意严宁随自己走。

"这事说来话长，就是我认识的一个女生说要自杀，感觉不像是闹假的，她的手机打不通，我已经问了她家的地址，现在在等她父母的电话。"

他说完，来到自己的车前，正要开车门，被严宁拉住。

"让我来吧。"

"我的驾驶技术不错的。"

"我是怕万一你中途突然晕倒了，不仅救不了人，还会引发交通事故。"

"不会，昨天是意外，要不是你……"

陈飒话没说完就被拉开了，严宁坐到驾驶座上，他只好跑去副驾驶座，刚坐好，车就开了出去，严宁说："系好安全带。"

这个不用提醒，陈飒已经第一时间系好了，谁知她又加了一句："请努力不要晕倒，我没时间照顾你。"

"我还算是半个病号，你这样对病号……"

"地址。"

话再次被打断，看在情况紧急的分儿上，陈飒没跟她计较，报了地址。

轿车跑进车道，引擎发出紧促的响声，一溜烟飘了出去。

作为警察，严宁开车没超速，但是对陈飒来说，严宁的开车技术就和她对付罪犯一样，简直是太粗暴了，导致他在副驾驶座上左摇右晃，不得不用力握住车窗上的把手。

"我会努力不让自己晕倒的，反正晕倒了大魔头也不会救。"

陈飒感叹地说，严宁问："你说什么？"

"我说……"

手机响了，陈飒腾出一只手接听了，冯君梅说通过亲戚联络上梁晓茗的母亲了，梁晓茗不在家里，早上就出去了，还打扮得很漂亮。

之前梁晓茗因为郑大勇的死亡还有大家的指责而备受打击，几乎闭门不出，梁妈妈突然看到女儿出去玩，还挺开心的，怕她不高兴，也没问她是跟谁出去，至于去了哪里就更不知道了。

陈飒挂了电话，对严宁说："她不在家，她说的家可能是郑大勇的家。"

"郑大勇？"

"手机借我下，我找陈一霖，郑大勇的案子是他负责的，他最了解情况。"

严宁用指纹解了锁，把手机丢给他，陈飒打电话给陈一霖。

电话接通了，陈一霖在那边笑呵呵地说："是不是检查写得不顺？那种东西随便写写就行了，那个脑残富二代估计也不会仔细看。"

"嗯哼，陈警官，你是在说我吗？"

对面传来啪嗒的响声，好像陈一霖把手机掉到地上了，随即捡起来，气急败坏地问："陈飒怎么是你？你怎么会有严宁的手机？"

"人命关天，你查一下郑大勇的住所，就是他自杀的地方，他的前女友可能会在他家自杀。"

"什么？"

陈飒点开免提冲向严宁，严宁说："是真的，你快点查。"

"哦好，别挂电话，我马上查。"

第三章　烧炭自杀疑云

听到严宁的声音，陈一霖信了，跑去调资料，很快就查到了，把地址报给了他们。

"谢谢陈警官，"陈飒说完，又追加一句，"有关你对我的评价，富二代我认，脑残我不认。"

"你一定是听错了，我……"

陈飒已经把电话挂了，严宁掉转车头，朝着陈一霖报的地址奔去。

陈飒原本要还她手机，半路念头一转，收回手，点开她的微信和通讯录。

严宁斥责："你偷看什么？"

"这不叫偷看，这叫光明正大地看，我加你微信好友了，便于随时审阅你的检查。"

前面红灯，严宁一把把手机抢了回去，揣进口袋。

"我以为你会让陈一霖也写检查的。"

"我本来是那么打算的，不过你好像是他的头儿吧，所以我想两份检查你一起来写就行了。"

陈飒慢悠悠地说，他发现可以明目张胆报复的感觉实在是太爽了。

严宁横了他一眼，觉得当年没把他两只眼都打成熊猫眼的自己真是太仁慈了。换绿灯了，她猛踩油门把车飙了出去。

郑大勇没有和家人住一起，而是租了间房子一个人住。

租屋临近郊区，还没有规划，附近都是一些老旧平房，郑大勇的房子独立一间，外面防盗门的涂料都掉了，看不出原有的颜色。

到了之后，严宁把车随便一停，跳下车跑了过去。

陈飒跟在后面，先是观察了一下周围的门窗，窗上安装了铁栏杆，他隔着栏杆碰触窗户，窗户都从里面锁住了，还拉了窗帘，看不清屋里的状况。

严宁拽了下防盗门，还好门没锁，吱呀一声打开了，她又转转里面的门把手，里面的门锁着，门板不结实，随着她的推动轻微晃荡。

陈飒按了门铃，里面传来门铃响，却没有人回应，他又拍打门板，依旧没反应。

他看向严宁，问："会不会是没人？或是已经晕倒了？"

这种情况很难辨别，严宁又转转门把手，陈飒察言观色，说："这个交给我吧，开锁这种事我比较在行。"

当初出于喜爱和某种虚荣心，陈飒可没少在学魔术上下功夫，还为了学习密室逃脱特意花大价钱向魔术师求教，所以撬锁对他来说就和变巧克力一样简单，他一边说着一边拿出车钥匙。

钥匙环上串着小铁丝，他拿着小铁丝正准备撬锁，就见严宁抬起脚，一脚踹在了门板上。

咣当一声传来，原本就不是很结实的门板在她的猛踹之下应声打开，陈飒目瞪口呆了好几秒，才终于明白了发生在眼前的事实。

心房紧跟着剧烈跳动了几下，先是被严宁的那一踹震慑到了，继而又觉得有那么一点点惊艳，他慌忙摸摸心脏跟在后面走进去。

也许陈一霖没说错，他脑子真是出问题了。

屋里空间不大，窗帘都拉着，黑乎乎的，陈飒随手把一旁的窗帘拉开，客厅没人，只有股呛鼻的气味，他明白了，梁晓茗这是在学她的前男友，也烧炭自杀呢。

严宁冲进了厨房，厨房门紧闭着，她用力推了几下，房门纹丝不动。

陈飒探头看看，提醒道："会不会是用拉的？"

严宁试着往身前一拉，随着刺啦刺啦的响声，贴在里面门框上的

第三章　烧炭自杀疑云

胶带脱落了一部分，房门露出了一道缝。

顿时怪异的气味扑面而来，陈飒站在后面，一个不小心被呛到，咳嗽起来。

"站远点！"

严宁喝道，又努力拉动房门，等门缝足够宽后，她用身体撞开房门，冲了进去。

有警察在，陈飒本来就没打算冲锋在前，可是被严宁这么一说，他反而不想干等着了，也跟着跑进去。

里面很黑，气味也更呛鼻，严宁捂住口鼻向前摸索，很快脚下碰到了一个物体，她蹲下摸摸，是个人。

陈飒去摸电灯开关，门两边都没有，他摸了半天才在较远的墙上找到了，打开灯，房间几乎被烟雾笼罩了，梁晓茗趴在地上，右手向前伸去，左腿呈蜷曲状，给人的感觉是她在努力往前爬行，房间正中放了个铜盆，里面的木炭还在燃烧着，四边的门窗都被胶带贴住了。

严宁拉起梁晓茗往外拖，陈飒听到声音转过头，刚好看到梁晓茗手臂伸出的地方有一条弯曲的白线，像是案发现场尸体周围画的那种线。

他皱了下眉，对那条线有点在意，不过现在顾不得多想，他配合严宁，抬起梁晓茗的脚，两人一前一后把梁晓茗抬去屋外，放到平地上。

梁晓茗还有些意识，随着移动发出低微喘息声，严宁马上打电话叫救护车，陈飒则扶住梁晓茗，拍打她的脸颊，叫："梁小姐，醒醒，梁小姐！"

"嗯……"

梁晓茗终于有了反应，睁开眼看看他，含糊不清地嘟囔了一句，陈飒说："有什么问题解决不了的，要自杀？"

梁晓茗应该中毒不深，恍惚着回道："我……难受……想死……"

几个月不见，梁晓茗像是变了个人，脸颊下凹，瘦得不成样子。她穿着白色连衣裙，还特意化了妆，大概是为了以美丽的模样告别人世吧，但即便如此，还是掩盖不了原有的憔悴。

陈飒不知道这几个月里她经历了什么，听了她自暴自弃的话，不由得来气，正想痛骂她两句，严宁走过来，蹲下，直接给了她一巴掌。

很响亮的巴掌声，陈飒愣了，梁晓茗也愣了，呆呆地看着她没反应。

严宁按住她的肩膀，喝道："振作点！救护车马上就到，你不会死的！"

梁晓茗下意识地点头，陈飒也急忙跟着点头，生怕自己一个不小心也挨巴掌。

没多久，救护车赶到，严宁配合救护人员把梁晓茗送上了车，等她忙完，转头看看，陈飒的车还停在那儿，人却不见了。

那家伙跑哪儿去了？

严宁顺着屋子转了一圈，在走到后面时，听到屋里传来响声。

她抬头一看，厨房窗户都被打开了，室内比较高，陈飒站在里面，隔着铁栅栏低头看她。

"嗨，"陈飒堆起笑朝她摇摇手，"这个位置让我想起以前陪女朋友去动物园看猴子的场面。"

严宁点点头，回之以微笑，"那你应该庆幸你现在站的位置。"

杀气传来，陈飒捂着心口往后退开一步。

"我就是随便说说，哈，严警官，我绝对没有冒犯你的意思，刚才还要谢谢你，没你的帮忙，可能还没办法这么顺利地救到人。"

第三章 烧炭自杀疑云

"少废话,人都去医院了,你还在里面干什么?"

"没什么,就随便看看。"

严格地说,也不是随便看看,而是刚才在救助梁晓茗时看到的那条白线让陈飒很在意。

他其实不是个好管闲事的人,可最近也不知道是怎么了,遇到在意的地方,就忍不住去想看个究竟,昨天是这样,今天又是。

严宁离开了,陈飒收回眼神,看向房间里面。

屋子背阴,整体感觉很潮湿,厨房和餐厅连在一起,比较宽敞,没有安空调,只有墙角放着一个风扇,比普通风扇要大一圈,看来夏天完全是靠着它来散热,现在这个季节用不到,上面落了一层灰。

一张四人餐桌靠墙放着,烧炭的瓷盆就放在桌脚下,旁边是橱柜,里面东西不多,煤气灶前面是两扇拉窗,老房子里没安抽油烟机,只有右上角一个小小的排气扇。

梁晓茗就是用胶带把门和这两扇窗户全部贴住的,大概怕气体散出去,还贴了好几层,排气扇上也封死了,可见她的求死欲有多强。

可是被发现的时候,她却是趴在地板上、手臂努力往前伸的姿势。

陈飒走到梁晓茗躺倒的地方,地上还留着原本画下的白线,那是郑大勇尸体的位置。

不知道是不是巧合,两个人趴的地方很近,趴卧的姿势也很相似,陈飒看着白线勾勒的人形,想象着郑大勇难受倒地,又向前伸出手臂,努力往前爬动的画面。

他顺着手臂伸展的方向看过去,突然眼前一亮!

严宁绕到屋子正门,顺正门跑进厨房,刚进来就吓了一跳。

陈飒垂着头趴在地板上一动不动,右手臂还朝前伸着,俨然刚才梁晓茗中毒时的模样。

"喂，你没事吧？"她吓得急忙蹲下身，大声询问。

昨天陈飒只是晕了晕，他妈妈就闹翻了天，要是再来个一氧化碳中毒……

严宁觉得大概一份检查是过不了关的。

陈飒没回应，严宁伸手推他，谁料陈飒顺着她的推动往旁边翻了个身，仰面朝天看天花板，表情呆板，一动不动。

严宁更急了，抓住他的胳膊正准备拖他出去，陈飒伸手比在嘴边，做了个嘘的手势。

依稀熟悉的动作，严宁一怔，定在了那里。

陈飒看了眼地板，又转头看向排气扇，嗯了一声跳起来，伸手拍打衣服。

他动作流畅自然，看起来不像是中毒后的表现，严宁回了神，也跟着站起来，上下打量他。

"你没事？"

"只要你不动手，我很确定我没事。"

一看他没事，严宁放了心，继而质问道："没事你趴在地上干什么？装尸体啊？"

"是啊。"

"你是有多无聊，是怕自己不会中毒，特地来试试吗？"

"说得没错，只要打开窗户，排气扇再开一开，毒气很快就会散掉的。"

陈飒做了个往排气扇的方向伸手的动作。

"刚才梁晓茗就是这样做的，我想她其实是不想死的，所以意识混沌之际，努力往窗口爬，希望拽到那根绳子。"

陈飒指指排气扇旁边的墙壁，那里垂着拉绳，绳子还挺长，假如梁晓茗意志力坚强的话，爬到墙边，稍微站起来，就能拉下拉绳。

第三章　烧炭自杀疑云

排气扇被胶带封死了，拉拉绳未必就能把扇叶打开，但至少是一线希望，对于濒临死亡的人来说，哪怕是蒿草，也会拼命去抓住。

严宁听了他的解释，点点头。

从当时的情况来看，陈飒说的多半没错，她重新打量陈飒，觉得这个富二代也不完全是败絮其中。

"很多自杀者都是临到头突然后悔，想求救，这并不鲜见，你想说什么？"

陈飒不说话，指指地板，严宁顺着看过去，那里还有一圈浅浅的白线，是现场鉴证留下的。

刚才等救护车的时候，严宁打电话给陈一霖，向他详细询问了郑大勇的事，也了解了陈飒和郑大勇与梁晓茗之间的关系，说："郑大勇也是自杀的，没错啊。"

"会不会是他杀？要知道郑大勇喝了酒服了安眠药，还身处弥漫着一氧化碳的屋子里，如果没有强烈的求生欲，他不会爬那么远，想自救。"

严宁无语了。

"看来你是真的很闲，陈先生，为了满足你的好奇心，我告诉你，郑大勇自杀时留了遗书，是他以为你死了，他不想进监狱，才会畏罪自杀，当时这间房从里面贴了胶带，如果是他杀，那凶手是怎么离开的？"

"这类密室逃脱太常见了，比如凶手事先在里面贴上胶带，等布置好现场，出来后再用吸尘器顺着门框缝隙吸一圈，胶带很自然就封住了。"

那个案子不是严宁负责的，具体情况她不了解，所以没有立刻反驳陈飒的话。

陈飒看她的反应，更来精神了，说："我想这个可能性非常大。"

"那你就慢慢想吧。"

严宁走出了房间,陈飒站在原地待了一会儿,回过神,想到这里是凶案现场,他不敢再待着,跑出房间。

经过客厅,陈飒扫了一圈,室内就是普通的桌椅摆设,比较单调,没什么特别的地方,他加快脚步追上严宁。

"你觉得我的推想怎么样?"

"我觉得你昨天没顺便去脑科检查一下是严重的失误。"

"同感。"陈飒心有戚戚焉。

然而刚才他站在现场的时候,那个"或许是他杀"的念头冒了出来,压也压不住,硬要说原因,大概是因为郑大勇的姐姐去找过他吧,那女人全身都散发着"这件事有猫腻"的气场。

"要不……"为了让自己死心,他提出请求,"能给我看下郑大勇的现场调查报告吗?"

"呵、呵。"

"不行?"

"你说呢?"严宁转头看他,揶揄道,"也许你的面子大,跟我们科长说说的话,可以通融呢。"

"那好,我试试看。"

看着陈飒还真拿出手机开始联络了,严宁不知道该说什么才好,心想也不知道这家伙脑子里在琢磨什么,大概有钱人就是这么闲吧。

不知道魏炎是没听到来电呢,还是故意不接,总之就是在去医院的一路上,陈飒始终联络不上他。

两人到了医院没多久,接到医生的通知,说梁晓茗没事了。

因为发现及时,梁晓茗吸入的一氧化碳不多,在接受治疗后已经清醒过来了,她父母正在病房陪她,可以做简单的笔录。

第三章 烧炭自杀疑云

严宁走进病房。

房间充斥着低气压，梁晓茗靠着床头坐着，梁家父母的脸色都很难看，画面简直像极了昨天，除了主角由陈飒换成了梁晓茗。

严宁报了身份，梁妈妈先是走过场地道了谢，接着话锋一转，说："虽然你救了我女儿，但也没权利打人吧，我看我们晓茗的脸都被打肿了。"

梁晓茗的左脸颊上有几个红指印，看母亲的手指向自己，她慌忙低下头。

妈妈更生气了，对严宁说："我家孩子长这么大，我自己都没舍得动一根手指头，警察敢动手，你哪个部门的？"

"妈，不关这位警察的事。"

"不关她的事关谁事啊，大家就是看着你好欺负……"

梁妈妈越说越生气，又开始说要投诉严宁，陈飒在旁边听着，突然有点不爽了。

他的投诉还没结果呢，这人又插一杠子进来算怎么回事？而且他看严宁不顺眼归不顺眼，但这次的事件他站在严宁这一边。

严宁向梁妈妈道歉，那女人还不依不饶，说要找她的上司，陈飒看不下去了，走过去，刚好站到两人中间，对梁妈妈说："梁太太你搞错了，那一巴掌是我打的。"

"啊？"

梁家父母都愣住了，梁晓茗也惊讶地看过来。

陈飒说："当时她神志不清，为了让她保持清醒，我就打了她一巴掌，而且她也该打。"

"你！"

梁妈妈气得脸涨得通红，可是看陈飒一身名牌西装，气度不凡，不知道他的来头，不敢硬杠。

陈飒看向梁晓茗，冷冷道："连自己的生命都不重视，丢下父母去轻生，难道不该打吗？也许你觉得自己遭受了严重的打击，可是你别忘了这世上还有很多拼命想活下来却没机会的人，跟他们相比，你那点事不值一提！"

梁晓茗不敢跟他对视，低下了头。

严宁在旁边听着，心有所动，陈飒的话说出了她的心声，正因如此，刚才她才会控制不住怒气打了梁晓茗。

她看着陈飒，觉得他瞬间像是变了个人，整个人的气场都不一样了。

陈飒深吸口气，让自己保持冷静，又问梁晓茗："你是不是中途后悔了，想爬去换气扇那边自救？"

"是、是的，我害怕了，好多朋友都说郑大勇的死是我造成的，要不是我瞧不起他，甩了他，还拖了富家子向他示威，他也不会动手打人，导致畏罪自杀，我也觉得是我的错，一时想不开就……"

"那不关你的事，下次有人再这么说你，你就直接拉黑，这不是朋友，这叫嘴贱。"

梁晓茗一边哭一边用力点头，梁妈妈慌忙去哄她，陈飒趁机走出病房。

严宁紧跟上去，说："谢谢。"

"不谢，反正当时你不打，我也会打的。"

"为什么？"

严宁好奇地问，给她的感觉，像陈飒这种纨绔子弟是不会为了他人而动气的。

为什么？其实陈飒自己也说不清。

他那位设计师前女友也整天在朋友圈嚷嚷着要自杀，他从来没放

第三章 烧炭自杀疑云

在心上,反正那是别人的人生,与他无关。

可今天他在听到梁晓茗要自杀时,急如火星地跑去救人,还为了她的轻生大为光火,这一点不像以往的他。

好像自从经历了那次手术后,一切都不同了,他的情绪、喜好,甚至想法观念都在慢慢地改变,他不喜欢现在的自己,他更喜欢以往那个凡事不上心,活一天混一天,独善其身的他。

严宁还在看着他,像是在等答案,陈飒调整表情,笑嘻嘻地说:"因为我讨厌那种仗势欺人的家伙。"

"呵,你在说你自己吗?"

"你是不是想写三份检查?"

陈飒慢悠悠地问,严宁觉得他那讨人厌的气场又回来了,瞪了他一眼,转身就走。

陈飒跟上去,问:"你又是为什么那么生气?"

"我喜欢。"

"那你的嗜好还真是别具特色啊。"

严宁不理会,陈飒也不在意,说:"不管怎么说,我也帮你了,你是不是该有所回报?"

严宁冷笑出声,心想刚才她怎么会觉得他这人还不错?一定是她脑子出问题了。

陈飒马上说:"别担心,不会让你以身相许的,你这身材离我的审美差太远了。"

严宁加快脚步,决定远离他的视线范围。

陈飒也跟着加快了脚步,说:"给我看下郑大勇的现场勘查记录吧?"

严宁不说话,陈飒又说:"要不转述一下也行。"

严宁还是不理他,陈飒只好说:"难道你不觉得奇怪吗?郑大勇好赌，肯定是喜欢冒险的个性，这种个性的人哪怕是有一点机会也会抓住，又怎么会自杀呢？"

严宁停下脚步，陈飒差点撞到她，被她伸手拦住，问："你为什么对郑大勇自杀案这么感兴趣？"

"不，我绝对没有兴趣。"陈飒一脸正色地说。

严宁掉头就要走，陈飒急忙拦住，说："我就是觉得奇怪，我这个人吧，一旦有了想法，如果不弄清楚，就会一直放不下，就是那种抓耳挠腮的感觉，你懂吗？"

"懂，看动物园的猴子就知道了。"

陈飒笑了，前不久他就是这样说严宁的，没想到这么快就现世报了，这女生喜欢报仇的性格还挺像他的嘛。

这么一想，他就觉得严宁看起来顺眼多了，又说："其实我会怀疑这件事，还有个理由。"

为了提高可信度，陈飒带严宁去休息区坐下，把郑月明去找自己的事原原本本讲了一遍。

严宁听完，陷入沉思。

陈飒说："我总觉得她有什么事没说，她如果不心虚的话，不会那么麻烦地寻找我的住所，向我打听情况吧？"

"是有点不太正常。"

"对吧？相信我，我的直觉一向都很准的。"

陈飒把手伸过去，紧紧握住严宁的手，一脸真诚地看着对方，以他恋爱的经验，这招对女孩子百试百灵。

可惜今天他踢铁板了，两道锐利的目光瞪过来，想到曾经变熊猫眼的过往，陈飒慌忙缩回手。

他错了，严宁又不是他那些娇滴滴的女朋友，她是大魔头。

大概是他的话起到了作用，严宁说："在这儿等着，我先问问

第三章　烧炭自杀疑云

情况。"

陈飒一脸笑眯眯的模样，冲她打了个OK的手势。

严宁走去一边打电话，中途还不时转头看看陈飒。

过了一会儿，她打完电话回来，坐下，说："我确认了你提的几个问题。首先，在郑大勇死亡前后，邻居们没有听到吸尘器的声音，那片房屋的隔音很差，深夜用吸尘器的话，不可能没人听到，而且门缝里还塞了不少棉花，所以你说的那个透过门缝吸胶带的假设不成立。"

陈飒有些失望，马上又问："那遗书呢？"

"遗书写在一张小广告的背面，内容是——因为我的一时冲动，导致他人死亡，我会赎罪，请原谅我。"

"没有落款？"

"没有，不过我们做了笔迹鉴定，是郑大勇本人写的没错。"

"可是你不觉得奇怪吗？他说的是赎罪，而不是以死谢罪，而且我那时都已经做完手术了，他是怎么认定我死了？"

郑大勇是陈飒被送去医院的第二天深夜死亡的，出事后，大家都忙着救人，陈飒父母的心思也都在手术上，直到手术结束，陈飒醒过来，他们了解了事件真相，这才想到报警。

等警察接到报案，去郑大勇家调查，已经是第三天的事了，那时郑大勇早死得透透的了。

陈飒把时间表列出来，说："我还是相信赌徒是不会轻易放弃生命的。"

"根据郑月明的口供，郑大勇自杀当天打电话给她，说要借五万元，没钱他就死定了。郑月明说这是他一贯的说辞，就拒绝了，大概这是压倒骆驼的最后一根稻草吧。"

"五万跑路费？"

"我们也是这样猜测的,因为打架和借钱,郑大勇把亲戚朋友都得罪光了,唯一能借出钱的就剩他姐姐了,不过郑大勇前前后后向她借了二十多万,一直没有归还,搞得郑月明的夫妻关系很差。

"郑月明夫妇开馄饨铺,现在买卖不好做,她家里还有两个孩子要上学,手头也不宽裕,所以这次她才咬牙拒绝,她会去找你询问,可能是出于负疚的心态。"

直觉告诉陈飒,郑月明去找自己不是因为负疚,然而是为了什么,他暂时还无法知道,只觉得那晚郑月明表现得惴惴不安,那是出于心虚和担忧。

"可是这些都无法解释为什么他会认为我死亡了?"

"没人能解释他的心理活动,但他确实是自杀的,"严宁被弄得不耐烦了,"如果你很闲,我建议你去诊所做事,你的牙医技术比侦探技术要强多了。"

严宁的手机响了,打断了两人的争执,她看了下来电显示,却是小姨的。

小姨平时很少联络她,严宁有些惊讶,给陈飒打了个手势,去一边接听。

电话一接通,小姨就问:"宁宁啊,你现在在哪儿呢?"

"在安和医院,来办点事。"

"你不忙吧?我和你妈在咖啡厅喝茶,她突然不太舒服,你能不能过来看看?"

严宁一听心就提了起来,忙问:"我妈没事吧?"

"没事没事,已经缓过来了,我就是觉得你过来一趟比较好,你妈说你最近都没回家。"

为了工作方便,严宁住在单人公寓,她担心母亲的高血压犯了,忙说:"我马上过去,你们是在哪家咖啡厅?"

第三章　烧炭自杀疑云

"就是华利达酒店一楼的咖啡厅,啊,我想起来了,好像离安和医院挺近的,那你赶紧过来吧。"

小姨说完就挂断了电话,严宁回到座位前,对陈飒说:"不好意思,我有事要先离开,郑大勇的事回头再聊。"

陈飒通过只言片语猜到了大概,站起来,说:"我送你过去吧,华利达酒店对吧,我对那片挺熟的。"

严宁没有车,这时候也顾不得跟他客气了,伸手要借钥匙,陈飒往后退开了。

"不不不,这次换我来开,你这状况还是乖乖坐车吧。"

Chapter 4
第四章　事件背后的隐形人

严宁心里有事，路上一句话都不说，陈飒也没去打扰她，等把车开到了酒店的停车场，严宁丢了声"谢谢"就跳下车跑远了。

陈飒看看时间，给他的主治医生留了言，说有些问题想过去请教他，问他是否方便。徐离医生回复说自己下午没手术，他随时可以过来。

陈飒启动汽车准备离开，目光扫过副驾驶座，发现严宁的手机居然在座位上，大概是她太着急忘了拿。他拿起手机，决定做次好人送过去。

陈飒拿着手机走进咖啡厅，里面人不多，他一进去就看到靠窗座位上坐了几个人，最边上的那位正是严宁。

陈飒又往前走了走，就见严宁旁边坐着的两位中年女性容貌相似，应该是她母亲和小姨。

三人的对面还坐了一男一女两位，女的和严宁的母亲岁数差不多，男的稍显肥胖，头发还有点少。陈飒起初以为也是长辈，走近了发现他实际上还挺年轻的，最多也就三十出头吧。

陈飒笑了。

这阵势他实在是太熟悉了，因为他有过几次被强迫相亲的经历，

第四章 事件背后的隐形人

和严宁这次如出一辙。

有好戏看，陈飒不急着还手机了，他向服务员点了杯冰红茶，走到严宁的座位后面坐下，这样既可以听到他们的对话，又不用担心被发现。

冰红茶很快送过来了，他叼着吸管只吸了两口就放下了，原本喜欢的冰红茶现在居然变得很难喝，这让他有点难以接受。他索性推开杯子，专注后面的状况。

坐相亲男旁边的女人好像是他的亲戚，正一个劲儿地夸赞他，说他在某上市公司担任高管，年薪七位数，有车有房，现在就缺一个志同道合的伴侣了。

她说完了换严宁的小姨说，也是把她好一顿地夸奖。

相亲男起先对她还挺满意的，直到听说她是警察，就变了脸，说工作太忙又危险，也没多少钱，难得遇到他这种好条件的人，希望她能辞职，今后自己负责养家，她专心打理家务就好。

相亲男那一副和下属说话的语调听乐了陈飒，心想照大魔头的脾气，要不是碍于家人在场，她早就甩脸走人了。

严宁绷着脸有一句没一句地应和着，相亲男似乎还不满足，又开始点评她的仪表，从发型说到衣着，那居高临下的口气连严妈妈都听不下去了，几次想打断，都被相亲男把话头抢了过去。

陈飒起初还觉得好笑，后来有点听不下去了，便清清嗓子站起来，想着既然遇到了，就再做一次好人吧。

他绕了个圈，装作刚进咖啡厅的样子，经过相亲桌旁，很夸张地叫："咦，这不是严小姐吗？"

严宁心里正烦着呢，抬头一看，见是陈飒，她愣住了。

陈飒像是老友重逢似的，开心地说："好久不见了，你和陈先生处得怎么样啊？"

严宁更惊讶了，相亲男听出不对劲了，插嘴问陈飒："她有交往对象？"

"是我的一个朋友，富二代，干牙医的，个儿高颜值也高，追严小姐追得可热情了。"

陈飒的小腿肚被踹了一脚，严宁冷冷说："有钱了不起吗？我没看上。"

她坐在最外面，大家都没看到，陈飒疼得一咧嘴，还不敢表现出来，说："不会吧，他年轻头发又多，不胖还不会乱踩人，这么好的条件你都没看上？"

严宁本来对他的出现就生气，听了这番话，又看看对面的相亲男，突然忍不住想笑，原本的郁闷消减了大半，说："他如果少自作聪明一点，也许我会考虑。"

相亲男被削了面子，没再废话，起身就走，放在桌上的账单他看都没看，陪他一起来的女人也很不高兴，丢下一句"浪费大家的时间"也走掉了。

另一边的严妈妈看到陈飒，眼睛亮了，觉得他又高又帅，说话也风趣，问严宁："这孩子，朋友来，还不给妈介绍下？"

没等严宁开口，陈飒先向严妈妈伸过手去。

"伯母你好，我叫陈飒，我……"

他话没说完，就被严宁扯着拉到一边，对母亲和小姨说："找男朋友这事我心里有数，你们就别添乱了。"

"明白明白，"严妈妈说完，又看向陈飒，"陈先生啊……"

严宁怕母亲又要问东问西，拖着陈飒就走，她有点蛮劲，陈飒被她拖得一跟头一跟头的，忍不住提醒道："我还算是半个病人呢，你就不怕我再晕倒？"

"我巴不得你晕倒，晕倒了你就不会胡说八道了。"

第四章　事件背后的隐形人

严宁说归说，还是放慢了脚步，两人出了咖啡厅，陈飒说："那还不是为了帮你？真是好心不得好报。"

陈飒把手机还给了严宁，严宁这才明白他为什么会出现在咖啡厅，向他道了谢。

陈飒说："谢就不用了，我就是觉得郑大勇那案子有内情，你应该再详细调查下。"

"先生，我们每天有很多事要做的，不能因为一句'你觉得'就去调查。"

"可是还有疑点的不是吗，至少不能证明在广告传单上写的那几句话就是遗书吧？"

"再见。"

严宁不想再纠结这件事，转身离开。

陈飒不死心，在后面追问道："还有，你们调查木炭了吗？木炭是他买的还是原本家里就有的？我看那房子很潮，如果他真心要自杀，会选择买新炭，否则烧半天死不了，那不是白折腾了吗？"

"陈先生，"严宁停下脚步，无奈地对陈飒说，"如果他做事这么深思熟虑，就不会冲动得把你打进ICU了。"

陈飒语塞了，一脸纠结，没有再问下去。严宁松了口气，加快脚步走出酒店。

陈飒也没再继续跟上，严宁出了酒店，准备去对面的公交车站坐车，往前走了几步，突然停了下来。

心情被陈飒的话影响到了，她不由自主开始琢磨他提的那几个疑点，想了一会儿，打电话给陈一霖。

电话一接通，陈一霖就问："和陈先生沟通完了？"

"不用说得那么客气，接电话的是我，郑大勇的案子我也解释给他听了，他好像无法接受。"

严宁说了木炭的问题，陈一霖很惊讶。

"那家伙的观察力还挺强的嘛，当时我也考虑到木炭受潮的问题，查过附近几家超市，没找到郑大勇去购买木炭的监控录像，当时推测是他怕被附近的人认出来，刻意去市里的大超市购买的。"

"如果他购买木炭时就有自杀的心理准备的话，那特意跑去远处的超市，更容易被人发现，而且他还在自家烧炭，就像确定警察不会登门来抓他似的。"

听了严宁的话，陈一霖沉默了一会儿，接着说："当时出了碎尸案，大家都在集中精力调查那起案子，郑大勇这件事有遗书，还有他姐姐当人证，再加上现场勘查没发现疑点，所以就暂时按自杀处理了，不过……"

"不过什么？"

"有个地方我也觉得解释不通，所以一直都有留意这个案子，你来局里吧，见了面慢慢聊。"

严宁看看表。

"我要去办点事，傍晚回局里找你。"

她收了线，坐车去一家叫明天的戒毒医院。

这是家公益性戒毒医院，有些年头了，外观看起来很陈旧，她要见的患者吴婉婉就在这里接受治疗。

之前严宁来过几次，第一次吴婉婉不见，之后几次勉强见了，却总是信口开河乱说一通。严宁没气馁，觉得只要认真沟通，吴婉婉会改变想法，至少她听常烁的话接受戒毒治疗，证明她也想慢慢变好。

这次严宁挺幸运，吴婉婉没有拒绝见面，但也没有表现出热情，严宁走进病房，就见她只穿了单衣，赤脚坐在窗台上，阳光照在她身上，更显得她消瘦单薄。

第四章　事件背后的隐形人

她拿了团毛线在玩，好像在用手指编什么，严宁进来也不搭不理。

严宁走过去，说："穿这么少，不冷吗？"

吴婉婉继续低着头编毛线，半天才说："从小就这么穿，习惯了。"

她的头发有一缕垂下来，遮住了清秀的脸庞，严宁感觉她很抗拒自己，但同时内心又在期待得到帮助。

吴婉婉长得很好看，个头又高，以前在俱乐部坐台，据说很受客人欢迎，她还不到二十岁，却已经是中度吸毒患者了，母亲已经过世，父亲还在坐牢，一些所谓的朋友也都是毒友。

这些情况都是严宁在看过常烁的记录后了解到的，常烁出事前一直在调查某起案件，他在调查中认识了吴婉婉。严宁不知道他和吴婉婉是怎么沟通的，但她想吴婉婉一定很信任常烁，所以才会接受常烁的建议，主动进戒毒医院接受治疗。

听负责她的医生说，吴婉婉最初非常积极地配合治疗，直到后来听说常烁过世，就又故态复萌了，前不久还不知从哪儿搞到了K粉，被发现后和医生大吵了一架，还说要出院，后来又转念留了下来，大概是知道无处可去吧。

"你在编什么？"

吴婉婉不理她，严宁又接着说："我最不擅长这些针线活儿了，觉得会编织缝纫的女孩子都特别厉害。"

"因为你不需要做，你只要动动嘴，家里人就会买给你了。"吴婉婉冷冷地说，"我知道你来的目的，每次打着关心的口号跑来说看望我，其实无非是想从我嘴里打听情报，你跟那些人一样，就是觉得我还可以利用而已！"

她编烦了，把毛线丢到一边，跳下窗台。

严宁遇到过不少这类叛逆少女,她没着急,问:"你很相信常烁,对吗?"

吴婉婉微微皱眉,没说话,严宁又说:"常烁是我的学长,也是我最尊敬的前辈,我知道可能我做得不如他好,但我希望你能像相信他一样相信我,我一定尽自己最大的努力来帮助你,只要你给我机会。"

稍许沉默后,吴婉婉轻声说:"他是好人。"

她终于主动开口交流了,严宁没有打断,就听她接着说:"我这辈子就没遇到过好人,他是唯一帮助过我却不求回报的人,可是这样的人却早早死了,你说人活着有什么盼头?"

"至少你没有忘记他,只要你记着他,那在你心里他就一直都活着。"

严宁捡起地上的毛线,已经编了一半了,红红的像手链,她递给吴婉婉。

"接受他帮助的肯定不止你一个人,我想对那些人来说,他们会更珍惜活着的当下。"

吴婉婉接了毛线,低头随意翻动着,严宁感觉她心思活络了,没有紧逼,正想再找个话题聊,吴婉婉抬起头,说:"我知道你在查小彪的事。"

严宁是通过看常烁的调查笔记知道小彪的,但最近这个人就像是人间蒸发了似的,不管她怎么查访,都找不到一点消息,她问:"你和他是不是很熟?"

"老家是一个地方的,比较聊得来,他长得好看,又有文化,我挺喜欢他的,不过就是玩玩而已。他那人靠脸吃饭,除了脸没一样是真的,甚至我怀疑他杀……"

不知道想到了什么,吴婉婉眼中显出一丝恐惧,顿了顿,说:

第四章 事件背后的隐形人

"你不要查了,会很危险的,他不是一个人,后面还跟了很多同伙。"

严宁其实并不了解小彪的身份,常烁的笔记里没有提太多有关他的事,他只写了一句——"二月十五,普吉岛,贺晶溺水死亡?"

整句话最后打了问号,以严宁对常烁的了解,他对溺水事件还处于怀疑阶段,由于没有确凿证据,才没有公开调查。

贺晶是去普吉岛游玩时出事的,当时同行的是她的情人,也就是小彪。

能让常烁如此重视的事件,严宁明白其中具有一定的危险性,她说:"没关系,我们做警察的本来就要时刻面对危险,你只要把你知道的都讲出来,剩下的就交给我们来解决。"

像是被说动了,吴婉婉的惊惧表情稍微缓解,她动动嘴唇,严宁以为她要说了,谁知她突然恼怒起来,用力抓头发,继而站起来,在屋子里很烦躁地来回走。

"那天他来找我,说了好多话……说了什么来着,我怎么想不起来了,好像说杀了什么,不对,是什么被杀了……糟糕,为什么我想不起来,啊!啊……"

她好像很激动,先是喃喃自语,接着放声大叫。严宁想安抚她,又怕适得其反,正要去叫医生,医生已经闻声赶过来了,还叫了护士,几个人合力把吴婉婉按到床上,医生安抚她,却差点被她张口咬到,最后只好给她打了镇静剂,她才停止反抗,睡了过去。

严宁还是第一次目睹吴婉婉发疯的样子,看着她睡着了,大家从房间出来,她问医生:"她这不是毒瘾发作吧?"

"不是,这方面我们控制得很好,不过长期吸毒导致她的中枢神经系统受损,会出现精神状态不稳定、敏感暴躁以及记忆损伤等问题,可能你和她聊的话题刺激到了她吧,下次注意点,尽量避开一些敏感问题。"

"对不起,是我太急躁了。"

回想刚才的对话和吴婉婉的反应,严宁有些懊恼,也更确定小彪这个人是关键。

吴婉婉应该了解一些内情,甚至知道小彪背后跟着一个什么样的团伙。常烁之所以没有在当时对吴婉婉步步逼问,大概也是因为吴婉婉的精神太不稳定,怕刺激到她。

一个人在精神混乱的时候很可能会提供出不准确的信息,反而影响到警察的调查。严宁想她也应该慢慢来,吴婉婉已经开始对她卸下防范了,这是个好现象,只要继续耐心沟通,她会对自己坦陈一切的。

一名男护士从对面走过来,手里拿着配药,和他们擦肩而过。严宁和医生说着话往前走,没看到这名男护士一路走到吴婉婉的病房前,推门进去。

吴婉婉被注射了镇定剂,陷入了沉睡,男护士就近观察她的反应,又从口袋里掏出一个小包,塞到了她的枕头下面。

"这东西劲儿很大的,你一定喜欢。"

他瞥了一眼吴婉婉,脸上露出诡异的笑。

陈飒开车回到医院,来到楼上的心脏外科。

徐离晟就在办公室,看到陈飒随护士进来,一脸凝重,他忙问:"是不是又感觉不舒服了?"

"没有,我身体挺好的,我过来是想跟您咨询另外一件事。"

徐离晟请他坐下,又去倒水,陈飒及时提醒说:"请倒热水,我现在对冷饮没兴趣了。"

"喔?"

徐离晟转头看向他,陈飒苦笑说:"这就是我想询问的事。您也

第四章　事件背后的隐形人

知道,我一直都喜欢喝冰的碳酸饮料,以前是身体不好,所以总是忍着。现在不用忍了,我本来以为可以随便喝了,可我发现自从接受心脏移植后,我就对冰的东西没兴趣了,反而开始喝白开水,每次喝热的,就有种安心感。"

徐离晟点点头,倒了热水,把杯子放到陈飒面前的桌上,说:"我有点明白你的担忧了,那除了饮料以外,还有什么变化吗?"

"很多,比如吃饭的口味啊、作息习惯啊,我现在作息特规律,在乡下住的时候,一早一晚还喜欢散步,做做引体向上、仰卧起坐什么的,就像个退休老干部。乡下是因为没娱乐活动,没办法,我还以为回来就好了,结果回来后反而变本加厉了。"

和这两天他经历的事件相比,那些饮食习惯都不算什么,一时间陈飒也不知道该从哪里说起,他挑了几件事当例子说了。

在说到因为郑月明来找自己,导致自己忍不住想查清郑大勇的死亡真相时,他抓抓头发,苦恼地说:"我以前常常想,假如可以健康地生活,我一定好好享受人生,把以前没机会玩的全都补回来。现在倒好,别说享受生活了,我连着两天都在做义工,又是抓贼又是救人,我也不想做,可每次遇到事情,就本能地想去插手,我觉得要是不做,回头我会更难受。我上网查过了,好像很多人在接受心脏移植后性格和习惯方面都会有很大的改变,不过我还是觉得挺玄乎的,所以我想听听您的看法。"

徐离晟听完后沉思了一会儿,说:"你说的情况不是特例,至少在我负责的患者当中,有不少人有着和你一样的苦恼。其实这些变化看起来玄妙,但都是有迹可循的,因为心脏不仅担负着'血泵'的功能,它还有内分泌功能,比如分泌出心钠素、生物活性多肽等化学分子,甚至可能分泌'肽类激素',正是这些激素影响到器官接受方的性格特征和生活习惯的改变。"

陈飒听得似懂非懂，问："那我是不是……"

徐离晟摆摆手，示意他少安毋躁。

"如果让我站在专业医生的立场来解释的话，我更认为有变化是正常的。排除移植器官本身的影响，术后患者需要服用抗免疫药，这些药物都有影响神经的副作用，一个人的神经被影响到，性格自然会发生变化，另外还有你自身精神层面的改变。你想想看，普通人的思想行为都会随着阅历的增长而不断地变化，更何况你是经历过一场生死考验的人，从濒临死亡到重新活过来，就像凤凰涅槃，对事物的看法还有处事方式发生改变都是很正常的。"

陈飒比较倾向于后者，心想他经历过死亡，更了解生命的珍贵，所以才会对梁晓茗的自杀行为感到愤怒吧。

"那你说的那些生物活性多肽什么的，如果一直影响我的话，我会不会变得越来越像捐赠者？就像很多影视剧里那么演的，人格被替代，原本不擅长的东西变得很擅长？"

"你想多了，那些都是经过艺术加工的，别忘了你才是主体。你如果担心，可以反过来试想一下，看看你的牙医技术和变戏法有没有退步，如果你本来擅长的东西没有变得不擅长，那就证明心脏移植的影响力没有你想的那么大。"

工作方面陈飒有自信没退步，至少今天严宁还称赞他的补牙技术高超呢。

"还有，人体有自动排异反应，所以移植手术后才需要你服用抗免疫药来进行缓解。简单地说，现在你的身体正处于一个求同存异的过程，从而刺激到你的感官变化。好了，放松心情，别太在意了，也没必要强迫自己坚持以前的习惯或是接受现在的习惯，人对事物的判断没有完全的对错，所以你想做就做，不想做就不做，顺应自己的心，怎么开心怎么来。"

第四章　事件背后的隐形人

徐离晟说着话，拍拍心口，陈飒也情不自禁地抬起手，摸摸自己的心房。

"那位捐献者是个什么样的人啊？"他忍不住问道。

"这个我不能透露，我只能说你们非常适合，这是你的幸运，也是捐赠者最希望看到的结果。"

陈飒无法知道捐献者是谁，更不知道他曾经经历过什么，不过他想那一定是个年轻人，因为只有年轻人才能拥有这么健康又有力的心脏。

陈飒从医院出来，和徐离晟聊过后，他心情好了很多，决定不去纠结了，凡事顺其自然吧。

肚子传来叫声，这都快到吃晚饭的时间了，他却连午饭都没吃，这事可千万不能让母亲知道，否则就等着被骂死吧。

说曹操曹操到，陈妈妈的电话还真就打过来了，先问他身体怎么样，要不要再去乡间别墅住一阵子。陈飒糊弄过去了，心想严宁的检查他一个字都还没看到呢，怎么甘心去乡间住。

他推说还是想在这边住，陈妈妈也没勉强，又说："也不能一直不动弹，徐离医生不是说你身体恢复得不错，可以适当运动运动嘛，刚好我的小姐妹开的健身房离你的公寓挺近的，你去试试看吧，顺便叫上小天，优惠券我传给你。"

电话那头传来有节奏的音乐拍子声，陈飒心想母亲现在应该就在健身房，她是为了面子在拉客源呢。

优惠券很快就传了过来，陈飒收了线，把优惠券转给了江蓝天，至于他自己的那份，直接忽略过去了。

还不到就餐高峰，医院附近的饭馆都比较冷清，陈飒转了一圈，很快就找到了郑月明开的馄饨铺。

铺子不大，里面布置得还挺干净的，最显眼的是对面架子上摆放的瓷器。

瓷器有观音大士，也有财神爷，还有耶稣、圣母玛利亚以及一些陈飒没见过的但一看就是什么宗教的神像。当中最显眼的是环抱在一起的两个小人，小人的臂弯上插了几朵小花，看起来像是个花瓶，和神像放在一起显得不伦不类，他差点笑出声。

信神的人陈飒常见，但这种什么都信的他还是头一次看到，摆了这么多，可见主人有多迷信了，也可以间接看出主人不是个意志力强的人。

角落里有对情侣在吃饭，郑月明在里面忙活，说了声欢迎光临，拿着水杯出来，看到是陈飒，她先是一愣，看着有点紧张，马上又堆起笑，说："陈先生，是你啊。"

陈飒找了个座位坐下，郑月明看看里面厨房，小声问："找我有事？"

"没有，我今天去医院体检，顺路过来吃饭。"

听了这话，郑月明像是松了口气，说："我们这种小店，您大概吃不惯吧。"

"不会，来一碗馄饨，别加香菜和辣子。"

郑月明应了，跑进去忙活，不一会儿，馄饨很快就上来了，郑月明还特意给他配了个酱菜。

陈飒尝了尝，味道比想象的要好，他说："这个地角，生意应该挺不错的吧？"

"地角好，租金也贵，一年下来都是在瞎忙活。"

对面那对情侣往汤里放辣子，陈飒本来不太喜欢吃辣，但看到他们那样做，他也被带着舀了点辣子放进碗里，心想反正徐离医生也说了顺着自己的心去做就好，管他以前是不是喜欢呢。

郑月明还没走开，她不是个很会掩饰的人，看表情就知道她怀疑

第四章 事件背后的隐形人

陈飒是特意过来的,所以想没话找话。

陈飒心一动,主动打开了话匣子,指着对面的那些神像,问:"你信佛啊?摆了很多呢。"

"我没啥信仰,都信一些,什么赚钱信什么。"

"这也挺好的,有信有保佑嘛,对了,梁晓茗自杀,被送医院了,这事你知道吗?"

郑月明一听脸色就变了,急忙问:"为什么?好好的怎么会想不开?"

"据说是因为郑大勇的死,她觉得也有自己的一部分责任吧,所以就在郑大勇的出租屋里烧炭自杀,幸好抢救及时,已经没事了。"

郑月明听完,沉默了,半晌才说:"那是个好女孩,跟了大勇两年多,还出钱让他开奶茶店。一开始还挺赚钱的,但他吃不了苦,而且一有点钱就喜欢拿去赌,最后店关了,他们也分手了,都是大勇的错,梁小姐也太傻了。"

"大概每个人心里都有过不去的坎。"

听了这话,郑月明的脸色变了变,恨恨地说:"是他活该,自作自受,害自己不算,还害别人!"

"那出租屋房东没有收回吗?"

"这个我不清楚,大概是梁小姐付的房租吧。他们在一起的时候,什么都是梁小姐出钱,大勇不仅不感激,还觉得被女人养抬不起头,一直说要干赚大钱的买卖……后来他在里面自杀,房东就算收回也很难再租出去……唉,富家女没吃过苦,才会把爱情看得那么重。"

陈飒觉得她的口气中既有惋惜又有羡慕,一番话不经大脑就冲了出来。

"也许郑大勇不是自杀呢。"

不出他所料,郑月明在听了这话后,脸色瞬间变得煞白,连声音都颤抖了。

"你、你怎么会这么说?"

"因为……"陈飒本来想说是直觉,临时改了口,说,"我突然想起那晚他和我说的话,他说……"

他故意慢慢地说,仔细观察郑月明的反应,只见她脸部肌肉抽搐,右手不由自主地握紧了。

这女人绝对有问题!

直觉这样告诉他,现在只要他再趁热打铁一下,她就会全部都招了,所以后面的话该怎么说很重要。

陈飒的脑子飞快地转动着,他对视着郑月明的目光,正要说下去,就在这时,那对情侣吃完了结账,一个男人跑出来收钱,郑月明立马把目光移开了,让陈飒慢慢吃,自己回了厨房。

就差临门一脚被打断了,陈飒不由得嗟叹,转去打量那男人。

男人和郑月明差不多岁数,却更老相,陈飒猜想他应该是郑月明的老公。

开餐馆赚的就是辛苦钱,这个岁数上有老下有小,原本就是花钱的时候,却动不动就被郑大勇"借"个几万出去,他们夫妻关系恶化也可以理解。

陈飒没有机会再去试探郑月明,郑月明像是在躲他,直到他吃完,郑月明也没再出来,账也是她老公结的,这更显得此地无银三百两了。

陈飒出了饭馆,坐上车,他想了想,决定把这个发现告诉严宁,让他们知道他们没查清的事,"脑残富二代"查到了。

严宁很快就回信了,"大魔头"三字昵称下面同样是简单的三个字——知道了。

也不知道他们会不会深入调查,如果置之不理,他就直接联络魏

第四章　事件背后的隐形人

炎，到时候大魔头就不止是写两份检查那么简单了。

想象着那个画面，陈飒心情大好，踩下油门开车回家。

快到家时他看到了母亲提到的健身房，它设在某栋商业大楼里，从公寓步行去也就几分钟的路。

等有时间再去办会员吧。

陈飒回到家，先是打电话给冯君梅，简单说了梁晓茗的情况。

等他们聊完，江蓝天的电话打了进来，问了陈飒匆匆离开的原因，又让他好好休息，等把身体养好了再回去做事。

陈飒躺在床上听他唠叨，唠叨声就像是催眠曲，让他成功地进入了梦乡。

不知睡了多久，他猛然从梦中惊醒，睁开眼看了下时间，居然都晚上九点多了。他没换外衣，直接就躺去床上睡了，换作以往的他，简直不敢想象。

嗯，大概是那位捐赠者在细节上比较随性吧。

陈飒坐起来，去浴室洗了澡，他在腰间围了条浴巾，对着镜子吹头发，旁边传来哗啦哗啦声，转头一看，是墙上的风景贴纸脱落了一小片，被吹风机的风吹到，来回掀动。

陈飒走过去把贴纸贴回去，贴纸背后的胶不太粘了，他又用力按了按，忽然眼前一亮，像是想到了什么，拿过吹风机，打开最大风量冲着贴纸吹。

郑大勇的出租屋里也有个大风扇，如果把风扇设定成强风，对着门吹的话，提前贴在四边门框上的胶带就很容易粘到门上，严宁说过门缝塞了棉花，那是凶手为了防止一氧化碳泄漏而事先粘在胶带上的。

所以凶手的操作是事先把这些小机关都设置好，再走到门外，最后在关门时用遥控固定住风扇头，让风完全冲着大门吹就行了。

那之后郑大勇意识回归,他在挣扎求生时很有可能碰倒了风扇,后来定时结束,风扇停转,就等于说他无意中又为密室设定加了把锁,也大概是凶手始料未及的。

不过……前提是真有这么一个凶手的话。

陈飒自己也知道不管他推理得多么合乎逻辑,假如没有物证,那一切都是空谈,大概率是——说了还会被大魔头嘲笑。

可是这个念头一冒出来就压不住了,陈飒看了眼挂钟,把吹风机一丢,跑去衣帽间随便找出套衣服穿上,拿起车钥匙跑了出去。

被突如其来的灵感刺激到了,陈飒很兴奋,他开着车一路朝着郊外跑去,直到快到目的地才冷静下来。

等等,他三更半夜跑去自杀现场,就为了证明自己的推想没错吗?就算证明没错又能怎样?他一点证据都没有啊。

陈飒再次为自己的冲动感到懊恼,也再次确定了一件事——这颗心脏的原主人一定是个好奇心旺盛又非常喜欢管闲事的人。

算了,反正来都来了,就查一下吧,也许可以根据情况再试探一下郑月明。

她有动机有时间,从说话做事来看,像是冲动型人格,这类人只要稍加刺激就会自我暴露的,陈飒有信心让她说实话。

为了不引人注意,陈飒在快到出租屋的地方找了个空地停下车,步行走过去。

白天这里闹腾了很久,到了深夜,一切回归了寂静,左邻右舍都没有亮灯。陈飒走到大门前,取出小道具,在锁眼里捣鼓了几下,把锁打开了。

"当年学魔术的时候,我做梦都没想到有一天会用它来做这种事。"

他发完感叹,锁也打开了,便推门进去。

第四章 事件背后的隐形人

里面拉着窗帘，这给陈飒提供了方便，他拿出袖珍手电筒，打亮了，一路走到厨房。

厨房门敞开着，陈飒先是仔细看了门框，房屋老旧，门框也凹凸不平，所以就算胶带粘得不紧也不会太显眼。

他走进厨房，用手电筒照了照，厨房窗户锁上了，烧了一半的木炭还放在原地，他看看角落的风扇，走过去提起来放到餐桌前，正对着房门的地方。

陈飒接通电源，风扇猛地转起来，风量果然是最高挡，他没在屋子里找到遥控，估计是凶手带走了。风扇样式挺老的，就算没遥控也不稀奇，也可能是凶手自己事先配的遥控，行凶后拿走了。

陈飒站在白线上，模仿郑大勇的动作往前移动，又一脚踢翻了风扇，这声音说大不大，说小也不小，可能郑大勇那晚也是这种状况，邻居们都是租客，多一事不如少一事，谁也没去留意。

陈飒把风扇立起来，按了停止键，又转头看门框，心想如果他来个案件重演的话，信服力会不会高一点？可惜来得匆忙，没带胶带和棉花。

正想着，客厅那边传来窸窣声，陈飒一惊，立刻关掉了手电筒。

与此同时，他听到了轻微的脚步声，有人好像在客厅翻找什么，接着一束灯光照过来，有人往厨房这边走近。

陈飒的心房不受控制地怦怦直跳，也不知道是器官自身的问题还是惊吓造成的。厨房没有大物件，最大的就是那个橱柜了，陈飒想过去试着藏藏看，谁知半路脚下绊了个跟头，铜盆被踢到，发出哗啦的响声。

"什么人？"

一个男人的声音大喝道，随即冲过来，手电筒的光芒射向陈飒，他伸手遮挡时，眼前一亮，那人按开了电灯开关。

男人戴着眼镜和棒球帽，身材偏瘦，陈飒起初以为是郑月明的老公，再仔细看，发现不是，那是个陌生人，他从来没见过。

陈飒路上曾猜想郑月明会不会沉不住气来现场，所以听到响声时他首先的反应是鱼上钩了，他万万没想到来的竟然是个生面孔。

对于他的存在，男人也表现得很吃惊，喝问："你是谁？"

"我？"

紧急关头，陈飒的脑子转得飞快，他马上镇定下来，观察着男人的衣着举动，微笑着说："我是房东啊，你又是谁？"

"房东？"男人上下打量他，一脸不信，"房东你怎么不开灯？三更半夜鬼鬼祟祟的在这里干什么？"

"我是特意没开灯的，今天又有人在我家烧炭自杀，我想过来看看是怎么回事，可又不想被人看到，肯定会被说闲话的，到时房子更别想租出去了。你还没说你呢，你是谁？"

"我……我住最边上那栋房子，刚才回来，听到这里面有响声，我以为是小偷，就进来看看。"

他的谎话编得很蹩脚，表情努力维持平静，迈步走进来，一只手里还紧握着一根棒球棒。

陈飒对棒球棒有印象，它原本放在客厅墙角，看来是男人听到响动后随手抄来的。

厨房不大，要是他抡起来，自己可不是对手，陈飒往旁边退了几步，又顺便把翻倒的铜盆拿起来，放到桌上。

"那真是谢谢你了，"他说，"最近治安不太好，又有人烧炭自杀，搞得我的房子都租不出去，我说……你要不要先把棒子放下啊。"

男人看看他，把棒子也放到了桌上，陈飒说："既然都来了，那喝点什么吧。"

他走去橱柜。男人说了句不用了就转身离开，他应该非常慌乱，

第四章　事件背后的隐形人

所以脚步踏得飞快,陈飒跟在后面注视着,忽然问:"你认识郑大勇吗?"

"啊?不,不认识!"

"那有点奇怪啊,都是邻居,怎么会不认识?"

男人停下脚步转过身来,陈飒好心提醒道:"就是几个月前在这里烧炭自杀的那个。"

"哦,是他啊,平时不常遇到,我不知道他的名字。"

"可是你却知道他的棒球棒放在哪儿,知道厨房的照明开关在哪里。"

男人脸色变了,结结巴巴地说:"出租屋内部结构都一样,我当然知道开关……"

"作为房东,我要告诉你根本不一样。"

其实到底一不一样,陈飒自己也不知道,他这么说纯属是在诈唬对方。这招还真起了作用,男人听了后,原本小心翼翼的语调变了,他打量着陈飒,冷笑着问道:"电话是你打的吧?"

电话?什么电话?

陈飒没听懂,不过现在不懂也得装懂,他马上附和着说:"是啊,所以你做贼心虚了吗?"

男人转回来,手从口袋里抽出,手上紧紧握着一把匕首。

"看来是你自己找死了。"

"等等!"

陈飒举起手大喝一声,男人停下脚步,陈飒问:"郑大勇是你杀的?就因为一点小钱?"

这男人是谁?郑大勇又和他是什么关系?陈飒完全不知道,不过作为赌徒,所有纷争都离不开一个钱字,他试探着问,男人果然承认了。

"你知道得可真多，七十万也不能说是一点小钱了，所以他得死，你也得死。"

他说完就举起了匕首，谁知陈飒动作更快，一扬手，刚才偷偷握在手里的炭灰就全部撒在了男人的脸上，趁着他叫痛捂眼，陈飒拔腿跑出了屋子。

屋外一片寂静，陈飒一跑出去就放声大叫："杀人了！救命啊！"

这屋子两旁都是住家，他想邻居们听到声音一定会出来的。

可惜希望打了水漂，两边的房子里一点动静都没有，陈飒急了，又提高声音叫了几声，依旧没反应，倒是歹徒追了出来。

陈飒不敢停步，拔腿往前跑去，歹徒持刀在后面紧紧追赶。

陈飒不擅长任何户外运动，包括跑步，所以他没跑多远就呼哧呼哧喘着跑不动了，眼看着前面有几棵槐树，他立马跳到一棵槐树后面。

歹徒追了上来，陈飒用槐树当掩护，叫道："停停停！"

"停你妈！"

刀风随着叫骂声一起冲来，陈飒慌忙又躲到另一棵树后，举起双手表示投降，堆起笑说："我觉得我们可以再沟通一下的。"

"沟通什么？"

"你看你做过什么也没人知道，我虽然知道却没有证据，但你要是杀了我的话，那情况就不一样了，你是临时起意，肯定会留下很多破绽，警察一调查就查到你了，两条人命，你肯定是死刑，太不合算了。"

"不被发现就没事了！"

"所有犯罪者都这样想，然后呢，大多数还是会被抓的，所以做人嘛，一定要找一条对自己最有利的路……"

陈飒一边夸夸其谈，干扰歹徒的思维，一边观察周围的地形，摸

第四章　事件背后的隐形人

索着钥匙环上的几个魔术小道具，心想关键时刻用哪个最保险。

歹徒没给他考虑的机会，举刀冲向他，陈飒抱头正准备逃，一道人影从旁边冲过来，一脚便把歹徒手里的刀给踹飞了。

看到来者居然是严宁，陈飒目瞪口呆，双手举在头上，忘了放下来。

严宁紧跟着又一个高踢腿，正踢中歹徒的脖颈，他发出痛苦的喊叫，身体踉跄了几下，挣扎着还想挥拳攻击，严宁又一脚踢中他的腿弯，歹徒扑通跪倒在地，被严宁结结实实压在了地上。

前后不过几秒钟，原本凶悍的歹徒就被制伏了，陈飒看在眼中，觉得在彪悍方面，他对严宁简直要五体投地了。

他看看地上那把匕首，上前捏着刀刃拿起来，又往后退开几步，确定站在安全地带后才问严宁。

"你怎么会来？"

"这话该我问你。"

"我当然是来找线索的，对，就是他，快看好他，他就是杀害郑大勇的凶手！"

陈飒指着被压在严宁手下的歹徒，歹徒还在拼命挣扎，严宁又狠狠按了他一下，喝道："警察！老实点！"

歹徒立刻老实了，严宁抬头看向陈飒，问："他是谁？"

陈飒耸耸肩，表示他也不知道。

看到他的反应，歹徒叫了起来。

"我冤枉啊，我路过这里，听到那个房子里有响声，我以为是小偷，就进去看看，是他……"

他努力用下巴指指陈飒，又继续说："他就突然用灰撒我，趁着我擦眼睛就跑掉了，我是想抓坏人才……"

"七十万也不能说是一点小钱了，所以他得死，你也得死。"

突然发出的声音打断了歹徒的话,他讶然看去,陈飒抬起手,手里的手机还在往下播放后面的对话。

他一脸笑眯眯地说:"不好意思忘了说,刚才说话时,我一不小心按了录音键。"

Chapter 5
第五章　死神在身旁

　　有陈飒的录音做物证，歹徒被带去警局后，没用警察审问，他就老老实实把事情全部都交代了。

　　歹徒叫王天鹏，和郑大勇是赌友，两人喜好相投，一度关系相当好，后来郑大勇在赌桌上赚了一笔，刚好那阵子王天鹏炒股炒得风生水起，就建议郑大勇把钱给他一起炒，来个利生利。

　　一开始王天鹏的确赚了不少，没想到今年开始就一路赔到底，别说郑大勇的那份了，他连自己的存款也全部都赔了进去，他不死心，又开始网贷炒股，结果可想而知。

　　偏偏郑大勇就在这个时候来向他要钱，连本带利息加起来要七十万，可他现在连七万都拿不出来，他搪塞了几次后，郑大勇火了，说要是他再不还钱，就去砍他全家。

　　郑大勇是个混混，还有不少三教九流的兄弟，王天鹏知道他说到做到，那时候起他就开始计划干掉郑大勇。

　　他暗中尾随郑大勇寻找机会，那晚郑大勇打伤陈飒他也看到了，他混在围观人群中，听到救护人员的对话，猜想陈飒可能没救了，就灵机一动，想到了一个完美的杀人计划。

　　王天鹏模仿网上的新闻稿写了一篇事件报道，大致的内容就是陈飒被人殴打致死，警察正在搜查凶手等等，他又把新闻稿PS成网页状态，拿去郑大勇的家给他看。

郑大勇把人打了后，正惶惶不安，躲在家里喝酒壮胆，他喝得半醉，对王天鹏给他看的新闻网页深信不疑，又听说陈飒家很有钱，就更觉得自己这次逃不掉了，连说自己可能会被判死刑，问王天鹏有没有办法自救。

他的反应正中王天鹏下怀，趁机说现在网络发达，很多案件的判定都可以利用舆论来引导，建议他先下手为强，写封悔过书传到网上，恳求当事人原谅，自己再找人上网推波助澜，说被害人家里很有钱，是富二代仗势欺人先动的手，郑大勇只是防卫过当，这样就能在舆论上先占据优势了。

郑大勇压根没有怀疑他，全部照做了，等郑大勇写了悔过书，王天鹏又给他喝了放了安眠药的酒，郑大勇喝了酒后不省人事，王天鹏就点燃木炭，做出烧炭自杀的假象。

他制造的密室诡计和陈飒猜想的相差无几，就是利用风扇的强风将胶带从里面粘住，他以前常去郑大勇的家，了解他家的摆设，也知道他家的备用钥匙放在哪里，所以一切都做得很顺利。

木炭也是他临时买了带过去的，等一切都布置好后，他就拿着风扇遥控器离开了。

那个遥控器和风扇不是配套的，是郑大勇后来单独买的，所以他也不怕拿走会被发现。结果正如他所预料的，郑大勇行凶在先，又有遗书做物证，就被当做畏罪自杀处理了。

事情过去了五个多月，王天鹏原本以为可以高枕无忧了，谁知傍晚突然接到一个女人的电话，说郑大勇的女友在那间房子里自杀，被抢救过来了，但警察在房间里发现了新线索，怀疑郑大勇是被杀的，让他小心。

第五章 死神在身旁

王天鹏听完电话，几乎吓破了胆，好不容易坚持到晚上，便趁着夜深人静跑过去查看。他也知道这样做很容易暴露目标，但是不来，他又心虚，吃不好睡不好的，索性一咬牙就来了。

他到了后，见屋子外没有停警车，就以为没事，大胆地进了屋子，可他做梦也没想到屋里面会有人。

他知道陈飒不是房东，但也看出他不是警察。他原本想在屋子里就把陈飒干掉，又怕会因此引起警察的注意，便想先离开，在附近的偏僻路口埋伏，找机会动手，所以就算当时陈飒不揭开真相，他也没打算放过他。

陈飒在审讯室外听着，不由得背后都冒出了冷汗。

王天鹏的外形不像郑大勇那么彪悍，他稍显消瘦，戴着眼镜，看外表更像是文质彬彬的知识分子，谁能想到这样一个人居然如此狠毒，不动声色就杀了人，并且还预谋再杀人。

要不是严宁及时赶到，后果真是不堪设想。

这样一想，陈飒对曾被严宁暴打的厌恶感消减了一点点。

隔壁办公室的门打开，严宁从里面出来，看到他，一脸惊讶。

"你怎么还在这儿？"

"瞧你说的，这个案子也算是我破的，我旁听一下总不为过吧？"

"你破的？一边逃跑一边喊救命时破的吗？"

陈飒看着眼前这个看着还挺可爱但其实就是个大魔头的女性，决定收回前面的话，还是继续讨厌她吧。

严宁还不知道在陈飒心中，自己在被讨厌到不那么讨厌再到重新被讨厌之间循环了一圈，问："你怎么会去郑大勇家？"

"因为你没把我的提醒当回事，所以我决定自己去。"

"还说呢，是差点自己栽坑里吧。"

这句确实是大实话，陈飒也觉得自己今晚的行为太冒险了，但他实在没想到凶手居然不是郑月明，而是个完全不认识的人。

刚才王天鹏说提醒他的那通电话是个不认识的手机号码，感觉女人岁数不是很大，是个很甜的女声，与郑月明的声音完全不同。

也就是说陈飒虽然猜对了行凶过程，却在最关键的一步想错了，要不是凶手主动自投罗网，他就制造"冤案"了。

他不死心，问严宁："会不会是郑月明做了变声处理？"

"不能说绝对不可能，后续我们会跟踪调查的，不过我不认为郑月明有那个技术，而且她也没有那样做的理由。"

回顾他和郑月明的两次对话，陈飒觉得郑月明的反应特别微妙，而且梁晓茗自杀的事也就几个人知道，马上就有人捅去了王天鹏那里，让陈飒不怀疑郑月明都不行。

严宁又说："根据你的描述，我想郑月明或许藏了什么秘密，不过她不是凶手，这一点无法否认，一切都是王天鹏自己做的。"

"你不是不信我的话吗？怎么又会去郑大勇的出租屋？"

"我没有不信你的话，我只是在寻找更多的证据。"

严宁没说陈一霖跟她提到了门框贴的胶带不够粘的问题。

陈一霖其实一直都很在意这个细节，只是最近忙着调查其他案子，再加上陈飒也不在，就暂时搁置了，说起来这次会有意外突破，也多亏了陈飒。

严宁看看陈飒，又说："幸好我去了，否则你就危险了。"

"我以为那么大的声响，邻居们会觉察到呢。"

"郑大勇左边那户人家在出事后就搬走了，右边的旅游去了，所以刚好都没人。王天鹏应该是知道邻居家没人，才敢过去翻找，谁知会碰到你。"

陈飒听了，背后又冒出了一层冷汗，想想都觉得后怕。

他不是个大脑一热就行动的人，可是最近这种情况特别多，希望

第五章 死神在身旁

如徐离医生所说的，随着器官的相互适应，那些冲动又喜欢冒险的特征会慢慢消失。

"不管怎么说，这次要谢谢你。"

只是瞎猫碰了个死耗子而已，还以为他找出真凶，可以在严宁面前大肆炫耀一番，结果事与愿违，陈飒有点开心不起来。

还有一点就是直到现在，他还没有消除对郑月明的怀疑，忍不住又问："你详细调查郑月明了吗？她真的没问题？"

"没有，郑大勇死亡当晚，郑月明有充足的不在场证明。"

严宁顿了顿，看看陈飒的表情就知道他还没有释然，便索性说了自己调查的结果和想法。

"我想你会觉得她有问题，可能跟她说话做事神神叨叨的有关系。我向郑月明的街坊和朋友打听过，她为人正派，也很热心，唯一的毛病是非常迷信，今天信佛教明天信道教的，不过这也可以理解，毕竟她一直过得不顺，想努力寻找心理安慰吧。"

陈飒想起了在馄饨铺看到的那一大堆神像，不过他还是不认为这是郑月明特意去找自己的理由，只是没证据，再多说下去，只会被严宁嘲笑。

严宁说完，向他道了谢，要进办公室。陈飒打了个哈欠，发现都凌晨了，他突然有点不爽，一激动，张口就说："你要是真想表示感谢，至少要送我回家吧。"

"你的车就停在外面，你可以自己开车回去啊。"

"我还是病人，经不起劳累的，对于冒着生命危险帮助你们的市民，你们警察不会这么不近人情吧？"

陈飒信口开河，严宁无语了，心想你这不是自找的吗？都说了不让你管了。

考虑到怼人的后果，她忍住了，心想反正送个人也花不了多少时间，看在他帮忙的分儿上，就配合下吧。

她跟陈一霖打了招呼，照陈飒提供的地址开车送他回家。

陈飒好像真的累了，上车没多久，就靠在椅背上睡着了，又过了一会儿，头往严宁这边靠过来。严宁趁着等红灯时把他推开了，他毫无知觉，又靠去另一边，睡得津津有味。

要是不叫他，估计他会在车里睡一整夜。

严宁透过后视镜瞥瞥他，这个富二代长得还真不错，脑筋转得也挺快的，除了嘴贱。幸好他睡着了，看起来比他清醒的时候不停地说话要顺眼多了。

陈飒住的公寓到了，严宁找了个空地停好车，把他推醒。

他半天没反应过来这是哪里，揉着眼左右看看，说："我好像睡着了。"

"因为您还是病人啊，陈先生。"

严宁把他说过的话原封不动地还了回去。

陈飒这才想起这一晚上的经历，他下了车，转去驾驶座门前打开车门，冲严宁摆摆手，示意她还车钥匙。

"虽然我不介意警官你开我的车回去，不过我这车很贵的，要是哪儿擦着碰着了，恐怕你一个月的工资都不够赔，所以为了你好，你还是另外叫车吧，需要我帮你网约吗？"

果然，这家伙一醒就变得欠揍了。

严宁没好气地把车钥匙还给他，跳下车掉头就走。

陈飒站在车旁看着她的背影，严宁原本长得就瘦，夜风吹来，更显得身材纤细苗条，他心一跳，突然冒出个念头——他是不是有点过分了？

不管怎么说，对方总是个女孩子，三更半夜约车还挺危险的……啊不，弱质纤纤那叫女孩子，她这种一拳头可以把人打晕的那叫"女

第五章　死神在身旁

汉子",担心她还不如担心下自己,一晚上不睡觉,再好的身体也撑不住啊。

　　陈飒转身要走,可走了几步总觉得不对味,怎么说人家前不久还救过他,这么一想他就忍不住了,转头叫:"喂!"

　　严宁都走出老远了,听到叫声,她停下脚步,心想这家伙又有什么事。

　　陈飒追过去,指指对面楼栋。

　　"好人做到底,你能送我上去吗?我怕我见义勇为了,事后会被报复,我就住那边八楼,很近的。"

　　"你是认真的?"

　　陈飒一脸认真地点头。

　　严宁揉揉额头,"您想多了陈先生,嫌疑人还被关着呢,谁大半夜的不睡觉来报复你啊?"

　　鄙夷的目光投来,陈飒不爽了,微笑着说:"我是好意,想着让你顺便在我家休息下……你不用太感动,觉得我对你有什么想法,像我这种好人对任何女生都会这样说的。"

　　严宁哭笑不得,看他的表情也不知道他说的是真是假,正要拒绝他的"好意",手机响了。是戒毒医院负责吴婉婉的医生打来的,不好的预感涌上心头,忙转去一边听电话。

　　直觉告诉陈飒这通电话很重要,他不由自主竖起耳朵往前凑了凑,就听严宁说:"状况危急……什么,她说是死神……好,我马上过去!"

　　她说完挂了电话,陈飒问:"有新案子?"

　　"有点急事,车借我一下,回头还你。"

　　陈飒还没反应过来,手中的车钥匙就被严宁夺了过去,几步跑去车上,等陈飒追过去,车已经启动了,他就看着小车在自己眼前划了个漂亮的回旋后，呼啸着跑远了。

"喂！大魔头！喂！你等等！"

等陈飒叫出声，轿车已经消失在了他的视线里，他站在原地瞠目结舌，半天回过神，突然想起一件更重要的事。

他家的门钥匙和车钥匙是串在一起的啊！

严宁来到医院，一路跑去急救室。

负责吴婉婉的小护士认识严宁，看到她，急忙冲她招手。

严宁跑过去，问："怎么回事？吴婉婉怎么样了？"

"她又偷偷嗑药了，这种人真是死不悔改，也不知道是从哪儿弄来的药，这次吸入的量太大，大夫说可能不行了。"

护士一边说着一边带严宁进去。

吴婉婉躺在急救床上，头发散乱，脸色灰白，她已经无法自主呼吸了，需要靠着氧气罩辅助才能支撑下去。

医生看到严宁进来，冲她微微摇头。严宁走近病床，吴婉婉的眼睛直勾勾地盯着天花板，眼神失去了应有的生气，两边脸颊下凹，仿佛一下子老了几十岁。

像是感觉到严宁的靠近，她的呼吸突然变得急促，四肢抽搐得更厉害了。严宁急忙握住她的手，她手里握了个东西，握得紧紧的，就像溺水者拼尽最后的力量抓住稻草的感觉。

"吴婉婉！吴婉婉！"

严宁叫她，吴婉婉的眼珠转了转，嗓眼里发出怪异的嘶气声，她猛咳两声，突然间整个上半身直挺挺地弹了起来，医生和护士慌忙扶住她，她毫无反应，紧盯住严宁，叫道："小……小包……包……斯……斯……"

她舌头僵硬，说得含糊不清，严宁反复听着，问："你说小彪？"

吴婉婉用力点头。

第五章 死神在身旁

"斯……身……"

吴婉婉重复着相同的话,突然反手攥住严宁的手腕,原本抓在她手里的东西落在了床上,她叫:"小、小声……身……在、在你……"

她的嘴巴用力张合着,努力想吐出最后的话,结合先前医生的来电,严宁猜测道:"你让我小心,死神在我身旁?"

吴婉婉的眼珠动了动,盯着严宁身后,表情在一瞬间变得异常恐惧,像是真看到了死神。

她似乎还想回应严宁,身体却在一阵剧烈抽搐后重重跌回到床上,呼吸声消失了,她一动不动躺在那里,只留下落在床边的红毛线。

那是吴婉婉在病房里编的饰物,在她的大力拧动下,饰物已经看不出原有的模样,严宁拿了起来。

医生在给吴婉婉做了仔细的检查后,向严宁摇摇头,严宁看向吴婉婉。

她的眼睛还半睁着,生机在瞳孔中一点点消散,严宁还记得白天她和自己说话时的模样,那时她是鲜活的灵动的,虽然对许多事充满了迷惘,但从没想过要放弃。

然而就是那样灵动的一个人此刻变成了一具硬邦邦的尸体。

严宁心情沉重,走出急救室,站在走廊上好久,才展开手里的编织物。

它呈环状,看起来像是根手链,严宁忍不住想这是不是编给常烁的。常烁是唯一对吴婉婉好的人,吴婉婉心中大概对他也抱有某种情愫吧,尽管她知道这条链子永远都无法再送出去。

"迫害我们的人,迟早会受到死神的惩罚,你也不会是例外……"

几个月前,当她逮捕刘飞时,刘飞也提到了死神,他们说的是同一个人吗?吴婉婉临终时努力将手链给自己又是什么意思?

严宁上下拉着手链,它被编得很松,在拉扯下变宽了很多,她便把手链戴到自己手腕上,又把多余的线头拉紧,刚好可以绕着手腕缠一圈。

脚步声传来,医生走了出来,严宁放好手链,说:"我听护士小姐说吴婉婉出事是因为吸毒过量。"

"是的,我在她的床上找到了这个。"

医生把一个放在塑封袋里的胶囊递给严宁。

"这是使用芬太尼制作的药品,制作成本低,效力却是吗啡的一百倍以上,过量服用很容易致死,她一直跟我说会坚持戒毒的,最终却还是抵挡不住毒品的诱惑。"

"可这里是戒毒医院,她是从哪儿弄的药?"

"很难说,在毒品面前,人的毅力小得可怜,毒瘾犯了,总会趁我们不注意联络到弄货的渠道。吴婉婉这也不是头一次了,我们这里毕竟不是强制戒毒机构,人力资源不足,不可能做到二十四小时监控所有人的行动。"

医生说完,感觉有推脱责任之嫌,急忙追加道:"不过请放心,我们一定对这件事彻查到底,坚决杜绝相同事件再发生。"

严宁道了谢,问:"我可以去吴婉婉的房间看一下吗?"

医生同意了,严宁独自一人来到吴婉婉的房间。

里面有些乱,枕头掉在地上,椅子也倒了,应该是吴婉婉吸毒过量发病时弄乱的,大家忙于救人,还没有腾出人手来整理。

吴婉婉的私人物品不多,她长得那么漂亮,却连张照片都没留下。严宁打开一个抽屉,里面放了各种颜色的毛线球,这大概也是她拥有的最多的东西了。

严宁又拉开另一个抽屉,除了几件内衣,剩下的都是编织好的成品———些很可爱的小动物装饰。吴婉婉在这方面很有天赋,可能住

第五章 死神在身旁

在这里太无聊,所以编了这么多。

严宁一样一样拿起来翻看,眼睛逐渐湿润了,想起白天她还那么精神地和自己聊天,便再也忍不住,眼泪顺着脸颊流下来,她咬住下唇,努力让自己不哭出声。

这是在常烁殉职后她第一次哭,身为警察,她早已习惯了危险的存在,然而不管经历过多少次,她都无法冷静面对死亡,因为在死亡面前,每个人的生命都是那么脆弱,也让她感到自己的无能为力。

所以她理解吴婉婉在常烁过世后自暴自弃的心态,正因为理解,才更想帮助她,然而死亡再一次切断了她的希望。

过了很久,严宁才终于让自己的心情平复下来,她抹掉脸上的泪水,掏出手机。

里面有好几条留言,都是陈飒的,愤愤不平地指责她把自己的房门钥匙也带走了,害得他进不去家等等。

严宁没心思解释,回了个抱歉,然后打电话给魏炎。

手机接通了,她深吸一口气,说:"头儿,对不起,这么晚打扰你。"

听出严宁浓重的鼻音,魏炎问:"出什么事了?"

"我现在在戒毒医院,常烁生前救助的一名吸毒者刚刚死亡,死因是服用过量毒品,我怀疑她的死亡不单纯,还有……"

稍微停顿后,她说:"我怀疑常烁的死不是简单的交通事故。"

陈飒总算没倒霉到底,他口袋里还有张磁卡钥匙,他靠着磁卡回了家。

车被莫名其妙地借走了,一开始他还考虑回头要不要再追加一份投诉,没多久,心思都放在了严宁说的那几句话上。

三更半夜究竟是谁来的电话?听起来事态还挺严重的,还有那个

"死神"，听起来像是什么暗号啊。

伴随着这些疑问，陈飒进入了梦乡。

这一觉几乎睡到中午，直到刘叔过来把他叫醒。

刘叔买了菜和肉，说是专门来给他改善伙食的，还把刚到的快递顺便拿了上来。

陈飒这两天没网购，他好奇地打开。在看到里面都是健身服后，他明白了，大概母亲是怕他不去锻炼，把东西都给他备齐了。

看寄发时间，健身服应该是早就下了单的，箱子里塞得满满的，还有一套是粉红色的。陈飒看着粉红色衣服，无语地想这套大概是母亲为她自己准备的。

刘叔不知道昨天发生的事，问陈飒休息得好不好，陈飒哪敢说他去协助警察抓凶手了，想借午餐的话题敷衍过去，谁知刘叔又问："你的车呢？我上来的时候没看到。"

"哦……借给朋友了。"

"车最好别随便借，出了事，就都是车主的责任了。"

"不是我想借，是被抢的。"

陈飒感叹地说，想想当时的情况，他觉得自己挺冤的。

刘叔忙着做饭，没听到，又说："还有啊，有些朋友人品真的不行，你去乡下住的那几个月，还有人打电话去家里借钱，都不问问你身体怎么样。真是的，这都是些什么人啊，车也要尽快要回来，等出了事就晚了。"

这一点陈飒倒是不担心，毕竟严宁是警察，不过这话要是解释起来，势必会牵扯到昨晚发生的事，所以陈飒只能听刘叔唠叨，好在吃了饭，刘叔说还有事，交代他注意身体后就离开了。

陈飒送走刘叔，抹了把汗，回到客厅把健身服拿出来，一共五套，简直可以每天都不重样了。

第五章 死神在身旁

门铃响了，陈飒以为是刘叔忘了拿东西，他放下衣服，过去开门，谁知门一打开，香气就扑鼻而来，一位身材高挑的美女站在他面前。

"你……"

陈飒刚说出一个字，美女就冲上前，伸手圈住了他的脖颈，甜腻腻地叫道："飒飒，我刚听说你住院了，你还好吗？"

陈飒被她喷的香水呛得咳嗽起来，憋着气说："你不抱得这么紧，我会更好。"

"人家是担心你嘛。"

美女松开了手，注视着他，眼圈红了，问："你真的没事吗？我听他们说得可凶险了，我就怕你有事。"

她叫彭玲，对陈飒来说，她的存在很奇妙，要说是恋人关系吧，倒还达不到那个程度，但要说只是普通朋友吧，这些肢体接触又过于亲密了。

要是换了其他女性对陈飒投怀送抱，他会欣然接受，不过彭玲有点特殊，她是做房屋中介的，这套房子当初就是她推介给陈飒的，所以她也是唯一知道陈飒住在这栋公寓的女性朋友。

彭玲曾经主动追求过他，不过陈飒不想和合作伙伴谈恋爱，所以每次都婉拒。大概是看出他没想法，彭玲很快就放弃了，连个基本联络也没有，前后不过三个多月，陈飒就在被狂热追求到莫名其妙被甩之间走了一圈。

他们有一年多没见了，陈飒上下打量彭玲，觉得她去做了微调手术，五官整体比以前更精致，穿了一件低胸长裙，外面配了个小外套，乳峰若隐若现。

"你怎么知道我住院了？"陈飒奇怪地问。

他想了想他们的朋友圈，重叠的朋友好像只有凌冰一个人。凌冰就是他那位搞设计的前女友,不过凌冰一工作起来就很亡命,可能到现在还不知道他动手术这事,更别说传话了。

"我帮客户介绍房子,聊起来才知道你们是朋友,我是听他说的。我自从听了这事,心就一直放不下,我感觉我还是很在意你的。"

彭玲说着,又抬手抹眼泪,看起来好像真的非常担心,陈飒忍不住问:"你是想来给我推销房子的?"

不能怪他这么想,他们接触那会儿,彭玲向他介绍了不少房产推荐他购买,不过出于一些原因,陈飒都婉言拒绝了,后来他想这大概就是彭玲突然间不理他的原因吧。

听了他的话,彭玲不高兴了,伸手拍了他一下,抱怨道:"我特意跑来看你,你还这样说,你到底有没有心啊?"

"没有啊。"

陈飒实话实说,至少他以前那颗心没了。

彭玲扑哧笑了,又主动凑上前,摆弄着他的衬衣纽扣,说:"我就喜欢你这种开玩笑的样子。"

她眨着眼睛看陈飒,睫毛长长的,透着小动物般的无辜模样。

陈飒以前特别好这一口,可是今天他觉得彭玲的这些小动作太做作了,他注视着她的眼眸。就在彭玲以为他要亲吻自己时,他蹦出一句:"你去开眼角了?"

彭玲楚楚可怜的笑僵在了脸上,抓住他的衣服往前一推,嗔道:"这种话也问得出,你什么时候变得这么直男了?"

"我这是实话实说,其实开眼角也挺好看的。"

亡羊补牢起了反效果,彭玲恼了,抓住他的衣襟,紧贴到他身上。

眼看着那红唇就要亲过来了,陈飒急忙一侧头,红唇便亲到了他的脸颊上,就在这时,门口传来脚步声。陈飒瞅空瞥了一眼,没想到

第五章　死神在身旁

这一瞥真把他吓到了，手情不自禁地往前一推，彭玲就被他推开，"哎哟"一声撞到了对面墙上。

彭玲进来时没关门，所以严宁现在就站在门口，陈飒被亲脸的那一幕她都看到了，她眉头皱了起来，陈飒急忙说："你误会了，不是你想的那个样子！"

他也不知道自己为什么要解释，但他就是觉得自己必须得解释清楚，他可不希望在大魔头心中，自己是个一无是处的登徒子。

一串钥匙抛过来，严宁平静地说："我是来还钥匙的，打扰到你们，真是不好意思。"

她说完就要走，陈飒急了，脑瓜一热，他马上跑过去，说："不用不好意思，这不关我的事，都是她主动的！"

严宁看过来的目光充满不屑。

"陈飒你能不能有点担当，别一有什么事就把责任推给别人。"

陈飒还要再解释，砰的一声，大门在他面前关上了，鼻子差点被撞到，他捂着鼻子不爽地转回来。

彭玲的肩膀被撞痛了，本来有点生气，看到这一幕，她的气恼转为好奇，问："你新交的女朋友？"

"不是，我的对头。"

"对头？那你干吗那么紧张？"

正因为是对头，所以他才要在对方面前树立好自己的形象。

陈飒摸着鼻子，没好气地问："你干吗一声不响就亲过来？"

"因为喜欢你啊。"

彭玲笑眯眯地说，陈飒一个字都不信，这个女人只对赚钱感兴趣。

他走进客厅，说："要是你想来推销房子，就趁早打消这个念头吧，我没钱买，钱都用来做手术了，你有这个时间，还是去找别

107

人吧。"

彭玲跟着他进了客厅，自来熟地环视房间，在沙发上坐下，说："别把人都想得那么贪财，我真的是担心你才过来的，听说害你进医院的人还自杀了，那事闹得挺大的。"

"是啊，不过都过去了，"陈飒随口应和着，问，"要喝水吗？"

"咖啡。"

"没有，家里只有热水和冷水。"

"连咖啡都没有？"彭玲很惊讶，"以前你不是很喜欢喝咖啡吗？"

"你也说是以前了，我动了手术，要遵医嘱喝水。"

"那就算了。"

彭玲拒绝了，开始询问陈飒最近的情况，从他受伤住院聊到出院，接着又聊郑大勇，陈飒发现她知道的还真不少，不愧是做销售的。

不过她的话一直没说到重点，说了半个多小时都是在相同的事情上打转，陈飒都怀疑她是不是失业了，否则以房屋中介的忙碌程度，她哪有时间来和自己聊闲话啊。

最后还是陈飒找了个要去医院的借口结束了聊天，彭玲好像还有点依依不舍，临走时抓住他的手，把名片塞给了他。

"我以前的公司倒闭了，我换了家新公司，你有时间记得来找我啊，如果有朋友要买房子，也请一定关照我啊。"

她在门口冲陈飒抛了个媚眼，这才扭动腰肢离开了。陈飒立刻关上门，吐出一口气，心想这大概才是她来找自己的真正目的吧。

换做以往，美女自动投怀送抱，他通常都不会拒绝，可今天不知道为什么，他对彭玲的肢体接触很抗拒，大概是因为她太假了，不管是说话还是外形，整体都让人感觉不舒服。

陈飒看了眼她的名片。

第五章 死神在身旁

新公司名叫天亿,同样也是房产中介,彭玲除了负责销售外还兼职董事长秘书,看来是升职了,难怪举手投足都充满了自负。

陈飒直接把名片丢进了垃圾桶。

他回到客厅,看到角落里那一箱健身服,头又疼了,犹豫着要不要去健身房消磨时间,忽然想起严宁,他马上一个电话打了过去。

铃声响了好久严宁才接听,声音压得很低,再加上背景音乐声,陈飒竖着耳朵听才听到她问:"什么事?"

"那个……有关刚才的事,我觉得有必要向你解释一下。"

"哈?"

"因为你心里一定在想——哼,果然是个没品又喜欢随便发情的富二代,我不希望在你……不,是在警察的眼中我是这样的存在。"

严宁正忙着呢,没时间听他废话,说:"你想多了,你是个什么人与我无关。"

"可是与我有关,你不要认为一个人有钱就……"

手机传来嘟嘟嘟的忙音,陈飒拿着手机愣了好几秒才反应过来,敢情人家嫌他烦,把他的电话给挂了。

不过……他不会介意的,毕竟他这人最宽宏大量了。

陈飒自说自话,放下手机,忽然想起昨天严宁接的那通电话,感觉她的忙碌应该与那通电话有关,不过她现在在哪儿呢,音乐声那么吵。

说到音乐,倒是挺熟悉的,陈飒想了想,想起那是母亲在健身房给自己打电话时的背景音,难道严宁去了健身房?

这么一想,陈飒就越发觉得奇怪了——怎么说严宁强行借了他的车出去,总得给他个说法吧,而且他也有一点点好奇严宁在干什么,因为不管怎么想,"死神"和健身房都好像扯不上一点关系。

这个理由给了陈飒去健身房的动力,他几下把健身服和运动鞋装好，又塞了毛巾和水进背包，跑出了公寓。

　　健身房离公寓很近，陈飒没开车，搬出他的折叠自行车，一路骑到了目的地。

　　大厦门口有专门停放自行车的地方，陈飒支好车，跑进去。

　　刚好有一部电梯就停在一楼，看到电梯门就要关闭了，陈飒快步冲进了电梯。

　　电梯里站了两个男人，一个长得高大魁梧，穿了件高领羊毛衫，他对陈飒硬挤进来很不高兴，啧了一声。另一个戴棒球帽的瘦弱青年慌忙按了关门键，陈飒也觉得不好意思，向两人连说抱歉。

　　羊毛衫男人看都没看他。电梯在健身房的楼层停下，看着那两人出了电梯，走进健身房，陈飒心想原来他们也是这里的会员。

Chapter 6
第六章　冤家再聚头

　　陈妈妈介绍的健身房叫嘉美健，规模挺大，前台小姐听说陈飒是朋友介绍来的，很热情地拿出表格请他填写，又说让教练先带他四处参观一下，等小姐打电话通知了教练，一转头，陈飒已经不见了，表格放在桌上，一个字都没写。

　　陈飒在各类健身器材之间转了一圈，没找到严宁，倒是看到靠墙有一大片运动场地，年轻的女教练在教大家练瑜伽，大声说着什么屏气凝神，心神合一，保持平常心等等。他觉得无聊，正准备再四处转转，不远处传来吵闹声，接着是一记响亮的巴掌声。

　　附近的学员都围了过去，陈飒听到巴掌响，第一时间就想到了严宁，毕竟他见识过好几次严宁的"暴力"，急忙跟了过去。

　　打人的的确是个女生，不过不是严宁，而是一个和她岁数差不多的女会员。

　　女生穿着橘红色背心配黑色短裤，头上扎着发带，露出小小的耳垂，上面戴了指环大的金色耳环，随着她的动作一闪一闪的。

　　被打的是个二十多岁的男人，他长得还不错，就是气质有点俗，长头发随便扎在后面，一边耳朵上戴着耳钉，耳钉是粉钻，价格不菲。

　　一看到他，陈飒急忙把头撇开，这个男人叫林煜帆，林家和陈家有生意上的来往，所以陈飒和林煜帆很早就认识了。

林煜帆不喜欢读书，大学勉强毕业后，就在父亲的生意伙伴的公司里找了份闲职混日子，大部分时间都用来泡酒吧钓美女，陈妈妈不喜欢他，怕他带坏陈飒，所以他们平时联络不多。

联想到林煜帆的癖好，陈飒猜想多半是林煜帆看人家女孩漂亮，想搭讪，结果碰钉子了。

随着争吵声加剧，周围人越来越多，陈飒不想在这种场合下和林煜帆打招呼，转身想避开，就听林煜帆骂道："不想就不想，都是一个圈的，至于吗？"

"谁跟你一个圈，看到女人就想占便宜，你们圈的男的都这么LOW吗？"

林煜帆被骂火了，上前揪住女孩的衣服，扬手就朝她打了过去。

陈飒的身体比大脑反应快，等他脑子反应过来时，他已经冲上前攥住了林煜帆的手，用力把他往后拖。

林煜帆没打到人，更加火大，挥起拳头本来想揍这个多管闲事的家伙，一转头见是陈飒，他不爽地骂："你搞什么？"

"我也不知道自己在搞什么……"陈飒叹气。

大概就是受新器官的影响，变得喜欢管闲事了……不对，也不能这么说，毕竟他本人也很讨厌男人动手打女人。

"有话慢慢说，动手打人都不对。"他把林煜帆拉开，劝解道。

林煜帆不服气，指着女生说："是她先动手的，女人就可以打人了？"

陈飒转头看去，女生确实长得很漂亮，和彭玲不同，她是那种天生丽质的自信的美，左臂上文了文身，像是个数字7，又像是小问号，既抢眼又可爱。

看她的气质，出身应该也不错，这样的女生肯定是看不上林煜帆

第六章 冤家再聚头

这类花花公子的。

陈飒觉得她的文身有点眼熟,忍不住又多看了几眼,女生误会了他的注视,冷笑道:"你一圈的朋友来了,果然都是一丘之貉,张口就问一次多少钱,你把这里当什么地方了?"

周围一片哗然,被所有人盯着,陈飒重新品尝到了当年被严宁打成熊猫眼时那种无地自容的感觉。他万分后悔自己的帮忙,松开抓林煜帆的手,说:"误会,都是误会,我朋友有时候说话不经大脑……"

"是压根没脑子,这也是你们圈的特色吧,一群LOW男,以为有点钱就可以为所欲为了。我也有钱,那我是不是可以花钱让你们这种LOW男赶紧滚蛋,别在这儿丢人现眼了?"

女生的嘲讽换来大家的哄笑,林煜帆的脸涨红了,叫道:"你骂我一个就算了,干吗骂我朋友?我不就是搞错了吗,以为你是……"

"以为我是什么?LOW圈的吗?"

女生牙尖嘴利,大家再次笑起来,林煜帆被当众嘲弄,拳头又握紧了,陈飒急忙拉着他往外拖,就在这时,他看到严宁穿过围观的人,挤了进来,教练也过来了,劝说大家散开。

严宁询问女生的情况,听着女生的讲述看向陈飒二人。

被她的目光扫射,陈飒简直想找个地缝钻进去,心想他怎么就这么倒霉啊,明明每次他都是无辜的,却每次都在他最讨厌的人面前出丑。

趁着严宁还没过来,陈飒拽拽林煜帆的衣服,小声说:"别闹了,要是惊动了警察,你又要被伯父骂了。"

林煜帆挺怕他爸的,看到再纠缠下去自己也占不到便宜,便顺着陈飒的话下台阶,转身要离开,却被严宁叫住了,让他给女生道歉。

林煜帆也是大少爷脾气,让他当众道歉比被打一巴掌更难接受,他一听这话又火了,冷笑道:"道歉?那她打我那巴掌就算白打了?

你等着，这笔账我不会就这么算了！"

他指着女生说完，掉头就走。严宁想拦他，被女生叫住了，摇头说算了。

严宁看向陈飒，问："他也参与了？"

"没有，他是之后来的。"

女生揍了色狼，心情不错，叫上同伴们离开。

陈飒见严宁的目光还在自己身上扫射，他苦笑说："这事真与我无关，我就是一打酱油的。"

"难道那色狼不是你朋友？"

"是，可你也不能把朋友的过错算到我头上吧？"

"那你怎么会在这里？"

陈飒张张嘴巴，总不能说"我是因为好奇你在干什么，所以找过来的"，那样的话，只怕他又要被贴个跟踪狂的标签了。

他掏出手机给严宁看优惠券，说："是我妈推荐我来的，这家健身房离我家近，我就来了。"

严宁看了一眼，算是信了，转身要走，陈飒跟上，问："那你怎么会来这里？难道你家也离这儿很近？"

"我是来锻炼的。"

直觉告诉陈飒她没说实话。

严宁穿的运动装和鞋都有健身房的LOGO，她应该是临时来这里的，所以运动需要的物品都没带来，右手腕上戴了个红手链，像是毛线编的，以前她都没戴过。

陈飒的好奇心又作祟了，问："你这手链挺有特色的，在哪儿买的？"

"自己编的。"

"你会编织？"

第六章　冤家再聚头

陈飒一脸惊诧，像是听到了多好笑的话，嘴巴都笑得闭不上了，严宁瞪他，陈飒忍住笑说："那你接下来要练什么？咱们一起吧，一起练有干劲儿。"

"免了，我怕我也变成你们那个'圈'的。"

"不不不，我和林煜帆……就是刚才吵架的那人就是认识而已，我绝对不会对女性做不礼貌的举动。"

"因为你不敢。"严宁冲他挥挥拳头。

看到拳头的那一瞬间，陈飒的心脏跳了跳，他居然觉得她挥拳头的小动作有点可爱。大概是她穿的紫色运动服可爱吧，陈飒把这个归结于他喜欢紫色。

"大家都是文明人，暴力行为不可取啊。"他提醒道。

严宁没理他，陈飒跟上去，说："我记得你还在停职写检查，怎么看起来你像是在休大假？"

"我在写检查，卡稿了，就来休息下，放松下大脑。"

严宁随口说着，绕着健身房转了一圈。

陈飒也跟着她转了一圈，说："我第一次听说写检查还卡稿的，又不是要你长篇大论，就是让你检讨自己犯的错误，知道自己的错误在哪里，才有机会改正。"

严宁要等的人一直没出现，她本来就心烦，身边还有个家伙在那儿碎碎念，不知为什么，她突然想起了常烁，忍不住停下脚步，看向他。

陈飒也跟着停下，问："是不是觉得我说得很有道理，开始反思了？"

看着这张似笑非笑的脸，严宁哑然失笑，她怎么会认为这两人相似呢？虽然同样是喜欢唠叨，但一个是出于关怀，另一个纯粹是因为嘴贱。

陈飒身后就是跑步机，严宁推开他，跳上了跑步机，来健身房却不运动显得有些奇怪，她选了跑步机，顺便甩开身边这个牛皮糖。

谁知陈飒看到她跑步，也上了旁边一台跑步机，他调了最慢的速度，看着严宁越跑越快，呼吸却很平稳，啧啧称赞说："你的体能真不错啊。"

严宁一边跑步一边观察周围的情况，不理他。陈飒不甘寂寞，歪着头注视她，严宁被看烦了，问："又怎么了？"

"你眼睛不太对劲啊，哭过了？"

"没有！"

"不会是因为看到漂亮女人和我在一起，觉得自己没希望，所以在难过吧？"

严宁今早用冰敷过眼了，没想到陈飒眼睛这么毒，本来还觉得他观察力挺强的，结果接着他就开始自恋起来了。她堆起假笑，对陈飒说："陈先生，比起健身，你更适合去瘦脸。"

"瘦脸？"

"是啊，脸不大的话，你怎么会一直在这儿妄想呢？"

陈飒跳下跑步机，凑到她身旁，认真地问："那你觉得我是不是还需要削削骨？"

"别问我，削人我更在行。"

严宁举起了拳头，陈飒乖乖退回自己的跑步机，说："你还是打人的时候更精神，有什么事说出来，别一个人闷在心里不开心。"

严宁一怔，她反应过来了，心想这家伙不会是看自己没精神，故意找话来逗她吧，他有这么好？

她看向陈飒。见她注视自己，陈飒马上堆起和善的笑，就在她觉得这人不是一点优点都没有的时候，陈飒问："你没去警局吧？"

"当然没有，我在停职，我们头儿又没糊弄你。"

第六章　冤家再聚头

陈飒心想如果是这样，那昨晚她接到电话突然走掉就是在查工作以外的事，一件与"死神"有关的事。

"昨晚看你走得那么急，像是出了大案子。"

"没有，都是私事。"

"你打游戏吗？"

这次严宁没回答，露出奇怪的表情，陈飒说："我听你说死神什么的，感觉这种词只有在游戏漫画里才会出现。"

"没有，你听错了。"

严宁转过头，很冷淡地回道。

陈飒不太信自己会听错，又拐着弯儿地打听。严宁索性不理他了，大踏步跑起来。

接下来的十五分钟里，陈飒就像个老人家似的在跑步机上慢行，他发现严宁的目的不是健身，她的眼神一直在附近探寻，还不时地看手表，像是在等人。

警察特意穿便装等的人不可能是什么好人，这么一想，陈飒也忍不住看看周围，大家都在努力做运动，不像严宁等待的对象。

他正看着呢，严宁的手机响了，她听了一会儿，马上跳下跑步机离开，那敏捷的速度就像是发现了目标、即将冲刺的猎豹。

陈飒急忙跟上，却因为没掌握好平衡，跳到地板上时踉跄了一下，刚好有位女学员从旁边经过，两人撞到了一起。

她高挑漂亮，正是刚才扇了林煜帆一巴掌的女生。

见是陈飒，女生的眉头皱了起来，陈飒怕挨巴掌，迅速往后跳开，连声道歉。

女生没理他，拿毛巾擦了擦被他撞到的地方，刚好是左臂上的文身。陈飒觉得她的文身挺漂亮的，想称赞几句，看看她的表情，又把话咽了回去。

◀ 心知道 ▶

女生的同伴们过来了，大家一起离开。陈飒想再去找严宁，忽然感觉有人在不远处盯着自己，一瞬间的直觉告诉他那目光很锐利。

他转头看去，会员们都在埋头锻炼，个个汗流浃背的，没一个闲人。

陈飒在周围看了一圈，猜想是不是自己神经过敏了，要不就是因为他长得帅，被偷看也是可能的。这种事以前也有过，他没在意，追着严宁跑走了。

严宁去更衣室换衣服，陈飒便直接跑去楼下门口，果然没多久，就见严宁换了便装出来。他怕被发现，急忙躲到柱子后面。

严宁走到大楼一侧，那里有条小路，她顺着小路拐到了楼后面。陈飒远远跟着，两人一前一后走了没多久，严宁在一个拐弯处停下。

那里停了辆山地摩托车，一个二十多岁的男人跨在车上，他染了一头蓝毛，所以陈飒老远就看到了。

严宁过去和蓝毛聊起来。他们说了好久，由于站得太远，陈飒听不到他们说了什么，感觉沟通得不是很好，两人起了冲突。严宁抓住蓝毛的衣服把他顶到墙上，山地车也倒了，发出哗啦声响。

陈飒在远处看着，再次确定这女生实在是太暴力了。

不过暴力的做法通常很有效，蓝毛果然变老实了，不时地点头。没多久两人讲完了，严宁扶起山地车推给他，离开了。

陈飒急忙藏起来，幸好严宁走的是另一条路，他偷偷看着，直到严宁走远了才出来。

蓝毛跨上摩托朝陈飒这边骑过来，就在陈飒犹豫的时候，他擦肩骑了过去，陈飒忍了再忍，终究按捺不住好奇心，在他后面叫道："请等等。"

蓝毛用腿支住车，转头看他。

"叫我？"

第六章　冤家再聚头

他长得还不错，就是穿着挺没品位的，脖子上挂了个玉弥勒佛，右边眉峰打了个金色眉钉，手背上还有文身，是一个很丑的虎头。

陈飒点头称是，跑到蓝毛面前，说："我想跟你做笔交易。"

蓝毛一听这话，脸上露出警觉，上下打量他，没说话。

陈飒又说："你把刚才跟那女生说的话再跟我说一遍，我付钱。"

他掏掏口袋，幸好出门时带钱包了，里面只有两百块，他都拿出来了。

"就两百，你打发要饭的呢。"

蓝毛喊了一声，掉头就走，陈飒追上去问："那你说多少钱？"

"一千。"

陈飒不说话了，问几句话就付一千，他又不是钱多得没处花。

蓝毛看他的反应，又要走，陈飒没办法了，谁让他的好奇心重呢，便叫道："我付！"

蓝毛停了车，陈飒走过去，要了他的二维码，扫码付了五百，蓝毛不爽了。

"我说一千，你这是一千吗？"

"先付一半，等你讲完，我再付剩下的，否则你收了钱，骑车跑了怎么办？"

"哟，你小子还挺有心眼的嘛，其实我要的还真不多，要知道这可是警察感兴趣的情报呢。"

"我知道，你都没跟她要钱，跟我要了，到底是什么事？"

"其实也没什么，就是她来跟我打听一个叫小彪的，那家伙又赌又骗，还帮人收高利贷。我以前和他关系还不错，所以条子们找不到他，就来找我。其实我也不知道他去哪儿了，我好久都没见到他了，她又问我吴婉婉的事，像是审犯人似的，真是的。"

"吴婉婉又是谁？"

"是小彪的相好，挺漂亮的，我见过一两次，不过不熟，唉，可惜了，年纪轻轻就没了。"

"没了？"

"是啊，就昨晚的事，刚才那警察说的，又问我芬太尼那些药。我说我不嗑药的，也不知她信不信。"

听到这里，陈飒猜到了严宁匆匆离开的原因，他问："吴婉婉的死因是什么？"

"我怎么知道？你认为那女警会跟我说吗？"

"你有小彪和吴婉婉的照片吗？"

"只有小彪的。"

蓝毛翻了翻手机，找到照片给陈飒看。

陈飒看了小彪的照片，不由得一怔。

听蓝毛的讲述，他还以为小彪是个流里流气的社会青年。出乎他的意料，小彪的长相竟然十分出众，瘦瘦的，戴了副无框眼镜，让他身上多了几分优雅的气质，和陈飒的想象大相径庭。

看到他的反应，蓝毛笑了。

"所有看到他的人都是你这表情，这家伙放在过去叫什么？啊对，叫拆白党，最善于用美色骗人了，不过他确实也有点内涵，美术专业出身，画画挺棒的，据说富婆都被他勾得五迷三道的，跟我们这种人不一样。"

"那你们还玩得那么好。"

"因为他那些都是伪装的啊，撇开皮相，实质还不如我呢，净赚些昧良心的钱。我一直劝他见好就收，别太过火，他就是听不进去，果然被警察盯上了不是，啧。"

"那警察为什么要找他？"

"我怎么知道？她说她同事之前也找过小彪，还问小彪有没有跟

第六章 冤家再聚头

我提过这些,我说不知道,她还不信。"蓝毛撇撇嘴,不屑地说。

陈飒看他的表情,心里有底了,问:"其实你是知道的吧?"

"嘿嘿,你要再加五百,我就说。"

"那算了,我直接跟她讲得了,到时她就不是想揍你,而是一定会揍你了。"

"妈的!你敢威胁老子!"

蓝毛不爽了,伸手撸袖子。

陈飒往后退了两步,微笑着说:"我只是友情提醒,既然你可以在我这儿赚到钱,那为什么还要去跟警察聊呢?你看她那么凶,你也不想把情报告诉她吧。"

蓝毛被他绕晕了,说:"就是,要不是她以前帮过我兄弟,托我兄弟来问我,我见都不会见她呢,看她那彪悍样肯定嫁不出去。"

"咳咳!"

"不过要说知道什么,其实也没有,就是一个姓常的警察来找过小彪几次。小彪那阵子特别紧张,总是恍恍惚惚的,我问他,他也不说,只是支支吾吾地说不该接那个买卖。我猜他是犯什么事了,那之后不久他就跑路了,跟谁都没打招呼,啧,真不够义气。"

"那那个警察没来找你?"

"没有,啊不,应该说没法来了,他好像出车祸挂了,我看新闻时还想这不就是找小彪的那个人吗?"

陈飒用手机搜索了一下,很快就找到了相关新闻。

六月七号晚上九点,郊外发生交通事故,警察常烁为了救助路边行人,被撞身亡。事后经过调查,车主李宝山嗑药成性,当晚又涉及酒驾,在救护车到达之前业已死亡,行人母女只是轻微擦伤。

看到这个日期,陈飒心里咯噔一下,好巧不巧,正是他和郑大勇发生争执后被送去医院抢救的晚上。

这应该只是偶然的巧合，可是陈飒没法不在意，他盯着新闻来回看了好几遍。

蓝毛在一旁等得不耐烦了，说："我都告诉你了，剩下的钱快转给我。"

陈飒回过神，问："小彪完全没提常警官和他的聊天内容吗？"

"没有没有，赶紧给钱。"

陈飒向蓝毛要小彪的照片，他又要求加两百，这次陈飒没跟他讨价还价，说："要不我们加好友吧，要是你想起什么，告诉我，我花钱买。"

蓝毛斜眼看他，一脸"你这人是不是有毛病"的表情。陈飒也觉得自己有病，要不怎么会放着漂亮女人不理，对一件和自己完全没关系的事这么上心呢？

两人加了好友，陈飒把钱转给了他。他居然姓蓝，叫蓝飞，估计这头蓝毛就是为了配名字染的。

顺利收到了钱，蓝飞对陈飒颇感好奇，推着车和他并行，问："我说，你是侦探吗？"

"为什么这样问？"

"搜寻情报这种事，除了警察就是侦探了，看你也不像警察，那就是后者了，你们都对小彪感兴趣，是不是他犯的案子挺大的？"

"想知道的话，把刚才的钱还我一半。"

"那算了，我就是这么多嘴一问。"

蓝飞只对钱感兴趣，到了马路上，他跨上摩托就要走，陈飒想起一件事，叫住他。

"你们一开始是约在健身房见面吧？为什么又改地方了？"

"是啊，不过后来我这么一想吧，里面人多眼杂的，说话多不方便，就打电话叫她出来了。"

第六章　冤家再聚头

蓝飞转转眼珠说道。直觉告诉陈飒他没说实话，便追问："健身房人多不是正常吗？为什么你要约在那里？"

"我喜欢在健身的地方聊天，不行啊？"

蓝飞说完就骑车离开了，陈飒在后面叫着可以继续付钱，人家也没理他，摩托车跑得飞快，转眼就不见影了。

陈飒去停车场取自行车，谁知两旁多了几辆电瓶车，他好不容易才把自己的车拖出来，推着车慢慢往回走。

路上，那则事故新闻一直在他脑中晃动——常烁死了，和常烁有过接触的小混混也人间蒸发了，这其中是不是有什么联系，所以严宁才会做调查？

公寓很快就到了，陈飒猛然回神，忽然一个念头掠过脑海。

他和常烁是同一晚出的事，发生意外的时间也接近，所以他接受的心脏不会就是常烁的吧？

心脏怦怦地跳动着，陈飒的手下意识地按在心脏部位，他哑然失笑。

他真是想太多了，世上哪有那么巧合的事啊。

不过说归说，他还是很在意，回家吃了饭，上网详细查看了那则事故新闻。

登载新闻的网页不少，内容也都大同小异，都是赞扬常烁的，陈飒翻看了好久，才找到一则新闻，里面提到了被常烁救助的那对母女。

报道说女孩五岁，因为惊吓过度，曾一度失声，经过治疗已经恢复了正常，她母亲对记者说了很多感谢常烁的话。

陈飒看着常烁的照片。他五官端正，英气勃勃，一看就是非常认真敬业的那类人，也很容易让人卸下心防，他还不到三十，却因为意外事故而失去了生命。

陈飒转动鼠标的手停住了，忽然明白了在梁晓茗企图自杀时，严宁为什么会那么生气。她在调查常烁以前调查的事情，说明在她心中，常烁的存在是很重要的，甚至他们可能还是恋人关系，所以她无法容忍他人对生命的轻视。

陈飒有过不少女朋友，可是他知道如果那晚他手术失败，就那么挂了的话，也不会有人在意，甚至很快就会把他们的交往忘得干干净净。

想到这里，陈飒有些不是滋味，以往他不会在意这种事，因为他自己也是这样的人，可今天不知怎么了，就是想不开，他对常烁的存在有点在意，又有点羡慕。

常烁的死究竟是意外，还是另有隐情？

他轻声发问，忽然推开鼠标，取了外衣和钥匙，跑出了家。

与其一直在这儿纠结，不如去事故现场看看，假如心脏提供者真是常烁的话，也许他会想起什么，很多实例不是都证明了心脏有记忆功能吗？

事故现场在郊区一个偏僻的路段上，附近虽然有住房，但由于拆迁，住户稀少，大白天来往的车辆和行人也不多，更别说设置监控了。

陈飒随便找了个空地停了车，步行来到发生车祸的地方。

过去了五个多月，路面上已经看不到车祸遗留的痕迹了，只有道边一棵樟树的树干上还留了一些疤痕。

根据新闻报道，酒驾男李宝山的家用车把常烁撞飞后，企图逃窜，却因为车速过快导致车辆失控撞到了树上，树干上的撞击痕迹就是那时候留下来的。

陈飒抚摸着树干，看向前面的车道，想象着当时那一幕——深夜，女人带着孩子在道边慢行，酒驾失控的车辆呼啸着撞向她们，千

第六章　冤家再聚头

钧一发之际，常烁冲上前推开了她们，他自己却被车撞了出去，路上全都是飞溅的鲜血。

周围寂静，陈飒几乎可以听到自己扑通扑通的心跳声，然而除此之外，什么灵感都没有出现。

事实证明，他考虑事情太乐观了，那些所谓的器官记忆只是一种传说而已，不代表真的会发生，至少没有在他身上发生。

陈飒苦笑，感觉一时兴起跑来看现场的自己真像白痴，他转身回停车的地方，对面有个女人走过来，和他擦肩而过。

女人穿着深颜色的衣服，刘海儿留得很长，完全遮住了额头，她很瘦，让驼背更加明显，像是大病初愈，整个人都没精神。

擦肩的那一瞬间，陈飒感觉女人有点精神焦虑，他忍不住多看了几眼，发现她还挺漂亮的，如果好好打扮下，应该很加分。

陈飒走到自己的车前，路上传来车辆的引擎声。他回过头，刚好看到一辆货车跑过去，车速很快，女人像是吓到了，惊慌地跳往路边，一个没踩稳差点摔倒，还好及时扶住了树。

某个念头突然涌了上来，直觉告诉陈飒，她就是那晚被常烁救助的女人。

他反身回去，果然就见女人在车祸现场附近徘徊，又从包里掏出一瓶矿泉水，打开瓶盖，把水都倒在了路边。

她做完了这一切准备离开，陈飒叫住了她。

"你好。"

突然听到叫声，女人吓得一哆嗦，这反应凸显了她的神经质，转头见是个不认识的男人，她眉头皱了起来。

"你好，"陈飒说，"五个多月前，这里发生了一起车祸，请问你当时是不是在现场？"

"你是……记者？"女人打量着他，一脸警觉。

同一天里，这是陈飒第二次被认错身份了，他苦笑着想这要归结于自己的不务正业。

"不，我是常烁的朋友，来祭拜一下他。"

听说他是常烁的朋友，女人表情缓和了很多，说："他是好人，那晚要不是他帮忙，我和我女儿就没命了，可是他……"

她语气有些哽咽，陈飒安慰说："你别多想，他是警察，当时换了其他人，他一定也会那样做的。"

陈飒不认识常烁，可是打从看了他的照片，他就有种感觉，常烁是那种非常有正义感的人，他肯定没有后悔过自己的选择。

女人点点头，算是接受了陈飒的解释。她告辞要走，陈飒跟了上去，先是感谢她来祭拜，接着又说："这里不好叫车，我的车在那边，我送你吧。"

"不用，我家就在附近。"

女人随便往不远处的住宅区指了指，陈飒说："这里好像要拆迁。"

"是啊，我们家也快要搬了，以后这里要盖公寓，通地铁，会很热闹的。"

"现在也不错啊，有路灯，晚上散步也不会怕。"

"什么都没有，哪有人出来散步啊。"

"那你晚上带女儿出来是……"

陈飒故意顿住了，女人脸色一变，下意识地捋捋一旁的头发。她额上有块旧疤痕，发现陈飒的注视，又慌慌张张放下了手。

陈飒猜到了，她可能是家暴受害者，可能事故发生当晚她被打过，才会大晚上带着女儿在外面游荡。

"不好意思，我可以问下你的名字吗？"

女人皱皱眉，看似不想说。陈飒翻翻口袋，幸好钱包里放了几张名片，他掏出一张，递过去。

第六章 冤家再聚头

"我有律师朋友是专门处理家庭纠纷的,咨询免费,这上面有我的手机号,如果你有需要,可以随时联络我。"

"这……"

女人犹豫着接了,陈飒马上又说:"如果你有其他想询问的事情,也可以找我,作为常烁的朋友,我一定会竭尽全力帮助你的。"

这句话起了效果,女人收下了名片,说:"谢谢……我叫张明娟。"

这次出行还算有收获,虽然依靠器官记忆寻找灵感这步不顺利,不过遇到了车祸当事人,陈飒觉得他还是挺幸运的。回到家,他的兴奋劲儿还没过去,便攀住门框开始做引体向上。

做着做着,他逐渐冷静下来,忽然想他今天一天在搞什么啊?

先是放弃美女的邀请,追着严宁去健身房;接着又偷听她和蓝飞的对话;还为了调查交通事故特意跑去郊外;为了帮助张明娟给了她名片,那行动力和干劲就跟打了鸡血似的。

以前的他绝对不会做这些与自己不相干的事,但如果是常烁的话,他一定会这样做的。

不要问他为什么这么肯定,他就是觉得常烁是这种性格!

陈飒沉不住气了,从门框上跳下来,打电话给他的主治医生。

铃声响了半天,最后是助理接的,说徐离医生正在做手术,有事他可以代为转告。陈飒不知道该怎么说,只好请他让医生回电。

直到晚上九点半,陈飒都上了床,准备就寝时,徐离晟的电话才打过来,说手术刚做完,问他有什么事,是不是身体不舒服。

"我身体很好,我是心里不舒服。"

"我以为上次聊过后,你都想通了。"

"习惯和嗜好也就算了,可我不想顶着别人的人格生活,你知道我今天一天做了什么吗?"

陈飒把他的"侦探事迹"简单讲了，徐离晟听完，严肃地说："这太危险了，你要马上停止，调查事件那是警察的工作。"

"我也知道危险啊，我都感觉自己被附身了，像是换了个人格。"

"不，这些冒险行为原本就存在于你的潜意识里，只是出于趋利避害的观念，你选择不去做，但是身边如果有这类朋友的话，就会激发你的潜在意识。换言之，这完全是出于你的自主行为，就像我们常说的近朱者赤近墨者黑，简而言之，朋友的影响力要远远超过移植器官的影响。"

"你的意思是对我来说，大魔头要远远比心脏有影响力了？"陈飒自嘲地说。

徐离晟没听懂，问："什么大魔头？"

"我在说心脏提供者是常烁，对吗？"

"抱歉，我不会告诉你提供者的情报。"

"那我换个问法，提供者是一位警察，是吗？"

稍微停顿后，徐离晟说："我不知道，我只知道因为他，你才能顺利活下来，不是每个人都有这个机会，希望你珍惜。"

那稍微迟缓的回应让陈飒断定他没猜错，老老实实说了声是，徐离晟大概觉得自己的话有点重了，又说："你最近情绪波动比较大，也可能与用药剂量有关系。这样吧，我明天下午没有手术，你过来一下，我们再详细谈一谈。"

陈飒答应了，收了线，把手机往旁边一丢，决定从明天开始好好做他的牙医，再不管闲事了。

Chapter 7
第七章　虐杀

第二天一大早陈飒就起来了，整理完毕，去诊所上班。

江蓝天对他的出现一脸惊奇，摸摸他的额头，问："你发烧了？不在家里好好待着养病，来干吗？"

"在家待着太无聊，还是来工作好了。"

实际上陈飒打的算盘是正常上下班的话，他就可以减少和严宁见面的机会，严宁不出现，麻烦事自然也不会出现，总不可能梁晓茗又想不开要自杀吧。

上午的诊疗都很顺利，几个顽皮的小孩子也挺配合的，让陈飒觉得这才是正常的生活。

中午，陈飒刚订了餐，陈妈妈就过来了，原来她听说陈飒来上班，就特意来送自己做的午餐，还顺便买了点心给大家。

一大盒糕点把护士们都买通了，一个个围着陈妈妈，嘴巴甜得不得了，于是陈飒网上订餐的事也暴露了，陈妈妈听了后，拍拍他的肩膀，笑眯眯地说："儿子，咱们回家慢慢聊。"

陈飒吃着母亲带来的盒饭，简直是食不知味，看着她又去找江蓝天聊天，一副不到上班时间绝不离开的架势，他的头开始疼，正在琢磨着找个什么借口把母亲劝走时，对面传来脚步声。

陈飒抬起头，当看到来的人是严宁后，他一口米饭没吞下去，成功地呛到了。

简直就是他不想找麻烦，麻烦自动来找他啊。早知道这样，当初他就不该接受魏炎的提议，让严宁写什么检查了。

再看看跟在严宁身后的陈一霖，陈飒接着又呛了第二次。

他的目光在两人之间打转，问："你……还是你……来看牙？"

"都不是，"严宁回了他，"我们来跟你确认个情况。"

"梁晓茗又出事了？"

这是陈飒唯一能想到的事，毕竟杀害郑大勇的凶手还被关押着呢。

"不是，是……"

严宁的话还没说完，陈妈妈看到他们，跑了过来，不高兴地问："怎么又是你们？你不是还在停职写检查吗？"

严宁对陈妈妈这种女性也挺头疼的，说："对，我还在停职，我只是帮同事带个路。"

"带路来找我儿子？"

陈妈妈又看向陈一霖，陈一霖慌忙冲她堆起笑脸，陈妈妈又问："你怎么知道我儿子在这儿上班？"

"因为他是我的主治医师。"

"啊？"

陈妈妈听糊涂了，转头看陈飒，陈飒趁机说："行了妈，就是聊聊天，你也去聊个天嘛。"

他一边说着一边给江蓝天使眼色，让他帮忙拖住母亲，陈妈妈还要再说，陈飒已经跑出了诊所。

陈一霖的车就停在旁边，说："为了不被打扰，咱们车上聊吧。"

幸好不是警车，陈飒跟随他们上了车，去后排座坐下，严宁坐在

第七章　虐杀

他旁边,正要开口发问,陈飒先说了。

"首先说明,不管你们要问什么事,都与我无关。"

"希望如此。"

陈一霖说完,严宁问:"昨晚九点到十一点,你在哪里?做什么?"

这明显就是审犯人的口吻嘛。

陈飒的目光再次在他们之间转了转,比起被审问的不快,他的好奇心占了上风,问:"这是在调查我的不在现场证明吗?那我没问题,我在家。"

"有人证明吗?"

"没有,不过……快到九点半的时候,我的主治医师徐离晟给我来过电话,我们说了十几分钟吧。"

陈飒掏出手机,调出来电显示给他们看。

陈一霖接过去看了,又向陈飒询问医生的联络方式,记录下来。

陈飒说:"我是在卧室接的电话,九点半我房间的布谷钟小鸟还出来叫,徐离医生肯定听到了,这就证明我当时是在家里。"

"你完全可以提前录好小鸟的叫声,趁着打电话时放出来。"

"可我又不知道医生几点会给我来电话,他们外科医生每天忙得要死,你要是还不信,可以去我的公寓调监控看。"

陈一霖没再继续问,看了严宁一眼,严宁问:"那打完电话之后呢?"

"之后我就睡了。"

"不到十点就睡了?"

面对两位警察惊讶的目光,陈飒摊摊手,苦笑。

他也不想活得跟个退休老干部似的,可这不都是器官提供者的作息习惯给闹的嘛。

"问了半天,到底是出了什么事?"

"这个女生你认识吗?"陈一霖拿出一张照片递到陈飒面前。

照片上的女孩子长得很美,也很眼熟,就是昨天在健身房甩林煜帆巴掌的女生,陈飒点点头,说:"认识。"

回答完他又觉得不对,马上纠正。

"应该说见过,昨天在健身房她和我一个朋友有过小冲突,当时严警官也在的。严警官你应该没有贵人多忘事,这么快就忘了吧?"

"放心,我记得,那后来你们有没有再跟沈云云……就是这个女生接触过?"

"没有。"

从两人的表情中觉察到了事态的严重性,陈飒问:"不会是林煜帆去找她麻烦了吧?"

严宁和陈一霖对望一眼,严宁说:"你会这么问,是认为依照林煜帆的个性,他吃了亏,会去讨回来?"

陈飒不了解情况,没敢乱说话,说:"他做了什么,不关我的事,当时我和严警官一直在健身房跑步,后来我就回家了,没有再联络林煜帆。"

他为了表示清白,特意强调和严宁在一起,陈一霖听了,表情有些悻悻然,问:"你为什么总是缠着严宁?"

陈飒一看他这反应就明白了,急忙说:"不是的,是她一早……"

话被打断了,严宁说:"他说让我指点他健身,前天他帮我们忙了,算是还他个人情。"

有关常烁调查的事件以及他的死亡疑点,严宁只对魏炎做了汇报,现在情况还不明朗,她不想节外生枝,把杜撰的借口说完,微笑着问陈飒:"是不是?"

她来回按按手指骨节,陈一霖在前座看不到,陈飒可是看得清清楚楚,忙堆起笑脸回道:"是的!是的!"

第七章　虐杀

陈一霖将信将疑，不过没再多问，转回正题，说："昨晚沈云云被杀了。"

陈飒隔了几秒才反应过来。

"被杀？是我理解的那个被杀？"

两人点头，陈飒再问："你们怀疑是林煜帆干的？"

"起初是这样怀疑的，不过他运气好，昨晚他和朋友通宵在KTV包厢玩，很多人都可以作证。"

"所以就怀疑到我身上了？"陈飒啼笑皆非，"昨天我是碰巧去健身房，碰巧看到他们吵架，上前劝劝架而已，就一打酱油的也要被怀疑？"

"这也不是怀疑，而是职责所在，在案发前所有与被害人有过接触的人我们都要询问，还请见谅。"

陈一霖说着干巴巴的场面话，陈飒还是有些无法相信这个事实，问严宁："她真的死了？"

"是的，而且凶手的杀害手法非常残忍，如果你有什么线索，不管多小都可以，请告诉我们。"

听严宁的口气，他们还是在怀疑林煜帆。

这也难怪，林煜帆在沈云云被杀当天和她争吵过，还当众说要给她颜色瞧瞧，换了任何人都会怀疑是他。

陈飒明白了。

他们来找自己并不是真的认为他与案子有关，只是想通过旁敲侧击了解林煜帆的行动，从而击破林煜帆的时间伪证。

陈飒和林煜帆算不上是知交好友，但也认识很多年了，说他杀人，陈飒有些难以接受，想了想，问："那女孩是怎么死的？"

"你午饭还没吃完吧？"

陈一霖没头没尾地来了这么一句，陈飒点点头，陈一霖说："那

133

我建议你吃了饭再说这件事。"

"不用，早没胃口了。"

"你确定？别回头你妈又来投诉我们。"

陈一霖问了好几次，直到陈飒都点头点得不耐烦了，他才调出手机里的照片，递给他。

被害人仰面躺在地上，头部微微向右侧，从头顶直至颧骨都满是血迹。

那已经不能称之为脸了，凶手应该数次暴打过她，导致被害人一侧的头骨整体向下凹陷变形，不知是因为恐惧还是痛苦，眼珠大幅度地凸出。

她的脖颈和胸前也有痛击和利刃割划形成的创口，不过与脸部相比，没有那么惨烈，只有左臂，自肩膀到手肘被来回割过很多刀，血肉向外翻卷，残忍而又凶狠。

陈飒看着照片不说话，陈一霖问："还有从其他角度拍的照片，你要看吗？"

陈飒丢下手机，打开车门冲去了角落。

听着干呕声间断地传来，陈一霖说："看来他跟这个案子没关系，除非他的演技达到了影帝的水平。"

"林煜帆也不像是能做出这么凶残行为的人。"严宁斟酌着说。

这个案子是陈一霖负责的，案发后严宁没有见过林煜帆，只是昨天看到过他和沈云云争执，由此她的判断是——林煜帆是胆小、好面子、有点神经质的类型，这类人如果要杀人，投毒或是背后捅刀是他们擅长的手法，而不是虐杀。

外面的干呕声停止了，严宁看向车外，陈飒蹲在那儿一动不动，她有点担心，拿了瓶矿泉水，下车走过去。

"你还好吧？"她把矿泉水递过去。

第七章 虐杀

"不能说好……谢谢。"

陈飒站起来,接过矿泉水,咕嘟咕嘟喝了两口,不适感总算稍稍缓解了,他对严宁说:"谢谢你们,成功地让我连晚饭也省了。"

"我已经有写三份检查的觉悟了。"

陈飒很想说那倒不会,他没那么小心眼,可是实在不想说话,他挪回车里,一抬头看到陈一霖,又有了想吐的冲动。

陈一霖忙说:"喂,你别看着我的脸吐啊,我的脸又没那么糟糕。"

陈飒不想说话,趴在前座椅背上。

陈一霖看看严宁,严宁冲他摇摇头,觉得以陈飒现在的情况不适合多问,说:"今天就到这儿吧,谢谢你的协助。"

陈飒靠在那儿一动不动,也不说话,陈一霖说:"要不我扶你进去?别让你妈又以为我们把你怎么着了。"

陈飒还是没反应,就在陈一霖准备下车去扶他时,他突然抬起头,说:"再给我看下其他的照片。"

声线沉稳,不像一个虚弱的人发出来的。陈一霖愣了愣,马上又说:"行了行了,我求求您下车吧,我扶您进去吧,再看下去,您连前晚的饭也要吐了。"

"作为一名警察,你说话太不谨慎了,最多是吐昨晚的饭,前晚的早消化没了。"

陈飒向陈一霖要手机,陈一霖拿不准,看看严宁,严宁点点头,示意他给。

陈一霖把手机给了陈飒,陈飒皱着眉头,划着手机一张张地翻看,有好几次陈一霖都担心他一个忍不住,直接吐在车上,直到陈飒看完,又往回划照片。

"你也不用这么拼。"陈一霖说。

"我只想知道林煜帆是不是凶手。"

"看照片就知道了？"

陈飒没回答，把手机还给陈一霖，重新趴到椅背上。陈一霖莫名其妙，问严宁："这祖宗又咋了？"

严宁也不知道，不过见过几次陈飒"抽风"，也算是习惯了，冲陈一霖摆摆手，让他少安毋躁。

过了一会儿，陈飒缓过来，抬起头，说："你们另外找凶手吧，林煜帆一定不是你们要追踪的目标。"

"喔，愿闻其详。"

"沈云云是被活活打死的吧？说明凶手对她抱有很大的怨恨，我了解林煜帆，他的韧性和意志力都不足，做事也没什么计划。他也许会因为口角一时大脑充血动刀子捅人，但不会也不敢搞虐杀。我敢说他要是看了这些照片，吐得一定比我更厉害。"

"我没给他看照片，"陈一霖坦言相告，"因为他有时间证人，要么是真的，要么是早有计划，如果是后者，在没有更确凿的证据之前，我们不想这么快就打草惊蛇。"

"你们希望我做什么？"

陈一霖再次认真注视陈飒，一脸惊异。陈飒耸耸肩。

"我上次就说了，富二代我认，脑残我不认，你们特意过来，不就是想通过我试探林煜帆吗？"

"怎么感觉你突然像变了个人似的。"

这是最近陈飒听得最多的一句话，他从不适应到不快再到麻木，抚抚心口，苦笑说："并没有，我现在正在极力克制呕吐感。"

一颗薄荷糖递到了他面前，陈飒看看严宁，道声谢谢接了过来，却没马上放进嘴里，而是正反看了一下。

"难怪你会有蛀牙了，你应该选木糖醇那种的。"

第七章　虐杀

"看来你刚才还没吐够。"

好心居然被吐槽，严宁劈手夺了回来，却感觉不对，展开手掌一看，却是枚硬币，再看陈飒，他已经把剥好的薄荷糖塞进了嘴里。

这家伙的手脚还真快，除了当牙医以外，他不会还从事其他什么不当活动吧？她恨恨地想。

"能不能从林煜帆那儿打听到消息我不敢肯定，不过有一点我很在意，沈云云左臂上的文身我好像在哪儿见过。"

"在哪里？"

"就是想不起来了啊。"陈飒揉着额头，很苦恼地说。

那是他很久以前见过的，当时就随便瞥了一眼，就没在意。

这种精致秀气的文身多是女生喜欢的，所以应该是他的某个前女友文的，问题是他以前的女朋友太多了，在吐了个七荤八素之后，他实在想不起来是哪一位了。

"给我点时间，让我慢慢想一想。"

陈一霖的手机响了，他看看陈飒，跳下车听电话，就在这时，诊所门口传来吵嚷声，原来是陈妈妈一直不见儿子回来，直接出来找他了，江蓝天跟在后面，拦都拦不住。

陈飒一看，急忙对严宁说："快开车快开车。"

严宁想等陈一霖回来，陈飒又说："我妈肯定要逼我回去休息，你就什么都别想查了。"

严宁一听，跳下车，坐到驾驶座上，打开引擎把车开了出去。

陈飒落下车窗，对母亲说："我下午约了徐离医生看病，回头见。"

"看病你带着警察干吗？"

"帮我开车啊，这样我就不会累了。"

陈妈妈一听也是，便不计较了。陈一霖却急了，追上来，陈飒把自己的车钥匙丢给了他,说:"你开那一辆。"

陈一霖被撂下了,车跑上公路,严宁问:"你又把钥匙送出去了?回头怎么进家?"

"早卸下来了,我家里的钥匙这辈子就只给过你一个人。"

陈飒说完咂吧咂吧嘴,觉得这话说得太暧昧了,严宁也听出来了,透过后视镜瞪了他一眼。

陈飒呵呵干笑,说:"就是字面上的意思,字面上的意思,切勿深究,切勿深究。"

严宁笑了,陈飒觉得她从镜子里看过去还蛮可爱的,这已经是第二次了,吓得他急忙拍了自己一巴掌,提示自己保持清醒。

严宁问:"你手脚还挺麻利的,练过?"

"嗯,以前学过魔术,从初中就开始了,说起来有十来年了。"

想起赫赫战绩,陈飒不由得得意起来,严宁恍然大悟。

"你这么一说我想起来了,有一次元旦晚会上,有个同学表演什么魔术,结果把自己的头发都烧了,那个人不会就是你吧!"

那是陈飒头一次登台演出,因为紧张给演砸了,没想到都这么多年了,居然还有人记得。他把头撇开了,嘟囔道:"如果这世上杀人灭口不犯法,那该多好啊。"

开着车,陈飒打电话给林煜帆,手机直接不通,他就照严宁的提示给林煜帆留了言,提了沈云云的事,说自己也被警察询问了,问他那边怎么样。

过了好久,林煜帆依然没回应,陈飒看看在前面开车的严宁,说:"大概是吓坏了,富二代嘛,糖水里泡大的,遇到这种事肯定害怕。"

"你也是富二代,还直接跟杀人犯杠过,也没见你怕。"

"我?"陈飒笑了,"如果你死过一次,就会知道这世上没什么事

第七章 虐杀

值得怕了。"

严宁不了解陈飒的手术情况，觉得他在夸大其词，刚好陈一霖来电话了，她找了个空位把车停下，接起电话。

陈飒不知道他们聊了什么，就听严宁提到了文身，过了一会儿，她放下手机，陈飒问："文身是不是有问题？"

"没有，陈一霖说同事从沈云云的朋友那儿问到了文身师傅的地址，去打听过了，那是文身师自己设计的，后来又根据沈云云的想法做了一些修改，你要看设计图吗？"

陈飒点头，接过严宁的手机。

里面是陈一霖传过来的图稿，原形是弯钩，上面缠着骷髅头和藤蔓，沈云云的则改成了小玫瑰花，弯钩改成直钩，乍看像个"7"，又像头部拉得比较直的"？"，这么一改，多了温柔和俏皮，偏女性化，也很有特色。

陈飒原本想这会不会是什么标记，刺激了凶手的杀心，现在看来只是巧合。

"陈一霖骂我了吧？"他把手机还给严宁，问。

"当着人家的面把车开走，我说没骂，你信吗？"

"我这么做也是为了帮你们。"

透过后视镜观察着严宁的表情，陈飒说："你们觉得林煜帆有问题，一定还有其他原因吧？否则都有人证了，你们不会还紧咬着他不放。"

严宁没有马上回答，想了想，说："应该是作为刑警的直觉吧，林煜帆说话时眼神飘忽，表现得很害怕，他应该是知道些什么。"

"所以你希望我从他嘴里把话套出来，"陈飒说完，忽然觉得不对，"等等，你不是还在停职吗？怎么开始查案了，检查写完了？"

"还在卡稿呢，所以我准备现在就回家写。"

陈飒一个字都不信，谁知严宁接着又说："你下车自己回家好了，要是林煜帆回信了，跟陈一霖讲下就行。"

后车门自动打开，陈飒马上给它关上了。

"我不想我的朋友被怀疑，你打算怎么查就去怎么查吧。"

"可是检查写不好，回头你家老太太又要唠叨了。"

陈飒知道她是故意的，可他对这件事太在意，急忙说："交给我，我来跟她谈，条件是我要跟着你。"

严宁瞥了他一眼，心想假如林煜帆来联络，陈飒在身边的话，她也可以第一时间了解情况，而且她对文身这条线索还是很在意，总觉得凶手不是无缘无故在被害人左臂上乱划的，要是陈飒能提供线索，对调查也有帮助。

想到这里，她说："我要去一个地方。"

"凶案现场？"

"你的直觉总是这么准吗？"

陈飒回答不上来。

他一向对自己的观察力和判断力很有自信，不过不可否认，这个能力在手术之后明显提高了，或许是手术刺激到了体内的一些潜在能力，又或许就像医生说的那样是受新器官的影响。

所以管它呢，想那么多干吗？好用就行。

"大概是因为我的智商比较高吧。"他自恋地说，换来严宁不屑的白眼。

严宁开车来到凶案现场。

那是栋独门独院的小洋楼，周围房子不少，不过这边的楼房多是作为别墅来使用的，常住的居民不多，晚上比较僻静。

沈云云的家不在这里，只是因为她和朋友今天要去旅游，这里离

第七章　虐杀

集合的地方比较近，所以昨晚才会开车过来住，快到别墅时她还跟母亲通过电话，谁会想到才不过半小时，她就遇害了。

从现场状况来看，沈云云在车库停好车，是在走去正门的时候被突然袭击的，凶器是放在车库里的扳手，凶手行凶后就随手丢弃了，只带走了割划被害人手臂的利器。

尸检还没结束，法医的初步检查结果是——凶手尾随被害人，从后面击打她头部的右侧，等她仰面倒地后，又继续击打她的前额和头骨。

从下手力度和次数来推测，凶手应该是男性，被害人没有被强暴的迹象，仅仅是单纯的虐杀。他们调查了附近的道路监控，没有发现可疑车辆，现在正在扩大范围搜索。

这些都是来现场的途中，陈飒听严宁说的。

他还知道了沈云云是独生女，家境非常好，刚大学毕业，原本是计划去国外继续读硕士，手续都办好了，却发生了这种事。

严宁说的时候语气很沉重，陈飒想象得出沈家父母失去独生女儿后的悲恸心情，他下了车，跟随严宁来到车库。

现场鉴证都做完了，外面拉着警戒线，老远就能看到白线画的人形，血都渗进了地里，只留一大片褐色的血迹，不过周围并不凌乱，车库架子上的常用工具也被摆放得整齐。

严宁之前没有来过现场，她查看得很仔细，陈飒没有打扰她，站在不远处环视了一圈车库，又走到沈云云被虐杀的地方。

从车库到正门这条路上栽种了冬青，与地上的人形之间有不到两尺的距离，冬青叶子完好无损，可见凶手的动作有多快。他埋伏在黑暗处突然发起袭击，沈云云完全没有防备，连基本的反抗都没有就倒在了地上。

从凶手的行动来看，他对沈云云的行程很了解，知道她独自一人，专门在这里堵她，可是凶手使用车库的扳手当凶器又不免让人起疑，像是临时起了杀心，随手抄来用的。

严宁走去冬青树丛旁，拨开枝叶往里看，很快又转回来，眉头紧皱。

陈飒问："怎么了？"

"鉴证科的同事说他们在冬青树里找到了沈云云左耳上的一只耳环，耳环沾了血迹，怀疑是她被殴打的时候掉落的。我想不通当时是怎样的情况，耳环才会飞去那边。"

陈飒看看白线，再看看冬青，也觉得不可思议，他对沈云云戴的耳环有印象，从现场状况来看，沈云云在被殴打第一下时就倒地不起了，耳环飞出去的可能性很小。

"那东西应该不太容易掉落吧？"

"所以才觉得奇怪啊，"严宁看看周围，找了根小树枝，递给陈飒，"你配合我一下。"

"啊？"

"我当被害人，你充当凶手，咱们模拟下当时的情况。"

这提议不错，陈飒接了树枝，根据严宁的指示躲去车库旁的角落里，由于周围栽种了树木，到了晚上，那里很黑，沈云云驾车回来，很难发现藏匿的人。

"配合可以，不过你别忘了自己是被害人，不能反抗啊。"陈飒敲打着小树枝，提醒道。

严宁无语了，看他一脸认真，不由得也认真反思了一下自己是不是真的那么暴力。

她打了个OK的手势，做出开车进车库的动作。车库门是用遥控开的，她进去后停了车，下车出车库，顺着旁边的小路去正门。

陈飒从角落里跳出来，经过车库，看到架子上摆放的工具，他做

第七章 虐杀

出拿的动作，握着小树枝，紧追上严宁，从后面轻轻碰了下她的头。

严宁捂头倒地，陈飒跟上去作势敲了几下，又做出掏匕首的架势，蹲下来划她的脸和手臂。

严宁忽然瞪大眼睛看过来，陈飒习惯成自然，向后躲避，一个没留神，坐到了地上。

严宁坐起来，若有所思地说："好像在殴打的时候不会碰到耳环，值得注意的是，凶手对被害人的脸和文身更为在意，不惜在杀人后又多花时间对她划刀泄恨……会不会是在他虐杀时耳环卡在了匕首上，被带着飞去了冬青里？"

"很有可能，毕竟凶手正处于虐杀的兴奋中，而且他的行为前后矛盾，既像是随机又像是早有预谋，太不正常了，"陈飒说完，自嘲道，"肯定不正常，正常人哪会搞虐杀啊。"

他站起来，向严宁伸过手去，忽然想到自己这个动作很突兀，严宁已经抓住他的手，借力跳了起来，转头重新看现场。

趁着她不注意，陈飒把手放去背后擦了擦——哎呀妈呀，他平时躲大魔头都来不及，居然还主动和她握手。

不知是因为紧张还是惊吓，心怦怦跳得厉害，陈飒后知后觉地想到严宁的手还挺软的，不像经常练拳的样子。

"你在想什么？"

话音传来，陈飒一秒回过神来。

"嗯，你们询问过沈云云的朋友了吗？"

"都问了，被害人长得漂亮，性格外向，在学校人气很高，不过有点大小姐脾气，有时候会得理不饶人，所以谈了几个男朋友都谈崩了，最近一直是单身。陈一霖正在调查她的几个前男友。"

回想昨天的情况，陈飒也觉得那女孩的嘴巴有点毒，不过再毒也不至于被虐杀。

他说:"看行凶方式像是积怨已久,那肯定跟林煜帆没关系,林煜帆又不知道她住哪里。"

"林煜帆认识不少道上混的人,还因为和那些人一起嗑药被抓,要他们查沈云云的情报并不难。"

陈飒一怔。看到他的反应,严宁说:"看来你对你的朋友并不了解。"

她把手机递到陈飒面前,那是沈云云的微博。

和很多年轻漂亮的女孩一样,沈云云很喜欢自拍和发一些随笔感想,微博名是昵称,学校名字设置成了公开,再对比照片背景,很容易查出当事人的个人信息。

不过让陈飒惊讶的不是这个,而是林煜帆嗑药被抓的事,正想细问,一种不寻常的感觉又涌了上来。

有人在不远处偷窥他们,就像昨天他在健身房感觉到的那样,如芒刺在背,让人非常不舒服。

他按捺住转头的冲动,小声对严宁说:"你看看我背后,是不是有人在偷窥?"

严宁点点头,陈飒额头冒汗了,又问:"会不会是凶手?我听说凶手都很喜欢重回现场看……"

话还没说完,严宁已经一个箭步冲了出去,其速度之快真如离弦的箭,陈飒只觉眼前一花,她已经不见了人影。偷窥者见被发现了,掉头就跑。

可惜他长得太肥,腿脚不够利索,没跑两步就被严宁逮住,她抓住他的胳膊往后一拧,把他按在了车库墙壁上。

男人大叫起来:"误会误会,我不是坏人啊,我是记者。"

这个不用他说,看他脖子上挂的照相机,基本上就能猜出他的身份了。

第七章 虐杀

严宁松开了手,男人痛得挤眉弄眼,却不忘掏名片,赔笑说:"我就是想来做采访,要是妨碍到你们调查,我马上删,马上删。"

他不用严宁动手,就当着她的面把照片都删掉了,转身要走,被陈飒拦住,在他挽起的袖子里翻了翻,一个迷你SD卡掉了出来。

男人看陈飒的眼神几乎要把他吃了,陈飒也有点不好意思,说:"我也不想戳穿的,主要是你跑得慢,手也慢,碰巧我眼睛又好。"

男人啧了一声,大概是想骂脏话,最终还是没胆骂出来。严宁教训了他两句,他点头哈腰地直道歉,然后溜掉了。

"真服了这些人了,不管控制得多严,他们总能嗅着气味跑来弄材料,如果认真报道也就罢了,偏偏只会搞噱头,给被害人造成二次伤害。"看着那个胖乎乎的家伙跑远了,严宁无奈地说。

半天不见陈飒回应,她转过头,陈飒还保持拿SD卡的姿势,一副魂不守舍的模样。

"这卡有问题?"她问。

"不是,"陈飒回过神,"只是他的偷窥让我想起了昨天在健身房也遇到过相同的事。"

那是种让人很不舒服的感觉,当时他还自恋地认为是有人在偷窥自己,仔细想想,偷窥者的目标也许不是他,而是沈云云。

听着陈飒的讲述,严宁的表情严肃起来,问:"你确定?"

"不确定,就是一种直觉,我觉得我的直觉还是挺可信的,就像上次抓王天鹏那样。"

"抓王天鹏的是我,你只负责怀疑,最后怀疑对象还搞错了。"

严宁抱怨归抱怨,最后还是听从了陈飒的建议——在调查中,再不起眼的线索也不可以漏掉——这是常烁教她的。她开车去健身房,准备再仔细查看一遍监控。

路上,陈飒的手机响了,他以为是林煜帆打来的,拿出来一看,却是自己的主治医生,他"啊"地叫出声,这才想起今天下午和徐离晟约了看病。

他赶忙接听了电话,道歉说临时有事赶不过去,希望另约时间。徐离晟倒没在意,说忙碌一点生活充实是好事,这比任何药物纾解都有用。

严宁听着陈飒打电话,等通话结束,她打量陈飒,陈飒不管是气色还是精神都看不出哪里有问题,她问:"你的病很严重吗?"

"也没有,就是那次因为误会,被郑大勇揍得进了ICU,顺便换了颗心。"陈飒笑嘻嘻地说。

严宁做警察几年了,见过各种类型的罪犯,可她还是把握不住陈飒的性格。

最初只当他是个花花公子,胆小怕事,还仗着有钱为所欲为,后来发现他居然还有工作,而且还做得不错,在调查案件上也有一定的见解。然而当她觉得自己不该戴有色眼镜看人时,又看到他见了漂亮女孩就凑过去,挺没廉耻的场景。

真是个矛盾的人啊,连带着他的话也没什么可信度。

所以严宁附和着说:"我还以为你顺便换脸了,看着没以前那么不顺眼了。"

陈飒耸耸肩,对于大家都不信他的话这件事,他早就习以为常了,微笑着说:"如果你不想继续写第三篇检查,就请注意你的措辞,大魔头……哦不对,是严警官。"

"明白了,今后我会注意的,陈立风先生。"

查看健身房的监控很顺利,经理王先生三十多岁,看起来很圆滑世故,他看了严宁提供的警察证件后,非常配合,让职员把录像都调出来给他们。

不过结果不顺利,陈飒说的那个位置只有一帮闷头做运动的学

第七章 虐杀

员,看起来都没有问题。

两人借用了健身房的办公室,来回看了几遍,没找到可疑的人,严宁问:"会不会是教练?"

陈飒闭眼回忆当时的场景,摇头否认了,教练都会穿统一的运动服,如果是教练,他一定会有印象。

他说:"要是探头安的位置再高一点,就可以看到更远处的人,可能那人刚好就站在探头拍摄的外围。"

严宁又去大厦的保安室请求协助,调取了沈云云和朋友乘电梯的录像。

在健身房这一层一起乘电梯的共有六个人,除了沈云云和朋友外,还有一男一女两个年轻人和一位四十多岁的大叔。

电梯到了一楼,两个年轻人先出去了,大叔和沈云云等人是在地下一层的停车场出去的。陈飒看着监控,一种强烈的不适感涌上心头,他马上又倒回去看了一遍。

"哪里有问题吗?"严宁问。

陈飒摇摇头。

要问他哪里不对劲,他也说不上来,但心里就是觉得有些地方磕磕绊绊的,那种感觉实在是太糟糕了。

严宁见他在一边挤眉弄眼,就知道他大脑又开始间歇性"抽风"了,这反应也证明他有想法了,便没去打扰他。

严宁通过查看停车场的监控,找到了大叔的车牌号,为了保险起见,她向陈一霖说了自己的发现,让他调查这辆车的行车记录。

陈一霖那边还在调查几位前男友,只有一个男人没有时间证人,不过他有女朋友了,还在热恋中,看起来也不像会行凶,所以陈一霖还是把调查重点放在了林煜帆身上。

听了严宁的解释,他狐疑地问:"会不会是陈飒为了帮朋友,故意提供假情报搅乱调查？"

严宁看向陈飒，他正在聚精会神地看视频，侧脸透着认真，这让他看起来没那么讨厌了。

"我觉得不像，反正你那边也没线索，就照他说的试试看吧。"

"那好，等我的消息。"

严宁打电话的时候，陈飒又看了健身房整体的监控，也没看出谁有问题。

沈云云长得太出众，她们来了后，好多男学员的目光都在追随她，还有人过去搭讪，只是林煜帆做得最离谱，把人家惹火了而已。

陈飒越看，心里越没把握，心想也许他的直觉出错了，就像上次他觉得郑月明是凶手，结果却完全不对。

手机响了，提醒他到了晚饭和吃药的时间。

他站起来，对严宁说："我要回去了，你是继续，还是和我一起吃晚饭？"

严宁看看表，时间也挺晚了，林煜帆一直没来联络，这条线可以暂时放放。

"不用了，有事我联络你。"

"那九点以后不要打电话，我要睡觉，打电话会刺激神经，影响我的睡眠。"

陈飒说一句，严宁就点一下头，表示她不会影响大少爷休息的。

陈飒交代完离开，半路又转回来，还一脸认真的表情。严宁以为他发现了什么，谁知他说："我觉得你有毒。"

因为他都打算不管闲事了，结果今天一见到严宁，他就都忘光了，连和医生的预约都抛去了脑后，所以严宁不是有毒是什么。

严宁完全没搞懂陈飒在说什么，没等她发问，陈飒已经推门出去了。

第七章 虐杀

听着关门声,严宁心想也许除了小心眼、没廉耻以外,应该再给他贴个"神经病"的标签。

又过了一会儿,一位女教练走进来,手里提了个塑料袋,放到严宁的桌上。

里面有几个三明治和饭团,外加矿泉水,严宁向她道谢,她摆摆手,说:"我去楼下便利店买东西,刚好碰到你同事,是他买了托我送上来的。"

居然是陈飒给她买的,严宁很意外,女教练又笑嘻嘻地说:"看他的气质一点都不像警察,不过眼力真好,一眼就认出了我。"

他的确不是警察。

跑了一整天,都没怎么喝水,看到矿泉水,严宁才觉得口渴了,她拧开瓶盖连喝几口,觉得陈飒这人虽然有不少缺点,但也不是没一点优点,就比如说细心吧。

这大概也是他唯一的优点了。

九点半,陈飒洗完澡,刚围上浴巾,准备吹头发,手机响了。

他以为是严宁,拿起来一看,竟然是林煜帆,他急忙接听了,同时按下了录音键。

一接通,林煜帆就问:"你没事吧?"

"没事。"

就是跟着一位人民警察同志转悠了大半天。

陈飒反问:"你呢?"

"我也没事。"

"那怎么一直不回我电话?和你吵架的女孩被杀了,他们还怀疑我是凶手。"

"他们就是有病,今天一整天都在盯着我,我就没给你打电话,免得你也被怀疑……"林煜帆愤愤不平地说，"妈的，我昨晚和朋友在一起，跟那女的被杀一点关系都没有，你要信我啊。"

"我信，我肯定信，不过你那些朋友靠谱吗？有人作证，警察不至于不信吧？"

"我哪知道，谁让我倒霉，就说了几句狠话，结果那女的就真的挂了。"

林煜帆的声音时高时低，中间还夹了不少脏话，听起来情绪很紧张焦躁。

陈飒想严宁的猜测命中了，如果心里没鬼，林煜帆不会这么坐立不安，照他的个性，一定会把经手这案子的警察祖上八代都问候个遍。

"你好像很紧张啊，是不是还有什么瞒着没说的？"陈飒试探着说，"大家都是朋友，有什么问题尽管说，我肯定会帮你的。"

"没有没有，就是心烦，遇到这种破事，肯定会被他们……"

发现自己说漏嘴了，林煜帆及时打住，陈飒还想再找借口询问，门铃响了。

这么晚了，会是谁啊？

陈飒走到显示屏前，当看到门外站的是严宁时，他一个没忍住，咳嗽了起来。

林煜帆在对面听到了铃声，笑道："哎哟，美女有约啊，那不打扰你了，回头聊。"

电话挂断了，陈飒跑去开门，半路又觉得自己这装束有点不雅，随手抄起一条浴巾搭在肩膀上，去开了门。

门外，严宁拿着包站在那儿。

陈飒瞠目结舌，"你、你来干吗？"

"你不让我打电话，我就直接过来了。"

第七章 虐杀

"不是，我不是那个意思……"

"我能进去说话吗？我不希望有人看到我在门口和一个半裸体的男性聊天。"

陈飒也不希望，所以他让严宁进来了，嘟囔道："我很后悔那么说。"

"谢谢你帮我买的晚饭。"

"举手之劳，请不要以身相许。"

不悦的目光瞪过来，陈飒一个激灵，这人可不是他那些前女友，是大魔头，乱说话很可能会引发暴力事件。

他收起嬉笑，正色说："不用谢。"

"我有发现，想和你确认一下。"

这应该才是严宁来找他的目的，陈飒指指对面客厅，示意去客厅慢慢说。

"你要是早来一分钟，就能听到林煜帆的电话了。"

来到客厅，陈飒让严宁随便坐，他倒了水放在茶几上，又打开通话录音。

严宁听完，按了重播，又听了一遍，看向陈飒。

陈飒说："林煜帆肯定不是凶手，你看他吓成这样，大概正在担心被父亲知道他和凶杀案扯上了关系。你不知道，他父亲很凶的，他很怕他爸。"

"他如果真怕他父亲，就不会又嗑药又进局子了。"

"不过我也觉得他好像还有话没说，要不是你突然过来，我就能找借口把话套出来了……你要跟我确认什么？"

"比起这个，你是不是先去穿件衣服？你这造型实在是……"

陈飒上身披了条浴巾，腰间围了条浴巾，严宁怀疑他浴巾下面什么都没穿。

"那你随意，我去收拾一下。"

陈飒跑去浴室，扯下肩膀上的浴巾，开始吹头发，吹了一半突然反应过来——他为什么要配合严宁？这明明是他的家，就算他裸体也没问题吧。

等头发吹干，陈飒在选择睡衣和外衣之间犹豫了几秒钟，想到应该在对头面前保持形象，他穿上衬衣和西裤，顺便又给头发打了发蜡。

严宁正坐在沙发上看笔记本电脑，听到脚步声抬头一看，当看到穿着笔挺西裤的陈飒，她差点把刚喝进嘴里的水喷出来。

陈飒提醒说："不管你现在在想什么，请注意措辞。"

"你想多了，"严宁忍住笑，把笔记本电脑推给他，"你看下这个人，认不认识？"

画面上是健身房一角，林煜帆在和一个穿羊毛衫的男人说话，男人只露了半张脸，陈飒对他有印象。

"我不认识，不过见过一面，我去健身房时刚好和他乘同一部电梯，这人看着有点暴躁，不太好说话。"

"你再打电话给林煜帆，找个借口问问他这个人的情况。"

陈飒照做了，可是打不通，林煜帆已经关机了。他只好冲严宁耸耸，说："你问问健身房的人，他们应该有会员资料。"

"他们早就下班了，我是下班后才发现的，已经让同事调交通监控了，还想着如果你认识的话，可以走个捷径。"

"那你查查这个男人是什么时候离开的，林煜帆和沈云云吵完后，和这个人有没有过接触？"

"查了，他们吵架的时候男人在另一边做杠铃推举，应该没注意到争吵，之后也没和林煜帆接触过，可微妙的是他离开的时间和沈云云很接近。"

第七章　虐杀

严宁按下按键，电梯监控显示男人是乘另一架电梯离开的，两架电梯一前一后到达地下一层，男人跟随沈云云进了停车场。

"对了，之前和沈云云一起乘电梯的大叔查得怎么样了？"

"大叔没问题，沈云云她们从健身房出来后，去了附近一家酒店，那里的温泉对外开放。陈一霖查了大叔的行车路线，他走的是另一条路。"

难怪那几个女孩子锻炼后没有冲澡就离开了，原来是要顺便去泡温泉啊，陈飒想这也许就是他之前觉察到的异样吧。看来是大叔那条线断了，严宁不死心，所以开始排查其他的线索。

陈飒很感激她的信任，同时又感到了压力，说："其实我那就是一瞬间的直觉，很有可能是错的，你就别一棵树上吊死了，想想其他的可能性。"

"所以我把监控录像复制了一份，准备一点点查。"

看到严宁从包里把东西一样样拿出来，陈飒头都大了。

"我说，这些东西看着挺重要的，你不该是拿去局里慢慢查吗？"

"我明早还要去健身房，你这儿比较近，放心，不会打扰你休息的。"

陈飒翻了个白眼，觉得这不是问题的重点。

"那你随意吧，我要去睡了，洗手间里有备用的洗漱用品，你随便用。"

"谢谢。"

"不谢，别忘了写检查。"

陈飒回到卧室，心想他当初脑袋一定是被门挤了，要是一早接受严宁的道歉，那就没那么多事了。现在倒好，检查没见到，他反而惹了一大堆的麻烦。

抱怨完毕，陈飒从柜子里翻出一条毛毯，抱着毛毯去了客厅。

"旁边那两间是客卧,你要是困了,可以去客卧休息,懒得去就睡沙发。"

面对一脸惊讶的严宁,陈飒平静地说完,转身回卧室。

原本想把发胶洗了再睡,看看时间,他懒了,关灯睡觉,以往那些洁癖什么的就让它随风而逝吧。

Chapter 8
第八章　联手缉凶

或许是睡前和严宁聊了案子，陈飒晚上一直做梦，梦到他去健身房，在电梯里遇到羊毛衫男人，羊毛衫男人拿着扳手，一脸狰狞，他吓得从电梯跑出来，羊毛衫男人在后面紧追不舍。

他疲于奔命，转眼又跑到了另一架电梯前，林煜帆和棒球帽青年站在里面，冲他直招手，像是在催促他快点。

电梯近在眼前了，棒球帽青年忽然按下了关门键，电梯门关闭的那一瞬间，陈飒看到他抬起头，阴郁的一张脸上露出微笑。

那画面像极了恐怖片里的镜头，听到身后脚步声越来越近了，陈飒猛然转过头，刚好看到有人扬起扳手砸下来，却不是冲着他，而是他身旁的女人。

周围太暗了，陈飒看不到女人的长相，隐约觉得她是沈云云。

沈云云的后脑受到重击，软软地倒了下来，男人却不肯放过她，上前按住她，拽下她一侧的耳环，接着扳手又一下下地落了下去。

带着血的耳环向陈飒飞来，他失声大叫，往旁边躲闪，男人听到叫声，回过头看着他，脸上浮出和刚才相同的微笑……

恐惧达到了顶峰，陈飒猛地睁开了眼睛。

他平躺在床上，阳光透过窗帘缝隙射进来，心脏还在怦动个

◀ 心知道 ▶

不停。

在发现那是噩梦后，陈飒松了口气，探手往旁边摸了摸，摸到了手机，拿过来一看，快七点半了。

他还穿着衬衣西裤，睡得不舒服，难怪做噩梦了。

陈飒把手机扔开，又长舒了一口气，打算再睡个回笼觉，忽然想起梦中的场景，他"啊"地叫出声。

为什么他会做那么奇怪的梦，是因为耳环吗？

是的，耳环既不是在被害人被袭击时掉落的，也不是在凶手虐杀时撞飞的，而是被凶手特意拽掉，丢到冬青丛里的！

他想通为什么在看到沈云云乘电梯时感到异样了，并不是因为她们是穿健身服直接离开的，而是和她们一起离开的那个青年！

和他一起乘电梯去健身房的除了羊毛衫男外，还有个戴棒球帽的青年，都怪羊毛衫男的存在感太强了，把另外一个完全盖了过去，他没有注意那个人，直到昨晚做噩梦，潜意识通过梦境提醒了他忽略的地方。

青年和羊毛衫男人一起来，又和沈云云一起离开，这不会仅仅是巧合吧！

严宁应该还在他家，陈飒顾不得睡觉了，跳下床，跑了出去。

客厅开着灯，严宁身上披着毛毯，靠在沙发靠背上睡着了。

陈飒放轻脚步走过去，茶几上堆了一叠纸，上面是案发现场的素描图，图旁标了红线和圆圈，有些地方还做了重点标注。

陈飒本来想马上告诉严宁自己的发现，看她睡得正香，临时把话咽了回去，悄悄把电脑屏幕转向自己，调出沈云云乘电梯的那段视频。

青年和沈云云她们一样，没有换便服就离开了，他没戴来时戴的棒球帽，体形不算很高大，并且一直低着头，所以陈飒压根没想到他

◀ 156 ▶

第八章 联手缉凶

就是曾经跟自己同乘电梯的人。

他没有换下健身服,是因为那样的话就来不及跟踪沈云云了!

这个想法在第一时间跳进陈飒的脑海,他移动鼠标,想调其他的监控录像看。严宁被他弄醒了,揉着眼睛坐直身子,问:"你在看什么?"

"我发现了新线索。"

"是关于赵龙的?"

"赵龙?"

陈飒没反应过来,严宁调出羊毛衫男人的正面照给他看。

"就是他,这家伙以前是混帮派的,被抓了几次,我们头儿也抓过他,所以一看到他的照片就知道他是谁了,后来据说不干了,最多是在一些灰色地带找活儿干,头儿已经派人去找他了。"

"你们速度这么快!"陈飒很震惊。

"还只是怀疑,他住的地方离沈家别墅很远,而且昨天他也没有跟踪沈云云。"

严宁起身去饮水机倒水,陈飒忙说:"我说的不是他,是另外一个人,我想到了耳环飞出去的一个可能性。"

严宁一听,转身回来。

陈飒说:"据说在中世纪,人们认为魔鬼会通过各种方式占领人的躯体,因此人体上所有可能进出的孔窍都必须守护,耳环最初的诞生就是为了防止恶魔侵占,它是守护符,换言之,一旦拽下来,就等于失去了守护,可以任恶魔予取予求了。"

严宁看着他不说话,陈飒以为她会嘲笑自己,他也觉得这个想法很可笑,谁知她说:"然后呢?"

"如果这个假设成立,那我对凶手的侧写是——凶手是个有宗教信仰的人,并且是狂热分子,所以他才会对这种传说深信不疑。在他看来，不摘掉耳环的话，他就没有信心干掉对方，所以他的个头应该不高，扎在人堆里不显眼，性格自卑又胆小，聪明但又偏执，一旦触及底线，就会变得异常暴躁，这类人也最容易被洗脑。"

严宁的表情变得严肃起来，放下水杯，回到电脑前调监控录像看。

可惜她拿到的大厦监控是沈云云离开时的那部分，更早的资料要再去大厦保安室调取，严宁有些懊恼，双手按住头沉思了一会儿，说："赵龙在进了健身房后，除了跟教练和林煜帆说过话以外，没有和其他人接触，我昨天看了几遍录像，应该不会记错。"

"那可能是我想多了，我就是做了个梦，就突发奇想了，大概他们只是碰巧同坐一架电梯而已。"

严宁不说话，又调出沈云云离开时的录像。

两人看着电梯到达一楼，青年和另一个女孩出了电梯走向大厦门口，陈飒眼睛一亮，说："如果他是骑电瓶车的话，就可以提前跑去停车场出口等沈云云出来，再一路跟踪她。"

"门口可以停电瓶车？"

"按规定是不可以停在自行车车位的，不过有些人乱停，我去的时候就碰到了。"

听陈飒这么一说，严宁又重新查看健身房里的情况，这次的主要目标是放在青年身上。

没多久，他们就找到了那人，他个头不太高，身板也偏瘦，长相普通，进了健身房后只是做一些简单的推拉运动和跑步。

林煜帆和沈云云争吵时他也去围观了，因为身高，他被其他人挡住了，看不到反应和表情。

后来围观的人散了，沈云云去参加二十分钟的瑜伽教程，他也参加了，坐在最后面，之后沈云云离开，他也离开了。

第八章　联手缉凶

根据他的行动分析，当时他站的位置应该就是陈飒感觉到偷窥者的位置，只是探头没拍到。

从青年这一系列的行为来看，他对沈云云非常在意，严宁马上联络陈一霖。陈一霖说他们刚得到消息，赵龙找了个新情人，现在应该在情人家里，他们正赶过去。

严宁说了他们刚发现的线索，陈一霖说先找到赵龙再说，两人又说了几句。严宁挂了电话，陈飒问："他们有新发现？"

"对，林煜帆扛不住，主动跟他们交代了，说他和赵龙认识，关系还不错，昨天他吃了亏，向赵龙抱怨过，赵龙就说会替他出气，不过具体怎么做林煜帆不知道，更没想到赵龙会杀人，这大概就是林煜帆想隐瞒的真相。"

"如果真是这样，那沈云云的死和林煜帆没有直接关系？"

"如果他没说谎的话。"

陈飒不知道该怎么说，想了想，说："那看来是我想多了，耳环的说法只是碰巧，还差点把你带进歧途。"

"不，我刚入行时，我的一个前辈说过我们做调查就需要大胆假设，小心分析，不能放过任何一个疑点。"

严宁的话语充满感情，陈飒差点脱口而出——你说的前辈就是常烁吧？

还好他没那么蠢，及时改为，"那你觉得棒球帽男人有疑点吗？"

"你不也这样觉得吗？通常人的第一直觉是最真实的。"

陈飒同意严宁的观点，但王天鹏那次他的判断完全错误，所以对自己的直觉不太自信，正矛盾着，门铃响了。

这么早就过来的只有刘叔。

陈飒过去开了门，正要打招呼，下一秒张开的嘴巴就定住了，紧接着香气袭来，他连打好几个喷嚏。

"你……你怎么来了?"他揉着鼻子问。

站在门口的竟然是彭玲。

天气已经很凉了,她还穿着超短裙和领口很大的吊带衫,外面象征性地套了件白色外衣,看到陈飒的反应,她扑哧笑了。

"怎么?不欢迎?"

"欸?有什么事吗?"

想到家里还有一位女性,陈飒伸手按住门,以防彭玲像昨天那样直接进来。

彭玲抬起拿在手里的塑料袋。

"我过来办事,想起你最喜欢桂花香的早点,就买了,你还没吃饭吧?"

她说着就要往里走,还好陈飒有先见之明挡住了。

"我正在忙呢,改天吧。"

他堆起一脸的笑说,彭玲狐疑地看看里面。

"约了别的女人?"

"约"这个字用得不对,明明就是严宁强行进入的。

陈飒没法解释,只能继续装笑,彭玲不高兴了,酸酸地说:"大清早的穿得这么隆重,我倒要看看是个什么样的美女。"

她还想硬闯,陈飒从她手里把塑料袋接了过来。

"今天实在是不方便,谢谢你送来的早点,改天我回请你。"

他说完,不等彭玲回应,就直接把门关上了。

还好彭玲没再纠缠,陈飒松了口气,拿着早点回客厅。

刚好严宁洗完脸,从洗手间出来,问:"谁啊?"

"我上网订的早点。"

"送早点的还喷香水?这么浓。"

"是我刚喷的,我就喜欢这种甜得发腻的香水。"

第八章　联手缉凶

陈飒刚胡诌完就又打了个喷嚏，严宁同情地说："看来是喷多了。"

"是啊是啊，你先吃饭，我去洗把脸。"

等陈飒洗漱完毕，又换了件没沾香水味的衣服，回到客厅，严宁已经开始吃饭了。

她拿了根油条，一边吃一边看视频，又去对照自己写的笔记。

彭玲做事还挺贴心的，早点除了豆浆、小米粥，还有两个煮蛋。陈飒倒了一碗小米粥，放到严宁面前。

"吃饭别做事，容易消化不良，身体是本钱，霍霍光了就没了。"

"唠唠叨叨的，你可真像……"

严宁喝着米粥随口一说，马上就觉得不妥，打住了。

陈飒没留意，随口问："像谁？"

严宁说的是常烁。作为前辈，常烁虽然在训练上非常严格，但生活中很热心，教给他们各种侦查技巧，还常常买早餐给他们，提醒他们注意身体。

她是常烁一手带出来的，可没想到，当她觉得自己可以独当一面的时候，常烁已经不在了。

原本美味的早餐变得食不下咽，严宁眼圈泛红，她急忙垂下眼帘，说："像我妈。"

声线压得很低，不过不难听出里面的伤感，陈飒觉得她的心情突然变差了，与自己无关，而是她想到了什么，继而整个人的情绪都低沉下来。

或许她是想起了常烁吧。

陈飒按按自己的心脏，他对常烁一点都不了解，可是他想常烁应该是个热心又很关怀同事的人，自己的话痨和多管闲事多多少少是受了常烁的影响。

不过他没有再像最初那样反感和抵触了，反而觉得这样也不错，大概是因为他面对的是严宁吧。

出于礼貌，陈飒装作没有觉察到严宁的反常，吃着饭顺便聊闲话。

饭后，严宁收拾碗筷拿去厨房，不小心被东西绊到，向前一晃，饮料杯和碗筷打翻了，饮料和米粥汁溅到了她身上。

陈飒听到声音跑过来，见绊到严宁的是纸箱，里面是他母亲寄过来的健身服。之前他拿了一套衣服后就把箱子踢去了一边，早忘了它的存在。

"抱歉抱歉，我不该乱放东西的。"

"没事，是我走神了。"

严宁把餐具放到流理台上，陈飒见她的衣服前襟脏了，说："你等等，我家好像有衣服，我拿给你。"

他跑去衣柜找了找，果然找出了全新的女装——一件草绿色蕾丝花边上衣。

他拿了衣服给严宁，严宁解开包装袋，看了眼牌子。

"还是算了，我一个月的工资还不够还你的衣服钱。"

"这本来是我买来送给女朋友的，结果东西还没送出去就变前女友了，放着也是放着，送给你了。"

严宁接了，又狐疑地问："你不会回头一后悔，又找我要钱吧？"

"看你说的，我是那么小心眼的人吗？"

"你是。"

严宁指指自己的眼睛，陈飒耸耸肩，好吧，他承认，在熊猫眼事件上，他是挺小心眼的。

"你们当警察的就是喜欢乱怀疑人，你去换衣服，我录个音，证明不会回头让你付钱。"

第八章　联手缉凶

严宁去了浴室，陈飒拿过手机，准备录个音为证，目光掠过包装袋，突然想起沈云云手臂上的文身。

他一直觉得以前在哪里见过类似的文身，却一直记不起来，直到看到这件衣服。他想起来是在凌冰家里见过的，就是那个一卡稿就吵着要自杀的前女友。

当初他们为了个鸡毛蒜皮的事吵架，他就买了衣服打算赔罪，结果衣服还没送出去，就被单方面告知分手。

不过分手归分手，两人的关系还算不错。凌冰在创作上遭遇瓶颈会向他倒苦水，他的朋友有设计方面的需求，他也会推荐凌冰。他记得他就是去凌冰家无意中在书房看到了类似文身的图案。

他被打得进了ICU那晚，凌冰还打电话给他说想要自杀。想到这里，陈飒不由得苦笑——如果是现在的自己，多半无法接受她这些夸张的反应吧。

他翻翻手机联络人，找到凌冰的名字把电话打了过去，自从他动手术后，两人就再没有联系。除了报个平安外，他还想问问文身的事。

手机响了半天没人接，陈飒还想再打，严宁回来了。

看惯了她穿白衬衣的形象，乍看到她穿绿色，陈飒眼前一亮。

严宁本来就很瘦，衣服束起来，更显苗条，蕾丝花边长袖她嫌碍事，挽了起来，领口有一圈荷叶边，飒爽中显得可爱。陈飒早把打电话的事抛去了脑后，目不转睛地看着她，觉得这衣服就像是给她量身定做的。

"很配你。"他称赞道。

"谢谢，回头请你吃饭，我不喜欢欠人家人情。"

陈飒正要点头，严宁马上加了个"但是"，"别选五星级那些地方，那个我可请不起。"

"没问题，你别忘了写检查就行。"

严宁对他抱有的一点好感再次被成功地打回原形，回了句"知道了"，又风风火火把电脑和资料都收进了包里，告辞离开。

陈飒问："去哪儿？"

"去健身房，那边应该开门了，我去问问这个人的情况。"

严宁说的是和沈云云同乘电梯离开的青年，陈飒看着她的背影，大脑神经再次搭错了线，叫道："我跟你一起去！"

健身房还没到营业时间，好在王经理已经上班了，他看了严宁提供的照片，马上就找到了青年的记录。

他叫王小安，还是学生，最近几个月每个星期的周三和周五会来，通常是一个人，锻炼一个小时。昨天也是一样，所以从习惯来看，王小安和沈云云同时离开更像是巧合。

严宁看了王小安的住址，不是本市的，她又要看身份证，王经理为难地说："出于隐私保护，我们公司不会硬性让会员提供身份证明。"

陈飒问："那你们不担心会员卡被别人借用？或是拖欠会员费什么的？"

"不会的，会员费都是预先支付，而且我们的教练记性都很好，如果有新面孔的话，马上就会注意到了。"

"那你对这个人有印象吗？比如他有没有提过有什么喜好和习惯，或是学校的名字。"

王经理说不知道，他又问了两个早到的职员，职员也说不了解，有关会员的情况，大概要问教练，不过时间还早，教练都没来。王经理说等教练们来了，他统一询问后联络严宁。

严宁道了谢，从健身房出来，先打电话给陈一霖。

第八章　联手缉凶

陈一霖已经抓到赵龙了，现在正在回警局的路上。

原来他们找过去的时候，赵龙正和情人在家里看小黄片，一听警察来了，他就从后窗翻出去想逃跑，幸好其他同事事先在后面围堵，就把他顺利抓到了。

陈一霖询问赵龙昨晚做了什么，他貌似喝了不少酒，一会儿说和朋友打牌，一会儿说和女朋友去了影院，问了半天不得要领，陈一霖怀疑他还嗑药了，准备把他押回去慢慢审。

严宁说了她这边的发现，陈一霖半信半疑，觉得陈飒什么依据都没有，只凭一个耳环一个梦就在那儿高谈阔论，完全不可信，不过车里押了嫌疑人，他没多说，让严宁见机行事。

挂断电话，电梯到一楼了，两人出了大厦，严宁问了陈飒停放自行车的位置，跑过去查看，她原本想通过监控调出电瓶车的车牌号，没想到这里竟然没安摄像头。

"居然在这种地方省钱。"她感叹道。

"因为门口就有摄像头，要是有人偷车，会很容易就被发现的。"

陈飒指指大楼出入口，严宁只好放弃了，照着问到的手机号打给王小安。

手机接通了，她说："您好，请问是王小安先生吗？"

声音又嗲又甜，陈飒在旁边听着，先是目瞪口呆，接着拼命忍住笑，严宁瞪着他，说了几句后挂了电话。

陈飒放声大笑，正要开口揶揄，严宁冷冷地说："不管你现在在想什么，请注意措辞。"

这话好像前不久他还说过，陈飒说："还说别人小心眼，你自己不也是睚眦必报吗？"

严宁微笑着抬起手。本着好男不跟女斗的原则，陈飒没再刺激她，开始说正事："手机号不是王小安的？"

"不是，是个女生的，而且不是本市人。王小安不向健身房提供身份证明，还写错手机号，你的直觉没错，这个人有问题。"

严宁一边说着一边留言给陈一霖，让他回局里后调查赵龙的关系网，看里面有没有叫王小安的。

陈飒站在旁边无所事事，目光掠过大厦一楼的便利店，坐在窗口的女生引起了他的注意，他拔腿跑了进去。

严宁还在敲字，一抬头，就见陈飒跑进了便利店，她不知什么情况，也跟了上去。

女生刚买了早点准备就餐，陈飒过去跟她打招呼。

"早。"

她就是昨天帮忙拿晚餐给严宁的教练，陈飒向她道谢，她看看随后跟来的严宁，笑了。

"不用这么客气啦，追上就好。"

"欸，不，我们只是……"

陈飒本来想解释，不知为什么，话到嘴边临时改为——"我跟你打听件事。"

他问了王小安的情况，严宁配合着拿出王小安的照片，女生看了看，说："我对他不了解，他这个人很内向，基本都是来了之后就闷头锻炼，不和大家交流的。"

"他都是独来独往吗？"

"这个不清楚，不过我没看到他和人聊过天。"

严宁又问了几个相关问题，女生都摇头说不知道，她只好放弃了，道谢准备离开。

"等等……"

女生突然叫住他们，说："我想起来了，有一次我在大楼门口遇到他，他的包掉到地上，我看到几份教材，上面印的好像是燕通大

第八章 联手缉凶

学,但我不敢肯定有没有看错。"

不管怎么说,这都是一条新线索,两人从便利店出来,陈飒问:"你要去大学?"

"嗯,你要是去上班,我就先送你过去。"

"不用了,我跟你一起去,这事我都跟到一半了,哪能半途而废?"

去燕通大学的调查比预计的要顺利,严宁找到相关负责人询问,照名字搜索,很快就找到了叫王小安的学生。

严宁看了他的档案,他是化学系的,生长于单亲家庭,上大学后母亲也过世了,成绩很好,靠奖学金和一些资助读到了研究生,还没毕业。

严宁询问了王小安的辅导员,原来他是被延毕了,具体原因辅导员也不太了解,只说王小安个性孤僻,在处世交际方面很不擅长,因为和大家处不好,就自己租了房子在外面住。前段时间他因为被延毕的事和教授争吵,还差点动手打人,幸好被大家拦住了,那之后他就一直没来学校了。

"不,他上周来过。"

旁边有个老师纠正道,两人看向她,她说:"好像是周六吧,周六学校有活动,我正好在,就看到他了。他套了个连帽衫,一个人低着头,匆匆往里走,我当时就想这学生有点怪,别因为延毕再闹出什么事来。"

辅导员一听也急了,问严宁:"他是不是做了什么违法的事啊?"

"暂时还在调查中,能查到他住在哪里吗?"

辅导员提供了王小安的租房地址,严宁看了地址,眉头皱了起来。

那地址和沈云云是一个区的，骑车大约二十分钟的路，直觉告诉她，王小安很可能是从沈云云的微博照片里发现了沈家的别墅住址，继而跟踪过去的。

觉察到事情的严重性，她告辞出来，开车一路奔向王小安的家。

一路上她把油门踩得飞快，陈飒坐在旁边，小心翼翼地提醒："我们是不是该多联络几个人去调查？"

严宁专心开车，把手机丢给了陈飒，陈飒照她说的密码打开手机，联络陈一霖。

好半天陈一霖才接电话，一听是他的声音，马上说："我现在在忙，有事回头说。"

感觉他要挂电话，陈飒忙问："是不是在审赵龙啊？我们刚查到一些线索，是与沈云云被杀有关的。"

"谢谢你的协助，不过这是警察的工作。"

陈一霖说完就把电话挂了，陈飒对严宁说："他好像不太相信我们。"

"请把'们'字去掉……算了，暂时还不确定王小安就是凶手，我们先过去看看再说。"

"那你带枪了吗？"

"拜您所赐，我还在停职中呢。"

陈飒想起起了这茬，摊摊手，深感这次又是搬石头砸了自己的脚。

王小安的出租屋到了。

那是栋筒子楼，外观陈旧摆放杂乱，王小安住的是二楼紧靠楼梯的房子。严宁按了门铃，过了好久才听到脚步声，有人过来给他们开了门。

和陈飒想象的不同，王小安穿了件休闲毛衣，衣着整洁，头发还打了发油。

第八章　联手缉凶

他眼睛明亮，嘴角微微上翘，看起来性格不错，也很容易接近，完全不像是穷凶极恶的虐杀犯。

一瞬间，陈飒对自己的推想产生了怀疑，目光掠过王小安背后。

房屋窄小，导致采光很差，走廊上乱七八糟堆放了很多杂物，鞋架旁边放了个挺大的旅行包，上面搭了件风衣。

"你们是？"

王小安先开了口，目光在他们两人之间打量。

严宁亮出证件，报了自己的身份，说："有些事情想向你询问，请问方便吗？"

听说她是警察，王小安的脸明显地绷紧了，但很快又缓和下来。

"方便方便，请进。"

他请两人进屋，严宁跟着他走进去，故意问："你要出门？"

"没有，那是打包去干洗的衣服，一个人住，懒得自己洗，请坐，我去倒水。"

严宁随王小安走进去，陈飒却没跟进，他对旅行包有点在意，听到厨房那边传来响动，他趁机拿走风衣，拉开旅行包的拉链。

旅行包里有一些叠放整齐的衣服，不像王小安说的是脏衣服，除了衣服外还有几本书。他翻动着衣服和书，一个小药瓶滚了出来。

陈飒拿起药瓶看了看，瓶子上什么都没写，里面有十几粒白色药片，他把药瓶放进口袋，拉上旅行包拉链，准备去客厅告诉严宁。

就在这时，一阵哗啦声响起，陈飒跑过去，就见严宁不知被什么液体泼到，全身都湿了，王小安手里拿了个类似灭火器的罐子，将管子一头对准严宁。

看到这一幕，陈飒首先的反应就是那是汽油，忙冲王小安叫道："冷静冷静，凡事好商量！"

"站住，别乱动！"

王小安喝道，陈飒看向严宁，严宁很冷静，冲他微微摇头，暗示他不要轻举妄动。

陈飒马上问王小安："向后退不算乱动吧？"

王小安一脸鄙夷，摆摆下巴，示意他可以滚远点。

得到回复，陈飒往后连退几步，躲去在他看来还算是安全的位置上。

看到他们的反应，王小安揶揄道："果然蠢货没药医，连油和水都分不清，不过……"

他动动手里的管子，对陈飒说："如果喷上这东西，效果就不一样了，你想不想看怎么大变冰人？"

"作为一位魔术师后备军，我比较想看大变活人。"

"蠢货！警察都这么蠢，难怪什么问题都解决不了！"

陈飒接受了王小安的谩骂，举起手，扳着手指，微笑着解释说："纠正一下，一、我不是蠢货；二、我不是警察；三、你是学化学的，所以罐子里装的应该是……"

严宁问："是液氮吧？"

话被抢了，陈飒很无奈，保持举手的动作看向王小安。

王小安重新审视严宁，哼道："哟，你有点小聪明啊，比我那些同学和教授聪明多了，那帮蠢货，什么事都做不好，还听不进建议，啧啧！"

"你特意准备液氮，是为了对付教授？"联想到辅导员说的话，严宁试探着问。

"啊，你这个警察还挺聪明的嘛，说说看，你是怎么想到的？"

王小安眼睛发亮，兴致勃勃地问。

不等严宁回答，他马上又变了脸，说："是啊，那个混蛋为了自己的研究，故意压榨学生，不让大家毕业，他是不是该死？你更该

第八章　联手缉凶

死,现在东西用在了你身上,就没法再给他用了,我还要重新再买,有多麻烦你知道吗?"

"沈云云也是你杀的?"

"沈云云?谁啊?"

王小安想了想,"喔"了一声。

"我知道了,是那个在健身房一直骂骂咧咧的女人对吧?那女人更该死,以为自己有多高贵,一直骂我们是LOW圈。她骂我没关系,可不能骂我的朋友和先生,亵渎我们的信仰,死女人,她死得太容易了……"

陈飒在后面晃晃一直举着的手,提问:"先生是谁啊?"

"蠢货,先生当然就是先生!"

王小安大概是觉得陈飒太蠢,所以跟他说话时非常不耐烦。

陈飒也不介意,改问道:"那你是在为林煜帆打抱不平吗?"

"谁?不,是谁不重要,她那样骂就不行,你们知不知道先生对我们有多好,多了解我们的需求,可她不仅嘲笑我们,还弄了那么个丑陋的文身,不可饶恕!"

不知想到了什么,王小安更生气了,全身都在发抖,手指按在开关上,仿佛随时都会按下去。

陈飒本来还想再问"先生"是谁,考虑到他的精神状态,把话咽了回去。

身处险境,严宁反而变得很冷静,问:"你很在意她的文身,所以才划花她的手臂?"

"对,看了就恶心,该死的女人,还和我住得这么近!"

王小安整个人都疯狂了,先是气愤地骂骂咧咧,马上又很自得地笑起来。

"所以这是上天交给我的使命,注定要我作为惩罚者,惩罚她犯下的过错，哈哈哈……"

陈飒又在后面晃晃举着的手。

"所以你在杀她的时候拽下了她的耳环，对吗？那种坏女人不配被耳环庇佑，她应该受到惩戒，被魔鬼侵占、拖下地狱，接受炼狱的痛苦。"

陈飒的话声压得很低，说得阴森森的。王小安果然被吸引住了，连连点头。

"是的是的，看来你是行家啊，懂……"

"可惜你失败了，耳环根本就没有被拽下来，还戴在她的耳朵上。"

陈飒扬起手指，指尖上套了个金色环状物体，他的手指灵巧地转着金环，嘲讽地说："你看，就这么点小事你都做不好，难怪被延毕了，你的先生大概也对你很失望吧。"

他为了引开王小安的注意力，故意这样说，王小安果然被刺激到了，大声叫道："没有，先生很信任我，什么都交给我做，我不许你污蔑他！"

在他的大吼声中，陈飒把耳环弹了出去，叮的一声，耳环飞向空中，王小安的目光情不自禁地追随着耳环，严宁瞅准时机，抄起桌上一个茶杯甩过去，王小安的手腕被撞到，吃痛地叫了一声，液氮罐失手落下。

严宁上前接住了液氮罐，又顺势一脚踹去，王小安腹部被踹中，向后跌倒，蜷缩成一团干呕不止。

王小安明显没有攻击能力了，陈飒这才小心翼翼地靠近，接过严宁手中的液氮罐。

严宁没带手铐，便扯下他的腰带把他捆了，又打电话通知陈一霖过来抓人，交代完毕，她转过头，陈飒已经放下了液氮罐，正饶有兴

第八章　联手缉凶

趣地打量房间。

严宁问:"你还好吧?"

"我挺好的,倒是你差点变冰棍。"

"刚才谢谢了。"

陈飒摆摆手,笑嘻嘻地说:"不用这么客气,道谢也是要写检查的。"

"我说你就不能有一天不提检查嘛。"

"你都说我是小心眼了,小心眼当然不能不提。"

严宁无语了,决定无视他这种无聊的行为,问:"你刚才拿的是什么?"

陈飒朝她晃晃手指,这次严宁看清楚了,是他家的钥匙环,他压根就没扔出去,那只是魔术师常用的障眼法而已。

严宁笑了。

"真要谢谢你当年学魔术了。"

"不,要是知道将来有一天会把魔术用在这种地方,我一定不会去学的。"陈飒转着钥匙环,深有感触地说道。

Chapter 9
第九章　蒲公英之家

　　王小安挨了揍，之前的嚣张和疯狂消散得干干净净，像是接受了自己逃不掉的事实，他没有再反抗，被带去警局后，还没等陈一霖审问，他就主动交代了。

　　王小安和沈云云以前并不认识，更别说有积怨，他会突发杀机，全是因为那天沈云云在健身房的刻薄发言。他说他偷听到了沈云云和朋友的对话，知道她的名字和常玩微博的习惯。

　　后来沈云云和朋友去了温泉，王小安也跟去了，沈云云等人是开车离开的，王小安则是骑电瓶车。温泉离健身房不远，他一路跟踪过去，在酒店的休息区等候沈云云出来，顺便查看沈云云的微博。

　　他正是从微博里的一些照片中确定了沈云云家的别墅地址，那房子恰好就在他上学必经的路上。之后他继续跟踪，沈云云和朋友吃饭时提到了晚上会去别墅住，他便提前过去蹲点。

　　王小安说他当时包里只有一把水果刀，他原本是想随便拿块石头攻击沈云云的，谁知在沈云云开车库门时，他看到了车库架子上放的扳手，觉得那个更好用，就随手拿了，从沈云云背后攻击了她。

　　他之所以拽掉耳环，原因与陈飒推想的一样。他杀了人后，怒气还没平息，就又拿刀在沈云云脸上和手臂上乱划。陈一霖问他是不是

第九章 蒲公英之家

讨厌那个文身。他没有正面回答，只是反复说那贱女人不配。

陈一霖再多问几句，王小安就开始发脾气。问他那个所谓的"先生"是谁，他像是没听见，又开始重复骂沈云云，说她该死，自己是为民除害。他本来还想把同样是"害虫"的教授也干掉的，所以才准备了液氮，却被严宁给阻挠了。

说到这里，他一脸的不甘，不断地拍桌子，又神经质地咬指甲，偏偏眼神相当冷静，看起来精神状况极度不稳定。

"这人的心智好像有点问题啊。"

作为这次案件调查的协助者，陈飒被破例留了下来。他在审讯室外看了全过程，叹道："沈云云遇到这种神经病，也是倒霉。"

严宁看着王小安的举动，皱眉不语。

陈飒看看她，问："你以前是不是听说过'先生'这个人？"

严宁心下一动，"为什么这么问？"

"看你听了这个词后的反应，我猜的。王小安跟我最初推想的感觉一样，自卑又聪明，偏激又迷信。我如果搞什么教会，一定会吸收他入会，简直太好用了。"

"可是他坚持否认，他家里也没搜到与宗教有关的东西。"

"因为他是个聪明的罪犯。"

稍许停顿后，严宁说："五个多月前，我们执行任务缉拿逃犯，他被捕后也是反复提到'先生'……"

她没提"死神"这部分，说："感觉他也是被洗脑了，人变得疯疯癫癫的，后来给他做了全面检查，发现是服用过量药物导致的，所以最终也没交代出'先生'是谁。"

"看来这个'先生'很厉害，有组织能力和控制能力，擅长给人洗脑，并利用他们的能力为己所用，可怕……"

陈飒摇头发出感叹，严宁突然想到吴婉婉，吴婉婉的尸检报告已经出来了,死因是服药过量,药物来源不明,同事常青还在医院进行调查。

吴婉婉不是被强迫服药的,但对于一个中度吸毒者来说,根本不需要强迫,只要把药粉放在那儿就行了,他们很难抵抗得了。

也许吴婉婉在弥留之际明白了是有人在害她,可惜她已经说不出话了,所以才努力把手链给自己,提醒自己留心。

想到这里,严宁下意识地看看手腕上的链子,短时间内出现了两起类似的事件,两个人都提到了"死神",那个所谓的"先生"会不会就是"死神"?

楚枫走进审讯室,严宁听到开门声,回过神,就见楚枫把刚出来的鉴定结果交给陈一霖。

陈飒在王小安的旅行包里找到的那瓶药经鉴定属于剧毒,鉴证人员从毒药成分和用药比例判断这是王小安自己配制的。

陈一霖把鉴定文件放在王小安面前,问他配制和携带毒药的目的。他嘿嘿冷笑着不说话,任凭陈一霖怎么问,愣是没反应。

看来要从这家伙的嘴里撬出线索不是件容易事啊。

严宁猜不透王小安的想法,不过像他这种偏执性人格携带剧毒药物准备跑路,很可能会做出报复社会的事,假如他在公共场所投毒的话,后果将不堪设想。

这么一想,她不由得后怕,看看站在身旁的陈飒,心想虽然这人小心眼,说话又没个正经,但这次要是没有他,事情只怕不会这么快就解决。

觉察到严宁的注视,陈飒先是微笑,继而像是害怕似的往后退开两步,一副"我知道我很帅,但是请你千万不要喜欢我"的表情。

于是,严宁对他刚生出的一丝好感再度消失得干干净净。

第九章 蒲公英之家

她从审讯室外间出来，陈飒探头看看，也不知道自己是怎么想的，本能地跟了上去。

两人来到走廊上，对面传来喧哗声，原来是赵龙被通知离开，他却不肯走，在那儿骂骂咧咧的，说警察滥用职权，把他这个无辜的人抓到警局，现在连个道歉都没有，他不走，他要留下来投诉。

陈飒循声看过去，赵龙正指着一位警察大骂，说的都是些很难听的话，看他的打扮和口气，要说他没嫌疑还真让人难以相信。

陈飒问："他和王小安不认识？"

"暂时还没有查到他们之间的接触点，他与沈云云被杀也没关系。昨晚他和朋友打麻将到深夜，这一点我们已经做过调查了，麻将馆的监控有记录，要不是他一直醉醺醺的说不清楚，我们也不至于走这么多弯路。"

"那最后打电话给王小安的是谁？"陈飒脱口而出，严宁看向他，陈飒说，"你不觉得奇怪吗？我们去王小安家的时候，他都打包好了，一副要跑路的样子，像是早就知道警察会找来似的。"

"你也注意到了啊。"

严宁有点佩服陈飒，作为一个普通人，他的观察力和分析能力应该说非常出色了。

"这个我们查了，在我们去他家的一个小时前，他接过一通电话，通话时间只有三十多秒，可惜那手机是用假名购买的，无法追踪到使用人的情报。"

说到匿名电话，陈飒想起了王天鹏，问："那之前那个透露消息给王天鹏的电话是谁打的？你们查到了吗？"

"没有，情况和这次的类似，都是用完就丢的翻盖手机，很难追踪到源头。"

"作案手法都这么像，不会是一伙的吧。"陈飒随口说道。

这种犯罪手法其实并不少见，严宁本来没留意，听陈飒这么说，她眉头微皱，陷入沉思。

脚步声传来，魏炎走了过来，看到陈飒，他头一句话就是——

"我说……最近常见到你啊……"

面对这个很麻烦可是关键时刻又挺有用的闲人，魏炎也挺头痛的，他感叹完后，又道了谢，说："你真该报考警校的。"

"不不不，有我在的话，你们都要失业了，这样不太好。"

魏炎无语了，严宁靠近，悄声对他说："头儿，你现在明白为什么大家都觉得他欠揍了？"

魏炎点头，陈飒没听清，问："什么？"

魏炎像是没听到，打量着严宁，赞道："你今天这件衣服挺漂亮的啊，以前没见你穿过。"

严宁表情尴尬，陈飒沾沾自喜地说："证明我眼光不错。"

魏炎的目光在两人之间转了转，一副了然于胸的表情，严宁沉下脸，揪着陈飒把他拽去一边。

陈飒任由她拖拽，嘴上风凉地说："你应该不想再多写一份检查吧？"

严宁马上松开手，堆起笑脸，说："你饿不饿？到现在都还没吃饭呢，隔壁有家粥铺挺不错的，我请你。"

"不用了，下次再说。"

陈飒觉得一碗粥就打发的饭局，实在太便宜严宁了，所以他回绝了。从警局出来，他独自去粥铺吃饭，顺便把药也吃了。

吃完饭，陈飒突然想起向凌冰询问文身的事，凌冰一直没回电，他又把电话打过去，依旧没人接听。

难道她又在忙着赶工作？

凌冰主要的工作是为商家店铺做装潢设计，偶尔也接一些服装方

第九章 蒲公英之家

面的图案设计，赶工时几天几夜不睡是常事，所以陈飒能理解她压力大的时候吵着要自杀的心情，更不敢在她忙的时候打扰她，反正她忙完了自然会联络自己。

陈飒放下手机，正准备结账，手机响了。

他以为是凌冰打来的，急忙拿起来，一看显示，却是母亲的。

跟平时一样，陈妈妈没什么大事，主要是问他的身体情况，又说自己今天也去诊所了，还想让他给洗洗牙呢，结果他没去上班，所以问他在忙什么。

陈飒哪敢说自己正忙着抓凶手呢，就撒谎说为了锻炼身体去健身房了。陈妈妈没怀疑，称赞了他几句后，说晚上在华利达酒店有个酒会，有些朋友想介绍给他认识，让他也来。

这种事以前有过很多次了，基本上就是陈妈妈想给儿子介绍对象时用的招数，为了不被唠叨，陈飒答应了。

陈飒从粥铺出来，看看时间还很充足，准备先回家换套衣服。

路上经过华利达酒店，陈飒随意往那边瞥了一眼，忽然看到两个女人站在那儿拿着手机好像在研究什么，居然是严宁的母亲和小姨。

陈飒的身体反应比大脑快，在他的理智发挥正常性能之前，手已经打转方向盘，把车开进了停车场。

他从车上下来，小姨眼尖，看到他，打招呼说："这不是宁宁的朋友嘛，这么巧。"

陈飒心想我这不叫巧，我这是自投罗网。

他一边暗自后悔，一边堆起自认为非常有亲和力的笑，说："是啊，伯母，小姨，你们好。"

严妈妈笑弯了双眼，说："你是陈先生吧？我昨天问过宁宁了，就是你在追求她……"

"欸，不是……"

"哎呀我都知道了,宁宁也是瞒着不肯说,其实你们这些道道儿,我们当长辈的哪能看不出来呢。"

小姨附和说:"是啊,我们也是从你们这个年纪走过来的。宁宁也真是的,有男朋友也不说一声,早知道这样,我就不帮忙做介绍了,你看那个IT男,赚得也不见得多,眼睛都长到脑门上了,难怪头发少。姐,我看陈先生这人不错,你就答应他们吧。"

严妈妈看着陈飒,笑眯眯地直点头,一副丈母娘看女婿的模样。

陈飒有点后悔主动过来搭话了,说:"你们真误会了,我和大魔……我和严宁只是同学关系。"

"原来是同学啊,那你以前有没有去过我们家玩?不对,你这长相要是来玩过,我肯定会有印象的……放心吧,我们当家长的都很开明的,昨天看到你急着帮宁宁说话,我就知道你比相亲那家伙靠谱多了。"

陈飒回想当时的情景,在外人眼中,他的做法是挺暧昧的,不过他不是想去帮严宁,恰恰相反,他是打算看笑话的……

对啊,他本意是去看笑话的,怎么到最后演变成了帮忙?

陈飒觉得脑子有点乱,严妈妈还乱上添乱,开始打听陈飒的家庭情况,又问他追严宁多久了,让他别担心,自己会帮他的诸如此类的话。

好像天底下当妈的都是这调调儿,如果不打断她们,她们会一直说下去。

陈飒感觉脸上的笑都僵硬了,好不容易才找到机会打断她们的话,问:"你们是要去昨天那家咖啡厅吗?"

"啊!"

严妈妈一拍手,懊恼地说:"不是,我们是来听演讲的,就是这个。"

第九章 蒲公英之家

她把手机亮给陈飒看,那是有关女性自强和独立的演讲活动,再看讲师,也是巧了,居然是孙佰龄。

陈飒有些诧异,拿过手机仔细看了一遍,演讲地点是华利达酒店的宴会厅,他看看地址,说:"你们来错地方了,这家是连锁酒店,演讲会堂不在这里,是在胜利路那边。"

"是啊是啊,我们也是来询问了才知道的,刚才正在看地图,你就来了,哎呀,再耽搁下去,就要迟到了。"

陈飒心说知道要迟到了,你们还在这儿聊家常。

刚好演讲会堂和母亲要参加的酒宴是在同一家酒店,陈飒决定好人做到底,他说:"没事,正好我也要去那家酒店,我送你们过去吧。"

"那怎么好意思呢,回头肯定会被宁宁说的。"

两个女人一边说着一边跑去了陈飒的车位,完全没有不好意思的样子。

路上,陈飒开着车,看到她们拿着孙佰龄的书,问:"你们都是蒲公英之家的会员?"

"不是,我们就是听众,孙老师会定期上电台录节目,我每次都听,我挺喜欢她的,她也是吃了不少苦的人,所以才能说出那么多有哲理的话,要不是我家宁宁职业特殊,我肯定会进蒲公英之家的。"

小姨说:"前两天不是还出了个恶意伤害事件嘛,孙老师差点受伤,幸好有仙鹤保佑,一切才会转危为安啊。"

陈飒皱皱眉。

之前刘叔也提到过仙鹤,看来有关孙佰龄救仙鹤这事在追崇者当中流传很广,好像在不知不觉中,这个蒲公英之家就慢慢渗透进了普通人当中,追崇者众多,势必出现盲目崇拜的明星效应,这算不算是另类的宗教洗脑呢?

181

他婉转地说:"我听说好像是她的助理及时出手,凶手才没得逞。"

严妈妈点头,小姨却说:"不过孙老师的能力大家都是有目共睹的,她可以看透人心……"

她生怕陈飒不信,接着说:"是真的,有好几次我都是亲眼见到的,大家有什么心事或烦恼她都可以一语道破,特别厉害,你只要见识过一次,就会相信了。"

"刚好今天有机会,那我也参加看看吧,"陈飒微笑着说,"我最喜欢这种猜心游戏了。"

孙佰龄的演讲课设在一间比较大的宴会厅里。他们三人来晚了,陈飒向门口的女助理解释了一下情况,助理便带他们三人从后面的门进去。

会堂里面几乎坐满了人,其中七成以上是女性,还好最后几排有座位,严妈妈和小姨随便找了个位子坐下,陈飒却没急着过去,而是问助理:"林先生今天没来吗?"

"您是说林晖吗?他去下一场演讲会堂了……做一些安排调度。"

助理的话有些含糊,陈飒说:"是不是关于安全保护措施的啊,之前出了挺可怕的事。"

见他知道那事,助理就没再隐瞒,点头说是,又说:"不用担心,现在我们都有预防了,不会让奇怪的人靠近老师的。"

陈飒看向会堂,演讲桌附近的确站了几个身材魁梧的男人,应该就是负责保护孙佰龄安全的,旁边大屏幕上显示着"精神独立"和"经济独立"等字样,应该就是孙佰龄这次演讲的主题,字的旁边还画着钱、阶梯,以及一颗由两个小人拥抱而成的心。

孙佰龄穿着西装裙,个头不高,说话却中气十足,她正在说希帕

第九章 蒲公英之家

蒂娅,这位世界上第一位女数学家。

她的措辞和描述非常有感情,在讲到希帕蒂娅为了坚持真理而被迫害致死的时候,声音颤抖起来,眼中溢出泪花。前面座位上坐了个胖胖的女生,她也被感染了,激动得直擦眼泪。陈飒走过去,坐到了她旁边,掏出纸巾递给她,她道谢接了过去。

"孙老师知识很渊博啊。"陈飒搭讪说。

"是的,老师很谦虚,不过她知道得特别多,特别厉害!"女生抹着眼泪说。

她膝上放着《遥远的星空》那本书,陈飒问她能不能给自己看一下,她给了,说:"送给你,你看完后,很多人生观一定会有改变的。"

"给了我,那你以后想看怎么办?"

"我有三本,一本用来推广,一本用来自己平常翻阅,还有一本签名版用来收藏。"

任何周边产品都要买三套,陈飒点点头,他发现在盲目崇拜方面,会员和明星追崇者的表现非常相似,甚至更激烈也说不定。

"谢谢你的推荐。"

"不谢,好东西就是要大家一起分享,你读了老师的书,就知道她有多厉害了,我也好想和她那样,可以一眼就看出对方心里都想些什么。"

"就像mentalist?"

女生没听懂,皱眉看他,陈飒说:"就是根据观察和推理来判断对方想法的人。"

"不是的,老师是可以看透人心,听说老师在年轻的时候救过一只受伤的仙鹤,后来就有这样的能力了。这是第六感,天生的,学不来的。"

为了保持绅士风度，陈飒忍着没翻白眼，孙佰龄的公益事业做得怎样他不知道，但是在蛊惑人心这方面她就是个十足的骗子。

"你还是新会员吧？社团办公室里有老师和仙鹤的照片，你可以看看。"

"会的，"陈飒顿了顿，打量着女生，问，"你很喜欢巧克力，对吧？"

"你怎么知道？"女生脸上写满了惊异。

陈飒笑了。

"不瞒你说，我小时候救过一只东北虎，后来我就有了一些第六感，当然了，我和大师没法比的。"

演讲结束了，大家随人流出去，小姨急着要签名，跑去了前面，严妈妈却把陈飒拉到一边。

刚才的话她断断续续听到了，小声问："你怎么知道那女孩喜欢巧克力？"

"很简单，"陈飒笑眯眯地说，"年轻却肥胖的女生，如果不是体质问题那就是喜欢吃甜食，她袖口上沾了褐色斑点，手机挂链是巧克力板模型赠品，那种赠品要吃很多巧克力才能集到。"

"那她也可能只是单纯喜欢吃甜食而已。"

"也有这个可能，所以我用了反问句，假如没说中，那就只是普通询问；假如说中了，那就是百分百的成果——伯母您看，要当大师是多么容易的一件事。"

严妈妈注视了他半天，说："以后你可别在宁宁面前耍滑头，小心她揍人。"

陈飒摸摸眼睛，心想他已经被揍了，早在十年前的时候。

演讲过后还有交流活动，陈飒看看时间不早了，就没再凑热闹，

第九章 蒲公英之家

跟严妈妈和小姨告辞，去车上拿备用的西装。

陈飒以前非常注重礼仪外表，他的车上通常都会放置几套衣服，临时需要时，拿去更衣室换一下就行了，免去了特意回家换的麻烦。

陈飒换好衣服，刚从更衣室出来，就听到一阵暧昧的响声。

他顺着声音看过去，就见一男一女在角落处接吻，女的好像是被迫的，正在极力挣扎，却架不住男人力气太大，被他按在了墙上。

陈飒犹豫了一下，这种事比较微妙，说不定是情人在闹别扭，贸然阻止，说不定搞得双方都尴尬。

就在他纠结的时候，有人匆匆跑过来，居然是林晖，为了不被发现，陈飒立刻退回更衣室，只留一道门缝探头看过去。

男人被推开后，陈飒看到了那位被强迫亲吻的女性，竟然是孙佰龄。她的脸涨得通红，头发也乱了，林晖把她护在身后，对那个男人说："有什么问题当面解决，别来纠缠孙老师。"

"当初合作得那么好，现在成名人了，就想踹掉老朋友。呵呵，别以为我不知道你那些事，你也只能骗骗那些傻子，可别想骗过我。"

孙佰龄瞪着他，忽然冷冷道："别逼我，否则我会杀了你！"

声线平稳低沉，但毫不掩饰内里的杀机，林晖吓到了，叫了声"老师"，示意她冷静。

男人也笑了，故意叹了口气，说："我知道，反正对你来说，杀人这种事也不是头一次了。"

孙佰龄没说话，倒是林晖沉不住气，冲男人喝道："你不要乱说话，否则我们会告你诽谤的！"

"有没有乱说话，她自己心里最清楚。我劝你也小心点，别被这女人骗了，她最擅长借刀杀人了，一旦出事，你就是下一个替罪羊，就像前不久那个要杀她的家伙一样。相信我，我对她的了解可远远多于你。"

男人说完离开了，经过林晖身旁时还故意撞了他一下，充满了挑衅的意味。

他走后，有短暂的沉默，随即孙佰龄上前抓住林晖的手，说："他在胡说，我不会害你的！"

"我知道，我知道。"

林晖拍打她的手臂，安慰道："他就是不甘心你有这么大的成就，他在嫉妒而已，以后别再说杀人这种话了，万一传出去，会影响你的声誉。"

"我知道，不过很多时候，那确实是最有效的解决办法，"孙佰龄自嘲地说，"可惜这么有用的解决办法无法写进书里。"

"下一场演讲的时间快到了，我要再去检查一下安全措施，免得那家伙来捣乱……法人那事，再咨询下律师……"

两人离开了，陈飒怕被发现，缩回了更衣室，所以最后那句话他听得断断续续，不过从前半部分的对话来看，孙佰龄有过违法甚至是杀人行为。

如果这是真的，那她很可能把这些经历当做工具，用来给人洗脑，社团成员的数量越庞大，她的影响力也就越大，一旦会员大脑被植入"杀戮是最有效的解决手段"这一想法，那结果就不单单是可怕，还剩下可悲。

更糟糕的是王小安会不会就是被孙佰龄洗脑的信徒？

陈飒不相信什么第六感，但毫无疑问，孙佰龄的信徒很多，所以难保不是有人留意到他们在调查王小安，所以提前联络他逃跑。

等两人走远了，陈飒立刻从更衣室出来，打电话给严宁，打算说下自己的发现。

手机一直没人接，陈飒又留了言，过了很久严宁也没回信，可能王小安被捕，她正忙着做调查吧。

第九章　蒲公英之家

　　当初说好了停职写检查的,现在他检查没见到,人家也没停职,合着搞了半天,都是他一个人在忙,还友情附赠查案灵感。

　　陈飒感叹着自己的失策,他把换下来的衣服放进车里,去了举行酒会的楼层。

　　酒会已经开始了,陈妈妈正在和几个朋友聊天,看到他,连忙招手把他叫过去跟大家打招呼。当中站了位年轻女孩,陈妈妈说她是陆伯伯的小女儿,名校毕业后一直在国外工作,最近才回来。

　　介绍完陆小姐,陈妈妈又开始夸自己的儿子,先从牙医硕士开始说起,接着聊业余爱好,什么魔术师啊调酒啊做饭啊,陈飒在旁边听着,很想说——那都是老黄历了,他现在最大的业余爱好就是协助警察办案,就今天还抓住了一个变态凶手呢。

　　周围几位年轻女性听着陈妈妈侃侃而谈,都向陈飒投来倾慕的目光,陆小姐也不例外,微笑着看向他。

　　陈飒享受着美女们的瞩目,老实说,那感觉不赖,直觉告诉他,陆小姐对他有兴趣。

　　他也不讨厌陆小姐这种类型的,漂亮又有学识,身材高挑丰满,举止优雅,简直可以打满分了,比严宁不知道要好上多少倍。

　　这个念头刚闪过,陈飒就想抽自己耳光了。大概最近他和严宁在一起久了,大脑潜移默化,动不动就想起她,明明他们两个是两个世界的人。

　　陈妈妈介绍完,陆小姐和陈飒交换了名片。她年纪轻轻就已经是外企高管了,陈飒肃然起敬,再看她拿名片的纤纤玉手,他想这手最多是抡抡高尔夫球杆,绝对不会揍人的。

　　"你没来之前,伯母就一直在夸赞你了,你什么都会,真厉害。"

　　陆小姐约他去一旁聊天,被美女称赞,陈飒有点飘飘然,说了几句很没诚意的谦虚之词,又问起她的工作和爱好。

陆小姐和陈飒一样，都不喜欢户外运动，休息日都在家里看书或是做瑜伽，两人越聊越投机，陈飒正准备约她出去兜风，手机响了。

陈飒拿出来一看，显示名字是大魔头。

严宁居然在这个时间段来找他，他有点惊讶，随即想到可能是看到了他的留言，跑来问情况的。

他接听了，对面没有马上说话，陈飒说了句"喂"，严宁才问："你说自杀的人到底是什么心态？"

陈飒吓了一跳，反问："自杀？"

声调有点高了，周围的人都看过来，陆小姐也目不转睛地注视他。

发现自己的失态，陈飒慌忙点头道歉，匆匆跑去角落，压低声音问："你不要告诉我，是你想要自杀吧？"

严宁在对面听了这句话，抬手拍了自己额头一巴掌。

她刚才肯定是魔怔了，才会打电话给陈飒，说了句"没事了"就挂了电话。

声线压得很低，揭示了严宁此刻沉闷的心情。陈飒才不相信她没事，又想起常烁，就更坐不住了，马上回拨过去，一接通就问："你现在在哪儿？"

"放心，不是我想自杀，请不要试图英雄救美。"

"英雄我承认，'美'在哪里？"

几秒的沉默后，严宁问："陈飒你是不是欠揍？"

"比起我欠揍，该说你欠我一顿饭，我还没吃晚饭，就你请了，你在哪儿，我去接你。"

严宁心情不太好，懒得和他计较，说："就白吃粥铺，我们局旁边的那家饭店。"

陈飒中午还在那儿吃过饭，说："好，那你不要走，等我过去。"

第九章 蒲公英之家

挂了电话，他转头跟陆小姐说有急事要离开，就跑出了宴会大厅。

陈妈妈看到了，气得追出来，拦住他问："你又要去哪里啊？把人家陆小姐一个人撂这儿。"

"蓝天那边有点事让我过去，妈我先走了。"

"蓝天有事？呵呵，儿子你用这种借口，是有多看不起你妈的智商？"

陈妈妈冷笑。陈飒怕她真生气，正要找个更好的借口，对面传来叫声，却是严宁的母亲和小姨。

陈飒感觉头都大了，很想装死，可人家已经看到他了，跑过来打招呼。

"这两位是？"陈妈妈问。

陈飒哪敢说是严宁的家人，母亲要是知道了，那还不得打起来？

他抢在严妈妈回答之前说："是朋友的母亲和小姨，刚才我们一起在楼上听演讲。"

"就是孙老师的演讲，讲得可好了。"

小姨从包里拿出签名书，陈妈妈说："她今天在这里演讲啊，我要是知道也去听了。"

"妈你不会也是她的追崇者吧？"

"那倒不是，就是以前捐过钱，"陈妈妈小声说完，又说，"后来他们社团就送书给我了，我本来是用来打发时间的，后来一看就入迷了，里面很多地方都写得很真实，像我们这种年轻时受过苦的，特别能感同身受。"

"是啊是啊，我也是这么觉得，现在的孩子一个个都是蜜糖罐里泡出来的，他们哪懂啊。"严妈妈附和道。

眼看着她们大有聊下去的趋势，陈飒急忙对她说："伯母你们是不是要回去了,刚好我也要走,我送你们吧。"

"不是,我们是要去餐厅吃饭,谁知走错了楼层。"

一听这话,陈飒就有种不好的预感,果然就听母亲说:"那正好,我们在这里有宴会,就一起吃吧。"

"你们这是正式的宴会,我们参加不太好吧?"

"没事没事,就是朋友们找借口凑一起吃吃饭而已。"

陈妈妈为人爽快,拉着她们进去了,陈飒拦都拦不住,看看时间不早了,他只好放弃纠结,离开了。

身后传来母亲的叹气声。

"我这儿子啊,也不知道咋回事,一个牙医,搞得比总统都忙。"

"我家闺女也是啊,干他们这行的没办法,还不能说,说多了就嫌当妈的啰嗦,真是的。"

"就是就是,也不知道怎么每天那么多麻烦事。"

听着两位母亲交换的心得,陈飒不由得叹了口气——他也不知道自己怎么变得这么忙,好像自从认识了大魔头,他每天都有麻烦。

偏偏麻烦归麻烦,他却乐在其中。

站在电梯前,陈飒伸手按住心脏,心想到底是这颗心在影响他,还是他本身就喜欢这种刺激的生活?

陈飒来到白吃粥铺,已经过了用餐高峰,里面几乎没有客人。他一进去就看到严宁坐在角落里,面前放着电脑和一杯饮料。

陈飒走过去,严宁听到脚步声,抬起头吓了一跳。

"哟,穿得这么隆重,你去相亲了?"

虽然不是相亲,但也相去不远。

陈飒特意冲着严宁整整领带,说:"我觉得我可以业余去当平面模特儿了。"

第九章　蒲公英之家

"那你就朝着这个方向努力吧，"严宁移开视线，把菜单推给他，"想吃什么，随便点，我请。"

"这话要在五星级酒店说才更显诚意。"

陈飒拿着菜单在对面坐下，没享受到在酒宴上被众人瞩目的待遇。严宁的目光移到电脑上，敲着键盘说："我现在就正在很有'诚意'地写检查。"

"写完了？"

严宁的回应是长按删除键，把打的一堆字都删掉了。

从她那粗暴的动作中就可以看出她现在心情非常不好，陈飒猜想可能与常烁有关，他没去"踩地雷"，问严宁吃没吃饭，严宁摇摇头说没胃口。

"我一直认为拿自己的身体撒气是最愚蠢的行为。"

陈飒叫来店员点了几道菜，顺便帮严宁也点了。

严宁被嘲讽，气不打一处来，推开电脑想反唇相讥，正好对上他那张笑脸，又不知道该说什么了。

至少陈飒说的话糙理不糙，她拿起饮料咕嘟咕嘟一饮而尽。

"饮料也少喝，对身体不好。"

香片送来了，陈飒给严宁斟满。严宁听着他唠叨，忽然明白了，刚才之所以打电话给他，可能是因为他训斥梁晓茗时说的那番话吧。当时她就感觉陈飒一定是经历过什么，因为生命的珍贵和沉重只有经历过的人才能深刻感受到。

严宁喝茶的时候，陈飒把她的电脑屏幕转到自己这边，WORD文档里只有几行字，而且还是些不相干的前缀，他说："希望你不是因为写不出检查想要自杀。"

严宁瞪过来，陈飒习惯成自然，堆起笑脸举手道歉。

餐点很快都送上来了,等店员离开,陈飒收起嬉皮笑脸,正色问:"到底是怎么回事?"

"王小安自杀了。"

陈飒刚喝进嘴里的茶差点喷出来,他咳嗽着看向严宁,严宁表情严肃,看来不是随口说说的。

难怪严宁没接他的电话,也一直没回留言,原来是因为王小安的案子。

他问:"现在拘留室不是都很安全吗?我听说为了防止自残行为,连墙壁都特别设计成软的那种。"

"是的,正常情况下不会出事,可是王小安不正常,你绝对想不到他的死法,先吃饭吧,饭前说,我怕你没胃口。"

"没事,经过一次洗礼了,我扛得住。"

胃口被吊起来了,严宁不说,陈飒觉得他更吃不下饭,催促道。

严宁没再坚持,说:"他用牙齿咬开毛衣线头,扯出一团团毛线球塞进嘴里,一直塞到窒息为止,前后也就半个多小时吧,法医说他被关进拘留室后就马上操作了,是一早就想好了死法。"

陈飒刚把一个灌汤包吃下肚,严宁的话让他觉得自己的喉咙也开始难受了,他清清嗓子,叹道:"这种死法正常人的确想不到,总不能关他的时候把衣服扒了吧。"

严宁低头喝粥,不说话,陈飒有点理解她的心情了,问:"你不明白他为什么选择自杀,对吧。他的精神不正常,就算起诉说不定也不会被判刑,既然如此,他为什么还要选择逃避?"

"你懂吗?"

陈飒想了想,说:"他一直是优等生,心里一定是特别有优越感的,他会觉得周围的人都是蠢材,蠢材不配审判他,所以他不是在逃避,而是把自杀当成一种脱罪手段,因为他死了,你们就永远不可能

第九章　蒲公英之家

赢过他，他才是胜利者。"

严宁停止喝粥，惊讶地看陈飒，陈飒急忙说："我就是从优等生的立场去分析，不一定说得准确。"

"也许你说对了，他死的时候的确面带微笑。"

想起死尸脸上扭曲的笑容，严宁有些反胃，陈飒好奇地问："他应该没做出个V手势吧？"

"没有，大概是没来得及吧，他只做到侧卧向上平举手臂时就咽了气。"

陈飒原本只是抱怨，严宁却认真回答了，他试着平举起手臂，问："这种僵尸动作？"

"再往上举一举就很接近了。"

陈飒又往上抬抬手臂，感觉像是纳粹敬礼的姿势，不过王小安是举双臂，他问："你们在他家有没有搜到与宗教有关的东西？"

"没有，全都是工具书。"

"那也没问到最后打电话给他的人是谁了？"

严宁摇头。

王小安自从被控制后，精神就一直处于亢奋状态。面对审问他还算配合，最多是避而不答，所以陈一霖没有硬逼他，而是打算温水煮青蛙，先慢慢拖垮他的意志力，再一举攻破。

这种问案手法本身没问题，可谁会想到王小安会变态到一转头就自杀呢。

所以这件事虽然不是陈一霖的错，但总归还是他考虑不周造成的，他自己也颇受打击。魏炎停了他的职，把后续处理事宜转交给了别人。

这些严宁没跟陈飒提，说："这个人是你协助抓到的，所以我想听一下你的意见。"

"他肯定还有同党，比如他一直提到的'先生'，说不定最后打电话给他的也是那个人，告诉他马上逃，如果逃不了就自杀，不要连累别人。如果是这样，那'先生'应该很擅长心理战术，年龄比他大，可以操纵他并让他产生崇拜，而且王小安还懂配制毒药，对很多人来说，他的存在非常有用。"

听着陈飒自说自话，严宁笑了，"外行真好，可以天马行空地想象。"

"你们不行吗？"

"我们也需要想象，只是每个想象后面都要跟着足够的证据。"

"说到这个，我发现了一些消息，就是不知道对你来说是好是坏。"

陈飒把他在酒店无意中听到的孙佰龄和陌生男人的对话讲了一遍，严宁听完，问："他说孙佰龄杀过人？"

"是啊，当时孙佰龄的确有杀气，和她演讲时的感觉完全不一样。"

陈飒又说了大家对孙佰龄的崇拜和仙鹤的传说，严宁说："听起来还真像江湖骗子。"

"可怕的是很多人相信这样的骗子，我想她应该是做过一些实事的，不过她帮助人与她有过犯罪行为并不矛盾。"

严宁稍做沉思，说："那个男人你以前见过吗？"

"没有，头一次见，听他说话，感觉他和孙佰龄应该有过亲密关系，还有林晖，他喜欢孙佰龄，并且对她非常崇拜。你对孙佰龄这个人了解多少？"

"最近她常上电视，我妈提过她几次，我没特别注意，回头我详细调查一下她的情况。"

"孙佰龄应该不会就是'先生'吧？"

第九章　蒲公英之家

陈飒终于还是没忍住，说出了心中的疑惑。

严宁看向他，陈飒自嘲地一笑。

"我知道这样说才是真的天马行空，但总觉得她在控制人的思想方面很擅长，而王小安又是容易被控制的那类人，他尊称孙佰龄是'先生'也说得过去。"

严宁想起抓捕刘飞那次，刘飞也属于头脑简单的那种，所以陈飒的猜测不无道理，她应该仔细调查这些人与蒲公英之家之间的接触点。

陈飒观察着她的反应，说："还有件挺重要的事我得告诉你。"

"有关孙佰龄的？"

"不是，不过也不能说完全与她无关，就是我妈和你妈认识了，不出意外的话，还会成为好朋友，这都是孙佰龄的功劳。"

这次换严宁喷茶，她擦着嘴角上的茶渍，问："什么情况？"

"别问我，我也不知道怎么会变成这样。"

陈飒叹着气把经过说了，严宁气道："你还说你不知道，这不都是你搞出来的？要不是你多管闲事载我妈去酒店，她们怎么可能有机会认识？"

"不能再同意你更多，要是我不多管闲事的话，我和你都没机会认识。"陈飒自嘲地说。严宁想想都已经这样了，再责怪他也无济于事，摆摆手，说："算了，她们要是有问题会自己解决的。"

"那接下来你准备怎么做调查？"

严宁看着他不说话，伸手拍拍电脑，陈飒马上说："检查先放放，那个又不急，查案要紧。"

"谢谢。"

严宁吃完了饭，起身离开。这时候陈飒才回过味来，她跟自己说了这么多，不会就是在等他这句话吧。

正琢磨着呢,就见严宁掏手机要付账,他急忙拦住,抢先付了。

严宁没跟他争,等店员走了,她说:"说好我请客的。"

"你请客我掏钱。"

在陈飒的认知里,出来吃饭没有让女性付账的道理,严宁暴力归暴力,也算是……哦不,也是女性。

严宁把电脑装进包里,又看看他,说:"如果你是想用这种方式追我,那我要告诉你,你失败了。"

"追你?大魔头?我又不自虐,我刚刚才认识了一位海归大美女,又知性又温柔,还……"

"那你为什么还过来?"

凉凉的一句话飞过来,陈飒被打脸了,他还真找不出撂下美女跑来找严宁的理由。

看到他语塞,继而一脸纠结,严宁忽然觉得这人还挺有趣的,她说了声再见就离开了。

陈飒还在那儿找原因呢,很快手机振动了两下,严宁把钱转过来了,陈飒瞟了一眼,选择无视。

又过了一会儿,他终于还是没忍住,丢过去一句"写检查时请注意提高一下文笔修辞"。

回复很快就过来了。

——我刚写开头,精彩的在后面呢。

——第一口就很难吃的菜,你有勇气全部吃完吗?

——那该怎么写,给个范文呗。

——你看,你连请教人都这么没诚意。

——对不起,请陈同学写一个范文指点我进步。

这次的态度还挺不错的,可以让大魔头说话这么恭敬,这可是当年他做梦都不敢想的事啊。

第九章 蒲公英之家

　　陈飒的虚荣心急速膨胀，几分钟就把检查写好了，传了过去，严宁马上就回信了，给了他一张很大的道谢动图。

　　陈飒满足了，起身准备离开，忽然想到一个问题——

　　等等，刚才他说了什么，为什么严宁听了后就离开了，难道她也认为王小安是孙佰龄的信徒，还是她相信了自己说的——认为孙佰龄杀过人？

Chapter 10
第十章　死亡刺青

　　晚上，陈飒把《遥远的星空》作为睡前读物，简单读了一遍。

　　原来孙佰龄之所以热心救助家暴受害人，是因为她自己就成长于家暴家庭。

　　孙佰龄的父亲是个赌鬼加酒鬼，所以孙佰龄在幼年时代时常目睹母亲遭遇暴力，她自己也常常被体罚，直到十岁才脱离苦海——酒鬼父亲喝多了，从楼梯上滚下去一命呜呼，后来母亲没有再婚，独自抚养她成人。

　　所以孙佰龄对于家暴事件深恶痛绝，成年后就埋头工作。她很有经商头脑和领导手腕，经营了两家手工艺品工厂和一家连锁民宿以及一家小型农场，都搞得风生水起。

　　事业稳定后，孙佰龄就开始热心从事公益活动，2014年曾经成立过一个叫慈悲会的组织，专门救助遭遇暴力事件的受害者，拥有众多信徒。不过好景不长，慈悲会成立第二年就由于其中部分会员的一些行为太激进，双方发生冲突，导致有人受伤。

　　孙佰龄也被牵扯了进去，被控告伤害罪，接受了行政处罚，几名相关会员也被捕了。陈飒看到这里，猜想那个男人说的替罪羊会不会就是指这件事。

第十章 死亡刺青

此后孙佰龄沉寂了两年，又成立了蒲公英之家，其实只是换汤不换药，活动内容和慈悲相差不多，不过有了前车之鉴，孙佰龄做事比以前低调了很多。

书里写了孙佰龄的出生日期，陈飒算了一下，她今年有四十六了，不过看起来要更年轻一些，可能与她没有结婚生育有关系。

书里写了不少受过家暴或霸凌的当事人的实例，孙佰龄通过这些例子阐明自己的观点和见解，文字朴实诚恳，很容易阅读。陈飒想这本书之所以打动人心，是因为孙佰龄做到了感同身受。

她自身经历过最痛苦的阶段，自然也最了解当事人的心情和希望。她做慈善有多少是出于私心暂且不论，至少她可以靠着自己的经历来获取信任。

陈飒看完，又重新翻开扉页，扉页最底下站着一个小女孩，女孩仰望天空，上方的天空透着点点星光。

孩子很小，星光很美，也很遥远，看似触手可及，却永远都无法真正拥有，仿佛在诉说孙佰龄本人，同时也像是在讲述所有阅读者自身，连陈飒看着图片，都忍不住想自己最期待拥有的星光又是什么。

想了很久，陈飒都没找出答案，他在事业上爱情上一直都很顺利，但他始终觉得空虚，大概是因为他从来都没有认真对待过，潜意识中会认为认真是最没必要的感情，因为他说不定随时都会死掉。

这个想法一直持续到他接受心脏移植之后，现在他没有女朋友，原本要开诊所的计划也泡汤了，可神奇的是他完全没有在意。

陈飒放下书，忽然发现他好像很久没有感觉到空虚了，他不知道这种感觉是什么时候消失的，唯一可以肯定的是在重遇严宁之后，他每天都很忙，忙得没时间去感受空虚。

也许……他已经身处于星空当中了，根本不需要特意去仰望。

第二天陈飒去口腔诊所上班，那是江蓝天请求的，说几个小毛头实在太难搞，希望他能去帮个忙。

所以陈飒一整天都在诊所帮小孩子看牙，好在陈妈妈不是每天都过来检查，只在下午休息时打电话来问情况，又说陆小姐对他有意思，她就自作主张把他的微信号给了陆小姐，让他们有时间聊聊看。

陈飒都无语了。不过陆小姐人长得美，他们聊得又挺投机的，他倒是不介意交往看看。

谁知他刚觉得不错，陈妈妈下一句就是——

"哎呀，其实我知道你的心思啦，你在追那个女警，对吧，这次就当是帮妈个忙吧，陆小姐她父母那边我也好交代。"

陈飒差点被自己的口水呛到。

"妈你说什么？我怎么可能追那个大魔……总之没有那回事……"

"行了行了，严宁她妈都跟我说了，我就说嘛，你要是对人家没意思，会搞出写检查那么多事出来？直接投诉就好了嘛，搞了半天是想曲线救国啊，放心吧儿子，你妈我很开通的，你喜欢就好。"

"真的没有……"

"她妈妈人不错的，我们昨晚聊得特别开心，我还准备邀请她去咱们家吃饭，到时你记得叫上严宁……"

陈妈妈自说自话，说完了不等陈飒回应就挂了电话。

陈飒都被她搞蒙了，刚想打回去解释清楚，微信就传来陆小姐的加好友请求，他只好先解决这边的麻烦。

陆小姐很直接，聊了几句后就问他今晚有没有空，陈飒当然说有，和她约好了时间和餐厅。

傍晚下了班，陈飒换好衣服，整理好发型，又掏出便携型香水左右喷了两下，看看镜子里的自己，确认不错后，才离开诊所。

第十章 死亡刺青

他来到停车场，掏出手机正要联络陆小姐，对面有个人走过来，小心翼翼地叫："陈先生你好。"

陈飒停下脚步看过去，居然是张明娟，没想到她会直接来诊所，陈飒有些惊讶。

看到他的反应，张明娟也不太好意思，说："对不起，我太唐突了，不过有些事电话里可能说不清楚……你方便吗？"

"哦，没问题。"

陈飒回应着，心想今晚和美女的约会要泡汤了。

十分钟后，两人坐在了诊所附近的一家咖啡厅里。

陈飒瞅空给陆小姐留了言，找了个借口取消了约会，又要帮张明娟点餐，她拒绝了，只要了一杯饮料。

几天不见，张明娟的气色更难看了，头发也没有好好梳，看着有些凌乱，她抬手捋头发的时候，袖子滑了下来，陈飒看到了她手臂上一条长长的旧疤痕。

少许沉默后，张明娟开口了。

"我们只见过一面，按说我不该打扰你，不过上次你跟我说你是常警官的朋友，我想你是可以信任的。"

陈飒有点后悔自己当初的信口开河，可是当下这种情况，他又不方便解释，说："没关系，谢谢你对我的信任。"

张明娟礼貌性地笑了笑，似乎想说但又不知道该怎么开口，陈飒便替她说了："是有关家暴的问题吧？"

"你怎么知道？"

"你手上的旧伤，还有你的刘海儿留得很长，我猜也是为了掩饰伤疤吧？"

"你以前也是干警察的吧，观察得可真仔细。"

张明娟撩起刘海儿，她额上有一道旧疤痕："这是有一次吵架我被推到桌角上撞的，那之后我就习惯了留长发。那时孩子还小，我又一直没工作，就想再忍一忍，他平时对我挺好的，就是喝了酒会发酒疯。"

顿了顿，她又接着说："都说贫贱夫妻百事哀，说得一点都没错。这几年我们吵架几乎都是围绕着钱，他喜欢喝酒赌钱，我身体不好，又要常常看病，原本想着只要房子拆迁了，就有钱拿了，就这么一直盼着……那晚也是，他输了钱要打我，我就带孩子出去了，想着不能再忍了，得给孩子一个好的家庭环境，谁知那晚就遇到了车祸，要不是常警官，我们母女就……"

她声音哽咽了，陈飒问："你父母呢？"

"都过世了，所以我才一直犹豫着要不要离婚。那次事故后，他好像也被吓到了，没有再家暴，还挺关心孩子的，我本来也想再坚持坚持，谁知这两天我发现他还在赌钱，好像还有好几万的欠账，我很怕欠账越来越多，拖累到孩子，为了孩子今后能好好上学工作，我也得和他分手。"

稍微停顿后，她又说："昨晚我就带着女儿偷偷跑出来了，反正他整天不是喝酒就是赌钱，肯定不会想到我离开了，那个……我记得你说你有律师朋友，所以想向他咨询下离婚的流程。"

她话语坚定，看来在来之前仔细考虑过了，陈飒说："明白了，我联络她看看，麻烦等我一下。"

他起身出去打电话给冯君梅。

对方接听得很快，一接通，冯君梅就冷笑着说："你总算记得找我了？"

"欸……"

"亲爱的，你放我的鸽子，不会以为打个电话道歉，这事就算过去了吧？"

第十章 死亡刺青

陈飒头大了,这才想起之前和冯君梅约了吃饭,可后来出了好多事,他被搞得焦头烂额,早把约会给忘了,赶忙赔笑说:"抱歉抱歉,最近我遇到了一些麻烦,我真的不是故意的。"

"谅你也没胆子耍我,不过今晚我有约了,我的时间不是总为你准备的。"

"明白明白,其实我是有件事想请你帮忙。"

陈飒说了张明娟的事。说到正事,冯君梅严肃起来,她认真听完了,说:"这种离婚诉讼不难打,难的是当事人的态度,很多人都是临到最后突然后悔了,让我们白忙活一场,所以为了杜绝这个可能性,我通常收费很高。"

"钱的方面没问题,我来处理。"

陈飒之前撒谎骗过张明娟,出于歉意,他想假如张明娟出不起这笔钱,他可以酌情援助。

听了他的话,冯君梅笑了。

"只要钱没问题,我就没问题,明天上午我有个案子要处理,你先把她的资料整理一份传给我。"

陈飒照她说的把内容记录下来,正事说完,冯君梅笑着问道:"你老实说,你们是不是有什么亲密关系?"

"别胡说,我们就是认识而已。"

"只是认识你会这么帮忙?以前也没见你对人这么热心过。"

陈飒语塞了,冯君梅没说错,他以前还真不这样,大概又是受了心脏原主人的影响。他以为他会像以前那么抗拒,现在才发现并没有。

这大概是出于感恩吧,常烁救了张明娟,也救了他,他没机会答谢常烁,只能通过这样的帮助让常烁的牺牲有所回报。

陈飒回到座位上,把冯君梅的话转述给张明娟。

张明娟听完就连连点头，说自己绝对是铁了心要离婚，她怕被老公骚扰，特意关了机，还带女儿住进了小旅馆，准备在事情解决之前不让她去幼儿园了。

为了证明自己不会临阵犹豫，张明娟拿出结婚证和房产证给陈飒看。

照片里的张明娟充满了青春朝气，陈飒忍不住抬头看她，才不过几年，她就像是变了一个人，衰老得特别快，她丈夫叫宋剑，外表居然还挺帅气的，难怪张明娟会看中他。

像是觉察到陈飒的在意，张明娟苦笑说："结婚前他对我特别好，什么都听我的，所以我也不在意他家没钱，谁知婚后他就像是变了个人，尤其在我爸妈过世后。"

这种家务事陈飒不好多说什么，点头算是应和了，他拍了结婚证照片，又询问张明娟方便见面的时间。

张明娟说她想早点结束夫妻关系，希望越快见到律师越好，不过她怕被老公找到，问能不能在旅馆见面。

陈飒把照片传给冯君梅，又表达了张明娟的意愿，冯君梅答应了，问了旅馆地址，约好明天下午一点过去。

陈飒把事情都转达完了，张明娟向他连连道谢，陈飒怕她还有顾虑，说："明天我也会过去，你有什么问题，可以当面问律师。"

张明娟道谢离开了，陈飒没有马上走，而是坐在那儿翻手机。

凌冰还是没有回他电话，留言也没回，这都好几天了，不太像她的风格。

他又转去看了陆小姐的微信，在和美女约会还是解谜之间犹豫了几秒后，选择了后者。

他点了份套餐，就当是自己的晚餐了，吃完饭，开车去凌冰的家。

第十章　死亡刺青

凌冰是独生女，一个人住在单身公寓里，这里既是住家也是工作室。

陈飒上楼前往上看了看，她家漆黑一片，不像是有人，他抱着侥幸在底下按了门铃，过了好久也没人接听。

会不会是回父母家了？

陈飒正想再留言给凌冰，身后有人问："你找谁啊？"

陈飒转过头，却是巡逻的保安，以前他来找凌冰时见过几次。

对方也认出了他，说："你不是凌小姐的男……那个朋友？"

"对的，我是她朋友，最近我太忙没过来，她不在家吗？我看她家没开灯。"

保安看看他的表情，像是在确认什么似的，然后说："原来你不知道啊。"

"知道什么？"

"几个月前她跳楼自杀了啊，就从她家后阳台上。"

陈飒在花坛前停下脚步。

凌冰从阳台坠下后，头先撞到花坛边，接着弹到地上，人当场死亡，后来警察做了调查，据说留了遗书，确认是自杀。

保安知道的只有这些，至于凌冰为什么自杀他就不了解了。陈飒看着花坛，时隔五个多月，这里早已看不到血迹，只有花坛边角轻微的撞击痕迹揭示了惨剧的存在。

风拂过，陈飒不由自主打了个寒颤。

他抬头看向周围，今晚似乎格外冷，也格外黑，后楼一个人都没有。记忆中凌冰是个很开朗的女生，她那句想要自杀的口头禅只有在设计遇到瓶颈时才会说，那也只是在向陈飒撒娇求安慰。

那时他们在交往，陈飒把这当成是爱情调味剂，从来没当过真。后来分了手，凌冰找他的次数就很少了，更别提自杀了，所以当他接受完移植手术，病情稳定下来后，也没想过要联络凌冰。

凌冰是在陈飒进ICU的一周后跳楼自杀的，她选择了工作日的午后，那个时间段上班的上班午休的午休，她的坠楼既可以马上被发现又不会伤及无辜的人。

陈飒不知道凌冰是不是这样想的，因为他连凌冰自杀的原因都想不通。

她有钱有房子有一份自己喜欢的工作，有对她百依百顺的父母，要说寻死，唯一的可能性就是为情所困。

陈飒站在坠楼现场，努力思索那晚凌冰打电话给他时的状态，似乎和平时没有特别的不同，她是那时候就有了自杀的念头吗？还是只是巧合？

陈飒想不通，他在暗夜里伫立了很久，转回公寓前面。

这栋公寓的门锁是设置的密码。陈飒输入以前凌冰告诉自己的密码，顺利进了公寓，来到六楼凌冰的家门前。

凌冰家的锁没有换密码，陈飒走进房间，这里很久没住过人了，空气中有股发霉的味道，屋里拉着窗帘，黑洞洞的什么都看不清，陈飒摸黑走进去，打开了客厅灯。

里面的摆设和之前一样，沙发上搭了两件薄外衣，那是凌冰的习惯，她常常把衣服和杂物随便放，对有洁癖的陈飒来说，这简直不能忍受。这也是促使他们分手的原因之一。

或许换了现在的他，就不会因为这种小事而分手吧。

想到自己最近随手乱放东西的毛病，陈飒叹了口气，目光投向对面墙上。

墙上挂着一幅素描，那是凌冰的自画像，画中人嘴角翘起，透着灿烂的笑，目光明亮，像是在注视他。

想起过往，陈飒感到了难受，最近他接连遇到了几起死亡事件，

第十章 死亡刺青

但毫无疑问，凌冰的死对他的打击最大。

他没办法继续注视素描，移开视线，走去书房。

凌冰大部分时间都是在书房度过的，那里放满了各种设计图样和画稿，和沈云云的文身相似的图案他记得就是在书桌上看到的。

书房里同样充斥着霉味，陈飒屏住呼吸打开灯，物品都保持着原有的模样，桌上堆着一摞摞资料，只留了敲键盘的空间，像是主人有事匆匆离开，还没来得及收拾，可是主人却永远不会再回来了。

陈飒拿起最上面的资料翻了翻，灰尘落下来，他咳嗽着放下资料，又去翻电脑旁的小书架。

书架上排列了大量手稿和画册，陈飒回想当时的情景，凌冰从他手中抽走图片后，顺手插进了架子上的书中。

陈飒把架子上的书都拿了下来，一本本翻找，可是全部都翻完了也没有找到那张图。

既然凌冰的父母在她过世后没有动过房间，那肯定不会特意拿走一张图。

想到郑大勇事件，一个荒唐的念头冷不丁蹿上陈飒的心头——难道凌冰不是自杀，她也是被人谋杀后伪装成自杀的？

啪嗒！

眼前骤然一黑，房间竟然停电了，陈飒从书房出来，想看看是怎么回事，谁知就在这时，对面隐约传来响声，紧跟着有个东西由远及近地滚过来。

一瞬间，那些销毁证据、杀人灭口等老掉牙的剧情划过陈飒的脑海，他首先的反应就是猫腰蹲下。

房间一片漆黑。陈飒记得旁边是沙发，沙发后面有个装饰瓷瓶，他便把沙发当盾牌，趴在地板上四肢并用，挪到了沙发后面，摸到瓷瓶后，抄起来朝着和大门相反的方向甩了过去。

这么黑，打中对方是不可能的，所以陈飒想到了声东击西这个办法，期待引开对方的注意，他好趁机跑路。

一阵哗啦啦的碎裂声在对面响起，陈飒趁着响声继续手脚并用，往大门那边挪。

可就在他刚挪了几步后，大门那边就砰的一声响，有人踹开了门，紧跟着脚步声向客厅逼近。

凶手居然还有同伙！

陈飒暗暗叫苦，往外跑的策略行不通，楼层还这么高，冒险爬出去这种事他想都不敢想。短暂的犹豫后，他一掉头准备再爬回书房。

就在他快到书房时，那人已经跑进了客厅，陈飒不敢怠慢，跳起来冲进了书房。那人听到声音，紧跟上来，还好陈飒的速度够快，在对方将要靠近之前把房门关上，并顺手上了锁。

黑暗中陈飒听到自己呼哧呼哧的喘气声，不过几秒钟，他额头上就已渗满了冷汗。他想往前挪，却不知道踩到了什么，栽了个跟头，急忙伸手撑住桌子。

书桌被撞得向旁边滑动，发出刺耳的摩擦声，陈飒顾不得那么多，跑去书房最里面，掏出手机打给严宁。

不远处传来咔嚓咔嚓拧动把手的声音，陈飒觉得他那颗新换的心脏都有点撑不住了，还好严宁的手机很快就接通了。

"我现在很忙，什么事回头……"

"我正在被人追杀！"

"啊？"

"我……"

陈飒深呼吸一口气，让自己保持冷静，压低声音说："我遇到歹徒了，现在被堵在屋子里出不去，你赶紧过来救援！"

"你在哪里？"

第十章　死亡刺青

这是个好问题，就在陈飒要报小区名的时候他发现自己居然不知道，他只知道街名，便说："我在长宁街……小区名不记得了，不过楼房外壁是砖红色的，很好认。"

"你现在是什么情况？"

"还好，我比他快一步，抢先把自己关在屋子里，在里面上了锁。"

门口稍微安静了一会儿，然后严宁问："你看到他的长相了？"

"没有，断电了，我什么都看不到。"

门口突然又响起咔嚓咔嚓的响声，打断了陈飒的话，他压低声音催促道："歹徒又在试图闯进来了，我撑不了多久，你快用手机定位……"

"陈飒！"

大叫声盖过了陈飒的声音，他一愣，声音像是手机里的，又像是直接从外面传进来的，他一时间没反应过来，问："你来得这么快？"

"是啊，我就在外面，赶紧开门。"那个声音又叫道。

这次陈飒确定声音是从门外传来的，但让他不确定的是严宁的速度。他越想越觉得微妙，摸黑走到门口，隔着门板问："你是冒牌的吧？"

严宁在外面都无语了，说："陈先生，是你打的我的手机，你还怀疑我冒牌？"

"很简单，你偷了严宁的手机。"

"少废话，赶紧出来！"

这气势倒是挺像严宁的，不过陈飒不敢放弃警惕，在周围摸索了几下，找到一把木尺。

他紧握住尺子当武器，问："那你说你是怎么认识我的？"

"你是问你堵住校花强迫人家参加你的生日会那次？还是问毛笔

字写得那么烂还好意思贴到校宣传栏上那次？还是问你偷偷给我起绰号叫大魔头那次？还是……"

没错了，这是严宁，只有严宁才知道他那些糗事。

为了防止她继续说下去，陈飒当机立断打开了门。

借着手机灯光，严宁看到陈飒一手拿着手机一手拿着棍子，她呆了几秒后，蹦出一句："你在搞什么？"

陈飒没理会她的询问，郑重解释说："是你打我在先，我起名字在后，还有，那不叫绰号，那是实事求是。"

"我没有要打你，是你在我挥拳头的时候刚好凑过来的。"

陈飒被她气得要吐血了，推开她走出去，问："歹徒呢？"

"如果你是指那个把你逼进房间的人，那应该是我。"

陈飒回头诧异地看她，严宁说："我听到有响动，冲过来，就看到黑暗中有个家伙连滚带爬地跑进房间，我以为是小偷什么的，做梦也没想到会是你。"

想起陈飒抱头鼠窜的那一幕，严宁忍俊不禁。

陈飒做梦也没想到所谓的"歹徒"是她，先是气愤，再看她那反应，他索性坦然了，冲严宁微微一笑。

"你的检查写完了吗？"

"欸，我之前的描述有偏差，我就是看到有人跑进去，就过去敲门了。"

"不是你断的电？"

"当然不是，我来的时候门就开着，屋里没开灯。"

陈飒明白了——先前断电和发出响声的是另外一个人！

陈飒跑去安电闸的地方，位置不高，他隔着手帕把盖子掀开，果然就见电闸被拉下了。

他把电闸拉回去，房间骤然亮了起来，他又回到客厅，看到刚才

第十章 死亡刺青

发出响声的地方有个木质圆球。

圆球有苹果大小,是凌冰做健身用的道具,相同的木球架子上还有几个。陈飒想歹徒应该不是想攻击他,恰恰相反,歹徒在诱导陈飒发出攻击。

从电梯到家只有一条长廊,或许歹徒想逃走时发现严宁从电梯出来,他无路可逃,就灵机一动,用了拉电闸这个办法,再加上自己摔破的花瓶,导致严宁产生误会。

黑暗中他们互把对方当做歹徒,而真正的歹徒则趁乱逃走。

可以在这么短的时间里做出决定并付诸实施,那个人一定是个胆大冷静并且相当有头脑的家伙。

严宁听着陈飒的讲述,又嗅嗅鼻子,问:"你有没有闻到香气?"

陈飒只闻到了霉味儿,他有点不好意思,说:"大概是我喷的香水。"

"大晚上的你喷什么香水?"

严宁说完,看看陈飒的打扮,明白过来了,"哦,是去相亲吧?"

"我认为以我的条件,完全不需要走那种路子。"

陈飒一脸认真,却失望地发现严宁就是随口说说,压根没听他解释,她问完就跑去打电话给保安室了。

铃声响了半天才有人接听,是个上了年纪的老保安,口齿有点不清,听起来像是喝了酒在睡觉。

严宁报了自己的身份,询问刚才有没有人出去,他说没留意,不过门口有监控,可以查。

严宁又打电话给魏炎,说了这边的情况,请他派鉴证科的同事来检查。

陈飒在旁边听着,等她打完电话,说:"没用的,歹徒那么聪明,肯定戴了手套,而且他知道电闸安在哪里,说明他了解这栋公寓的构造和保安的情况。对了,走廊上没有摄像头,说不定检查脚印还可能有所发现。"

陈飒的判断让严宁对他刮目相看,说:"我听说她家昨天来了很多人,本来想清理房间的,后来她母亲临时改变想法,不让动任何东西。"

也就是说根据脚印查入侵者这条线也行不通了。

陈飒自嘲地说:"歹徒还真是走了狗屎运。"

严宁点头,深有同感。

虽然不抱期待,她还是去外边走廊上看了看,正如陈飒所说的,走廊上没装监控,她只好又返回去。

陈飒去了书房重新翻找资料,严宁提醒道:"一会儿鉴证科会来做调查,你最好别乱动。"

"我用了手绢。"

陈飒晃晃手绢,感觉到严宁的目光在自己身上扫射,叹道:"最近好像每天都能见到你,我还以为今天不会了,没想到……冤家路窄这个词就像是为我们量身定做的。"

"这只是你个人对我抱有成见。"

"假如你被人打成……不对,是撞成熊猫眼,就……"

话音半路停住了,陈飒看到书桌一脚落了张名片。

之前他检查时没发现,看看歪斜的书桌和旁边的书架,他猜想名片原本卡在桌子和书架之间,刚才他在黑暗中撞到桌子,卡住的名片就掉到了地上。

他隔着手绢捡起来,发现不是名片,而是酒吧卡,纯金色,当中是一个黑色凤凰图案,酒吧名字就叫黑凤凰。

酒吧名字和梁晓茗请陈飒去的那家清吧有点像,只是这张卡高级多了。

第十章　死亡刺青

凌冰平时偶尔也去酒吧，不过不会去这种高级的地方，陈飒看着卡片上扬起的凤凰羽毛，心头一跳，直觉告诉他这家酒吧与凌冰的死有关，他掏出手机拍了下来。

严宁看着他的举动，没有阻止，而是问："说说你吧，你怎么会在别人家里，还对这里这么熟？"

"凌冰，就是这家的户主是我朋友。"

严宁眯起眼睛，一脸怀疑，陈飒只好追加一句："很早以前交往过，后来性格不和，又做回朋友了。上次我不是说对沈云云的文身有点眼熟嘛，后来我想起是在凌冰这儿见过，就打算过来问问看。"

陈飒把来龙去脉都说完了，问："你不是在调查王小安和孙佰龄吗？你怎么会来这里，不会是……"

严宁点头，回答了他的疑问。

严宁今天一整天都在调查王小安在学校的交友情况以及那个最后打电话给王小安的神秘人。

在排查中她没有找到刘飞与王小安的连接点，她询问了王小安的同学，大家也都说王小安不喜欢和人交流，也没有特别的信仰。孙佰龄曾去他们学校做过演讲，当时去听的人不少，王小安却兴致缺缺，进去听了几分钟就出来了，似乎并不感兴趣。

从大家提供的线索来看，王小安似乎与蒲公英之家没有联系，严宁原本是打算直接去蒲公英之家询问情况的，可是在调查王小安的手机联络人时，她意外地发现在半年前王小安曾和一个叫凌冰的女生联络过多次，并且每次都是凌冰主动打给王小安。

五个月前凌冰跳楼自杀，出于刑警的直觉，严宁认为凌冰这条线索很重要。她去凌家做了调查，在征得凌冰父母的同意后拿了钥匙过来查看。

陈飒听完，马上问："你也觉得凌冰不是自杀，对不对？我也有这种感觉,自杀现场是伪造的,就像郑大勇那样。"

"不,她确实是自杀。"严宁点开手机,把拍的遗书递给他看。

和郑大勇那份伪造遗书不同,凌冰的遗书说得很详细。

她听信男友的建议,进行了一些项目投资,结果接连失败,又在男友的建议下借网贷还钱,没多久利滚利还不出来,只好把名下的两栋房子都卖掉了。

她原本以为这样就可以渡过难关,却没想到男友就此人间蒸发,再也联络不上了。她这才明白被骗了,实在无颜面对父母,只好以死谢罪,请求父母的原谅。

陈飒看完了遗书,半天没说话。

当初交往时他听凌冰说过,她父母以前是做小本生意的,仗着有眼光,在房价还没升值前,陆续购置了几栋房子,还担心她靠设计养不活自己,把房子转到了她的名下,让她可以靠着收房租生活,将来不至于为了生计犯愁。

那几栋房子的地角都不错,现在买的话,加起来要上千万了。他有点理解凌冰的心情,被男人骗感情就不说了,父母用血汗钱买下来的房产也都被骗走了,这对她来说一定是莫大的打击。

那晚凌冰打电话给他,会不会是想跟他说这件事?可惜不凑巧,他进了ICU,凌冰一直联络不上他,说不定还觉得他和那个骗子男朋友是同类人,最终万念俱灰,选择自杀。

想到一条鲜活的生命就这么骤然消失了,陈飒有些无法接受。也许他不能责备凌冰的逃避,更该遭受责备的是那个骗她的混蛋!

"凌冰跳楼的时候,对面楼栋有人看到了,还叫她不要跳,目击者说她一点犹豫都没有就跳了。在自杀的前几天,她还和亲戚通过电话,让大家多照顾她的父母,应该是那时候她就决定要自杀了。"

稍许沉默后,陈飒说:"我们交往时,她的设计一卡到瓶颈,就

第十章　死亡刺青

抱怨说要自杀，谁能想到真的一语成谶。"

"真正想自杀的人不会告诉任何人。"

陈飒的表情难得地冷峻。看惯了他嬉皮笑脸的模样，严宁有点不适应，说鉴证人员很快就到了，示意他出去。

两人经过客厅，陈飒看到墙壁上凌冰的自画像，他的脚步顿住了。

从年初凌冰就几乎没再联络过他，陈飒想大概那时候她已经开始和新男友交往了，可是看她的朋友圈，里面完全没提到发展新恋情，更别说放照片了。

他掏出手机，拍下了自画像，问："那个骗她的男人，找不到吗？"

"我查过当时的调查记录，从投资到网贷再到卖房，一直都是凌冰个人的名义，她的交友记录里也没有男朋友的信息，对方是个老手，没有留下一点线索。"

"可是说不过去啊，凌冰被他欺骗，应该恨死他了，为什么遗书上完全没提到他这个人？"

"其实很好理解。"

严宁看看他，觉得他还是不了解女人的心思。

"也许恨的当中也有爱吧，否则被一步步骗到卖房的程度，不可能一点警觉都没有的。她只是不想面对被喜欢的人欺骗的结局，而且那个骗子做事滴水不漏，背后很可能跟着这类把年轻女性当做目标对象的犯罪组织，假如说出他是谁，她的父母一定会自己去查的，到时不仅是往伤口上撒盐，更大的可能是遭遇到危险。"

听到组织这个词，陈飒脑海中灵光一闪——王小安一直没说为什么对沈云云深恶痛绝，但毫无疑问，他对沈云云的憎恶是因为她嘲笑了林煜帆。

沈云云当时提到了"LOW圈"这个词,而且不止一次地提过,这会不会就是王小安的痛点?

他提到"先生"时一直都充满了尊敬,假如王小安是组织中的一员,而"先生"是领导者,那沈云云的嘲弄毫无疑问踩到了王小安的底线。

可王小安怎么会认为沈云云说的"LOW圈"指的是自己?如果不是他有臆想症,那就很可能是因为沈云云手臂上的文身。

"先生"或许也使用了类似的文身,让王小安有了代入感,于是他的憎恶感自然也就成倍增加,这也是他为什么在杀了沈云云后又多次划割她的文身。

而和文身类似的图片他又在凌冰书房见到过,这样一来,也就解释了王小安和凌冰之间为什么会有连接点。

那么,那张图去哪里了?

图很可能不是凌冰扔掉的,而是事后被人拿走的,就像今晚有人先他一步进凌冰的家一样,那人也知道凌冰的房门密码,会不会就是那个骗子男友?

转瞬间,无数个念头在陈飒脑海中划过。鉴证人员到了,他却丝毫没有察觉,依旧站在客厅当中,像是老僧入定。

严宁在旁边看着,原本要拉他离开,看看他的脸色,放弃了,独自走了出去。

Chapter 11
第十一章　不吉的数字

严宁先去了保安室查看监控，还真让陈飒说对了，不管是电梯里的监控还是公寓大门的监控，都没有拍到可疑人物。

案发后有几个人曾出去过，老保安的酒早就醒了，他大概怕被解雇，对着严宁直说好话，又帮忙一一确认，说那几个人都是公寓住户，还主动提供了他们的名字和门牌号。

陈一霖和楚枫很快也赶过来了，大家分工合作，去那几位住户家里询问。

那些人都回来了，除了一个是出去遛狗的以外，其他几人都是去便利店买东西，看不出有问题。楚枫也去便利店查了监控，和那几人说的一样。

"真是见了鬼了，"从住户家里出来，陈一霖悻悻地说，"如果不是他们的话，那歹徒逃去哪里了？就算他走楼梯避开监控，又是怎么出大门的？"

"他也可能还在这栋公寓里，比如他本来就是公寓住户，所以才会了解电闸的位置。"

"我说……"陈一霖停下脚步，问严宁，"你真相信那家伙说的话？"

"你说陈飒?"

"毕竟除了他,没人见过那个人,假如一切都是他自导自演的呢?他看到你来了,没办法躲藏,就想出了这么个点子,他有点小聪明,这种诡计完全设计得出来。"

严宁也觉得以陈飒的头脑,做这些小把戏并不难,可是回想当时的情况,他那个狗熊跑还真不容易操作,她这辈子就没见过运动神经如此不发达的人。

"说正事呢,你笑什么?"陈一霖奇怪地看她。

严宁回过神,发觉自己的失态,急忙说:"没什么,就是觉得他没必要那么做。他和凌冰以前交往过,去凌冰家也能说得过去,而且这种关系我们一查就能查得到,刻意掩饰反而欲盖弥彰。"

"也许他要隐瞒的是别的秘密,比如王小安或是赵龙的事。"

严宁眉头微皱,陈一霖说:"你不觉得太巧合了吗?最近发生的几起案子多多少少都与他有关,就好像他是故意跳出来把事情搅和大了,好转移我们的注意力似的。老实说,我不相信在沈云云事件中,林煜帆和赵龙没问题,只是还没找出他们的把柄,陈飒又和林煜帆是好朋友,我始终觉得他隐瞒了什么。"

"那你还让他听审讯?"

"先放着他蹦跶一阵子呗,等他得意忘形了,尾巴自然就露出来了,喏,蚂蚱在那儿呢。"

两人来到一楼,电梯门一打开,他们就看到陈飒站在保安室门前和老保安聊天。

陈飒见他下来,迎上前问:"有发现吗?"

两人对望一眼,陈一霖抢着说:"没有。"

直觉告诉陈飒他们有所隐瞒,尤其是陈一霖,虽然他没明说,但表情怪异,透露出怀疑的神色。陈飒马上明白了他们的想法。

第十一章　不吉的数字

陈一霖就算了，严宁可是一直和陈飒联手调查事件的，居然也对他起了疑心。这个想法让陈飒的心情顿时变差了，说："那我可以肯定了，歹徒还在这栋公寓里，说不定就是某家住户。"

陈一霖看看严宁，很想问你们是不是串供了，怎么说法一模一样。

"为什么这么说？"他问。

"直觉，警察的……啊不，是我个人的直觉这样认为的，所以你们要不要每户都调查一下？"

"这栋公寓有几十户几百个人住，你让我们全部调查？"陈一霖无语了，说，"行了行了，谢谢你的协助，时间也不早了，你不是前不久才做过手术吗？是不是该回去休息了？"

陈飒没理他，看向严宁，严宁冲他点点头，示意他可以走了。

和之前相比，严宁的态度明显冷淡了许多，陈飒觉得没趣，转身走出去。

就在陈一霖以为他要离开了，他却又转回来，微笑着说："有件事我要说清楚——我不是在协助你们，我只想知道我的朋友是被谁害死的，那些诈骗团伙能不能抓到。你们嫌麻烦不想做，我就自己来。"

他说完扬长而去。

陈一霖被说得目瞪口呆，看着他的背影，说："谁说不做了，这不是要一点点地来嘛，这些富二代都这样，以为动动口，事情就能自动解决了。"

"那就继续吧，"严宁把记录本拍给他，"别让人以为咱们警察都是吃干饭的。"

陈飒上了车，打开刚才拍的照片。

一张是黑凤凰酒吧的名片，一张是凌冰的自画像，画中女子笑容犹在，人却已香消玉殒，他默默看着画像，最后把它设置成待机画面。

他会一直用这张画的，直到查明真相。

陈飒没有回家，而是开车直接去了凤凰酒吧。

路上他联络了几个和凌冰共同的朋友，大家都不知道凌冰有新男友这事，甚至不知道她已经过世了。凌冰原本就不是个喜欢刷朋友圈的人，她的很多朋友都是通过陈飒认识的，要不就是因为工作关系而熟络的，真正意义上的朋友不多。

一个认识的朋友就这么走了，却没人在意，或是在知道后也没多大的反应，让人感到悲哀。

最后一通电话打完了，凤凰酒吧也到了，陈飒心情郁闷，他没处发泄，将手机丢到了旁边的座位上。

他也不知道自己为什么这么心浮气躁，朋友因为被骗而自杀固然让他意难平，但更让他不舒服的是严宁的态度。

她在怀疑他，把他当成了嫌疑人，刚才在看到严宁和陈一霖的表情时，直觉就这样告诉他了。

怀疑一切与案件有关的人是警察的本能，也是他们的职责，他理解，然而事情落在自己身上，就什么道理都说不通了。

陈飒搓了把脸，觉得拿他人的错误来惩罚自己这种行为太蠢了，既然警察不信，那就证明给他们看好了，尤其是证明给那个大魔头看。

他定定神，深吸一口气，又拿起手机上网搜索黑凤凰酒吧。

网上没有这家酒吧的网页，陈飒只找到几个客人的评语，都是些对酒吧服务的评价，连张照片都没有。

陈飒搜了一圈，忽然想到冯君梅。

第十一章　不吉的数字

冯君梅的关系网很广，说不定对黑凤凰有印象，他探身拿回手机，打给冯君梅。

冯君梅接听了，问："明天的约定有问题吗？"

"没有，我是想问下，你知道黑凤凰酒吧吗？"

短暂沉默后，冯君梅说："不知道，做我们这行的每天都忙得要死，哪有时间混酒吧啊，你也太高估我了，怎么了？"

"没什么，就是偶然听到这家酒吧，想跟你打听打听。"

"你没事吧？声音听起来很疲倦啊。"

冯君梅不愧是做律师的，几句话后，就敏锐地捕捉到了陈飒的情绪不对头，陈飒苦笑着说："没事，就是有点累了。"

"累了就赶紧回去休息，还混什么酒吧？就这样，明天见。"

电话挂断了，陈飒握着手机，想了想，又打给彭玲。

以前彭玲帮朋友找人设计服装LOGO，他曾推荐过凌冰，那个案子他们合作得挺愉快，事后彭玲还请他们吃饭，这一来二去的就熟了，他抱了一线希望——或许彭玲知道凌冰的事。

手机铃声响了半天没人接，陈飒不死心，又重新拨打，电话转去了留言信箱，看来彭玲在忙，他只好留言说自己有事想询问，让她有时间和自己联络。

随后，陈飒下了车，走进凤凰酒吧。

和上次一样，酒吧生意不错，里面坐了不少青年男女，梁晓茗的老板朋友也在，趴在吧台上跟美女聊得正热乎。

陈飒径直走过去，老板一抬头刚好看到他，那表情像是见了鬼。

陈飒去了吧台一角，要了杯香槟，老板把酒杯放到他面前，还一脸的不可置信。

"看来你还记得我。"陈飒微笑着说。

"要忘也很难吧，我还以为你死了。"

"很遗憾，我还活着。"

"那就好，这杯我请，祝贺你顺利生还。"

"谢谢，我来是跟你打听点事。"

陈飒调出手机里的照片，老板一看是黑凤凰金卡，脸色就变了，嘿嘿笑得有些尴尬。

陈飒察言观色，故意问："造型这么相似，你这里是分店吗？"

"不不不，我这店和人家一点关系都没有，就是凑巧名字相似而已。"

不仅名字相似，名片也很像，那家是金卡黑凤凰，这里是黑卡金凤凰，就算是创意撞车，也不至于撞得这么巧合。

陈飒猜到了老板的小算盘，说："其实是我朋友在问，他是黑凤凰的会员，不过家离这里比较近，原本想如果是同一家店，那他今后就到这边来捧场好了。"

"别别别，他如果是那边的会员，那肯定会对我这里失望的。"

老板看看周围，客人们都在聊天，没人留意到他们。

他压低声音，说："你是晓茗的男朋友，我也不瞒你，我其实是看他家设计挺好的，所以借鉴了一下创意，仅此而已啦。我的客源主要是年轻人，人家那边招待的可都是大主顾，随便一杯酒就上万的那种。"

说来说去，就是投机取巧，想在名字上借借光而已。

这事要说是抄袭有点过了，但是要说单纯的借鉴，那也很微妙，陈飒隐隐有了个想法，问："那个帮你做设计的人是叫凌冰吗？"

"咦？你认识？"老板很惊讶，又连连摆手，说，"可别提了，一开始她接了活儿，后来又跟我说不能抄人家的，我好说歹说，最后把金底黑鸟改成了黑底金鸟，她才同意了。凤凰的样子也是完全另画的，不过我觉得还是她给我画的这个好看。"

第十一章　不吉的数字

陈飒看向对面墙上的凤凰图案，纯金凤凰一边羽毛翩然扬起，既有诗情浪漫又带了雅致贵气，相对来说，完全黑色的凤凰就显得过于阴沉了。

陈飒感到奇怪，凌冰作为创作者，对于创作的底线还是有的，她为什么中途改变主意，接了这个抄袭过度的设计呢？

"你给的价格不低吧？"他故意说。

"那倒没有，反正这种设计你不做总有人做的，不过不得不说，她做得挺有美感的。"

有客人点酒，老板跑过去忙了。

陈飒再次把目光投向墙壁，刚好有人经过，遮住了凤凰图画，只留了一小半羽毛。

陈飒忽然感觉那向下弯起的弧度和沈云云手臂上的文身很像……但是再仔细看，又觉得并没有那么像，说不上是什么感觉。他脑海中隐隐有了某种灵感，可惜灵感稍纵即逝，无法顺利捕捉。

这种感觉一直持续到陈飒回家，他去浴室冲了澡，泡在浴缸里正昏昏欲睡时，手机响了。

陈飒懒得睁眼，侧过身努力去够放在架子上的手机，谁知用力过猛，身体往旁边一滑，整个人以平伸手臂的姿势滑进了浴缸里。

"咳咳！"

陈飒急忙撑住浴缸底部坐起来，正要去拿手机，忽然想到自己刚才的姿势，他马上屏气重新躺进浴缸，再坐起来，再躺进去。

如此反复了几次，他恍然大悟，王小安死时侧躺平举手不是因为难受，也不是想做什么成功的V形手势，他就是想平举手臂而已，就像沈云云的文身或是凌冰的图稿。

虽然每个图形都是用不同方式表现出来的，但乍看去都像是数字7，对王小安来说，这个数字7才是他的底线。

既然王小安了解西方有关耳环的传说，那么他对于7的理解应该也是出于西方的文化，比如《圣经》就提到7象征着圆满、幸运和胜利，所有生命都是以7这个数字为中心，它的存在带有浓厚的宗教色彩。

假如真是这样，那王小安就不是畏罪自杀，恰恰相反，他是在为自己的信仰而捐躯——王小安是个很聪明的人，偏偏他的人生很不顺遂，这就造成了他偏激又自卑的个性。这种人很好掌控，只要让他觉得自己有用就行了。

那个掌控他，灌输他各种谬论知识的所谓的"先生"才是真正的罪魁祸首。

想到这里，陈飒按捺不住了，伸手拿过手机。

刚才手机是在预报天气，提醒明天会下雨，出门别忘了带雨具。陈飒直接无视了，打电话给严宁，手机响了两下接通了。

"你不是九点过后就休息了吗？"严宁很惊讶。

陈飒临时刹住原本要说的话，问："你要跟我说什么吗？"

"也没什么，就是想跟你说我们没有怀疑你，至少我没有，所以你不要擅自行动，像在郑大勇家那次就很危险。"

听了这句话，莫名其妙地，陈飒一直郁闷的心情突然变好了，甚至觉得严宁的声音比平时要好听。他看看手机，忍不住想他的手机除了有美颜效果外，什么时候还多了个美音效果。

"喂？"没听到他回应，严宁叫道。

陈飒回过神来，清清嗓子，用郑重的语气问："你是担心我遇到危险会连累你，才说没怀疑我，还是说你没有怀疑我，只是单纯提醒？"

几秒沉默后，严宁说："没见过这么小心眼的男人，说话绕来绕去你都不嫌累啊，没事挂了。"

第十一章　不吉的数字

"等等等等！"陈飒急忙叫住她，"我有事要跟你说。"

"如果是提醒写检查就算了。"

今晚太忙，陈飒还真把这事给忘了，听严宁这么一说，他哈哈大笑起来。严宁也笑了，说："以我对你的了解，你不会是连夜去黑凤凰酒吧找线索了吧？"

"那倒没有，我去了另一家酒吧，这事回头慢慢说，我要说的是另外一件事。"

陈飒讲了自己对王小安死前姿势的解读，严宁听着，自语道："宗教信仰啊。"

"严格地说，应该是用一些似是而非的伦理观去洗脑某些意志力不坚定的人，从而达成自己的目的，比如王小安这种，他很聪明，但正因为聪明，才更对现状感到不安和不满，是很容易下手的对象，而且还是个很好用的棋子。"

严宁不说话了，她和陈飒想到了一块儿，那就是王小安的存在价值——他可以配制剧毒，很可能是普通尸检不易被发现的毒药，对"先生"来说，他非常好用，所以才会冒险打电话通知他让其离开。

"那个'先生'是个很厉害的人啊，他可以走在我们前头通知王小安，可能是在哪儿安了窃听器，也可能是他的信徒遍布我们身边，就像孙佰龄给大家洗脑那种。对了，你有没有查孙佰龄？"

严宁一怔，其实这个问题早在一开始她就想过，还怀疑过陈飒，毕竟当时知道王小安这条线索的只有为数不多的几个人。不过他主动提起，倒给了严宁另一个灵感。

不见她回答，陈飒又问："你查了么？就孙佰龄……"

"谢谢！"她说。

"你说什么？"

"我知道要怎么查了，"严宁说完要挂电话，又想到一件事，说，

"不要擅自做调查,你不可能每次都幸运地遇上我。"

"遇上你?幸运?"陈飒呵呵笑道,"严警官,我请问你是怎么得出来这个结论的?"

"晚安!"

"喂!喂!"

电话挂断了,陈飒拿着手机看了几秒钟。

早上,门铃声把陈飒从梦中叫醒,他首先的反应就是严宁过来了。

天气预报报得很准,外面正在下大雨,雨点击打着窗户,发出啪啪声响,陈飒很快就清醒了。

他跳下床,跑出去开门,路过镜子时停下脚步,整理了一下睡袍和发型,总算不是太糟糕。

他又重新束了下腰带,半路手停了下来,看着镜子问自己——他为什么这么激动?那又不是他女朋友。

门铃又响了一声,像是在催促似的,陈飒回过神,跑过去开门。

门打开了,当看到站在外面的是彭玲时,陈飒愣住了,本来还有点雀跃的心情消失无踪,他脱口而出:"怎么是你?"

"不然会是谁呢?"

彭玲今天穿了条大红连衣裙,外面配了件纯黑小外套,手里拿着折叠雨伞。幸好今天她没喷那么重的香水,陈飒没像前两次那样一直打喷嚏。

她听了陈飒的话,眼睛眨了眨,透出几分哀怨的神色,像是在埋怨他的冷漠。

"还是……"她的目光往陈飒身后瞟了瞟,"你女朋友在?"

"没有。"

第十一章　不吉的数字

　　想到有事情要问她,陈飒把防盗门打开了,彭玲走进来,冲他扬了扬手里的塑料袋,甜甜地笑道:"给你带的早餐,算是昨晚没接你电话的补偿了。"

　　陈飒道了谢,接过早餐和雨伞,彭玲脱下小外套,径直走进客厅,坐下来说:"昨晚我被一个老男人客户逮着一直聊,那家伙可真够色的,房子能不能成交还不知道,时间都耗进去了。"

　　她抱怨完了,看向陈飒,表情变得柔和,问:"平时你从来不打电话找我,我猜肯定是急事,所以一大早就过来了,你说我好不好?"

　　她的笑容风情万种,说话时身体稍微往前倾,这都是工作中养成的习惯,随时随地显示出最性感的一面,这个小动作可能连她自己都没觉察到。

　　以往陈飒最喜欢这种美女了,可最近不知是不是和严宁在一起久了,他觉得没胸的女生穿白衬衣更显得清爽干练,也可以说是另一种意义上的性感。

　　彭玲误会了他的出神,对自己摆出的姿势很自得,故意咳嗽了一声。

　　陈飒回了神,发现自己居然会认为严宁性感,伸手拍了自己一巴掌。

　　"怎么了?"

　　"好像有蚊子,这都什么天气了,居然还有蚊子。呵呵,你慢慢坐,我去洗把脸。"

　　陈飒特意用凉水洗的脸,免得又大脑发烧胡思乱想,接着又拿起牙刷。

　　他对着镜子刷牙,忽然间想起了什么,动作放慢了,注视着镜子里的自己一会儿,才换了外衣,来到客厅。

　　彭玲把早餐摆到了桌上,看到他的打扮,扑哧笑了。

"在家里你穿得这么郑重干什么？"

"过会儿要去上班，就顺便换上了，"看看桌上的椒盐酥饼，陈飒说，"你还记得我喜欢吃什么。"

"我还记得很多事情呢，要一起来回顾一下吗？"

彭玲笑靥如花，陈飒只好装傻，在她对面坐下，说："吃饭吃饭。"

两人吃着饭，陈飒问起凌冰的事，彭玲最近没和凌冰联络，听说她跳楼自杀，她很吃惊，拿起饮料的手放下来，惋惜地说："年纪轻轻又有才华，怎么就想不开呢？"

"被骗了上千万，正常人都很难迈过这个坎……"陈飒注视着彭玲，问，"她有没有跟你提过那个男人的情况？"

"完全没有，我们最后一次联络好像还是去年吧，就是她帮我朋友做设计那次。不过就算有联系她也不会说的，她不是个喜欢把心事说出来的女生。"

彭玲说完，看着陈飒。

"你不会是想找出那个骗子吧？这种骗局太多了，骗子都是团伙行动，赚完一票马上改名换姓，换个地方继续骗，很难找的。"

"这么了解？你遇到过？"

"是我的一个客户遇到过，好在她自己开公司，虽然被骗了不少钱，但还能撑得住，我还转过她的朋友圈说过这事，大概凌冰没看到吧。"

是啊，凌冰一工作起来，根本没时间刷朋友圈，而且就算刷到了，她也未必会觉得自己也被骗了，她在某些方面很单纯。

看陈飒脸色不好，彭玲安慰说："她父母也报警了，之后的事就让警察去调查吧，我们都是普通人，能做的就是让更多的人知道这种恶性欺骗，让大家避免上当。"

第十一章　不吉的数字

她说得有道理，陈飒点点头，又随便聊了一会儿，等快吃完的时候，他才问："你知道黑凤凰吗？"

"黑凤凰？你是说酒吧吧？"

"对对对，我听朋友说那间酒吧挺不错的，可是网上搜了下，没找到他们的网页。"

"听说投资老板很有钱，开酒吧主要是出于兴趣，所以也没怎么宣传。我还是以前跟客户去的，还办了会员。"

"我听说挺不错的。"

"看个人喜好了，我觉得还不错，你如果想去，我可以陪同，今晚我就有时间，要去聚一聚吗？"

彭玲做事雷厉风行，掏出记事本一边看日程一边提议，陈飒急忙摆手。

"这两天不行，我太忙了，等有时间我再约你。"

"最好是这样。"彭玲嗔怪道，早饭吃完了，她掏出一支烟。陈飒看看表，说："到上班时间了，谢谢你的早餐。"

他几下收拾了碗筷，丢进垃圾桶，又拿起外套递给彭玲，彭玲只好放弃吸烟，穿上了外套。

看他忙活的样子，彭玲不太开心地说："你最近怎么像是变了个人似的，以前你对女人可体贴了。"

"主要是时间不够了，再耽搁下我就要迟到了，下次有时间慢慢聊。"

陈飒不由分说，又把彭玲的小提包和雨伞递给她，和她一起出了门。

两人进了电梯，彭玲看着陈飒按楼层键，忽然说："我真不明白，你家那么有钱，你好好享受人生不好吗？何必要出去工作呢？"

"我哪有钱啊？这栋房子还在还贷款呢，你做中介的，应该最了解。"

"你可以跟你父母要啊，你要的话，他们肯定给。"

以陈飒对彭玲的了解，她这样说多半是希望自己再买房子，好让她抽成。这种建议他以前也听过好几次了，便故意装糊涂，呵呵笑道："要是能要早就要了，你不知道他们管得有多严，唉……"

"眼前有座金山却动不了，真可怜啊，"彭玲发表完感叹，说，"那就专心赚钱吧，别再混酒吧了，上次没事是你走运，你不可能每次都那么走运的。"

陈飒笑了，点点头。

"我明白，谢谢提醒。"

两人在停车场分了手，陈飒开车去了诊所，提前跟江蓝天打了招呼说他只能上半天班。

江蓝天早就习惯了他这种时常玩失踪的工作模式，看他穿着郑重，笑着问："这么快就有新目标了？"

"不是，是有事要去办。"

"和美女约会吧，让我猜猜是不是上次来的那位女警，你们好像挺投缘的。"

"打住，我找谁都不会找她，你不知道她有多可怕。"

"那我追好了，我觉得她还挺可爱的。"

陈飒想都不想，马上说："不行！"

江蓝天冷笑，一副"你看吧，我就知道会这样"的表情，陈飒只好说："这话不是我说的，是我的心这么说的。"

"你的心怎么想的不就等于你是怎么想的吗？"

"不是，我的意思是……"

陈飒想了半天想不出该怎么解释，总之就是觉得他在手术后各种兴趣爱好会发生改变，都是受心脏原主人的影响。这种影响会随着身

第十一章　不吉的数字

体的适应慢慢消失,所以"他会觉得严宁不错"只是暂时性的,也许不用多久就不会这样想了。

毕竟他又没有自虐倾向,会觉得揍过他的女生很帅吧?会那样认为的肯定是常烁本人。

不过,在他还受常烁影响期间,他绝对不会给他人追求严宁的机会。

"总之,"他做出结论,"我先追,我追不上,你再追。"

"神经病。"

江蓝天丢下三个字,去了诊室,陈飒站在原地,心有戚戚焉地想他也觉得自己挺有病的。

严宁走进戒毒医院,负责吴婉婉的医生在走廊上等她,见她进来,马上迎上前,连声说:"你真是太神了,你怎么知道护士有问题?"

"我只是想到有这个可能性,如果吴婉婉服的药不是她自己弄到的话,那就是有人给她药,吴婉婉活动空间有限,那么就只能是医院的人。"

"确切地说,那不是我们医院的人,是伪装混进来的。"

医生带严宁进了自己的办公室,调出监控录像,指着画面里的护士,说:"就是他!"

他放大图片。那是名男护士,个头不高,穿着护士服,戴着帽子和口罩,很难看清长相。

戒毒医院里的男护士很多,所以他的存在并不起眼,他手里拿着药物托盘,每个病房都进去过,吴婉婉的病房也不例外。

"这是我们派药的时间,我一开始没觉得他有问题,后来你让我留意吴婉婉出事当天接近她的人,我就又来回看了几遍,发现这人面孔很生,我问了我们人事科,他不是最近调进来的护士。"

不怪医生记不住护士的长相,主要是这里是非营利性机构,收入有限工作又辛苦,所以护士流动性很强,有些一个月都撑不住就辞职了,大家对生面孔都见怪不怪了。

严宁仔细看了录像,护士是在她离开的时候去吴婉婉房间的,还在走廊上和他们擦肩而过,可惜当时他们都在为吴婉婉突然发病而焦虑,忽略了这个人。

想到因为自己的失误而导致吴婉婉遇害,严宁感到了懊恼,随即涌上来的是愤怒。她轻抚手腕上的红绳,又把录像反复看了几遍,向医生要了这段视频,传给技术科的同事,请他们做调查。

随后,严宁就看了男护士之后的行动,他从吴婉婉的病房出来,又继续去各病房送药,半路还和其他护士打招呼聊天,看那从容不迫的样子,应该是老手。

那之后他在护士办公室待了很久,后来才换了便装离开。他戴着帽子和手套,低着头匆匆去了医院后门,行动既狡猾又谨慎。严宁想他在送药的时候,手上肯定也涂了特殊药液,防止指纹留下,而且就算留下指纹,病房每天各种人进进出出,再加上卫生消毒处理,也早就被抹掉了。

她把所有与男护士有关的视频都复制了一份,路上打电话给魏炎做了汇报,又把男护士的便装照片传给他,看能不能通过交通监控锁定目标。

资料传完,严宁叫了辆出租车去了一家叫光明包子铺的店铺。

刚好包子铺到了,魏炎的电话也来了,他收了资料,了解了情况后,说:"你马上回来参加调查吧,这都什么时候了,检查回头再说。"

雨很大,严宁付了车钱,撑伞下了车,看着对面的包子铺,里面

第十一章 不吉的数字

有个颇富态的中年男人正在招呼客人。

她说:"我还有其他事情要调查,等等再回去。"

"那你小心,他们敢当着警察的面实施犯罪行动,可见都是亡命之徒,万一有情况,记得马上联络我,不要硬拼,小滑头那边我来应付,你就不用管了。"

"小滑头?"

严宁一愣,这才反应过来头儿说的是陈飒,想到他做事的确喜欢剑走偏锋,滑溜得很,不由笑了。

说曹操曹操到,陈飒的电话打了进来,严宁看到是他,对魏炎说:"不用了,我直接和他说。"

她接听了陈飒的电话,不等他问,就抢先说:"我马上就把检查写完了,再给我三分钟。"

陈飒的声音传过来,镇定而又严肃,说:"这个回头说,我现在有件急事要你帮忙。"

Chapter 12
第十二章　旧案重提

中午，陈飒来到张明娟住的旅馆。

那间旅馆真的特别小，陈飒开着车，在 GPS 上都搜找不到位置，再加上下雨，他在附近来回转了好几圈才找到。

还好附近有空车位，他下了车，打伞跑过去。

也是凑巧，陈飒刚跑到旅馆门口，就见冯君梅步履匆匆，从里面出来。

冯君梅一身乳白色西装裙，透着职业女性的精明干练，但此时她显得有点急躁，陈飒忙说："抱歉，我来晚了，这地方太难找……"

"先别说这个了，琳琳……就是张明娟的女儿不见了，大家都在找。"

陈飒这才明白她焦急的原因，问："什么时候不见的？"

"大约半小时前，张明娟说去超市买点日用品，下大雨她就没带上孩子，让孩子在房间看电视，回来就发现她不见了，大家都在帮忙找。"

冯君梅比约定的时间早来，一听到这情况，马上就请旅馆的工作人员查看监控，发现孩子从后门出去了，脖子上还挂着儿童手机。

张明娟一看马上就说是她老公把孩子叫出去了，发了疯似的打她

第十二章　旧案重提

老公的手机，但手机一直接不通，冯君梅便建议先分头寻找看看。

听了冯君梅的讲述，陈飒觉得孩子被带走的可能性不大，这个地方他知道地址都找了半天，更何况孩子的父亲还不知道。

正说着，脚步声响起，张明娟急匆匆地跑过来，她一看到陈飒，立刻上前抓住他的衣服，连声问："你看到琳琳了吗？这附近大家都找遍了，她会去哪里啊？"

她双腿发软，差点没站稳，陈飒急忙扶住她，安慰道："别急，这么大的雨，她一个小孩子应该不会走太远。"

"不，一定是那混蛋把她带走了，一定是的，不行，我要回家，我要救琳琳！"

"你先冷静一下，听我说。"

"我不听，我要救我女儿，她回家会死的，呜呜……"

张明娟越说越激动，终于放声大哭，陈飒说："冷静些，这里离你家那么远，就算你现在往回赶也来不及，而且你怎么知道就一定是你丈夫带走了孩子？"

他一语切中要害，张明娟哭泣着不说话了。

等她稍微冷静下来，陈飒又问："你住下来后联络过宋剑吗？"

"没有，我怕他跟踪我，手机都关机了，他不知道琳琳有手机，琳琳也怕他，肯定不会主动联络他的。"

"那就没事，很可能只是孩子自己离开的，我们先在附近找找看，我再让我的警察朋友帮忙询问。"

一听"警察"二字，张明娟有些慌乱，随即点头说："那麻烦你了，能快点吗？越快越好！"

陈飒点头应下，打电话给严宁，还好手机第一时间就接通了，严宁说："我马上就把检查写完了，再给我三分钟。"

"这个回头说，我现在有件急事要你帮忙，"陈飒说，"我有个朋友的孩子走失了，才五岁，你看能不能请附近的派出所同事帮忙找一找？"

陈飒报了旅馆地址，又照张明娟的描述告知了琳琳的身高和服装，严宁说了句"马上联络同事"就挂了电话。

之后陈飒又打着伞去附近的街道寻找，比起孩子被父亲带走，他觉得小孩贪玩或是出于什么原因离开旅馆的可能性更大。

他转了半个多小时，衣服都淋湿了，总算接到了严宁的电话，说孩子找到了。派出所的同事看到她一个人在雨中，没有大人带，就先把她带去了派出所。

陈飒听了，松了口气，忽然后知后觉地发现严宁的口气不太对劲，他感到不妙，说："那真是谢谢你了，既然事情都解决了，你就不用特意过来了，回头我请吃饭。"

"你这话说晚了，我已经在旅馆了，还和张明娟聊过了。"

不是错觉，严宁的声音比以往都要冰冷，像是在冷冻室冻过的。

陈飒感觉他信口开河骗张明娟那事儿穿帮了，小心脏不自觉地连跳好几下，呵呵干笑着说："你的速度还真快啊，你家住这边？"

"我家不住这边，我要调查的人住这边。"

这句话冷意十足，陈飒不敢再多问了，说了句"立刻回去"就挂了电话。

他一口气跑回旅馆，问了客房号后，匆匆跑了过去。

客房门半开着，小小的房间里塞了好几个人，陈飒觉得他都挤不进去了，还好一位穿制服的女警很快就出来了，她就是带孩子回来的警察。陈飒向她道了谢，等她走后，才慢慢挪动脚步进了房间。

孩子换了身干净衣服。她长得比同龄人瘦小，一边脸颊红红的，靠在床边一句话都不说，看她那小心翼翼的动作，陈飒想他们家平时的气氛一定很糟糕。

第十二章　旧案重提

张明娟也冷静下来了，向陈飒道谢，绷紧的神经放松后，她整个人都显得疲累不堪。她还穿着湿衣服，严宁建议她去换一下，她摇摇头说不急，先缓一缓再说。

她应该是吓得不轻，手指还在颤抖，严宁便没有再刺激她，无视陈飒，过去逗琳琳玩。

"我再联络一下宋先生。"

冯君梅说完，给陈飒使了个眼色，两人出了房间，来到走廊拐角。

冯君梅说："孩子说她一个人待在房间里很害怕，想出去找妈妈，走到半路就迷路了，她又说不清道不明的，还好遇到了警察。"

"为什么会害怕？"

"家暴家庭这种情况蛮多见的，这种家庭的孩子很多都非常敏感，怕见人，不擅长沟通，琳琳就很典型，都五岁多了，说话还是磕磕绊绊的。"

"她的脸……是张明娟打的？"

"是的，刚才孩子被带回来，她一看到就冲过去甩了一巴掌，大家都来不及阻拦……唉，家暴行为也会传染的，张明娟就是个典型的例子。"

陈飒明白了为什么孩子会表现怯懦了，冯君梅又说："我们劝了好久，张明娟才冷静下来，看她的反应是真的被打怕了，因为担心孩子，才会那么生气。我再联络宋剑看看，尽量不让她们母女出面。"

陈飒道了谢，冯君梅去打电话，他本来想回客房，才走到门口，迎面就见严宁出来，好看的瓜子脸阴沉着，用审视嫌疑犯的目光看他。

陈飒心虚了，堆起自认为很有亲和力的笑脸，可惜这招没行得通，严宁冷冷道："我有事要问你，跟我来。"

她越是冷静，就越代表事情不妙，陈飒想拒绝，目光瞥过她攥紧的拳头，只好跟在了后面。

严宁去了旅馆后门，陈飒转头四下看看，很好，没有监控，回头被揍了也不会被发现……啊不对，他应该找个有监控的地方，万一被揍了，还有个物证证明啊。

"我说……"他指指对面的摄像头，"我们要不要去那边聊？"

手腕被攥住了，严宁揪住他衣领往后一推，陈飒就贴到了墙上。

看到对方扬起的拳头，他立刻双手高举投降，保持微笑表情，说："君子动口不动手，大家都是文明人，有话好好说，好好说。"

严宁没揍他，那只手只是用来揪他衣服的，她冷冷地说："谁说我是君子？"

"警察也不可以随便动手，我又不是罪犯，对吧？"

"谁知道呢？"严宁揪着他的衣服，"说，你为什么要查常烁？为什么跟张明娟说你和常烁是朋友？你特意接近我有什么目的？"

最担心的事终于发生了，陈飒本来还抱了丝侥幸——他只是让严宁帮忙找个孩子，她不过来的话，不会见到张明娟，再幸运一点，就算是见到了，可能也不记得张明娟是常烁救过的人。

然而事实证明陈飒的想法过于乐观了，严宁不仅记得张明娟这个人，还打听到了自己接近张明娟的借口。

他有口难辩，苦笑说："这件事说来话长，你能不能先松开手？我这么大个人，难道还能跑了不成？"

严宁松了手，看他的眼神里依然充满戒备。

陈飒本来想整理衣服，却发现都湿得差不多了，他放弃了维护形象，说："其实我也说不上来是为什么，就是无意中知道了那起事故，我出于好奇去了现场，刚好遇到了张明娟，我们就聊了几句，既然你都问过她了，肯定知道这次是她主动联络我，希望我帮她的。"

严宁盯着他，眼眸深邃冷静。

第十二章 旧案重提

近距离看着，陈飒发现她的睫毛很密很长，瞳仁也黑亮纯净，他以前交往过好几个女朋友，却从来没见过这么明亮的眼瞳。

"你走神了。"

冷冷的声音把陈飒的思绪拉了回来，他本能地回道："我突然发现你眼睛特别好看。"

严宁举起了手，陈飒急忙用手遮脸。

"说真话不会也要挨揍吧。"

严宁都无语了，看他那如临大敌的架势，又好气又好笑，问："我有那么可怕吗？"

"主要是我有PTSD。"

"还PTSD呢，就你懂得多，"严宁直接进主题，冷冷地问，"你怎么知道常烁的事故？"

"因为……我们是同一天发生的事故，我就比较在意。"

"那为什么过了好几个月，现在才注意到？"

"这个……一定要说吗？"

"你也可以等去了警局说。"

"行，我现在说。"

就在陈飒斟酌要怎么坦白的时候，手机响了，他拿出来一看，居然这么巧，是蓝飞的留言，说想到一件事，但不知道重不重要，问他要不要买。

陈飒怕严宁看见，刚要把手机放回口袋，严宁眼尖，看到了蓝飞的微信头像，那一头蓝毛实在是太显眼了，严宁把手机抢了过去。

"你怎么认识这个人？"

"这个……"

"你以前还花钱跟他买过消息？"

严宁的声音更冷冽了，陈飒知道他要是再不说，可能真会被提溜

239

去警局审问，忙说："我交代，我全部都说，但首先声明，我做的这一切都是出于好奇心，我没有恶意的！"

"说！"

"不就是上次在嘉美健，我看你离开健身房，鬼鬼祟祟……"

"嗯？"

"看你神神秘秘地去大厦后面见了一个人，好像地下党接头似的，我就好奇，等你走了后，就找蓝飞搭话，谁知这么一问一查，就知道了常烁的事。"

陈飒把那天的经过原原本本讲了一遍，只避开了他接受常烁心脏移植的部分，因为那都是他的猜测，说多了只会让状况变得更混乱。

严宁听完，盯着他半天不说话，她眼神锐利，陈飒感觉他的小心肝又开始不听使唤地跳了。

"我说的都是真的，你要是不信，那我用什么名义发个誓？"

"要是发誓有用，我们就不需要用证据说话了。"严宁没好气地说。

不过，警察的直觉告诉她，陈飒没撒谎。

虽然近期围绕在陈飒身边发生了好几件案子，但如果他有隐瞒的话，今天就不会主动联络自己帮忙寻找张明娟的孩子了，那不是自我暴露嘛。

除非陈飒是个心机非常深的人，不过他又不像——要说他就是个没什么内涵的富二代吧，对于一些案子他都能提出自己独特的见解，但要说他有案情分析能力，他又常常在关键地方掉链子。

不管怎么说，常烁的笔记里没有提到他，所以这家伙暂时还算是靠得住吧。

想到这里，严宁无奈地说："到处追查与你没关系的事，你说你这人到底是有多闲？"

第十二章　旧案重提

"也不能说没关系吧，多多少少还是有点关系的，不过我以前真的不喜欢管闲事，一直到我做手术动了刀后就变这样了，我也不想的。"

"喔，是什么手术动刀动得这么神奇？"

严宁的好奇心被勾了起来，陈飒正要回答，冯君梅走过来，看看他们，说："我有点事要说，会不会打扰到你们？"

"没事，我们已经聊完了。"

严宁给陈飒摆了下头，陈飒很配合地迎上去，冯君梅的目光在他们之间转了转，笑容有些暧昧。

"你新交的女朋友？"

"不是，就普通朋友。"

"嗯……"

冯君梅一脸不信，不过没多说，改说正事。

"宋剑的手机还是打不通，一直提示关机。我问了张明娟，她说宋剑没有关机的习惯，不过他一赌起钱来就没命，可能是忘了充电。她好像很怕她老公，一说起来就打哆嗦。"

"那你转告她，我们会去找宋剑谈谈，相信有警察出面，他会老实点的。"

陈飒说完，感觉严宁在瞪他，他及时伸手指指严宁，意思是自己是替她说的。

冯君梅说："我们会依照程序先发律师函给他，不过这也只能起到告知作用，如果对方不同意离婚，最终还是要去法院起诉，过程会变得很长。张明娟没工作，还带个孩子，一直住在旅馆也不是个事儿。"

陈飒本来想搭腔，看看严宁，他闭了嘴，抬手示请严宁先说。

严宁说："她双亲都已经过世，亲戚也都不联络了，的确是不方便。"

"所以我有个建议。"

冯君梅掏出一张名片递过来，陈飒伸手去接，谁知她给了严宁。

陈飒耸耸肩，退后一步，决定老老实实当布景板。

名片印刷得很清新，蓝天和绿草地各占了上下一半，当中是个很大的印字——蒲公英之家，底下印着社团法人代表孙佰龄。

最近他们几乎每天都听到这个名字，没想到它会这么出其不意地又出现在他们面前。

严宁眉头微皱，陈飒探头看到，也很惊讶，两人对望一眼，心里都在想——这个团体的渗透度还真广啊。

冯君梅看到他们的小动作，眉头挑了挑，说："最近他们常做一些公益广告，你们可能在电视上看到过。"

陈飒附和说："对，是有点印象。"

"这是家公益社团，主要帮助对象就是像张明娟这类遭受家暴又没有逃离能力的女人，社团有房子提供暂住，还会帮忙介绍工作，以保证女性在经济上的独立，有了收入做基础，也比较容易脱离家暴环境。"

听着冯君梅的讲解，陈飒连连点头，故意问："靠谱吗？"

"请相信我的职业水准，不可靠的信息我是不会乱传的。"

"我当然相信你，可是这几年公益社团层出不穷，有不少都有问题，所以我有点担心。"

陈飒说完，看向严宁，严宁点点头，冯君梅笑了。

"可以理解，我一开始也抱了和你们同样的想法，后来我经手一起家暴案，通过朋友介绍了解到这家社团，那位家暴受害者就是在他们的帮助下找到了新工作，现在带着孩子过得不错。你们要是不信，可以联络她看看，或是直接向社团负责人了解情况。"

第十二章 旧案重提

严宁本来就打算去蒲公英之家做调查，现在正好有了这个机会，她求之不得，说："好啊，到时还要麻烦你牵个线。"

"没问题。"

冯君梅和严宁交换了自己的手机号，又说："那我先和张明娟聊聊看，主要还是得看她的态度，处理这类案子时最怕的就是当事人反复，我们都努力到一半了，她突然又说不离了。"

"这个应该不会吧，你看刚才孩子不见了，她有多担心。"

陈飒的话换来冯君梅意味深长的一笑，"你会这样说，还是不够了解女人，尤其是有孩子的女人。"

她告辞离开，半路又转头对陈飒说："难怪你总是无视我的邀请了，原来是有了新目标啊。"

她的目光掠过严宁，带了几分审视的颜色，这才扬长而去。

"我感觉到了她的敌意，"严宁说着，看向陈飒，"而且问题好像出在你身上。"

"那我的感觉是你的感觉有误。"

"行了，先回蓝飞留言，看他怎么说。"

要是严宁不提，陈飒都忘了还有这茬了，点开微信问蓝飞是什么消息，蓝飞没说，而是让他先给钱。

陈飒正要发红包，手机被严宁拿了过去，敲道："手机说不清，当面聊好了。"

"没问题，那明天吧，今天下雨，不想出门。"

"那告诉我你的地址，我过去。"

蓝飞没怀疑，报了住址，陈飒在旁边看着，试探着问："你应该不会一起去吧？你还要写检查的。"

"我检查写完了。"

严宁和蓝飞聊完，还了他手机，又将写好的检查传给他，向前

243

走去。

陈飒追上，问："你说在这边搞调查，是在查谁？"

"不是什么大事。"

"不是大事的话，你会在停职期间冒雨跑出来？"

严宁不说话了，陈飒又说："不如我们情报共享怎么样？我把我知道的都告诉你，你也告诉我你在查的案子，你的身手加我的头脑，一定可以查出真相的。"

严宁还是不理他，加快了脚步，两人穿过张明娟的客房，房门虚掩着，可以听到里面的说话声，应该是冯君梅在和她聊离婚程序方面的事。

陈飒还想再听听，严宁却径直走了过去，陈飒只好追上她，在拐角处说："我知道你在查常烁以前查的案子，你不认为他的死是单纯的交通事故对不对？"

严宁真生气了，她停下脚步，低声喝道："你信不信再提常烁，我真会揍你，管你让我再写多少份检查！"

陈飒也跟着她停了下来，还没等他说话，不远处房门打开，琳琳探出头来。

陈飒马上指着严宁，问她："有没有觉得这位阿姨特别可怕？"

琳琳走出来，看向严宁，严宁问："有没有觉得这位大叔像坏人？"

孩子看看他们两个，说："姐姐是警察，姐姐说是坏人的人肯定是坏人。"

她这句话说得还算流利，严宁向陈飒挑挑眉。

陈飒也笑了，转转手，两块巧克力硬币出现在指间，那是上午他逗小患者的道具，现在刚好派上用场。

琳琳的眼睛顿时亮了，跑过来，盯着陈飒的手看个不停。

陈飒说："你说哥哥是好人，巧克力就是你的了。"

第十二章　旧案重提

琳琳一脸纠结，又仰头看陈飒，小声问："你不会打人的，对不对？"

声音中透着胆怯，陈飒看向严宁，严宁说："别怕，他不打人的。"

陈飒把巧克力给了琳琳，又摸摸孩子的头，问："你爸爸常打你吗？"

"打妈妈，也打我，不过好久没打我们了，爸爸对我很好，还说周末带我去游乐园玩。"

看来宋剑是一心情不好，就拿她们母女撒气，以至于孩子觉得只要不打人就是好人。

陈飒感到难过，他家境富裕，人生一直是一帆风顺的，所以虽然身体不太好，他却并没有太在意。可能是最近看到了太多的死亡，他对生命有了新的看法，人也变得多愁善感起来。

他看着琳琳，心想这么可爱的孩子，怎么舍得动手打她啊。

陈飒掏出口袋里剩下的巧克力，蹲下来，都给了琳琳，说："不会再有人打你了，以后会越来越好的。"

孩子道了谢，拿着巧克力跑回了客房，严宁站在旁边，见陈飒站起来，眼睛好像还有点红，她越发搞不懂这个人了。

不过他应该很喜欢孩子，否则那些小患者就不会都吵着找他看病了，所以至少在对待孩子这一点上，他还挺有爱心。

严宁刚才的不快消减了一些，转身往外走，陈飒跟上来，却没再多话。

严宁反而忍不住了，问："怎么不继续问了？"

"距离太近，你要真动手，我都没地儿躲去，到时我成了熊猫眼是小事，你可要犯大错误了。"

"你不说，没人知道。"

"那可不行，我是小心眼，在哪儿吃的亏一定要在哪儿索回来。"

严宁一个没忍住,笑了,"你还真有自知之明啊。"

"没办法,被某人一直提,傻子都记住了。"

两人出了小旅馆,陈飒的车太过显眼,严宁老远就看到了,说:"开你的车去吧,我今天没开车。"

陈飒同意了,严宁又上下打量他,问:"你要不要先找件干衣服换换?"

陈飒刚才找人,全身淋得湿透了,好在他车上放了备用衣服,便掏出车钥匙递给严宁,微笑着说:"只要你不介意当司机。"

"不介意,反正又不是头一次了。"

严宁拿了钥匙上了车,陈飒坐到车后座上,翻到放衣服的袋子。他要感谢在未雨绸缪这方面自己没被心脏提供者影响到,从内衣到外套车上都有预备。陈飒脱着衣服,车开出去了,他提醒说:"请专注开车,不要偷看帅哥换衣服。"

真够自恋的。

陈飒不说还好,听了他的话,严宁反而有点好奇,透过后视镜瞟了后面一眼,刚好看到陈飒脱掉上衣,胸口部位有一条长长的疤痕。她一愣,这才明白陈飒一直说进过ICU并非假话。

究竟是什么手术会留下这么长的疤痕?

严宁想问,话到嘴边,觉得不合适,又咽了回去。

陈飒换好衣服,湿衣服随手塞进塑料袋,过了一会儿,又觉得碍眼,再一件件拿出来仔细叠放整齐,放回塑料袋中。都整理好后,他才拿出手机开始看严宁传过来的检查。

几分钟后,陈飒放下手机,"这内容怎么这么熟悉?"

"有吗?"

"别打马虎眼,这明明就是我写的,你照样抄都抄不对。"

"不,我特意做了修改,你写的华丽辞藻太多,一定会被头儿打

第十二章 旧案重提

回来的。"

"那也不能否认是我写的这个事实啊。"

"那你说这检查到底行还是不行？"

陈飒不说话了，他总不能说自己写的不行吧，过了一会儿，说："等你第二份检查。"

"时间太久了，我忘了第二份是要写什么了。"

车里有短暂的沉默，随即严宁说："我是去找小彪的。"

一听"小彪"两个字，陈飒立刻把检查这事抛到了脑后，坐正了身子。

"他住附近？"

"没有，不过我打听到的消息是他跑路之前去过附近一家包子铺，是他老乡开的，所以他经常光顾，刚好你跟我报的旅馆地址离包子铺很近，所以我向老板了解了情况后就过来了。"

"我给你打电话果然打对了，你来得这么快，我还以为你在暗中跟踪我。"

"跟踪你？你是做了什么坏事心虚吗？"

"也可能是因为你想找个沙包，"陈飒说完，觉得现在不是开玩笑的时候，马上正色问，"那你问到了什么？"

"什么都没问到，老板说小彪有大半年没了，大概是回老家了，因为他最后一次去的时候提过打算离开。"

严宁也不知道为什么要跟陈飒说这些，大概是他是唯一一个和自己想法吻合的人，以前她向陈一霖提过怀疑常烁的死因，陈一霖不以为然，只说她想多了。

她也一度以为是自己想多了，毕竟那晚常烁的牺牲是意外，没人能预料常烁会经过那条路，又刚好遭遇酒驾事故，人为设计的话，会有太多的不稳定因素。

可她还是不想放弃，除了常烁留下的那本笔记外，还有就是他在出事前提过一次，他说正在调查某个案子，内情很复杂，可能是个大案。那之后不久，常烁就去世了，直到现在她都很后悔自己当时为什么没有多问问情况。

过去的事没办法再改变了，她现在唯一能做的就是找出常烁没来得及调查到的真相，完成他的心愿。

陈飒不知道严宁的想法，若有所思地说："大半年的话，大概就是四月左右，你有没有查小彪后来去了哪里？"

"查了，什么都查不到，那之后他的手机和身份证都没有再用过。"

"只要人活着，这两样东西哪能用不到呢，除非……"

陈飒透过后视镜看了看严宁的脸色，没有把自己的猜想说出来。

严宁替他说了。

"除非他遭遇了意外，或是他知道自己被警察盯上了，为了掩盖罪行，便改名换姓去了别的地方重新来过。"

"改名换姓成本太大了，他应该不仅是搞诈骗和收高利贷，一定还犯了更大的事吧？"陈飒问，严宁看他的目光多了几分赞许。

"对，今年二月十五日，刚好是情人节的第二天，有一对情侣在普吉岛游玩时发生事故，女人喝了酒去海里游泳，不幸遇难，同行的男人就是小彪，你搜下贺晶，网上应该有相关报道。"

"这名字听着有点耳熟啊。"

陈飒百度了贺晶的名字，果然一排排的搜索结果出来了。看到女人玲珑有致的身材和保养甚好的脸盘，他明白为什么会觉得这名字熟悉了，不过有关事故的报道却少得可怜。

对大多数的普通人来说，贺晶并不出名，可是在商界混的人或多或少都听说过她。她是做珠宝设计的，又有经商头脑，自己开了几家

第十二章 旧案重提

公司，做得风生水起。陈飒的母亲曾请她帮忙设计过首饰，陈飒就是从母亲那儿听说她的。

要说贺晶哪里还有不如意的事，应该就是她那个老公李风华了吧。

李风华在经商方面没有天赋，也不喜欢脚踏实地做事。他唯一的长处是脾气还不错，贺晶平时忙工作，两个孩子就都由他照看，也算是一种互补。

以上都是母亲聊八卦时，陈飒随便听来的，他没想到贺晶居然去世了，看看事故日期，他明白了，那段时间他刚好在国外进修，所以没留意到。

"你们怀疑贺晶的溺亡另有隐情？"

最近发生了好几起夫妻在泰国游玩时，妻子死亡的事件，陈飒马上想到贺晶的死与小彪有关，但仔细想想又觉得说不过去。

"他们不是夫妻，就算贺晶死亡，小彪也没有好处拿，反而失去了富婆包养，他的损失比较大。"

"从表面上看确实是这样。我看过泰国方面的调查记录，贺晶在死亡之前和小彪曾激烈争吵过，可惜酒店的服务生听不懂他们说了什么，后来贺晶溺水的时候小彪正在酒店和其他游客聊天，有充足的不在现场证明。"

事故发生在国外，贺晶的丈夫李风华闻讯赶去，配合当地警察处理后续事宜，之后这件事很快就处理好了。

被"戴绿帽子"，做丈夫的也脸上无光。据说李风华花了不少钱压下了这起事故新闻，国内警方也没有参与调查。所以整件事不管怎么看都是一起意外，严宁不知道常烁为什么会查小彪，但她想常烁一定是发现了什么，才会追查下去。

然而常烁调查了没多久，小彪就失踪了。六月，常烁也遭遇事故过世，严宁不相信这是巧合，她还暗中调查贺晶身边的人，但除了知道贺晶和李风华早就貌合神离各玩各的之外，没有其他有力的线索。

贺晶的母亲已经过世，父亲另组家庭，父女之间几乎没有来往了，所以贺晶死后，最大的受益人是她老公。李风华不仅拿到了巨额保险金，贺晶名下的几家公司也成了他的了，可是李风华当时在国内，不在场证明比小彪更完美，除非他是雇凶杀人。

这是严宁想到的唯一的可能性，可贺晶和情人出游是临时决定的，李风华压根不知道她在哪里，而且调查他的通话记录，也没有特别反常的地方。

就在她开始怀疑自己是不是追错了线时，她找到了吴婉婉，吴婉婉的猝死证明她没有判断错误。她其实已经在慢慢接近核心了，所以有人沉不住气，利用毒品杀了吴婉婉。

蓝飞是她通过其他关系联系上的，他是小彪的朋友，严宁最初抱了很大期待，可惜蓝飞也没提供太多的情报，还因此被陈飒注意到，半路插了一杠子进来。

想到这里，严宁没好气地白了陈飒一眼，却见陈飒还在看手机，一只手支在下巴上，不知在想什么。

莫名其妙地，她想到了常烁。常烁也常常做这些小动作，比如抓头发啊，摸下巴啊，还有上次陈飒用手指比在嘴上做出"嘘"的手势，都让严宁想起常烁。

她随即就笑了，因为这个想法实在太可笑。

这两人不管是从哪里看，都找不出一点相同的地方，如果硬要说哪里像，大概是他们都喜欢突发奇想，从常人想不到的角度去发掘真相吧。

只是常烁向来是一击即中，而陈飒常常打擦边球，甚至还打错球。

第十二章　旧案重提

不过这也很正常，毕竟陈飒在案件调查上完完全全就是个门外汉啊。

蓝飞住的地方到了。

他住在一栋外观陈旧的筒子楼里，严宁站在大门一侧，示意陈飒按门铃。

陈飒照做了，很快里面传来踢踏踢踏的响声，蓝飞把门打开，一探头，看到了严宁，他马上就要关门，严宁的速度比他快太多，伸脚卡住了门。

见躲不过去了，蓝飞堆起一脸笑。

"这不是严警官嘛，看我这眼神，居然没认出您来。欸，你们怎么一起来了？"

他的目光从严宁身上转向陈飒，笑容顿时变成了恶狠狠的要揍人的模样，陈飒敬佩于他变脸的神技，苦笑着说："不是我出卖你的，就是不凑巧，你留言时刚好咱们的人民警察就在我身旁。"

蓝飞在严宁那儿吃过苦头，他释然了，点点头，叹道："理解理解。"

他一边说着一边让两人进屋，又朝外左右看了看，带上了门。

严宁看到他这个小动作，问："怎么鬼鬼祟祟的？你在做什么坏事吗？"

"没有没有，我早就金盆洗手了，我就是怕有人看到警察登门，误会我是眼线。你知道，在这块儿住的人好多都有前科，要是被误会，我就住不下去了。"

蓝飞啰啰嗦嗦地说着，带他们去了客厅。

和大部分的单身男人一样，蓝飞的家一团糟，衣服袜子丢得到处都是，桌上放着啤酒罐、薯片和方便面盒，桌底下还放着俩白酒瓶，电视在放什么武侠剧，他拿起遥控关掉了。

陈飒看看蓝飞，他穿着睡衣，头发乱糟糟的，胡子也没刮，大概从早上起来还没出过门呢。

大概是看出了他的想法，蓝飞呵呵笑了两声。

"这不是下雨嘛，懒得动弹，就吃了睡睡了吃，抽抽烟……正经烟，我绝对不会碰毒品那类玩意儿……"

就在严宁觉得他太絮叨想打断时，他说到了正题上。

"我没事做就躺在那儿乱琢磨，忽然想到有一次小彪喝醉了，跟我说想退出，我就劝他做那些事太亏心，趁着年轻面相好，有的是路子，结果他说他走不掉的，然后他就提了两个字。我当时也喝了不少，压根没记住，直到今天，不知怎么鬼使神差地，我突然就想起来了。"

"是什么字？"

两人不约而同地问，蓝飞来回看看他俩，脸上浮现出意味深长的笑。

"呵呵，你们是不是好上了？看这心有灵犀的。"

严宁沉下脸，陈飒也连连摆手，蓝飞冲他嘿嘿笑道："别遮掩了，当我没处过对象啊，你小子动作挺快的嘛，这才几天啊就……"

严宁的脸更黑了，陈飒心想这家伙大概还没完全醒酒呢，趁着严宁还没付诸武力，他急忙问："到底是哪两个字？"

"我就想知道我这个消息够不够两百块？"

陈飒心急，掏出手机就要付钱，被严宁按住了，问："是哪两个字？"

蓝飞看看她，选择了如实回答。

"死神……"

严宁脸色一变，想起了吴婉婉临死前的警告，陈飒也在同一时间

第十二章 旧案重提

想到严宁接的一通电话里提到过"死神",她还敷衍说没有,看她的反应,其实就是不想承认而已。

他立刻问:"死神怎么了?"

"我也不知道啊,他就说有死神盯着呢,这是他们的信仰,逃不掉。我好奇继续问,他就不说了,这话就这么岔开了。"

陈飒不死心,又问:"你再想想,他还提到过什么?比如人名啊,地名啊。"

"没有了,他嘴巴很严的,那天是个意外,他心情很差,喝了不少酒才会多说了几句。"

陈飒问:"那他有没有提过黑凤凰这个词?"

"黑凤凰?"蓝飞皱眉想了想,摇头,"没有。"

严宁道谢离开,陈飒趁她不注意,给蓝飞转了个两百块的红包。

一看有钱进来,蓝飞眼睛亮了,收了红包,说了声谢,陈飒趁机问:"上次你为什么临时改在健身房外和严警官见面?"

"哎呀,我说你这人怎么这么较真啊,一件事问好几遍,得得得,也不算什么秘密,我就告诉你吧。我那天过去后,看到有辆车有点眼熟,我怕我和严警官见面被人看到,就打电话把她叫出去了。"

"那人是谁?"

"是个叫赵龙的人,他也认识小彪,我不敢肯定有没有看错车牌,但小心驶得万年船嘛……"

赵龙和小彪居然是认识的,陈飒怔住了。蓝飞唠叨完,眼睛瞥瞥对面,压低声音,冲陈飒笑道:"你要是真找她当女朋友,这辈子你就是'妻管严'没跑了。"

陈飒回了神,郑重说:"不,那是绝对不可能的。"

他关了微信,蓝飞眼尖,瞅到了他的手机屏保,又笑道:"居然还脚踏两条船啊,啧啧,还都挺漂亮的。"

"别乱说,这是我朋友。"

蓝飞挑挑眉,摸着下巴一脸玩味的笑。

陈飒不想多解释,正要离开,脑中突然闪过一道灵感,凌冰的遭遇和小彪的行径交叉在眼前闪过,他急忙把屏保亮到蓝飞面前,问:"你看看,有没有见过她?"

"她……"蓝飞接过手机看了看,一拍手,"你别说,我还真见过,可她不是小彪的那个……咳咳,你怎么有她的照片?"

严宁都走到门口了,听到对话,她跑回来,问:"她是小彪的女朋友?"

蓝飞的表情有点微妙。

"不……应该说是猎物吧,那小子皮相好又有点学问,很会讨女人欢心的,他靠着这个赚了不少钱,脚踏几条船的事常有,我还跟他开过玩笑,说他早晚得栽在女人手里。"

陈飒的心脏剧烈跳动起来,突然一伸手,攥住蓝飞的手腕,问:"你是在哪儿看到他们的?小彪对你说过她什么?有没有提骗了她多少钱?"

"疼疼疼……"

要说打架,陈飒可远远不是蓝飞的对手,可警察就在眼前,蓝飞就算被攥痛了也不敢反抗,只是大叫。

最后还是严宁把他解救了出来,拉开陈飒,说:"你冷静点,听他慢慢说。"

"我真的什么都不知道,我是有次去百货,碰巧看到他们的。大概是今年一二月份吧,小彪以往交的女人要么是有点岁数的富婆,要么就是丑女,难得看到又年轻又漂亮的,我就留了心,多看了几眼。我也没去打招呼,那是他的工作,我怕万一说错了话,拖了他后腿就糟了。"

第十二章 旧案重提

陈飒的心脏还在鼓动个不停，喃喃地问："或许他们就是男女朋友关系呢？就算小彪不务正业，他总不可能连个女朋友都不交吧？"

听了这话，严宁表情微动，蓝飞连连摇头。

"上次我不是跟你提过拆白党嘛，放过去，小彪那就是典型的拆白党，相信我，他那种人是不会动感情的。"

陈飒不说话了。

理智上他知道蓝飞说的是实话，感情上却不太能接受，哪怕那个骗凌冰的人对她稍微有点感情，凌冰都不可能选择自杀。

这样一想，心潮就越发起伏不止，为了掩饰自己的失态，陈飒把头转开了。

严宁问蓝飞："小彪和她在一起的那段时间，有没有提过骗人之类的话题？"

"没有，干他们那行的都特别谨慎，而且我也金盆洗手了，就算他说我也不想听，这次要不是他失踪了这么久，你们跑来问，给我多少钱我都不会说的。"

陈飒转身出去了，严宁道了谢，随后也离开了，蓝飞在后面叫道："我现在有正当职业，自己开了家美发店，你们要是理发，欢迎光顾，我给你们打折……"

话没说完，门已经关上了。

Chapter 13
第十三章　消失的尸体

陈飒快步走到停车的地方，严宁默默跟随在后面，上了车后，她把车开出去，陈飒不说话，她也不说。

过了好久，陈飒的心情慢慢平复下来，不由得感觉好笑。

以前他从来不会这么热血冲动，不知道是移植器官影响了他，还是一次次意外遭遇影响了他，最初他还很抗拒这种热切和激情，可是现在他开始慢慢接受，并认为这才是人活着应该有的情绪。

他探手从车后座拿了两瓶矿泉水，将一瓶递给严宁，严宁开着车，说："能帮我拧下瓶盖吗？"

陈飒拧开瓶盖递过去，严宁趁着等红灯喝了两口，又把瓶子塞给陈飒。她做得理所当然，陈飒也接得极其自然，直到把瓶盖拧上他才反应过来——等等，为什么他要听严宁差遣？明明他是等着审阅检查的那个啊。

陈飒一边暗自懊恼，一边咕嘟咕嘟喝了好几口水，严宁瞅空瞥了他两眼，忽然问："你是不是很爱她？"

"不，以前的我从来不爱任何人，我不懂爱这种感情，也可能我根本没有感情。"

作为一个随时可能死掉的人，陈飒既没有资格也没有勇气去爱别

第十三章 消失的尸体

人,所以在交往方面他的态度一向是合则聚不合则散,人生苦短,他不想把时间消耗在无聊的磨合上,更别说去关心对方。就算有过关心,也不过是流于形式的博爱和自我满足罢了。

凌冰不可能突然想到自杀,之前她一定有过很多表现,可他都没有觉察到。假如当初他多留意些,假如当初他多点耐心配合凌冰的步调和习惯,他们也未必会分手。

他们不分手的话,凌冰也不会遇到小彪,更不会遭遇诈骗继而走投无路去自杀。

可是人生没有回头路,不管他怎么懊恼,都回不去了。

陈飒没再说话,严宁也没有去打扰他。忽然想起陈飒胸前的伤疤,她想那一定是个生死攸关的大手术,他那些玩世不恭的行事作风或许正是长期的病痛导致的。

"我向你保证,"她说,"有关凌冰的自杀原因,我一定会查清楚的。"

"真的?"陈飒恢复了平时吊儿郎当的样子,歪头看她。

严宁点点头,"当然是真的,这种事我不会开玩笑。"

"那你先说说死神是怎么回事吧,之前有人给你打电话提到了死神,既然小彪也提过,那肯定不是偶然。"

严宁不说话,陈飒说:"你刚才还说要认真调查的。"

"我那是说自己去查,又不是要向你提供情报。"

"所以我才提到情报共享啊,你肯定要去黑凤凰做调查,没有我帮忙,你进不去的。"

"哼!"

"哼也没用,一你没钱,二你没人脉。"

"你有?喔我知道了,又是通过某个女朋友的人脉吧?"

"你少说了一个字,是——女性朋友。"

随着两人互怼，陈飒的心情逐渐转好，他故意说："如果你嫉妒的话，我可以考虑去掉那个字，勉强接受你做我的女朋友。"

"然后再变成前女友？滚，哪儿凉快哪儿待着去吧。"

陈飒摸摸鼻子，觉得一秒前会认为严宁可爱的自己绝对是大脑短路了。

严宁误会了他的沉默，想想也觉得自己的话太暴力了，陈飒有点小聪明，她觉得可以善加利用，清清嗓子，说："咱们也别拐弯抹角了，我说我调查到的情况，你配合我去酒吧，互利互惠。"

"好吧，看在你拜托我的分儿上，我就同意了吧。"

"那晚的电话是戒毒医院打来的，有个叫吴婉婉的女患者生命垂危……"

严宁简单说了吴婉婉的事，回想她弥留之际的表情，说："我知道她还有很多话想说，可惜我没有常烁的能力，可以让吴婉婉信任我，告诉我真相。"

严宁的话中充满了懊恼，陈飒发现她只是外表坚强，实际上内心也抱有很多烦恼。

他安慰道："我想常烁的死对她来说是个很大的打击，甚至可能是某种威胁，她出于恐惧心理不向你坦白也是可以理解的。"

严宁瞥了他一眼，一副"原来你也会宽慰人"的表情。

陈飒像没事人似的把头转开了。

"吴婉婉和小彪是同乡，又交往过，相对来说，小彪对她还算信任，我想常烁可能是在调查小彪时注意到了吴婉婉，不过他帮助吴婉婉不单单是为了查案，而是真心想让她远离毒品。"

"听起来常警官是个非常热心肠的人啊。"

陈飒想他现在变得这么喜欢管闲事毫无疑问是受了常烁的影响，不过他现在已经不在意了，如果说帮助张明娟是为了回馈常烁的话，

第十三章　消失的尸体

那么弄清凌冰的死因则完全是出于他自己的意愿。

他希望弄清真相，这也是他唯一可以为逝者做的事。

他看看表，还不到四点，离酒吧开门还有很长一段时间，问："接下来你要去哪里？"

"我打算去张明娟的家看看，她的命是常烁救的，所以我也希望能帮到她。"

"跟我的想法一样！"

"什么？"

发现自己说漏了嘴，陈飒忙补充说："我的意思是我也希望帮助张明娟。有警察出面，家暴男也会老实点，在离婚问题上不敢多废话。"

"那你是回家还是去诊所？我先送你过去。"

"不用，我跟你一起去，我也想见识下那个欺软怕硬的家伙。"

"我说……"严宁狐疑地瞥了瞥他，"你为什么对张明娟这事这么上心？"

陈飒总不能说是因为他这颗心脏吧。他仰起头，用很欠打的语调说："因为我有钱还有时间，这个理由够充足吗？"

严宁白了他一眼，不理他了，陈飒猜她心里大概认可了陈一霖对自己的评价——这就是个蠢蛋富二代。

路上，陈飒画了张简单的关系图。

小彪和吴婉婉曾是情人关系，都提到过死神；小彪脚踏两条船，同时与凌冰和贺晶交往，欺骗凌冰卖掉房子；贺晶那边情况不明，不过从小彪的恶劣行径来看，他欺骗贺晶的可能性也很大。

凌冰与王小安有过联络，联络内容暂不清楚，两人都涉及类似7的图形；王小安逃跑前接过神秘人的电话，杀害郑大勇的凶手王天鹏也接过神秘女人的电话；郑大勇去过凤凰酒吧，那家酒吧的设计又抄袭了黑凤凰酒吧，而凌冰去过黑凤凰酒吧……

陈飒在纸上勾勒着，看着这些复杂的人物关系图，他都有点头疼了。他发现最近发生的事件中，大家或多或少都相互关联着，他甚至觉得警察怀疑自己也是可以理解的，因为所有当事人他都认识或是有过接触。

张明娟的家到了，严宁停好车，陈飒把画的关系图递给她。

"如果有人说我是所有案件的幕后大BOSS，我都不会吃惊。"

"是啊，所以比起名侦探，你更像是第一嫌疑人。"

"还好我没有动机。"

"那可不一定，别忘了很多有钱人都喜欢玩刺激游戏，毕竟你有钱还有时间。"

严宁用陈飒的话反将了他一军。下了车，陈飒收起关系图正要下车，目光掠过对折的纸，他一惊，叫道："大魔头！"

外面还在下雨，严宁本想冒雨冲进楼里，听到他叫自己，只好又转回来。

"陈先生，又有什么事啊？"

"你看这个，像不像镰刀？"

陈飒把对折的纸稍微错开一下，原本类似7的图形上半部分拉长，还真像一柄镰刀。

严宁皱起了眉。

陈飒替她把想说的话讲了出来："我不知道是不是我想太多了，镰刀不正是死神的象征吗？"

假如陈飒推测正确的话，那就代表凌冰和王小安都与死神有关系，并且王小安还是死神的狂热崇拜者，连自杀都摆出镰刀的姿势，也就是说死神很可能就是"先生"。

第十三章 消失的尸体

事情越来越复杂了，原本以为已经解决的案件，没想到背后牵扯出更多的真相。

严宁抹了把脸，把淋在脸上的雨水甩掉，说："这事先放放，先解决张明娟的问题。"

张明娟的家就在一楼，严宁跑进楼栋按了门铃，陈飒没有跟进来，而是绕着楼房转了一圈，还好雨势转小，否则再淋一场雨，他就真没有更换的衣服了。

楼栋外观陈旧，好在是要拆迁了，很快就可以拿到一大笔钱，估计张明娟就是想赶在拆迁前离婚，免得拆迁款又被老公拿去赌钱。

家里好像没人，严宁又按了一遍门铃，还是没反应，陈飒的目光扫过门口放着的一盆植物，他转去对面房门前，按了邻居家的门铃。

门很快打开了，一个胖乎乎的妇女出现在防盗门后，她一脸的不快，看样子是想骂人，不过不知道是喜欢陈飒的长相还是他堆起的微笑，临时改了口，说："推销货物的麻烦去别家哦。"

严宁正要开口，陈飒抢先说："我们是来找宋剑的，他好像今天一天都不在家。"

"你们是来要钱的？他肯定没钱，欠我的三百块到现在还没还呢。"

"不是，我们是张明娟的朋友，有点事想和宋剑聊。"

"是要离了吗？"

女人说着，出于好奇，她打开了防盗门。

严宁问："为什么你觉得他们会离婚？"

"不赚钱又家暴，我要是他老婆我早离了。不过宋剑也不是一点好处都没有的，明娟出车祸那事你们知道吧，她住院的时候都是宋剑跑前跑后的，照顾得特别细致，那后来也没再家暴了。我还跟我老公说患难见真情，没想到最后还是要离，唉……"

严宁问:"那你知道他会去哪里吗?"

"通常这个时候他都在麻将馆玩,麻将馆就在后面,走几分钟就到了。"

女人指指后面,严宁道了谢,正要离开,女人一拍手,说:"好像昨晚他们又吵架了,我听到砸东西的声音,大概是又赌输了吧。"

"是几点的事情?"

"四五点……也可能是五六点,现在天黑得快,我忙着做饭,也没多理会,闹腾了一会儿就没了。"

陈飒一愣,目光扫过门口的花盆,问:"那花是谁养的?"

"宋剑呗,不知道是听谁说这种花放在门口可以增运,天天摆弄呢,也不见有什么用。"

屋里传来叫声,女人顾不得和他们聊,关门进去了。

严宁问:"张明娟是昨天傍晚去找的你,对吧?"

"对,她前天就住进旅馆了,昨天五点多和我在一起,所以不可能是他们夫妻在吵架。"

"先去麻将室问问。"

严宁说着话走出楼栋,却不见陈飒跟上,她转回去,就见陈飒站在门前,正在摆弄门锁。

"你干什么?"她问。

陈飒手里的细铁丝正在锁眼里拨弄,说:"开锁啊,这不是明摆着的吗?"

"这是违法行为。"

严宁伸手要阻止,陈飒说:"那盆叫翠云草,每天喷点水,它就会变成爆炸头,否则就是现在这样子了。"

严宁看过去,一盆绿草都是蔫蔫的,只听啪嗒一声,陈飒已经把防盗门的门锁打开了,接着是里面的门。

第十三章　消失的尸体

"看翠云草这副模样，至少两天没浇水了，张明娟从前天起就不在家了，既然这草是宋剑的宝贝，他没理由不管，除非他出了事。"

陈飒解释完，锁也开了，他叹了口气。

"好久没玩这招，都不熟练了。"

"你不做小偷真是屈才了。"

"犯法的事我怎么会做呢？"

"你现在做的事就是犯法。"

"我听到声音了，有人，不对，是有小偷！现在是紧急情况，特殊对待。"

陈飒说得煞有介事，脚步却动都没动，一副"该你出场了"的表情。严宁拿他没办法，听他说的也有道理，便有所戒备地走进去。

陈飒跟随在严宁身后，比她更小心翼翼，并且特意没有关房门，以防遇到危险时可以随时逃跑。

两人一前一后进了屋子，里面寂静，并不像是有人的样子，来到客厅，打扫得还算整洁，门窗紧闭，混合了酒气和炒菜的气味散发不出去，很难闻。

厨房和客厅直接隔了一道玻璃门，严宁探头看去，餐桌都收拾了，不过没擦，有菜渍，她走进去，地上的塑料袋里放了韭菜和白菜，这些蔬菜也是空气浑浊的原因之一。

家里采光不好，家具却摆放整齐，没有邻居说的动过手的痕迹，可能是事后宋剑收拾了。家具和墙壁上有不少被碰撞过的旧痕，应该都是宋剑家暴时留下的。

严宁环视一圈，正要去别的房间检查，外面划过一道闪电，原本阴暗的房间骤然一亮。

陈飒眼尖，看到餐桌腿有个东西闪了一下，他跑过去，发现是一小块玻璃碎片，像是酒杯上的。

他叫严宁过来看,说:"这会不会是宋剑和人争执时打碎的?"

可能是吵架过后,宋剑收拾了打烂的东西,却留下了一些碎屑。陈飒正好奇和他争执的人是谁,就听严宁喝道:"谁?"

陈飒抬头看去,窗外雨帘中,一张脸一闪而过,人影晃了晃,马上就不见了。

陈飒跑去窗前打开窗户,外面下雨加天黑,只能看到有道人影往前迅速跑去,他戴了帽子,看身高和体形,应该是男性。

严宁掉头冲出屋子追了上去,陈飒也顾不得看玻璃碎片了,紧跟在后面。

两人跑出楼栋,那人原本都跑远了,中途却又折向了另一个方向,原来尽头是一大片蔬菜地,没地方跑,他慌不择路,半路还跌了一跤,距离顿时拉近了。

严宁正要加快脚步追上去,肩膀突然被陈飒抓住,喝道:"小心!"

大喝声中,他抱住严宁朝旁边扑去,与此同时,传来了砰的一声炸响。

严宁几乎感觉到了子弹带过的锐利风声,冲力之下,她随着陈飒滚到了一边,与此同时,一辆黑色大众从前方驶过,那道人影冲进车里,轿车随即开走了。

严宁听到车辆的引擎声,抬头看去,轿车已经箭一般地驶向黑暗,总算她反应及时,看到了车牌。

陈飒平躺在地上呼呼喘气,严宁回过神,扶他起来,问:"怎么样?受伤没?"

陈飒眼神发直,一副神游太虚的模样,严宁更加担心了,忙拍拍他的脸,陈飒回过神,茫然地问:"出了什么事?"

"有歹徒开枪,幸好有你……"

"啊!"

第十三章　消失的尸体

陈飒一抖，明白那道破空响声是什么了，眼前景物模糊起来，像是胶片影像出了问题，画面开始急剧扭曲——从车窗探出来的一只手、悄无声息的杀机，以及千钧一发他把严宁扑倒的瞬间……

他从来不知道自己有这么强的感知力和爆发力……不，那不是属于他的能力，而是……

心跳逐渐加快，仿佛在暗示他真相的起源，严宁的叫声近在咫尺，却像是隔了层厚厚的雾，缥缈得无法捕捉。

陈飒张张嘴，想回应她，心跳却在继续加速，终于叫声完全断掉了，他跌进严宁怀中，神志逐渐远去，直至被黑暗笼罩。

苏醒要比陈飒想象的快得多。

陈飒睁开眼睛，映入眼帘的是雪白的墙壁，闻到熟悉的气味后，他明白了，他还活着，并且躺在医院里。

他的主治医生徐离晟就站在病床前，看到他醒来，脸上浮起笑容，问："觉得怎么样？"

"有点饿。"

徐离晟的笑容换成了无奈，扶他坐起来，说："可以开玩笑，证明你没事。"

"你没通知我妈吧？"

"严警官想通知的，被我拦住了，其实你被送来医院时，身体机能已经恢复正常了，所以我就没惊动你父母。"

"谢谢。"

父亲也就罢了，要是母亲听说自己昏厥，再刨根问底……陈飒揉揉太阳穴，觉得那将是个很可怕的过程。

他看看对面的挂钟，才六点多，算算时间，他最多就昏睡了半个钟头吧，问："大魔……欸，严警官呢？"

"她听说你没事，又赶去现场处理后续工作了，交代我等你醒了，马上联络她。"

只是普通的探访，谁能想到会遭遇枪击事件呢？

回想当时的情况，陈飒感到了后怕，也能想象得出此刻现场会是多么紧张忙碌，所以他还是不要去打扰严宁了。

"你说我真的没事？"他半开玩笑地问，"没事的话，我会突然昏过去吗？"

"从检查结果来看，你的心肺机能并没有问题，新器官与你身体的协调度也很高，证明身体已经适应并接受了它的存在。我问了严警官当时的情况，我觉得与其说你是因为心脏超负荷而晕倒的，倒不如说是你的爆发力突然而来，身体做出了应激反应，大脑神经却没有跟上。"

"所以心脏提供者是个运动神经非常发达的人了？"

陈飒装作不经意地问，徐离晟没上当，微微一笑，继续说："就像普通人在处于巨大的心理压力或是恐慌时会晕倒一样，医学上称之为单纯性昏厥。你比较例外，主要是由于你接受过移植手术，器官还处于适应期，别太担心，等你的身体慢慢适应了，这种现象也会随之消失。"

"简单地说，就是人脑硬盘没跟得上新软件的速度，得升级才行了。"

"也可以这么说，适当运动是好的，不过凡事要讲究个度，过犹不及啊。好了，你先休息，我让护士把晚饭送过来，顺便联络严警官，让她别担心。"

不一会儿，护士送来了晚餐，把陈飒的手机也给他拿来了。

陈飒吃着饭，顺便打开严宁的微信，想给她报个信，又想她现在正忙着，医生都联络她了，自己就不要没眼色地去打扰了。

第十三章　消失的尸体

陈飒吃完饭，正靠在床头无所事事地刷朋友圈，门外传来脚步声，依稀是严宁和徐离晟的对话。

他也不知道是怎么了，突然想到自己连续在严宁面前晕倒过两次，实在太丢脸了，所以在听到她走近的同时，条件反射似的把手机一丢，趴在床上假寐，心想能躲一会儿是一会儿吧。

严宁走进病房，看到陈飒这副双目紧闭的模样，她看向徐离晟，"他又昏过去了？"

徐离晟有些惊讶，"他刚才还挺精神地吃饭呢。"

"那就不打扰他休息了，咱们先出去吧。"

陈飒闭着眼睛听着他们的对话，继而门关上了，他松了口气睁开眼睛，谁知正对上严宁投来的视线——她竟然就站在病床前，目不转睛地盯着自己。

"哇，大魔头！"陈飒不由自主叫了起来，"我刚醒，你不要再把我吓晕！"

徐离晟站在不远处忍俊不禁，严宁指着陈飒问他："他这装睡是什么毛病？"

"这不是毛病，应该说——如果一个男人在你面前表现出这种类似孩子气的反应，那表示他对你有好感。"

"不不不！"

两人同时摇头，徐离晟笑了，"你看你们的步调多么一致。"

"徐离医生你误会了，她就是……"

"我要去查房了，你们慢慢聊。"

徐离晟看看表，离开了。严宁转头，居高临下地看着陈飒，平静地问："我就是什么？"

陈飒急忙坐起来，堆起一个很灿烂的笑。

"搭档，这还用说吗？当然是好搭档。"

严宁看着他，似乎想说什么，话到嘴边又咽了回去，改为——"谢谢。"

见惯了严宁平时大大咧咧的模样，突然被低声道谢，陈飒还真有点不习惯，见她还是那身淋湿的衣服，头发和衣服上沾了不少泥泞，看来案发后她一直在忙着做调查，得知他苏醒了又赶过来看望他。

虽说这样想有点自作多情，可是看到她一脸紧张又焦急的表情，陈飒还是挺受用的。不过他很快就想通了，严宁来得快可能只是为了做调查，往坏里想，她甚至还在怀疑他。

陈飒这样想着，脸上依旧堆着笑容，说："如果你能把口头感谢转为实际行动的话，我会很高兴，我渴了。"

"想喝什么？我去买。"

"白开水就好。"

陈飒指指旁边的饮水机，严宁倒了水给他，问："好点儿没？"

"大夫说我只是突然间爆发小宇宙，所以身体没撑住，休息一下就没事了。"

"你说晕就晕，可吓死我了，本来我还想通知你父母，被徐离医生拦住了。"

"真要让我妈知道，咱俩大概要一起写检查了。"

陈飒在胸前画了个十字，又打量了一下严宁，觉得她哪里不对劲，目光掠过她的手腕，问："你戴的红手链哪儿去了？"

"那个掉颜色，我就摘了。"

严宁掏掏口袋，把包在手绢里的手链拿出来。

毛线脱色，把手绢都染红了，她看差不多都干了，正要戴回去时，发现了手绢上的红渍，微微一愣。

毛线手链是几股拧在一起的，浸了水，线有些松动，红渍印在手绢上，一圈圈的像是横向排列的7，也可以说像是镰刀。

第十三章　消失的尸体

陈飒看她表情变了，把手绢拿了过去，当看到上面的图案后，他挑了挑眉。

"看来吴婉婉知道谁在害自己，可惜那时候她已经说不出话了，只好把这个给你，作为警示。"

严宁想起和吴婉婉为数不多的几次见面，心头沉重，默默点了点头。

她有些消沉，陈飒看出来了，说："如果手链是吴婉婉嗑药后编的，那肯定不会编得这么完美，所以这应该是她之前编的，她可能是打算再见到你的时候给你。其实你已经成功了，可以让她像相信常烁那样相信你。"

严宁心头的乌云渐渐消散了，看向陈飒，讶异于这位花花公子细腻的心思。陈飒被看得很不自然，嘟囔说："我这只是根据情况做出的推理，不是在安慰你，所以不用谢我。"

"是是是，那我该谢谢你缜密的推理。"

严宁把手链重新戴好，收起手绢，拉过旁边的椅子坐下，开始说正事。

"真没想到你的警觉性那么高，你是怎么发现歹徒暗中开枪的？"

"你不会是怀疑我吧？"

"没有，我就是好奇，明明你平时运动神经没那么发达的。"

就算严宁怀疑，陈飒也觉得可以理解，因为连他自己都没办法解释自己当时的爆发力。

如果硬要给个解释，那就是……陈飒下意识地抬手按住心脏，心想大概就是它带来的奇迹吧。

严宁误会了，忙问："不舒服吗？"

"不是，我只是在琢磨当时的情况，就是种对危险的本能感知，我往那边瞥了一眼，可能那边只有那么一辆车，感觉有点突兀了吧，可惜没看到车牌。"

"我看到了，可惜没用，车牌是伪造的，一跑上公路就换了，只能根据品牌和车型追查，暂时还没结果。"

"找到宋剑了吗？"

严宁摇头。

遭遇枪击事件后，她就马上联络魏炎请求援助，后来大家分头调查宋剑的行踪，都没结果。几个牌友只说前一天下午宋剑打牌赢了不少钱，心情不错，几次提到快拿到拆迁款了，傍晚临走时还和他们约了今天再继续打。

可是今天他一直没出现，有个牌友中午还去他家找他，按了门铃没人应，他的摩托车还停在车位上。大家都说他是赢了钱，故意不去，还骂了他一顿。

陈一霖和常青等人在附近住家户问了一圈，没人听说宋剑和黑道混混有牵扯，更别说摆弄枪支了。严宁赶来医院的时候，陈一霖还在做调查，从宋剑的邻居和朋友的描述来看，宋剑这人只会窝里横，实际上是个孬种，要是打牌遇到了暴脾气的人，他话都不敢多说一句。

有关那个神秘的帽子男偷窥者，他们也询问了周围的住户，可惜由于下雨，再加上天黑，没人留意到他。邻居还说这里有不少房子租出去了，常有生面孔出入，所以大家都不会特别留意。最糟糕的是楼房都没有布设监控，他们只能从道路监控上搜索黑色大众轿车的去向。

一切都发生得突然而又诡异，所以严宁想不通开枪的人是什么来头，他们开枪偷袭自己和宋剑的失踪又有什么关系。

她简单说了这部分情况，陈飒叹道："幸好张明娟母女先离开了，要是在家的话，说不定也会被牵连的。"

严宁点点头，深有同感，陈飒紧跟着又说："希望宋剑的失踪不

第十三章　消失的尸体

是小彪的那种失踪，否则就真是有去无回了。"

严宁心一动，她原本的看法是宋剑赌钱借了高利贷，很可能被绑架勒索，却人算不如天算，刚好宋剑的妻子张明娟离家出走了，可陈飒的这句无心之言让她有种不祥的预感。

她很不想承认陈飒说的话，却又隐隐觉得他说中了。

"对了，你们查弹壳了吗？说不定能顺藤摸瓜，找出枪支的来源渠道呢。"

"你就安心休息吧，这些我们警察会调查的。"

有关内部机密，严宁没有多说，其实早在第一时间，他们就对弹壳做了鉴定分析，结果发现子弹是复装的。

现在很多网站都有私下交易买卖使用过的制式子弹的弹头弹壳，买家购买后复装上火药，便可以重新使用，入手途径太多了，很难追查到源头。

陈飒捕捉到了她的想法，见她不说，也没多问，便说："带纸笔了吗？给我一下。"

严宁不明所以，从包里拿出纸笔递过去。

陈飒垂下眼帘，思索着雨中的那一幕，遵循记忆画下来。

落下了三分之一的车窗，一只搭在玻璃上的左手，而后是枪管……严格地说，他并没在第一时间看清那个黑色物体是什么，只是直觉告诉他有危险。随着勾勒，纸上逐渐出现轿车的左侧以及那只手，手腕有一圈黑乎乎的东西，距离太远，他不确定是手链还是刺青。

陈飒的画功一般，只点出了重要的部分，严宁忍不住称赞道："一瞬间你就看到了这么多，眼力很厉害啊。"

"那是，别忘了我可是世界魔术师后备军。"

陈飒一点都不谦虚，好在严宁已经习惯了，看着他画的手，说：

"是个男人?"

"天黑雨大,我不敢确定,不过从骨节来看,男性的可能性更大,希望对你们的调查有帮助。"

陈飒画完,把纸笔还给严宁,严宁见他眉头皱着,一副无法释怀的样子,问:"还有发现?"

"没有,我就是在想窗外那个男人想干什么。他的同伙不惜开枪来阻拦我们,肯定是有很重要的事吧?"

"这个也需要继续深入调查,头儿让我向你转达感谢,要不是你从一盆翠云草上发现问题,咱们不进去找宋剑的话,还不会牵扯到后面的开枪事件。你这个人可真奇怪,好像什么杂七杂八的事都懂一些。"

"老天爷总是公平的,虽然没给我健康的身体,却给了我一个很优秀的大脑啊。"陈飒自己也不无感叹。

严宁也认为陈飒挺优秀的,不过自夸就有点厚脸皮了。

"那你优秀的头脑里肯定不包含谦虚……行了,别多想了,好好休息,剩下的交给警察。"

"交给你们真的没问题吗?"

陈飒狐疑地看过来,严宁站起身,满意地看着陈飒往旁边躲,她这才说:"对了,你被送医院的时候,冯君梅来电话,我就帮你接听了。她说已经和孙佰龄联络上了,约了明天上午十点在公司见面,这是个好机会,刚好可以探探蒲公英这个社团的底细。"

"可如果他们真有问题的话,张明娟岂不是羊入虎口吗?"

"不会的,他们还是做善事的,至少台面上是这样,尤其现在警察出面,他们没必要特意去针对张明娟。"

陈飒想了想,说:"那我也去!"

"你……"严宁上下打量他,"身体撑得住吗?"

第十三章 消失的尸体

"相信我,我的身体没那么弱,车你开着,明早来接我就行了。"

严宁被陈飒的两次突然晕厥给弄怕了,原本想一口拒绝,转念一想,这事还是先和魏炎商量一下再决定吧。

她告辞离开,走到门口时陈飒叫住了她。

"你想了解孙佰龄的话,可以看看她的自传小说,书在我车上,叫《遥远的星空》。"

"谢了。"

"口头的感谢就不用了,明早过来时记得带早餐。"

严宁答应了,看陈飒面带微笑,她终于忍不住了,说:"如果你不想笑就别笑,你不知道你这种假面的笑让人有多不舒服。"

陈飒脸上的笑僵住了,"严警官,这就是你对救命恩人的态度吗?"

"正因为你救过我,我才实话实说,你的杂学知识那么丰富,肯定知道微笑的起源是动物的模拟防御形态,所以你的笑容不是在表达友好,而是在防御,你不相信任何人,你只是要让大家相信你不具备威胁性而已,这样总伪装自己挺没意思的,你不累我还累。"

房门关上了,陈飒靠着床头发愣,一动不动。

不可否认,严宁都说对了。

最初他是不想父母为自己担心,后来是不希望被他人怜悯,所以他没有朋友,也不喜欢和人深交,这样他就可以随时随地保持自己的完美贵公子形象,大概是微笑面具戴得太久了,当他想要摘下来的时候,却已力不从心。

他有点明白最初为什么会讨厌严宁了,因为在她面前,他的虚假伪装完全不管用。早在十几年前被打成熊猫眼开始,他就什么形象都没有了。

可是他今天竟然还救了他的对头,身体不受大脑控制,做出了本能的反应。

可能也没有那么讨厌她吧，说不定还有点在意，要不他怎么会在被指摘后不仅没恼羞成怒，还挺开心的。

陈飒回过神，手抚摸心脏，越想越觉得不对劲，拿过手机打给徐离晟。

"徐离医生，我要问你一件事。"

"什么？"

"上次你提过心脏会分泌生物活性多肽和肽类激素，是会影响到接受方的性格和习惯喜好对吧？"

"是的，不过过了这么久，你身体的'求同存异'反应应该也趋向稳定了，所以在用药上我……"

徐离晟误会了他的意思，陈飒急忙说："不不不，我不是说这个，我是想问——假如……我说是假如，假如提供者喜欢某个女生的话，那我会不会也变得喜欢她？如果我喜欢她，那究竟是我这个人在喜欢她，还是这颗心在喜欢她？"

"有区别吗？这颗心本来就是你的，在手术移植后，它就完完全全属于你，与你无法分割了。"

"可我觉得我还是因为受它的影响才会喜欢原本不喜欢的人……我是说假如，假如有这样的反应，那就不是真正的喜欢，万一哪一天求同存异反应完全消失了，我是不是又会从喜欢变为不喜欢？"

"人的感情每时每刻都在发生变化，比如今天喜欢的明星明天不喜欢了，反之亦然，这与是否接受过心脏移植一点关系都没有。既然你的身体没事了，那就早点复工吧，也省得每天胡思乱想。"

"可是……"

"比起这个来，也许你更该考虑一下严警官是否喜欢你这个问题。"

第十三章　消失的尸体

"我是举个例子，不是严警官……"

"也许严警官对你完全没意思，那你想这些纯粹就是浪费时间，不要一开始就把自己放在优越的位置上，要记得你在选择的同时也在被选择，晚安。"

徐离晟挂了电话，陈飒保持拿手机的动作呆在那里，因为他被最后那句话深深打击到了。

徐离晟一点都没给他留面子，还直接点明是严宁，难道他对严宁的态度真那么明显？

算了，既然医生都这么说了，那就别在这儿搞自虐了，说不定也没那么在意呢，最多是不讨厌而已，想这种事还不如想想凶手是谁。

陈飒自我安慰着，出去洗澡，走廊寂静，不远处站着一个男人，看到他出来，向他微微颔首。

男人穿着便衣，不过那笔直的站姿一看就知道不是普通人。

被暗中保护，陈飒简直受宠若惊，洗完澡，特意买了瓶饮料给他，对方不要，被他硬塞了过去。

陈飒重新回到床上，准备入睡时才后知后觉想到了一个重要的问题。

等等，严宁弄得一身泥还开他的车，象牙色的车座弄脏了的话，很难清理的！

一想到这个，陈飒坐不住了，迅速留言给严宁。

——大魔头，请去以下地址清洗我的车，重点是车座，别担心，不用你掏钱，记得要收据，回头我来付。

接着他又把汽车美容店的名字和地址打了过去，那是他常用的一家店，服务态度好，清洗技术也一流。

陈飒打了一大堆话，半天严宁丢过来四个字。

——马上睡觉。

看看这态度，以前他哪一个女友都不会用这种口气跟他说话。

要不是考虑到严宁忙着办案，陈飒一定一个电话打过去好好教育一下她。

他关灯躺下，再次断定——担心会喜欢上大魔头的自己简直就是庸人自扰啊。

Chapter 14
第十四章　谁是嫌疑人

"谁的留言？"

看着严宁敲了字放下手机，陈一霖在旁边好奇地问。

"陈飒的，担心他的车座弄脏了，交代说让我送车去清洗。"

"我有点看不透他了。"

陈一霖说："你说他没头脑吧，之前的几个案子他都剑走偏锋帮上了忙。可你要说他能力强吧，他又总是关键时刻掉链子，还动不动就来个林黛玉式的晕倒，也不知道是不是在做戏。"

大家都笑了，严宁也笑了。

"林黛玉可没那么弱。不过他今天晕倒不是做戏，我问过他的主治医生了，他的确做过大手术，目前还处于恢复阶段，出于隐私保护，医生没有详细透露他的情况，不过可以证明陈飒是真晕倒了。"

"这事我总觉得太巧合了，你说会不会是他特意引你过去，让你发现什么？"

出了枪击事件，再结合严宁最近追查到的情报，魏炎认为很可能与常烁生前调查的事件有关系。陈飒留言给严宁的时候，他们正在开会讨论几起事件的关联性。

陈一霖按照事件发展顺序，把关系图写到了白板上，当中用线做了连接，陈飒的名字放在最中间，几乎每次事件都或多或少与他有点联系，也难怪陈一霖怀疑他。

严宁说："应该不是，去张明娟家是我的提议，车也是我开的，如果是他设计的，他没办法把每一步对接得那么完美。他晕倒后，我检查过他的手机，他没有趁我不注意和其他人联络过，所以引我过去的假设不成立。"

魏炎点点头，说："陈飒这人浮夸轻佻、自恋，有点小聪明，但要说深谋远虑，设计出一系列谋杀案，还是有点勉强。不过严宁，这次我要说说你，你有想法有疑问，可以直接提出来，私下搞调查的做法不可取啊，回头写篇检查，好好检讨一下自己的行为。"

严宁听着魏炎对陈飒的描述，本来想笑，听到又要写检查，她的表情僵住了。

陈一霖忙说："头儿，这也怪不得严宁，常烁的死因的确是车祸，咱们警察也不能擅自动用资源去一直追着车祸不放吧。"

"我不是故意不说的，而是觉得自己想多了，我本来怀疑车祸是有人故意设计的，后来这个观点被推翻了，肇事司机李宝山本来就是个酒鬼，喝了酒乱开车，常烁是为了救张明娟才出事的。"

"可是现在看来，也未必一点关系都没有。"

魏炎在白板上写下李宝山的名字，又在他和张明娟之间画了条线，说："现在张明娟家不也出事了嘛，还是枪击事件。小陈，你再重新调查一下李宝山的家庭和交友关系网，看他和张明娟夫妇或是其他几起案件的当事人是否有联系。"

陈一霖答应了，旁边传来"啊"的叫声，常青拿起刚打印出来的资料，表情诡异。

魏炎问："怎么了？"

"我查了宋剑失踪前的手机通话记录，你们猜其中一通电话是打

第十四章 谁是嫌疑人

给谁的？"

常青把资料递给魏炎，大家也好奇地凑过去，随即都叫了起来。

"赵龙？"陈一霖指着赵龙的名字叫，"他们两个居然是认识的！"

"看来陈飒说的没错，几个案子果然相互都有联系。"

严宁说完，又看了其他几通电话，昨天中午有两通打给张明娟，张明娟没接。下午三点半，也就是宋剑打完牌回家后又打过三次给张明娟，后来他就打给了赵龙，只有不到一分钟的通话。四点半他接到一通来电，说了两分钟，那之后他的手机就再没用过。

常青说："宋剑的手机无法定位，他接的手机号我查了，是匿名购买的，也没办法锁定户主，很可能手机已经被销毁了。"

"这么说的话，这是第三起匿名手机来电了，"严宁说，"王天鹏接过一次，王小安逃跑前接过一次，这次宋剑失踪又接了一次，会是巧合吗？"

"是不是巧合还要再继续深入调查，那辆大众还没有追踪到吗？"魏炎问。

常青说："没有，这种车型的车太多，歹徒又换了车牌，暂时还没有消息，技术科的同事现在在搜索大众去公寓之前的行车记录，看会不会有突破。"

他刚说完，办公室的门被推开，楚枫跑了进来，手里还拿着一沓资料。

"鉴定结果出来了，有新发现！"

大家凑到一起看。

鉴定书上写到，宋剑家里的撞击痕都是以前留下的，并没有新痕迹，餐桌的一条桌腿有一圈指纹，从指纹排列方向来看，是有人握住桌腿留下的，地上也有几道桌腿和地面摩擦的划痕，鉴证人员进行了指纹对比，确定那指纹是宋剑的。

常青说:"他为什么抓桌腿啊,想搬桌子找人干架?"

"看这个。"

楚枫抽出另一张鉴定报告给大家看。

那是陈飒在餐桌脚下发现的玻璃碎片,鉴定结果证明那是酒杯碎片,上面沾有酒渍,鉴证人员从酒渍中发现了含有锑的金属元素,他们又重点检查了餐桌附近的地面。

地面上有少量呕吐物和酒渍,曾被擦拭过,不过擦得不仔细,还是留下了一部分。经鉴定,呕吐物里也混有锑元素,地面酒渍与酒杯碎片上的酒渍成分一致,不过现场没有找到盛放锑的容器。

魏炎看完,神情严肃起来,说:"过量摄取锑会引起急性中毒,很可能是宋剑喝了含有锑的酒,导致中毒。"

严宁说:"宋剑的邻居说曾听到他家里有碰撞声,还以为是家暴,实际上是宋剑中毒后挣扎求救,还真被陈飒那个乌鸦嘴说中了。"

"看来这不是一起普通的失踪案啊,背后也许牵扯到了谋杀。"

"啊!"听魏炎这么说,严宁灵光一闪,"现场没有盛放毒药的瓶子,那个偷窥的人会不会就是来取瓶子的?假如瓶子被带走,现场又没有留下酒杯碎片的话,我们压根就想不到毒药这条线,宋剑就会像小彪那样,被认为是失踪而不是死亡。"

楚枫一拍巴掌,"有道理,而且普通人要购买锑也不容易。如果我们发现剧毒瓶子,很可能会根据这条线索追踪到购买渠道。那些人正是不希望出现这种情况,才会向你开枪。"

"不,也许当时房间里还有第三个人,帽子男是故意让我们发现他,好把我们引开,让他的同伙趁机偷溜。"严宁说。

想起陈飒说过听到房间里有声音,她懊悔地想他们还真中招了。假如当时她去其他房间搜查的话,说不定就抓住歹徒了,所以歹徒不是两个人,而是三个。

第十四章 谁是嫌疑人

而且，锑的可怕之处不在于它属于有毒物质，而是它的中毒表现很像心肌炎，并引起脑缺血，所以很容易被误诊为急病突发。如果是那样，凶手就可以逍遥法外了，这大概也是歹徒急于拿走药瓶的原因。

严宁在心里琢磨着，又看向对面的白板。

锑不易购买，但有个人可以做到，那就是王小安。

一瞬间，她想到王小安跑路时随身携带的剧毒小瓶，那些剧毒只怕也和锑一样可以杀人于无形。

也许他们一开始都想错了，王小安并不是要跑路，也不是想利用剧毒报复社会，而是准备把剧毒拿给打电话给他的人，那人再把毒物或卖或送给需要的人，就比如张明娟……

张明娟憔悴沧桑的脸盘浮上脑海，严宁不愿意怀疑这个可怜的女人，不过还是说："如果是下毒作案，那投毒者并不需要在场，就像张明娟，她在前一晚离开家，又请陈飒帮她联络离婚律师，就是为了做出不在场证明，我怀疑陈飒被她利用了。"

楚枫说："张明娟只是个家庭主妇，她从哪儿弄得到锑？"

严宁在张明娟和王小安还有"先生"之间拉了条线，解释了自己的怀疑，又问魏炎："要不要控制张明娟的行动？"

"暂时还不需要，首先，宋剑人还没找到，还不确定他是否已经遇害。其次，张明娟杀宋剑的动机是什么？她被家暴多年都没有杀人，为什么在宋剑停止家暴，用心照顾她们母女后杀人，这一点也要调查清楚，所以当下首先要做的是暗中监视张明娟，并调查张明娟夫妇的关系网，他们与王小安、赵龙等人是否有联络。"

魏炎让常青去调查这部分，楚枫和陈一霖继续追踪大众车。

陈一霖说："凌冰公寓住户的调查还没有结果，要先放一放吗？"

被陈飒将了一军，这两天陈一霖一直都在调查住户的情况，除了其中一家户主有过犯罪前科外，其他住户暂时还没发现问题，所以他怀疑是歹徒利用空屋躲藏，事后随住户离开，不过他看了这两天的公寓监控，还没有找到行为异常的人。

就在陈一霖怀疑陈飒是不是提供了假情报时，发生了枪击事件。

魏炎听了他的汇报，说："那边先放放，人都住在那儿，也跑不了，可能歹徒看到我们不注意那边了，反而掉以轻心，自动跳出来呢。"

"还有那个小彪。"

常青也跑到白板前，拿笔在小彪名字上画了个圈。

"根据严宁的调查，这个人从四月开始就完全没消息了，会不会已经遇害了？陈一霖，你还记得六月初咱们处理的碎尸案吗？一直没找到被害人，也没人报案，会不会就是他？"

他这么一说，陈一霖想起来了，说："这种骗子没朋友亲人，就算失踪也不会被发现，很有可能他与富婆贺晶的死有关系，被常烁追到了，他的上头担心夜长梦多，就舍车保帅了。从王小安宁死都不透露情况可以看出这个组织很会给人洗脑，小彪只是个小卒，没了可以再找其他替补。头儿，碎尸案一直是我跟的，小彪这部分就让我来查吧。"

魏炎同意了，又交代严宁明天去找张明娟的时候，稍微提一下宋剑失踪的事，观察她的反应和态度，不过暂时不要惊动她，最好是让蒲公英之家接收她，方便继续监视。

严宁接了任务，旁边的座机响了，常青拿起来听了一会儿，面露喜色。

他一放下话筒，陈一霖就追着问："有好消息？"

"对，那个伪装成护士偷偷进吴婉婉房间的人查到了，他叫姜六，十几岁的时候就因为抢劫进去过，出来后恶习不改，继续参与诈骗

第十四章　谁是嫌疑人

活动。"

严宁从数据库里调出了姜六的档案,他三十六岁,个头不高,长得也其貌不扬,属于扎在人堆里毫无存在感的那类人,这种人非常适合潜藏作案,因为不容易被发觉。不过他没有吸毒贩毒前科,他会伪装护士潜入医院投毒,很可能是接受了"先生"的委托,或者他原本就是组织的一员。

严宁问魏炎:"现在情况越来越复杂了,要找个借口拒绝陈飒的跟进吗?"

"不,恰恰相反,你带着他,方便就近观察和控制,再适当透露些我们调查到的情况,看他的反应,也听听他的想法。那家伙头脑挺好使的,说不定可以帮上忙,如果他与一系列的案件有关,他得意忘形时,也会露出马脚。"

"明白了,头儿你可真是深谋远虑啊。"

"少拍马屁,拍马屁你也得写检查。"

大家都笑了,魏炎又说:"你刚交的那份写得就挺好的嘛,再接再厉,就照着那个写。"

"好的,那我继续让陈飒帮忙。"

"什么?"

"欸,我说我会继续就近监视陈飒的。"

会议结束,严宁直接留宿在局里,她先查看了张明娟一家的情况和交友关系,又上网搜索蒲公英之家。

这个社团成立于2016年,这两年公益活动做得很多,孙佰龄的演讲行程也排得很满,正如陈飒所说,这个社团正在慢慢渗入大家的生活,比如她母亲和小姨,还有陈飒的母亲,都或多或少了解和接触过这个社团。

做公益是好事,但这种慢性渗透造成的负效应也不能低估。严宁就在网上看到了不少拥护孙佰龄的追崇者,其狂热程度不亚于那些"追星族",这也算是一种变相的洗脑,比如王小安,他到死都认为自己是在贯彻真理。

不过与此同时,蒲公英也确实做了很多实事,帮不少女性脱离暴力家庭,自力更生,也帮助过遭遇校园霸凌企图自杀的孩子,扶持弱者。社团也没有募捐活动,所有活动的支出都是从孙佰龄经营的公司盈利中周转的,这种做法也比较少见。

严宁拿起陈飒给自己的书。

书很厚实,主要分三部分——孙佰龄的自身经历和人生感悟、成为一个有独立人格的人以及如何互助互爱互相理解。

里面有孙佰龄和会员们的合照,她个头不高,五官端正,平易近人,这样的人很容易让人放下戒心,也是给人洗脑的首要条件,同时她又很有领导意识和能力。

文章笔触细腻质朴,严宁看着看着,内心也不禁被触动了。

她想孙佰龄一定吃过苦,所以她的话才会让有相同遭遇的人感同身受,但同时她又是坚强的,一个毫无背景的女人可以拥有现在这样的成就,必定付出了大家无法想象的辛苦和努力。

可有人说她杀过人,严宁有些难以相信。

她深吸一口气,撇开个人感情,重新看着书里的图片,考虑孙佰龄是"先生"的可能性,忽然心中一动。

之前在查郑大勇一案时,严宁曾听陈一霖提过郑大勇的家庭情况。郑大勇的姐姐好像参加了很多教会团体,其中一个不会就是蒲公英之家吧?

严宁皱起眉,马上调出郑大勇一案的调查报告,还有郑月明的资料重新阅读。

第十四章 谁是嫌疑人

事情继续朝着怪异的方向发展，也在无形中提醒严宁，所有案件的发生都是有规律可循的，每个案子背后都有一条线，随着发展在慢慢相互串联起来。

早上，严宁起来，发现陈飒又在微信上留言了，让她帮自己带几件衣服过去。严宁这才想起他的车子还没清洗，昨晚她一直忙着搞调查，早把这事给忘光了。

她跑去车上，简单擦了车座，又回家换了衣服，这才开车去陈飒家。

公寓到了，严宁停好车，走进大楼，刚好电梯门打开，一个穿着白色长裙的年轻女人从里面走出来。

她身材纤细苗条，妆容艳丽，严宁对她有印象，上次她来的时候看到这个女人和陈飒在家门口搂搂抱抱，陈飒的解释却是他们只是普通朋友关系。

也不知道那家伙有多少这类"普通关系"的女朋友啊。

严宁这么想着，忍不住多看了女人两眼，女人也看到了严宁，在她面前停下了脚步，说："你是严小姐，对吧？"

"欸？"

严宁被打了个措手不及，女人脸上堆起笑容，向她伸过手来。

"你好，我叫彭玲，以前和陈飒交往过，不过我们分手很久了，请不要误会。"

严宁和她握了手。

"你好，我想是你误会了，我和陈飒只是普通朋友。"

彭玲笑了，严宁觉得她的笑大有深意。

"我来附近办事，顺便买了早点给他，他不在家，我刚才打他的手机才知道原来他有新女朋友了。真是的，也不早点说，否则我就不用花这么多心思了。"

她一边夸张地叹气一边把手里提的塑料袋递给严宁。

"反正也买了,就麻烦你拿给他吧。"

彭玲冲严宁眨眨眼,她长得漂亮,举手投足充满了风情。严宁原本想解释,听了她的话,改了主意,接过塑料袋说:"谢谢。"

彭玲离开,半路又停下脚步,转身说:"陈飒说今晚要去黑凤凰,你也一起来吧。"

严宁明知故问:"黑凤凰?那是什么地方?"

彭玲一愣,见严宁不知道,随即又笑了。

"一家高级酒吧,会员制的,没熟人不太好进去,所以他让我帮下忙,那就晚上见了。"

她朝严宁摆摆手,一个普通的小动作,她做出来就平添了几分韵味。

严宁看着她苗条的身影消失在门后,心想那家伙对着前女友胡说八道,看来是又欠揍了。

严宁去陈飒家取了衣服,装衣服时临时改了主意,仔细检查了陈飒的家,发现没有问题后才离开,开车赶到医院。

她来到陈飒住的楼层,刚出电梯,就看到陈飒靠在护士台,和几个小护士聊得正开心,一管圆珠笔在他手里出现又消失,接着又出现,惹来大家的惊叹,在附近负责保护兼监视的同事则一脸的无奈。

严宁都无语了,走到同事身旁,问:"有情况吗?"

"就是你看到的这个样子,"同事问,"还要继续保护吗?"

"你回去吧,换我。"

严宁和同事交班,快步走过去,陈飒看到了她,停止和大家说笑,迎了上来。

严宁上下打量他,"看来你完全没事了。"

"饿了,为了等早餐,我就没去食堂。"

第十四章 谁是嫌疑人

"那要感谢你的前女友了，人家特意买了早点去你家，倒省了我的事了。"

严宁没好气地把装了早点的塑料袋推给陈飒，陈飒接了，嗅了嗅。

"是我的错觉吗？为什么感觉酸酸的？"

"呵呵，那不是错觉，是您的妄想症犯了。"

严宁推开他，径直去了病房，陈飒紧随其后，问："你们遇到了？这么巧？"

两人进了病房，严宁说："是啊，而且她还怕我误会，跟我解释她和你没关系。陈先生，你最好说明一下，我什么时候成了你的女、朋、友了？"

她绷着脸，陈飒不敢再插科打诨，放下塑料袋，说："有关这一点，我得解释清楚，我和她压根没有交往过，只是她追过我，我觉得不合适，就回绝了。"

"你还没回答我的提问。"

"这不最近她又开始追我了嘛，我有事想请她帮忙，也不好回绝得太直接，就说我有女朋友了。你也知道我身边没别的女性，只有你，所以只好勉为其难……不，是真心实意地借用了一下你的名字，这个理由充分吗？"

这个理由不能说好，不过算是实用吧，毕竟她要和陈飒一起去黑凤凰酒吧，女朋友这个身份最方便。

"她说你今晚要去黑凤凰，你身体真的没事？"

"我努力让自己不晕倒。"

严宁表情缓和了，陈飒急忙拉她坐下，又打开塑料袋，里面是两人份的，看来是彭玲买来，本来打算和他共进早餐的，却吃了闭门羹。

"你还没吃饭吧,一起吃一起吃。"

他拿出饭盒和筷子,放到严宁面前。

严宁正好也饿了,没跟他客气,拿起筷子吃饭。陈飒帮她准备了餐巾纸,又跑去倒了水给她,看那体贴劲儿,真不知道谁才是病人。

严宁说:"行了行了,你也别忙活了,赶紧坐下吃饭吧,要是让你妈看到,我又要罪加一等了。"

"身为男士,做这种事是应该的。"

"你就是靠着这些追女孩子的吗?"

"不是,通常我往那儿一站,就有人倒追我了。"

"就像彭玲那样?"

陈飒没说话,看着她笑了。

严宁觉得他的笑充满了阴谋的味道,反问:"不是吗?"

"先吃饭,吃完了再说。"

严宁是个急脾气,好奇心被成功地吊了起来,用最快的速度吃完了饭。再看陈飒,他还在对面细嚼慢咽呢,严宁想催他,又觉得不好,几次都把话憋了回去。

陈飒看在眼里,忍不住又笑了。

严宁和他以前交往的对象都不同,她很率性直接,喜欢和讨厌的情绪都表达得很明显,和这样的人在一起,至少不用担心被算计。

他没再吊严宁的胃口,放下汤匙,说:"你让陈一霖查一下彭玲,她在一家叫天亿的房产公司做中介,和凌冰认识,还帮凌冰介绍过设计方面的工作。我听说了凌冰自杀的消息后,问过她,她说她不知道。"

"你怀疑她?为什么?"

"你知不知道昨晚她来过医院?"

严宁的表情绷紧了。

第十四章 谁是嫌疑人

"她来了后没有去护士台,而是转了一圈就走了,我想她大概是看到了保护我的便衣,所以临时改了计划,可惜她太漂亮了,所以我跟护士们一打听,就有人想起了她。"

严宁这才明白他扎在护士堆里玩魔术,不是想出风头,而是在有目的地做调查,还真让头儿说对了,这家伙在推理方面有他的一套想法。

她说:"如果彭玲来找过你,那她去你家的行为就太不自然了。"

"是的,所以她送饭是顺路,大概是想进我家查什么吧,我买那套房子时,手续都是她一手经办的,我想也许她有我的房门钥匙。"

严宁进陈飒家后也简单检查了,表面上没发现有问题,她想要么彭玲只是偷装了窃听器,要么就是知道自己去了,就临时改变计划离开了。如果是前者的话,那就要重新搜查陈飒的家了。

陈飒又说:"一个人对另一个人好,无非有两种理由,感情或金钱。彭玲是做房产中介的,当初她追我,各种温柔体贴,直到后来发现我手头上的钱只够付一栋房子的首付款时,她的态度就变了,开始慢慢疏远我,直到最近又开始联络,就是在郑大勇事件之后,沈云云被杀案之前。"

当时彭玲又提到了买房的话题,陈飒最初以为彭玲接近自己是因为进了新公司想冲业绩,可后来又陆续发生了歹徒进入凌冰家里以及黑凤凰被爆出来的事,他开始感觉彭玲的出现在时间上太巧合了。

可能彭玲以为他知道什么内情,为了试探他才特意接近他,尤其彭玲还是做房产中介的,她很可能有凌冰一部分住宅的钥匙,方便向客户做推销。

假如那晚攻击他的歹徒是彭玲的话,那她了解住宅内部构造并顺利找到藏身之所就能说得过去了。

严宁听完,马上问:"这么重要的事你怎么不早说?"

289

"大魔头小姐,我也是刚刚才想到的。昨晚睡不着,我就把最近发生的事件重新捋了一遍,忽然想起你提到过凌冰的房间有香气,那晚我也喷了香水,所以以为你说的是我。现在想想,也许除了我的香水味外还有别人的,早上我就试着向护士打听了一下,就问到了彭玲来过。"

"这么说来,刚才我遇到彭玲,她没喷香水。"

"那就对了,她以前都喜欢喷很浓的香水,不过我们这次重逢,她只有最初喷得很浓,看来她是留意到那会妨碍她的行动。不过这些都是我的怀疑,什么证据都没有,找证据这种事就只能拜托你们了。"

严宁二话不说,打电话联络魏炎,转述了陈飒的怀疑。魏炎说马上调查彭玲,又提醒她继续观察陈飒的行动,不要被他的思路带偏。

严宁挂了电话,转头看向陈飒。

陈飒吃完了饭,坐在那儿慢悠悠地喝水,还是那副吊儿郎当的模样。

严宁有点吃不准他是不是在演戏,故意引他们走入歧途,因为他这个人本身就充满了矛盾,平时又不靠谱,可当他认真分析问题时,气场就完全变了。

她故意问:"你不是富二代吗?连买房子的钱都不够,还要付首付。"

"当你装穷的时候,会发现很多有趣的事。"陈飒笑眯眯地说。

严宁哼道:"那你该叫陈腹黑,老实说,昨天你说宋剑家里有声音,你是真听到了吗?"

"当然是假的,我不那样说,咱们就没理由进去了……啊,我对着警察实话实说,是不是会犯错误?"

"算了,错有错招,我想有人被你的话唬住了。"

第十四章　谁是嫌疑人

按照魏炎的交代，严宁说了他们的发现和怀疑，陈飒听着她的讲述，眉头皱了起来。

"你的意思是我被张明娟利用了？"

"可能性很大，但究竟是不是她下的毒，还在调查中。"

而且还没有发现宋剑的尸体，证据不足，所以警察才没有惊动张明娟，而是暗中观察，如果凶手是她的话，她一定会有所行动的。

陈飒猜到了严宁的想法，向她一笑。

"明白了，我会配合你们的行动，顺便找出证据，证明张明娟离家出走只是巧合，她不是凶手。"

"这么肯定？这又是出于你的直觉？"

"不是，是被利用的感觉让人太不舒服了，所以我拒绝接受这个答案。"

陈飒又开始信口雌黄了，严宁翻了个白眼，决定结束这个无聊的对话。

饭后，陈飒换上严宁帮他拿来的衣服，两人来到停车场。

听说严宁没时间洗车，陈飒坐上车后，叹气说时间一长，皮革会变色，到时只能全部换了。

严宁道了歉，原本想说回头自己付一些费用，陈飒又开始叨叨车套是意大利定制的，还是他指定的皮料和加工厂，以及制作流程需要什么什么特别的手工艺等等。严宁听得都犯困了，心想照这种要求，估计她的工资连个零头都付不起，索性不说了，任由陈飒一个人在那儿卖弄他的皮革知识了。

等陈飒唠叨完了，目的地也到了。

那是一栋商业大楼，蒲公英之家在大厦三层，电梯里镶嵌着蒲公英之家的牌子，牌子开头是一朵蒲公英的LOGO。

严宁看到那牌子，突然想起了郑月明，由于郑大勇一案中，郑月明不是重点调查对象，所以有关她的资料不多。严宁原本想跟陈飒提一下自己的怀疑，转念一想，没有证据就提出质疑，反而会让事情复杂化，还是等调查有进一步的结果再说吧。

张明娟先到了，她带着女儿，在冯君梅的陪同下坐在小会议室里，看到陈飒和严宁进来，急忙站起来打招呼。

和前两天相比，张明娟的精神好了很多。陈飒听了冯君梅的解释才知道，原来在冯君梅的沟通下，张明娟昨晚就带着孩子搬到了蒲公英之家提供的住所。

住所就在这栋大厦附近，里面还住了不少和张明娟处境相同的女性，琳琳有小伙伴玩，也很开心，一看到陈飒就拉着他，叽叽喳喳说新家的样子，被张明娟拉开了。

为了避免恐慌，枪击事件被压下没有报道，冯君梅和张明娟都不知道宋剑的事。冯君梅说孙佰龄正在给会员们上课，招待他们的是助手林晖。

冯君梅不知道陈飒已经见过林晖好几次了，怕他们对社团不放心，拿了部分接受过社团帮助的当事人案例给他们看，又说林晖主要负责社团的运营，昨晚接张明娟去住所的也是他。

严宁问张明娟昨晚宋剑有没有联络她，张明娟摇头，冯君梅也说给宋剑打过几通电话，家里电话没人接，手机一直是关机状态，为了稳妥起见，她才建议张明娟连夜搬去蒲公英之家提供的住所。

严宁观察着张明娟的反应，故意说："你有没有想过他会出事？"

张明娟一愣，下意识地伸手捋捋头发，说："不会的，他可能是又去赌钱了，他每次都是输得精光才会回家。"

"其实我们昨天去找过他，房间里有响动，却没人开门，我们担心是小偷，就冲进去查看，结果没人，擅自闯进你家，真是抱歉。"

第十四章　谁是嫌疑人

"你们进去了？他不在家？"

张明娟的声音明显变得紧张，严宁点头说："是啊，听邻居说前一晚你家有摔打声，她还以为是你们夫妻在吵架。"

"肯定不是，那时我和琳琳都住在小旅馆了，"张明娟很惊慌，说完马上又问，"那他会不会在麻将馆或是其他赌友家？"

"问过了，都说没见到，整个人就好像是人间蒸发了似的。"

张明娟听了这话，更紧张了，转头看冯君梅，冯君梅安慰道："别担心，蒲公英住所的安全措施做得很好，他找不到你的。"

"可是他不见了啊，他一般都是在家里或朋友家，他会不会藏起来，偷偷来抢孩子，我……"

张明娟激动得嘴唇都哆嗦了，琳琳在旁边玩，看到她这样，有些害怕，跑过来抱住她。张明娟回过神，也紧紧抱住女儿，急得眼圈都红了。

陈飒及时拿出一枚巧克力硬币，在琳琳面前转了两个花，琳琳的眼睛顿时亮了，问："你是怎么变出来的？教教我好吗？"

"如果你答应保护妈妈，哪怕爸爸来找你，你都不跟他走，我就教你。"

"我会的！我会的！我要保护妈妈，不跟爸爸走！"

孩子用力点头，陈飒趁机把她叫到一边，又给冯君梅使眼色。

冯君梅对张明娟说："你看孩子这么需要你，你不坚强怎么行？"

张明娟这才停止抽泣，冯君梅又说："现在法律健全，不是谁有力气谁当家的，想争取抚养权也要按照法律程序走，只要你下定决心要离，我一定会帮你的。"

"我明白我明白，谢谢你冯律师，请你一定帮我们办好手续，钱的方面没问题，拆迁款很快就能到我的户头了……"

敲门声打断了大家的对话，林晖端着茶走了进来。

冯君梅又对张明娟说："你看，还有林先生协助呢。工作方面你也不用担心，又有钱又有工作，他怎么能争得过你？"

张明娟急忙起身跟林晖打招呼，林晖放下茶盘，请大家落座，又递上自己的名片。

陈飒对这位林先生充满了好奇，他把巧克力硬币给了琳琳，走过来。

这是陈飒第一次近距离和林晖接触。

林晖看着比实际年龄要年轻，一身西装，气度沉稳，也很容易接近，不过陈飒不喜欢他，因为他的笑容太假了，就像陈飒自己，平时也常常戴这种假笑面具，所以他一眼就能分辨出对方的笑是出于善意还是只是习惯。

林晖摆好茶点，对大家说："不好意思，老师正在给大家讲课，会员们都太热情了，导致时间延长，请你们再稍等一下，也可以先看看我们社团的资料，方便加深对我们的了解。"

听到"老师"二字，陈飒的心一动，不由自主又想起了王小安口中念叨了很多遍的"先生"。

他看向严宁，严宁的表情告诉他，应该是和他想到了同一件事。

林晖把宣传小册发给大家，冯君梅笑道："我对孙老师绝对信任，否则也不会向张小姐大力推荐你们。"

她又对陈飒说："上次你和林先生在医院见过的，你还记得吗？"

"好像是有这么回事。"陈飒模棱两可地说。

林晖说："那天我去医院看望一位被家暴的女士，她现在已经顺利离了婚，精神恢复得很好，这一切都要归功于冯律师的帮忙。"

"可别这么说，我是拿钱办事，和你们没法比的。"

两人说笑完，林晖问张明娟："昨晚休息得还好吗？"

"挺好的，感觉好久没睡那么踏实了，就像是重获新生。"

第十四章　谁是嫌疑人

"这么说也太夸大了,不过放心,有我们这个后备军,一切问题都可以顺利解决的。"

林晖的声音浑厚低沉,很有感染力。被他安慰,张明娟的眉间舒展了,用力点头。

林晖又向严宁表达谢意,说现在家暴受害人很多,只凭公益社团的力量是杯水车薪,希望警方能加深对他们的了解,双方携手互助,可以帮助到更多的人。

陈飒冷眼旁观,心想林晖和孙佰龄还真是天生一对,都这么能说会道。这么一想,他对那天纠缠孙佰龄的男人又起了好奇心,就在林晖充满感情地讲解社团的公益活动时,陈飒已经脑补了好多老套的三角恋剧情出来。

Chapter 15
第十五章　爱心小人的秘密

又过了半个多小时，林晖收到了会议结束的通知，他带大家来到孙佰龄的办公室。

陈飒一进去就看到了墙上挂着的大大的照片，里面是孙佰龄和丹顶鹤的合照，孙佰龄那时候只有十几岁，丹顶鹤也只是幼鹤。他想孙佰龄救幼鹤的事应该是真的，只是被她借题发挥故意利用，导致当年她救护丹顶鹤的行为变了味。

除此之外，房间倒没有其他太显眼的摆设，桌椅和办公用品也不高档，电脑旁放了个笔管，笔管是两个小人相互拥抱，乍看是一颗心，小人身上描绘了一些线条，像是绽放的蒲公英。

陈飒想起之前参加孙佰龄的演讲会，白板上也画了这种爱心小人，看来它是蒲公英之家的宣传形象画。当时倒不觉得，现在看到实物了，他突然发现这东西非常眼熟，把最近去的地方想了一遍，终于想起来了——他是在郑月明的馄饨铺见过。

搞了半天郑月明也是蒲公英之家的成员啊。

孙佰龄说话爽快直率，她和大家握手做了自我介绍后，就马上询问张明娟的情况，又蹲下来握住琳琳的手，对张明娟说："我的经历和这孩子很像，当时我比她大不了多少，所以没人比我更明白作为一

第十五章 爱心小人的秘密

位母亲想保护孩子的那份感受。"

不知道张明娟是过于紧张还是对她这番话产生了共鸣，忽然放声大哭起来，孙佰龄扶她坐下，又说："正因如此，我才会建立这个社团，希望可以救助到更多的人，放心吧，在这里，不会有人伤害到你。"

张明娟哭得更大声了，反应特别激动，孙佰龄也不劝解，只是拍着她的后背，直到她的情绪稍微缓解，孙佰龄才让林晖送她回去休息。

冯君梅还要向张明娟讲解离婚手续流程，便叫上琳琳，一起离开了。

陈飒在跟去蒲公英的住所查看情况和留下来观察孙佰龄之间犹豫了几秒钟，看看严宁的态度，他选择了后者。

等他们走后，孙佰龄重新请严宁和陈飒落座，说："警察特意过来，应该不单纯是为了张小姐的事吧？"

她直接挑明主题，倒省了严宁不少事，反问："为什么你会这样认为？"

"因为很多人对公益事业有误解，认为做公益只是为了捞钱、赚名气，要不就是觉得我们像是在搞传销，把人带走扣押，不许和外界联系、不许随意进出和自由活动，我以前就被举报过很多次，还被处罚过。"

说起往事，孙佰龄表情变了，她有些难受，说："当时我们的做法是有点激进了，其实主要也是怕当事人再被家暴，结果家属反咬我们一口的时候，当事人居然也帮着他们说话。你们当警察的也常遇到这种事吧，所以才喜欢和稀泥，不过我敢说我遇到的绝对比你们多，真是哀其不幸怒其不争啊。"

陈飒在一旁听着，心想你是被处罚过，可你的属下还被判刑了呢,怎么也不见你说。

严宁问:"像张明娟这类受害者有很多吗?"

"很多,有被家暴的,也有被同学或上司霸凌自杀未遂的,还有被强迫卖淫的,女性居多,但也有不少男性。"

陈飒听着她们谈话,插不进嘴,便站起来在房间里溜达,从仙鹤照片看到桌上的小人笔管,看得津津有味,又伸手去摆弄。

严宁暗示了他几次都被无视了,索性不管他,调出王小安的照片,问:"这个人是你们的会员吗?"

"他……"孙佰龄看了照片,摇摇头,"我没有印象,我每天去不同的地方做演讲,有很多听众是刚听完演讲,大脑一热就报名加入了,之后就再没有参加过我们的社团活动,他可能就是这类成员,回头我让林晖查一下,这个人怎么了?"

"他涉嫌非法调制剧毒药物,我们正在调查他。"

孙佰龄一听,紧张起来,说:"那我马上让林晖调查,千万不能让这样的人影响到我们社团的声誉。"

"你很信任林先生啊。"

"是的,他也是成长于家暴家庭,只有像我们这样有相似经历的人,才能对受害者感同身受,所以他一直做得很好。他原本是学医的,后来弃医从商,是个很能干的人。"

"是因为学医救不了人,想要救人就要从根本思想上做起吗?"陈飒观赏完了照片,突然问。

孙佰龄笑了。

"我不知道他有没有鲁迅先生那样的觉悟,我也从没问过他,每个人心中都有不想被触及的隐痛。我只知道我们是志同道合的战友,共同为了梦想而努力奋斗。"

她表情认真,话中充满了感情,陈飒不知道她是真这样想还是在

第十五章 爱心小人的秘密

做戏,便说:"不好意思,我多问一句,你们的想法行动都这么一致,是不是情侣啊?"

孙佰龄笑了。

"到了我这个年纪,比起感情来,事业和梦想更重要。"

她没承认,但也没否认,陈飒不便再追问,背着手,笑嘻嘻地看向墙上的照片。

"你一定会实现梦想的。"

孙佰龄顺着他的目光看过去,哈哈笑起来,"你是不是也听说了我救助仙鹤的奇遇?"

陈飒想她有没有看透人心的能力暂且不论,至少她的观察力很强。

"是啊,我听不少会员都在谈论仙鹤报恩,真是这样吗?"

"当然不可能,那都是乱传的,别信别信,我要是有那么高的能力,我就买彩票了,买多少中多少。"

"可是你把照片挂在这么显眼的地方,让人很难不相信啊。"

"那也是没办法的事,当初也不知道是谁先传出来的,后来就越传越邪乎,我解释了也没人听,因为他们只相信自己想相信的东西,说多了人家还觉得我矫情,我索性就顺其自然了。说起来这也算是一种心理疗法,如果仙鹤报恩的说法让大家感到安心,那传就传吧。"

孙佰龄说完,看向严宁,问:"这应该不犯法吧?"

"不会,除非你把这类传说用在犯罪上。"

严宁说完,就见陈飒把桌上的爱心小人拿了起来,好玩似的左看右看,她不由得想起一句话——男人到死都是少年啊。

她故意提醒道:"你别乱动人家的东西,这些都很名贵的,弄坏了你可赔不起。"

"不会啊,我想我应该赔得起的,"陈飒不为所动,继续摆弄爱心

299

小人，又对孙佰龄说，"这造型很有特色，是你们的吉祥物吗？"

"应该说是我们的社团标志，这是我设计的，我们每个人都不可能单独生存，都需要相互协助，只要张开手臂去关爱他人，那也一定会接收到来自他人的爱。"

"寓意很好啊，是不是会员们都有？"

"有的，这些都是免费赠送的，希望大家在看到标志时，想起我们的宗旨。"

"可以把这个送给我吗？"

孙佰龄面露难色，"这个是我私人的，很旧了，如果你喜欢，我让人去拿新的。"

敲门声传来，林晖和冯君梅回来了，林晖说张明娟精神不太好，所以安排她休息，琳琳有社团人员帮忙照顾。

孙佰龄听了，说："那就好，先别让她工作了，先把身体养好，离婚方面的手续还请冯律师继续跟进。"

冯君梅答应了，孙佰龄又对林晖说："陈先生很喜欢我们的社团标志，你去取一个给他。"

林晖出去了，冯君梅说她下午还有其他事务要处理，如果联络到宋剑，会转告大家。

她走后，林晖回来，手里拿了一个包装纸盒。

陈飒道谢接过来，当着大家的面打开放到桌上。

乍看去，两个爱心小人一模一样，他兴致勃勃地说："请问你们的捐款账号是多少，我可不能白接受礼物啊。"

"您误会了，我们不接受捐款的，社团运作所需要的资金都来自工厂和民宿的盈利部分。"

"这么大公无私啊，真让人感动。"

"也不算是无私吧，都是因为以前被检举过，不想多生事端。你

第十五章　爱心小人的秘密

们知道，凡事一旦牵扯到钱的问题，就会变得非常复杂。"

林晖笑着做了解释，又提醒孙佰龄下午要去大学做演讲，需要准备一下出门，他拿来外套，言外之意就是端茶送客。

孙佰龄穿上外套，严宁抓紧时间问林晖是否认识王小安，林晖看了王小安的照片，说没有印象，为了安全起见，他掏出平板电脑调出会员档案搜索，确实没有王小安的资料。

林晖说："孙老师常去各大学校做演讲，如果王小安听过她的课，知道蒲公英之家在这里，那他曾过来参加社团交流也说不定，需要我帮你们问问看吗？不过每天来参加活动的成员都不一样，可能要花点时间。"

"那就麻烦你了。"

严宁说完，告辞离开，陈飒把爱心小人重新放进纸盒里，向孙佰龄和林晖道了谢，跟在严宁身后出去了。

两人从大厦出来，先开车去了张明娟住的地方。

那是个独立的小公寓，外面有围墙，进出的地方都有保安，严宁说明来意，又出示了证件，保安这才让他们进去了。

严宁没去打扰张明娟休息，而是围着公寓转了一圈。她看到同事已经混进来了，和一个花匠在不远处整理花坛，看来不用担心张明娟的安全问题了。

两人回到车上，严宁要开车，被陈飒拦住了。

"我饿了，想去吃饭。"

严宁看看表，快到中午了，她说："好啊，要不你开，去你想去的饭店。"

"你开就行了，地点安和医院。"

不等严宁回应，陈飒已经坐到了副驾驶座上，还一脸笑眯眯的，仿佛是在说——有免费司机，我为什么要自己开车啊？

301

严宁没跟他一般见识，把车开了出去，陈飒坐在那儿无所事事，先是给母亲留言，又从盒子里拿出爱心小人，开始摆弄起来。

严宁瞥了一眼，问："你怎么看？"

"什么怎么看？"

"就是这个社团，还有孙佰龄这个人。"

"她穿着朴素，办公室里也没有华丽布置，可能是真的节俭，也可能是秉持财不露白的原则。她说话很有煽动性，是天生的演说家，用词遣句直击人心，像王小安那种生活不顺的人很容易被影响到。张明娟你也看到了，孙佰龄只几句话，就让她放下了戒心。如果孙佰龄参与犯罪，作为助手的林晖不可能不知道，所以他们在提到王小安时，话都没说死，像是提前对好了台词，不过他们有一个漏洞，他们说不接受捐款，可我妈明明捐过钱的。"

仿佛心电感应似的，陈妈妈的电话打了进来。

陈飒刚按下接听，陈妈妈就说："儿子啊，你现在和宁宁在一起吗？"

陈飒突然之间没反应过来，"宁宁？"

"就是严警官啊，我听宁宁妈说你们整天在一起，好得跟一个人似的。今晚你们一定要回来啊，宁宁她爸妈还有小姨到咱们家吃饭，我让你爸也早点回来，见见亲家公亲家母……"

"妈你等等……"

陈飒脑子一团乱，心想什么时候他和严宁的关系如此突飞猛进了。

他看看严宁，说："妈你搞错了，我和她八字还没一撇呢……"

"八字啊，放心吧，我和她妈妈都对过了，超级合的我跟你说。"

陈妈妈在电话对面乐得都合不拢嘴了，打断他的话，说："我和她妈妈也特别聊得来，三观特一致，看片都喜欢看悬疑片，平时啊也

第十五章　爱心小人的秘密

喜欢玩烹饪，她妈妈做甜点很在行的，我还在跟着她学，对了，我们还都是蒲公英的追星族……"

说到蒲公英，陈飒的思维总算回归正常轨道了，眼看着母亲还有滔滔不绝说下去的趋势，他急忙打断，说："妈我要问你一件事，就是关于蒲公英的，上次你不是说捐过钱给他们吗？我和宁宁……"

被母亲带着都说溜嘴了，陈飒啐了一口，说："我和严宁刚去过他们社团总部，负责人说他们不接受捐赠的。"

"噢……我是捐了钱，他们不要，我就干脆买了家具电器送过去了，他们不是给很多会员提供免费住所嘛，我就想这些东西肯定是需要的，后来孙老师几次打电话来感谢我，弄得我都不好意思了，你说的是这事吧？对了，你说今晚妈妈穿哪件衣服合适呢？太贵的有点矫情，太便宜的又不郑重……"

"妈你随意，你穿什么都好看，还有，我们今晚有事，不能回去吃，改天咯。"

陈飒说完，怕母亲继续唠叨，急忙挂了电话。

陈妈妈的声音很大，就算不开免提，严宁也听了个七七八八，她起先忍俊不禁，接着终于笑出了声。

陈飒没好气地说："笑，你还笑，我得赶紧找个时间回家一趟，否则不用多久，大概结婚请柬我妈都置备齐了。"

"根据我的心得，这种事不用管，她们很快就消停了。"

希望如此吧。

陈飒轻抚额头，觉得这种事担心也没用，还是先解决当下的问题吧。

他拿起爱心小人摆弄着，说："我妈捐东西那部分你都听到了？看来在捐钱这方面林晖没说谎。"

"这种事说谎也没用，一查账就知道了。对了，昨晚我看了你给我的书，孙佰龄给我的感觉是她的人设做得太好了，反而有种不真实感，就像你戴微笑面具时的感觉。"

怎么凡事都扯上他？母亲还说他俩八字合，这哪里合了？

陈飒把脸冲向严宁，刻意做出一个满面春风的笑。

"谢谢严警官对我的评价。"

"还有……"稍微踌躇后，严宁问，"你说冯君梅在这里面又扮演了什么角色？"

陈飒的手一停，严宁以为他会生气，但他只是随口说："她没有问题吧，她是律师，赚得很多，何必冒险知法犯法？"

"你这种想法叫何不食肉糜，赚得再多也有限，你对她很了解吗？别忘了单单凌冰的两栋房子就上千万了。"

"你提醒我了，她也认识凌冰。"

陈飒叹了口气，一想到围绕在自己身边发生的各种事件，他的心情就有点郁闷。

"你可真厉害啊，前女友也好，女性朋友也好，都相处得其乐融融的。"

"我听出了话中的刺。"

"那一定是你的错觉。"

严宁说完，联络陈一霖，让他查查冯君梅主要负责的案子，以及她与蒲公英之家的来往关系。

啪嗒！

严宁刚通完话，旁边就传来响声，趁着等红灯，她转头看去。

那对小人在陈飒的摆弄下居然分成了两个，原来这是个类似智力锁的设计，陈飒又开始分别转动小人。

严宁无语了，问："你不想开车，不会是为了玩它吧？"

"你变聪明了，看来智商确实可以影响到身边的人。"

第十五章　爱心小人的秘密

"我说你几岁了？都一条流水线上出来的东西，有什么好研究的？"

陈飒抬头看看她，脸上充满了狐狸般的得意笑容，严宁心中警钟大敲，目光落在他手里的东西上。

"你拿的不会是孙佰龄的那个吧？"

"呵呵，基于你的职业属性，这个话题就此打住吧。"

"你这是偷窃！你还在一个警察眼皮底下搞偷窃！"

一听他这话，严宁气不打一处来，想把东西夺过来，身后传来喇叭声，她看到绿灯亮了，只好启动车辆。

"我什么都没说，这都是你的妄想，还有，她的那个还好好放在桌上呢，一条流水线上出来的东西，不会有人发现的。"

陈飒把她的话原封不动地还了回来，看他那漫不经心的样子，严宁都无语了，想想刚才的情况，可能就是最后陈飒趁着她向林晖问问题时拿的，大概也就几秒钟吧，这家伙的手可真快。

"你为什么要当牙医呢？"她冷笑，"小偷这行当多适合你啊。"

"牙医不犯法，小偷犯法的，你身为警察，怎么能教唆我犯法呢？"

为了避免被气得吐血，严宁不说话了，陈飒又说："其实我最早的梦想是当魔术师，后来发现牙医这行比较稳定，我以前很喜欢稳定的生活，如果换做现在，我一定会做出不同的选择。"

严宁差点问为什么，最后还是忍住了，陈飒半天不见她回应，知道她生气了，便说："我有个想法，要不要听？"

严宁不应声，陈飒也不在意，说："我总觉得张明娟今天的态度很奇怪，她一开始精神还不错，可是在听说宋剑不在家后就变得紧张慌乱，还怕孩子被带走。昨晚林晖带她去住所，她应该了解周围的环境，要进去带走孩子不是件容易的事，所以我想也许她怕的不是孩子被带走，而是怕万一孩子跟随父亲回家的话，会不会中毒？"

严宁终于没忍住，问："所以你故意让琳琳答应不跟父亲走？"

"不错，你有没有注意到张明娟在看了女儿的态度后，情绪马上就稳定下来了。"

严宁点头，"你想说什么？"

"假如宋剑在家里中毒死亡，事后被警察发现，张明娟虽然会有嫌疑，但她没有弄到毒药的途径，警方很难指证她，她反而可以借由律师和社会舆论，让自己立于弱者的位置上博取同情，可是现在宋剑失踪了，生死未卜，一切都脱离了她原本的计划。"

"也就是说你被利用了，她知道你有律师朋友，在实施计划时，就想到了你。"

"唉，被漂亮女人利用是男人的通病。"

"是低智商男人的通病，"严宁接着说，"可是她为什么确定自己的嫌疑会被解除呢？任何人犯罪，总会留下蛛丝马迹的，我不信查不出她弄到毒药的途径。"

"你查不到的，因为是反过来的。"

"反过来？"

严宁一时间没弄明白，陈飒说："她敢这么肯定自己没事，只有一种可能，毒药是宋剑准备的——宋剑通过某些途径弄到了锑，他的目的是杀害妻子，妻子死了，拆迁款就都归他了。第一次谋杀是在六月，也就是张明娟母女被常烁救的那次，之后宋剑突然态度大变，对妻子非常好，也不再家暴，他是良心发现了吗？不可能，一个人的性格不会那么容易改变的，除非换颗心……这不是重点，重点是答案只有一个，宋剑在计划第二次谋杀，所以他对张明娟好一点，到时出了事，警察也不会怀疑到他身上。"

"你说那场车祸，司机的目标不是常烁，而是张明娟母女？"

第十五章　爱心小人的秘密

"我是猜测的，否则怎么会那么巧，张明娟和宋剑吵架出门，就差点被车撞到呢？我记得那个酒驾肇事的家伙……好像叫李宝山，嗑药赌钱成性，这种人肯定债台高筑，可能他是为了不连累家人，就接下了这笔交易，可是由于常烁的出现，张明娟活下来了，李宝山却死了。常烁经过只是碰巧，所以你不管怎么查，都查不出他的遇害真相，因为在那场车祸中，他本来就是个意外。"

"你的意思那是宋剑让李宝山这么做的？他好像掏不出那笔钱吧？"

"出钱的当然不是宋剑，而是第三者，要知道可以弄到剧毒并不是件简单的事，而那个让王小安疯狂的'死神先生'刚好达标。"

严宁不说话了，目视前方默默开车。

陈飒说："当局者迷，你以为常烁是被谋杀的可以理解，不过错有错的好处，那就是你从常烁的笔记中发现了他在调查的系列事件。"

半晌，严宁说："也就是说，张明娟知道了丈夫抱的杀机，所以来了个反杀。"

"只有这样，所有事情才能解释得通，也能解释为什么有人偷走了宋剑的尸体——因为被发现的话，万一法医检测出宋剑是中了锑毒死亡的，再根据这条线查下去，很可能会查到他们身上，他们想掩盖事实。可惜执行的人太蠢，只顾藏尸和整理现场，忘了带走盛放锑的瓶子，只好返回去拿，结果被我们堵在了屋子里，剩下的部分你们已经推理出来了，就不用我多说了。"

"你其实是想说'先生'领导的邪教组织就是蒲公英吧？他们这样做费心费力，也不见得能弄到多少钱。"

"不不不，这种操作很简单，而且一分钱都不需要花——牺牲李宝山帮宋剑达成所愿，自己从中得利，就是拆迁款；之后如果有新委托出现，或许他们又会牺牲宋剑来完成新的交易；宋剑也是个赌徒，这种人很容易被控制，相同的操作周而复始，永无休止，就像一个triangle……三角。"

陈飒用手指当空画了个三角形，严宁没有再回应他，因为这个话题太沉重了。她希望陈飒说错了，但内心深处，又觉得陈飒说中了真相。

安和医院到了，严宁停下车，转头看陈飒。

陈飒还在那儿摆弄小人，她没忍住，问："这些你是什么时候想到的？"

"昨晚睡不着，随便想了下，今天听了你们的调查结果，再看张明娟的反应，我就确定了，"陈飒抬起头，冲她一笑，"我一点都不介意被人利用，反正我心里有数。"

严宁心一跳，本能地想他是不是发现警察对他的怀疑了，继而将计就计来个反侦察？

啪嗒！

陈飒手中传来响声，其中一个小人被他从当中掰成了两半，摊开平放在他的掌心上。

原来小人里面是中空的，只要找到卡住的部分就能顺利打开了，打开后，内侧雕镂着花纹，乍看去和沈云云胳膊上的文身有点像，严宁急忙拿过去细看。

陈飒又拧了拧另一半，小人的头掉了，他把小人翻了个个儿，从内侧看去，就如镰刀的形状，他笑着看向严宁。

"这就是蒲公英之家的秘密——大家抱团取暖，就可以得到爱；想分开单干，死神就会来索命，看来我的TRIANGLE论没错，什么慈善社团？说白了就是个邪教。"

"你是怎么发现这东西有问题的？"

"我手贱。"

第十五章　爱心小人的秘密

严宁掏出手机给小人拍了照，传给魏炎，留言说了新发现，请他调查蒲公英社团，半路又想到林煜帆，说怀疑他也有问题，最好找人暗中盯着他。

等她和魏炎联络完，转头一看，陈飒已经下车了，在车旁做伸展运动。

严宁跳下车，问：“要先去医院食堂吗？”

"我为什么要去食堂？"

"不是你说饿了想吃饭？"

"说了，不过我要去的是郑月明家的馄饨铺，"陈飒一脸惊讶地看她，"你们当警察的真会过度解读。"

严宁原本想说"那你直接说去郑家馄饨铺不就好了"，转念一想，和陈飒打口水战，大概说半天都没个结果，她改为——"那还真是抱歉了，我过度解读成你想顺便回医院休息。"

"我也想休息，可惜下午还有很多事，至少要帮你买套衣服。"

"买衣服？"

审视的目光扫过严宁，小薄外套配牛仔裤，陈飒问："你不会是打算就这么去黑凤凰酒吧吧？到时大家都聚光在你身上，那你什么都别想查了。"

"那我回家换……"

"不，看你平时穿衣服的习惯，我就对你的收藏不抱期待，一来一回也花时间，还不如直接买。放心，不用你花钱，你那点工资也不知道能不能买双鞋出来。"

"那也请你放心，我那点工资不仅能买双鞋出来，还顺带买裙子。"

"别误会，我并不是帮你，我是为了我自己，毕竟你是我的'女朋友'，你打扮得不好看，丢脸的是我。"

陈飒大踏步往馄饨铺走去，严宁跟在后面，低声感叹道："到现在都没揍人，我都有点敬佩自己的涵养了。"

"你说什么？"

陈飒转过头，严宁马上学着他堆起一脸虚伪的笑。

"我说，我会好好应对，不让您丢脸。"

也不知道陈飒是不是真信了，继续往前走，又问："对了，你有没有提醒你们头儿注意林煜帆？"

"你觉得他有问题？"

"嗯，那天在健身房，林煜帆是因为沈云云的文身，误会她是同一个圈的，才会跟她搭讪，所以我想林煜帆很可能也是成员，并且还是有一定等级的。"

这一点严宁也想到了，所以刚才才会提醒魏炎加以注意，魏炎也交代她留意陈飒的行动，所以她有点摸不准陈飒的想法——他这么说是为了撇清关系，还是真的怀疑林煜帆？还有，为什么他每次都可以准确地抓到线索？

"你这样说也有道理。"她应和道，决定在没找到确凿证据之前，先配合陈飒的行动，如果他另有目的，不可能藏得滴水不漏。

陈飒走进馄饨铺，出乎他的意料，里面很冷清，一个客人都没有。

他又往里面看看，郑月明好像不在，她丈夫坐在厨房抽烟，看到有客人登门，急忙掐灭烟，迎了上来。

陈飒点了餐，问："老板娘不在？"

男人一愣，陈飒信口开河，说："我之前住院时常过来吃饭，都是她招待的。"

"喔，店里不忙，她出去了。"

老板不想多聊，说完就跑进厨房忙活了，严宁低声说："看起来

第十五章　爱心小人的秘密

生意不太好。"

"上次我来时还不错，不知道出了什么事。"

陈飒往厨房那边看去，跟上次一样，台子上摆满了神像，当中还有那个抱团爱心小人，他指给严宁看，说了自己的怀疑。

铺子里供着爱心小人塑像，可以证明郑月明也是会员，严宁说："你记性可真好。"

"要是做不到过目不忘，在舞台上就出糗了，不过……"

神像好像少了两个，陈飒感觉奇怪，他过去借着和老板搭讪，又来回看了一遍，发现还有几个神像都有碰撞后的裂纹，他拿起小人摆弄着，问老板："你们是信佛还是信道啊？"

"什么都不信，"男人粗声粗气地说，说完觉得态度太差，慌忙补充道，"是我老婆信的，信什么就供什么。"

"那这个呢？"

陈飒晃晃手里的小人，老板摇头。

"不记得了，好像叫慈悲什么的，肯定又是什么莫名其妙的教会。"

听老板的语气，他对妻子的信仰嗤之以鼻。陈飒又摆弄了一会儿小人，转回座位上。

严宁正在打电话，目光不时扫向陈飒，过了一会儿，她放下手机，陈飒说："直觉告诉我，是个不太好的消息。"

"至少对你来说不太好，陈一霖查到今年二月十三号，冯君梅一个人乘机去过普吉岛，和贺晶、小彪同一个航班。另外，那一天还有一个人也去了普吉岛，只是航班不同。"

"是彭玲对吧？"

陈飒胸有成竹地问，严宁摇头。

"不是，是一个你想不到的人，郑大勇。"

"咳咳！"

陈飒差点被刚喝进嘴里的水呛到，他看向严宁。

严宁说："陈一霖也很惊讶，他详细查了这几个人在普吉岛的行程，他们居然预订的是同一家酒店，接着二月十五日贺晶死亡，两个月后小彪失踪，六月郑大勇被杀，现在只有冯君梅还活着，并且与蒲公英之家来往密切，你说会有这么巧的事吗？"

严宁盯着陈飒，观察他的反应。

陈飒沉默不语，忽然放下水杯，问："那彭玲呢？二月那段时间她在哪里？"

"彭玲和朋友组团去日本了，二月十一到二月十八这几天一直都在日本，这一点有彭玲的朋友证明，真没想到……"

老板把馄饨端了过来，严宁没再往下说。

陈飒也没再说，拿了筷子给严宁，自己低头吃饭。

严宁以为他在为推理错了而懊恼，说："我们还会继续深入调查，在没有具体证据之前，一切都是未知数，你刚才发现了什么？"

"那个小人塑像和林晖给我的一样，是实心的，拆不开，还有一些塑像好像摔过，上面有裂纹和掉漆，上次还是完好的。"

陈飒刚说完，厨房那边传来男人的叫声，随即声音压低了。

他在打电话，声音断断续续的，陈飒只听到"离婚"、"过不下去了"等字眼，他对严宁说："她老公不迷信，那些东西多半是他们夫妻吵架时摔的。"

"有信仰是一回事，盲目迷信又是另一回事了，如果像是王小安那种走火入魔，家人会有那种反应很正常，看来他们夫妻关系已经非常糟糕了。"

"所以问题关键还是在郑月明身上，你有她手机号吗？"

严宁之前查过郑月明，手机里有记录，她把号码告诉了陈飒，陈

第十五章 爱心小人的秘密

飒把电话打了过去。

对面一直没人接,直到陈飒打第三次才接通了,郑月明神经质似的叫:"你不要再说了,我想通了,不想再跟你过了。"

"对不起,我是陈飒,你还记得我吗?"

"啊,是陈先生啊,对不起对不起。"

发现骂错了人,郑月明连声道歉,又迟疑地问:"你怎么知道我的手机号?"

"那不重要,"陈飒一语带过,问,"你有时间吗?我知道你一直对你弟弟的死抱有怀疑,我可以帮你解谜。"

郑月明的声音明显多了几分戒备,"大勇他不是被那个叫王什么的杀的吗?还要解谜什么?"

"当然是有关蒲公英的秘密,安和医院附近有家叫小月亮的咖啡屋,我在那里等你,请马上过来。"

陈飒说完,不等郑月明回应就挂了电话,继续低头吃馄饨。

严宁问:"你打算怎么做?"

"直接问就好了,看她的反应,情绪挺不稳定的,只要给点刺激,她就什么都说了,到时你别说话,交给我。"

"为什么?"

"因为有些话你来说是犯错误,换成我说最多是信口开河,"陈飒说完,又感叹了一句,"幸好我不是警察,真是太方便了。"

严宁冷眼旁观,心里只希望他的信口开河不要太过火。

饭后,陈飒带着严宁来到他说的咖啡屋。

两人找了个角落的位子坐下,陈飒帮严宁点了饮料,又给自己要了杯白开水,他喝着水,开始摆弄爱心小人。

店员走后,严宁说:"你好像对这片儿挺熟的。"

"如果你的人生有一半时间来往医院,也会对附近很熟的。"

严宁想起他胸前的疤痕，有心想问那是什么手术，又觉得太突兀，改为——"我从来没见过有人像你这么喜欢白开水的。"

"我以为常烁也喜欢的。"

严宁心一动，故意说："看你对他挺熟的，你们以前是不是接触过？"

"那倒没有，嗯……也不能说完全没有……"

陈飒不想解释他和常烁的关系，这与其说是不想涉及隐私问题，倒不如说他不希望严宁是通过常烁而被自己吸引的……好吧，这么说是有点自恋，他觉得严宁对他还挺有好感，否则也不会一直陪着他了。

如果陈飒知道严宁的询问纯粹是出于上头的命令，他就不会这样想了，他更没想到自己暧昧的回答反而增添了严宁对他的怀疑。

常烁的确也喜欢喝白开水，只是没陈飒这么爱喝。严宁此刻心里的想法是陈飒果然露出破绽了，如果他们没接触过，他不可能知道常烁的习惯，并且从发生的一系列事件来看，他们之间的接触很可能发生在调查陈飒的过程中，可是，他为什么要刻意隐瞒这一点？

严宁越想越觉得这家伙可疑，她装作没在意，低头喝饮料，心里却在琢磨怎么诱导陈飒说实话，这家伙挺聪明的，一个弄不好，不仅什么都问不到，还会被他反将一军。

对面传来脚步声，郑月明来了。

她穿了件挺合身的外套，扎着头发，还化了淡妆，整体看着比以往精神。

陈飒仔细留意了她的衣袖和指甲，没沾一点面粉，看来最近她都没进馄饨铺了。

郑月明没见过严宁，看到陈飒对面坐了位女性，她微微一愣。严宁坐去了陈飒旁边，把对面的位置让给了她。

第十五章 爱心小人的秘密

陈飒为她们相互做了介绍，不过没提严宁的身份，他又拿菜单给郑月明，郑月明拒绝了，开门见山说："我弟弟那事，还有什么问题吗？"

陈飒让服务员给她拿了杯水，说："我们刚从你家馄饨铺来，听到你先生跟人讲电话，好像提到了离婚的事，是真的吗？"

"这与我弟弟的死有关系吗？"

郑月明和之前几次不同，既没有紧张不安也没有局促，而是神情戒备，盯着陈飒，想从他的表情里窥探出他的目的。

陈飒堆起友好的笑。

"不能说完全没关系，至少你们夫妻关系不和的原因之一是郑大勇动不动就向你借钱，我没说错吧？"

郑月明把目光撇开了，悻悻的表情证明陈飒说中了。

"上次我去你家铺子时，注意到了你供奉的那些神像，你也是蒲公英之家的成员吧，刚好我也是。"

陈飒把那个智力锁小人又组装回去了，放到郑月明面前，说："这是'先生'给我的。"

郑月明一愣，说："'先生'是孙老师在慈悲会时的敬称，后来慈悲会封了，这个称呼很久都没用了，你连这个都知道啊。"

"因为我很敬仰她，最近翻看了好多有关她的资料，"陈飒一脸真诚，又问："你的那个吉祥物小人也是她给的吧？"

郑月明还真信了他的信口胡说，脸色缓和下来，点点头。

"是啊，我这几年也不知道是不是被诅咒了，做什么都不顺，父母生病住院，又摊上那么个弟弟，什么忙都帮不上，就只知道要钱，去年我大女儿又出了车祸，我们夫妻成天吵架，要不是孙老师，我怕我是挺不过来了。"

她说完，抬头看看陈飒。"你为什么要加入蒲公英？你都那么有钱了，还有什么不顺的？"

"我如果顺就不会在医院住那么久了……你别在意，这跟郑大勇没太大关系，我本来身体就不好。"

郑月明不知道该说什么，拿起水杯喝水，陈飒说："上次你不是问我他去找我说了什么吗？我后来仔细想了想，他是提过一些话，他说'是先生让我这么做的，你要报仇，就去找先生吧'……"

严宁在旁边看着，陈飒的表情异常认真，要不是一早知道，她都会以为真相就是这样的，头儿没说错，这家伙可真狡猾啊。

郑月明果然信了，马上反驳道："不可能，他乱说的，他根本不知道蒲公英之家，不认识孙老师，更别说老师的敬称了，老师只对我说……"

发现自己说漏嘴了，她慌忙打住，陈飒问："她对你说了什么？"

"也……没什么。"

"我希望你能对我说实话，这样我才好判断当时郑大勇是为了陷害人故意那么说的，还是真是老师教唆他的，毕竟我也是蒲公英之家的一员，不想闹到警察那里，对老师对社团都会造成影响。"

他说得情真意切，郑月明没多细想其中的漏洞，想了想，说："是这样的，有段时间我弟弟整天到我店里闹，不给钱就撒泼，客人都不敢来了。我爸妈还跟我说我是姐姐，帮衬他也是应该的，我老公为这事和我吵过很多次了，我心里恨死大勇了，总觉得如果他死了，就天下太平了。那天孙老师和我谈心，我没忍住，就把这些事都跟她说了，包括我想大勇死的想法。"

"她怎么说？"

"她说让我别想太多，不顺的事很快就会过去的，像我弟弟那样的人早晚会受到惩罚，我当时也没太往心里去。我把苦恼都说出来了，心情好了很多，后来没多久，就出了凤凰酒吧那事。"

第十五章 爱心小人的秘密

郑月明转着手里的杯子，说："大勇去酒吧前给我打电话，说'你们都瞧不起我，不给我钱，没那么便宜的事，我现在就去凤凰酒吧算账，欠债还钱欠情还情，想弄我没那么容易'。他喝了不少酒，我心里害怕，怕他找老师的麻烦，就查了地址赶过去，可是等我过去的时候已经晚了，不过受害者不是老师，而是陈先生你。"

"为什么你会认为他是去找老师的麻烦？"

"我有一次去听课，听林助理和老师在说什么事，提到了凤凰酒吧。我想他们会去那里喝酒，所以怕郑大勇去找他们麻烦。后来我听说你是梁小姐的新男友，郑大勇找你出气，你们吵了很久，我担心郑大勇会不会在你面前提到社团和老师，你家又挺有背景的，万一追查起来会连累老师，所以……"

"所以你越想越担心，就去探我的口风？"

"对不起，我实在是怕事情越闹越大，想着能不能先跟你解释清楚。后来你去馄饨铺说郑大勇不是自杀，是被人杀死的，我吓死了，觉得你是在故意对付我们，我就打电话给老师，把前因后果都跟她讲了。"

郑月明的话解释了陈飒心里一直以来的疑惑，严宁在旁边没忍住，问："你只告诉了孙佰龄……老师，还是还告诉了其他人？"

"我只对老师说过，这也不是什么光彩的事，知道的人越少越好。我一直向老师道歉，老师完全没生气，说都是我误会了，她从来不会去酒吧那种奢侈的地方，她也没见过郑大勇，郑大勇的死是自作孽，让我别多想。我知道的都说了，真的没隐瞒了，你们也是蒲公英会员，应该知道老师的人品没问题的。"

看郑月明的态度，她说的应该都是实话，陈飒说："那我就放心了，我听了老师几堂课，也觉得她的心灵鸡汤煲得很好啊。"

郑月明没听出他的讥讽，说："老师一直主张女性要自强自立，最近出了这么多的事,我也想通了,我这辈子结婚生孩子,照顾弟弟都是听父母的安排,我也该为自己活一次,做做自己想做的事。我在学烘焙,地方是老师介绍的,学费也不贵,可能我没天分,不过这是我第一次做自己想做的事,我会坚持下去的。"

"这件事你先生……"

"他不同意,觉得我尽相信那些歪门邪道的,好高骛远,拿着辛苦赚来的钱不当回事。这些年我是丢了不少钱去各种教会组织,但孙老师那儿是正经地方,可他不信,不听我解释就发脾气。"

"你不会就因为这点事就要离婚吧?"

"什么叫这点事?难道非要出轨家暴才离吗?你还没结婚,你当然不会知道整天吵来吵去的日子有多消磨感情,我不想过了我想离不行么?"

说起老公,郑月明的声音提了起来,看她那怨气就知道他们夫妻之间有不少矛盾。陈飒不敢再碰她的逆鳞,呵呵笑着应和,又问她知不知道郑大勇二月份去普吉岛这件事。郑月明摇头否定了,说除了借钱外,郑大勇不会主动和自己联络。

严宁说:"好像孙老师那儿不用捐钱。"

"他们不要,他们都是好人,不过我每次去听课还是会塞个几十块进爱心箱,其实就是会员建议箱,大家习惯了塞钱进去,也算是一点心意吧,现在吃顿饭也得这个钱,对不对?"

话都说开了,郑月明的心情好了很多,说接下来她还要去上烘焙课,起身告辞。

严宁提醒说:"离婚是大事,你们夫妻还是冷静下来,再沟通一下比较好。"

郑月明看看陈飒,又看看严宁,说:"你还没结婚,不会明白的。不过至少陈先生有钱,你们不会像我们这样总是打穷架。"

第十五章 爱心小人的秘密

"绝对不会，我打不过她。"陈飒忍着笑说。

郑月明离开了，严宁坐回对面的位子上，见陈飒还在笑，她重重咳了一声。

严宁面色不善，陈飒立即停止发笑，严宁说："说正事。"

"是是是，正事就是……"

陈飒的表情变得郑重，他推开面前的水杯，说："我大概猜到王天鹏去郑大勇被杀现场的原因了。"

"你的意思是孙佰龄打电话告诉他的？"

"也可能是彭玲，总之就是他们那个团队的。其实郑月明搞错了一件事，郑大勇给她打电话提到的算账指的不是孙佰龄，而是王天鹏。王天鹏拿了他几十万一直拖着不还，再加上梁晓茗又甩了他，所以他打算去找他们两人的麻烦。他那晚去的是凤凰酒吧，由于郑月明之前听孙佰龄提过类似的字眼，把黑凤凰当成是凤凰，就先入为主地以为郑大勇闹事与孙佰龄有关，还把我去找她的事告诉了孙佰龄。"

"孙佰龄知道真正的凶手是谁，索性就借刀杀人，打电话给王天鹏，王天鹏做贼心虚，连夜去郑大勇的家想销毁证据。那晚要不是我及时赶过去，你就危险了。"

"谢谢，最后那句不用提醒，我记得很清楚。可是既然孙佰龄知道凶手是谁，那为什么不一早告诉警察，而是在几个月后通知凶手呢？"

"因为如果告诉警察的话，势必牵扯到他们，就算是打匿名电话，也有暴露的危险。对他们来说，郑大勇按自杀处理固然好，如果不行，就把凶手推出来，以免警察在调查过程中注意到他们的存在。"

"还有孙佰龄安慰郑月明的那番话也说得很微妙，像是确定郑大勇会出事似的，我猜他们其实已经准备干掉他了。小彪死了，只要郑大勇也死了，那就没人知道贺晶死亡的真相了，只是王天鹏比他们先出手而已。"

"不，还有一个人可能知道，就是冯君梅。"

严宁的手机振动了几下，她拿起来看看，说："说曹操曹操到，黑凤凰酒吧的老板叫孙亮，是孙佰龄的远房伯伯，都七十多了，没有儿女，住在一家养老院。"

"看来黑凤凰酒吧势必要去一趟了，不过首先要帮你选一套合适的衣服。"陈飒在对面摆弄着爱心小人，说道。严宁嘴角翘起，向他敷衍地笑笑。

"希望你的眼光不会太糟糕。"

"放心吧，不会比你的更糟了。"

陈飒把组装好的爱心小人推给严宁，回复了她一个灿烂的笑。

Chapter 16
第十六章　黑凤凰酒吧

晚上，严宁陪同陈飒来到黑凤凰酒吧。

严宁穿了件草绿色连衣裙，腰间系了一条真丝腰带，在左腰上打了个小蝴蝶结，脚下配的是一双白色高跟鞋，这是她自己选的，因为陈飒原本选的那双鞋的鞋跟高得吓人。

她的短发也做了修整，配上一对绿色装饰耳坠，既抢眼又透着灵气，完全想象不到她的真实身份是警察，连陈飒最初看到时，也不由得惊艳了一下。

"这里认识我的人应该不多，万一遇到熟人，你就说你是牙医助手，配合我工作的，我们是职场恋情。"往酒吧里走的时候，陈飒提醒道。严宁点点头，他又说："还有，身为女朋友，你得挽住我的胳膊，表现得亲热点。"

严宁照做了，她故意用了巧劲，陈飒被拉得晃了一跟头，还好店员及时出现，帮他解除了危机。

当听说他们是彭玲介绍来的，店员很热情地请他们进去，在简单注册了会员后，交给陈飒一张金色会员卡。

会员卡正面是左右两只飞翔的黑色凤凰，下方是会员卡号，背面列了服务项目，像陈飒这种免费会员随便点一杯酒就几百块了。

"这简直就是明目张胆地抢钱啊。"等陈飒点了两杯饮料后,严宁低声说,陈飒深有同感,说:"直觉告诉我,你们头儿不会给你报销。"

"直觉也告诉我,你的直觉没错。"

"这好像是我们第一次意见相同。"

陈飒举杯要和她碰杯,严宁把杯拿开了,目光放在客人身上。陈飒耸耸肩,也借着喝饮料观察周围的环境。

酒吧颇大,空间雅致静谧,四面墙壁和天花板都是祥云和凤凰的绘图,大气而又不失华丽。

平心而论,凤凰酒吧的内部设计和这里一比,简直就是两个档次,凤凰酒吧不仅抄袭了人家的创意,还只抄了个皮毛而没抄出精髓,所以凤凰酒吧的客源主流是年轻人,价位相对来说也比较便宜。

陈飒最初一直不明白凌冰作为设计者,为什么会接受抄袭的案子,随着调查深入,他想到了一个可能性——凌冰被骗钱骗感情,黑凤凰酒吧可能就是诈骗集团的基地,可是她没有证据指证对方,又不甘心,所以就利用这样的方式出气。

可是……总觉得哪里说不通,陈飒也不知道他为什么会这么想,就是心里隐隐有种感觉,觉得真相不仅仅如此。

"这里有你认识的人吗?"严宁小声问。

"没有,所以我在想要怎么去搭讪。"

"很简单,用你最擅长的魔术……哦,也许不用那么麻烦了,你的女性朋友来了。"

严宁看向对面,陈飒顺着她的目光看去,彭玲走了过来。

她穿了条黑色长裙,颈上挂着一串长长的金链,腰肢纤细,随着走动轻微摇摆。金链固然耀眼,然而更耀眼的还是她这个人,严宁注意到随着她的出现,附近一些男士的目光都聚集在了她身上。

第十六章 黑凤凰酒吧

"我好像闻到了浓浓的酸味。"陈飒低声说,随即小腿肚一疼,被严宁暗中踹了一脚。他嘶着气心想自己果然有自虐倾向,放着那么多大美女不追,整天跟着大魔头跑来跑去,还乐此不疲。

彭玲走过来,看到陈飒挤眉弄眼,问:"怎么了?不舒服?"

"喔,坐的时间有点长,腿麻了,你一个人?"

彭玲是独自来的,陈飒心里打着算盘要怎么跟她打听情报。

"是啊,累了一天,只想一个人消遣一下。"

彭玲说完,又上下打量严宁,夸赞她的妆化得漂亮,严宁客套了两句,也称赞她。陈飒说:"两位美女就不用互捧了,都很漂亮都很漂亮。"

彭玲白了他一眼,"就你会说话,你特意选的地方,觉得怎么样?"

"还不错,设计得很有品位。"

"这里还有个与众不同的地方,就是设有女士专区,严小姐有没有兴趣去看看?"

这是个方便询问的好机会,严宁答应了,陈飒笑道:"我不能跟吗?"

"都说了是女士专区了,放心吧,不会把你女朋友拐走的。"

彭玲俏皮地眨眨眼,上前拉住严宁的手,很亲热地带她离开。严宁给陈飒使了个眼色,让他见机行事。

酒吧里面是条弯曲的走廊,进去后感觉像是走迷宫。专区其实就设在大厅隔壁,她们却拐了个大圈才走到,感觉是为了增加神秘感特意这么设计的。

专区另外设有吧台,几位女性坐在角落里聊天。彭玲点了两杯葡萄酒,说:"这杯我请,就当是今天你帮我带早点给陈飒的回礼了。"

"不好意思,我的体质容易过敏,不能喝酒精类的饮料。"

严宁自己叫了杯葡萄汁,彭玲和她碰了杯,说:"真可惜,到了酒吧却不能喝酒。我和陈飒好久没接触了,没想到他的喜好改了那么多。"

"喜好?"

"是啊,以前他最喜欢丰满性感型的,最好是会打扮又有品味的女性,严小姐你平时是不是不太打扮啊?"

"是的,像我们从事医疗工作的,不方便化妆。"

"那我真好奇,他为什么会选你当女朋友,我说话太直你别介意,因为你的气质和他之前交往的女友完全不一样。"

彭玲的目光扫过严宁。严宁觉得她在怀疑自己的身份,她微笑着说:"这不奇怪,人的习惯又不是永恒不变的,吃惯了咸的,或许会觉得甜的更适合呢。"

"说得也是,放心,我的目标有很多的,不会跟你抢男朋友。"

"不会,我长这么大还没人跟我抢过东西,因为他们都打不过我。"严宁半真半假地说。彭玲被逗得咯咯直笑,严宁趁机问:"你好像对这家酒吧很熟,平时常来吗?"

"来的次数还算多吧,因为普通酒吧少有这种专区,工作完了来喝一杯,既可以放松又不怕被打扰到,你不知道现在没眼色的男人有好多。"

"是啊,像我这种不能喝酒的人也挺喜欢这里的气氛,"严宁附和着说,"酒吧老板很了解女性心理,我猜他应该是个感情很细腻的人。"

"我见过一两次,他挺绅士的,叫什么来着?"

彭玲皱眉思索,严宁心想果然那位住养老院的孙伯伯只是个幌子,真正管理酒吧的另有其人。

她又旁敲侧击询问酒吧的情况,彭玲好像也不太了解,没提供有用的情报,正聊着,几个女人从外面进来,和彭玲打招呼。

第十六章　黑凤凰酒吧

话题被扯开了，严宁听着聊天内容，她们都是彭玲的客户，大家聊完房子聊首饰，相互攀比。严宁听着无聊，正想放弃彭玲，另外找人询问，一对情侣从门口经过，女人看到彭玲，跑进来，她男朋友也被她拉了进来。

严宁看到那个男人，慌忙撇开头，真是不巧，她居然在这里遇到了熟人。

那还是严宁在分局工作时认识的。他姓胡，是一家IT公司的老板，赚了点钱，特别喜欢招摇，有一次半夜带着女朋友兜风，因为一点小事和一帮小混混起了纠纷，对方掏出家伙要给他点教训，刚好严宁经过，就给拦了下来。

之后胡老板对严宁千恩万谢，还三不五时地买东西送过来，都被严宁退回去了。后来她调去总局，两人就再没有见过，没想到会在这里碰到。

幸好胡老板没看清，进来后就被女朋友拉着给大家做介绍。严宁趁机说去洗手间，快步走了出去。

胡老板似乎注意到了，向她看过来，严宁加快脚步，顺着指示牌一路走去，进了洗手间。

洗手间里没人，严宁留言给陈飒问他的发现，陈飒不知是不是在忙，一直没回信。

严宁出来，准备回普通吧台那边看看情况，谁知她刚到走廊，迎面就看到胡老板站在那儿，正探头探脑往这边看。

"哎哟，真的是你啊，严……"

两人打了个照面，胡老板叫了起来，严宁急忙做了个嘘的手势，胡老板还算机灵，把"警官"二字咽了回去，说："严小姐，真巧啊。"

严宁走过去，堆起客套的笑容，以免被其他人看出破绽，小声问："你怎么看出来的?"

"啧,你这一脸正气很好认啊,"胡老板上下打量她,表情中多了份惊艳,"其实我一开始也以为自己搞错了,看你穿普通衣着习惯了,冷不丁看到你这身连衣裙,还真有味道,嘿嘿……"

严宁瞪眼过去,胡老板马上收起嬉笑,也小声问:"你是不是卧底?来查案子的?有什么需要我帮忙的吗?尽管说。"

"没那么严重,就是来转转……这两个人你有没有在这里见过?"

她分别调出凌冰和小彪的照片,胡老板不认识凌冰,不过他对小彪记忆尤深,看到他的照片,马上说:"这个人啊,之前一直遇到,他几乎每晚都在,特别受欢迎,好多女生倒追他,光是我亲眼看到的就有五六个了。他好像是学美术的,每次都说得天花乱坠,嘿你还别说,那些女孩子就吃这一套。"

胡老板脸上露出悻悻之色,对于中等身高又其貌不扬的人来说,小彪的确属于假想敌。眼看着他有滔滔不绝的趋势,严宁正要打断他,他一拍巴掌,指着凌冰说:"我想起这个女孩子了,有一次小彪身边的女人好像就是她,她的气质属于清纯型的,和你有点像,一看就是乖乖女,很容易受骗上当被欺负,欸,我是说她,你肯定是没人敢欺负的。"

亲眼见识过严宁揍人的场面,胡老板摇摇头,心有余悸。

严宁无视后面的感叹,问:"他们经常来?"

"不知道,我就见过那么一次,小彪对她特别温柔,感觉和对其他女生的态度不太一样。我真佩服他的演技,这边哄着小女生,那边陪着阔太太,娱乐挣钱两不误。"

"阔太太?"

"就是那个叫……"胡老板想了想,拍了下脑门,"是个搞珠宝生意的女人,叫贺晶,也很漂亮,可惜二月份过世了,好像那之后小彪就没怎么来了……"

第十六章　黑凤凰酒吧

说到这里，胡老板回过神来，"你不会是来查贺晶死因的吧？"

严宁的主要目的不是这个，不过贺晶之死也是系列案件之一，她反问："你是不是知道些什么？"

"那倒没有，就是感叹有些婚姻就像是闹剧，夫妻俩各玩各的，还各自带着情人来同一家酒吧玩，我每次看到，都想要是碰个正着就有趣了，可惜一次都没有，不知道是他们走运，还是老板知道内情，特意把他们给错开了。"

严宁听出了他的言外之意，问："你说贺晶的老公李风华？他也来这家酒吧玩？"

"是啊，还带了自己的小情人，他的情人经常换。而贺晶比较长情，她特别迷恋小彪，两人简直是如胶似漆。"

严宁心想这人知道的还真多，也多亏他喜欢聊八卦，一下子提供了这么多情报。

"老板还真善解人意啊，他一定经营很久了吧？"

"这我就不知道了，他挺低调的，不怎么露面。"

"你有他的照片吗？"

"没有……啊等等，我找找看。"

胡老板掏出手机翻相册，翻了一会儿，还真让他找到一张。

里面是胡老板和一个漂亮女孩的自拍，拍照的女孩不是刚才那位，他们身后是走廊，刚好有个男人经过，就被一起拍了下来。那是个体形偏瘦的中年男人，气质不错，胡老板说那个男人就是酒吧老板，全名不知道，只知道他姓刘。

严宁让他把照片传给自己，胡老板一边照做，一边解释说他和照片里的女孩已经分手了。半天见严宁没兴趣，他索性直接问："那个……严……小姐，你真不考虑一下我吗？虽然我也在生意场上混，可我真的表里如一，绝对不会像小彪那样……"

"刚才我还看到你女朋友了。"

"那个啊，嘿嘿，那都是逢场作戏，谈婚论嫁就是另外一回事了……"

"这里消费很高，小彪每次来酒吧，是他自己掏钱还是赊账？"

"这我就不清楚了，不过他好像有点小门路，把这里当自己家，还敢跟老板吵架。"

"你亲眼看到的？"

"是啊，他从老板的办公室出来，还摔门了，老板追出来，好像要说什么，看到我就又退了回去。"

"办公室在哪里？"

"那个……你进不去的。"

严宁奇怪地看他，胡老板摸摸鼻子。

"这里有VIP区，普通会员进不去，当然，你要是想去，我可以带你进去，不过办公室肯定锁着，你要是没搜查令就进去，回头别被反咬一口。"

胡老板说得合情合理，他们目前掌握的情报还太少，她得谨慎行事，免得打草惊蛇。

严宁正想着，对面香风拂过，彭玲走了过来，对胡老板笑道："胡先生原来你在这儿啊，你女朋友找不到你，在那边发脾气呢。"

她的目光在两人身上转了一圈，问："你们认识？"

"胡先生去我们诊所看过牙，是我负责的。"

严宁说完，胡老板配合着连连点头，彭玲又笑了，对胡老板说："你是不是对严小姐有意思啊？小心女朋友吃醋。"

"没有没有，我们就是随便聊聊。"

胡老板心虚，一不小心把手机掉到了地上，手机屏幕上还是他刚才给严宁看的那张照片，严宁担心被彭玲看到，抢先弯腰去捡，就在

第十六章　黑凤凰酒吧

这时，四周的照明同时断掉，完全陷入了黑暗。

"出了什么事？"

黑暗中传来彭玲的叫声，严宁趁机捡起手机，随即不远处响起女人们叽叽喳喳的声音，接着是急促的脚步声，她说："好像是断电了。"

"这都什么年代了，还有突然断电这种事啊。"胡老板在旁边感叹地说，严宁心里涌起不好的预感，总觉得这事与陈飒有关系。

希望那家伙不要搞出什么乱子才好啊。

严宁在心里不太抱希望地祈祷。

严宁离开后，陈飒向调酒师要了盒火柴，开始玩自己最擅长的小魔术。

他了解女性心理，玩得很巧妙，又不让自己显得是在炫耀，所以不多一会儿，就吸引来不少观众，都是些看着很有钱不需要出去工作的中年女性。

陈飒便把据点转移到沙发座位上，顺着大家的喜好玩扑克牌，一边玩一边闲聊，很快就有个女人说认识小彪，还一起出去吃过饭，不过之后小彪搭上了贺晶，就没再理她了。

后来有一次她去购物，无意中看到小彪和一个年轻女人在一起，态度还很亲热，她当时就想贺晶撬人墙脚，结果自己也被撬了，简直就是自作自受。

陈飒给她看了凌冰的照片，她马上点头说是。再问时间，她说是二月初。陈飒心想小彪当时脚踏两条船，后来贺晶出事，小彪也和合伙人闹翻了，在四月人间蒸发，凌冰被骗了两栋房子，又找不到小彪，心理压力一定达到了顶峰，她就是在那个时候接活儿为凤凰酒吧做的设计。

329

她曾拒绝过凤凰酒吧老板一次，后来改变主意答应模仿黑凤凰酒吧的设计，仅仅只是为了报复吗？

　　问得差不多了，陈飒起身离开，那个给他提供线索的女人把他当成了小彪的同行，追上他问："一起喝一杯吧，就我们俩。"

　　"这个……我有朋友……"

　　话被无视了，女人挽住他的胳膊把他带去了VIP区，说这里只有高级会员才能进，不怕聊天时被骚扰。

　　VIP区有主吧台也有包间，和外间相比，这里的装潢更显得高雅华贵，唯一不变的是飞翔于祥云间的凤凰壁纸，女人用卡开了某个包间，点了一瓶香槟王，一边喝着一边天南海北地聊起来。

　　陈飒原本想找机会再打听情报，可是每次他的发问都被无视，女人聊完家庭聊宠物，聊完宠物又聊自己，陈飒只能凭她提供的只言片语来自己概括——酒吧老板姓刘，偶尔才露面，是个很绅士的人；酒吧业务大多是调酒师兼主管负责；VIP区最里面是他们的办公室；还有，她没见过孙佰龄和林晖，孙佰龄倒也罢了，像林晖这种有风度有气质的男人，她如果见过，绝对不会没印象。

　　女人的酒喝得太快，半路就醉了，抱住陈飒求吻。陈飒被她的直接吓到了，找了个去洗手间的借口跑了出来。

　　走廊上没人，陈飒原本想回外面的吧台，走了两步想起女人的话，脚步不由自主地放慢了，转过头，顺着走廊往前看去。

　　不知道是为了照顾客人们的隐私，还是酒吧自身就有不正当的经营，VIP区的走廊上没有设摄像头，在发现了这个细节后，陈飒心底的小恶魔开始蠢蠢欲动了。

　　他一边觉得那样做太冒险，一边又觉得机会难得，错过太可惜。几秒钟的犹豫后，他选择听从徐离晟的建议——一切行为不要计较对错和得失，顺着自己的心意去做就好。

第十六章　黑凤凰酒吧

心意决定了，陈飒深吸一口气，掉转脚步往前走去。

VIP区的设计像是菱形的九宫格，走廊呈斜线相互连接，这给陈飒的行动提供了方便，他不需要穿过大吧台就可以绕去里面，一直走到走廊尽头。

那里只有一个房间，房门纯黑，带着高贵厚重的压迫感。陈飒到了后还抱了一丝希望，假如房门需要磁卡或指纹开启，那他就不用想了，他的撬锁技术还没达到那个等级。

他站在房门前观察了一下，门锁确实是磁卡兼指纹的，不过看设计应该配有机械钥匙，他伸手摸摸门把底部，果然有嵌入式的防护盖。

简直就是逼着他做坏事……啊不对，他是为了抓住真凶在找线索，应该算是好事吧。

陈飒说服自己，事不宜迟，他往上方看看，确定没有摄像头后，迅速戴上手套，又掏出特殊道具，打开了底方的防护盖，抽出里面的机械钥匙，插入锁芯拧动几下后，锁开了。

陈飒松了口气，悄悄推开门走进去，里面开着灯，省了他不少麻烦。

他关上门，先查看摄像头，房间里和外面一样没有设置，摆设很简单，墙角有可供休憩的沙发床，还有音响，对面是办公桌椅。

陈飒跑去办公桌前，电脑处于待机状态，他按了下鼠标想进入系统，桌面上跳出输入密码的提示。

陈飒立即放弃这个没有意义的操作，目光转向办公桌。

桌上放了笔筒、记事贴纸、台历等基本的办公用品，可惜没那个爱心小人摆设，陈飒不死心，又去拉抽屉。

很幸运，抽屉没上锁，里面很空，上边放的是香烟和笔盒等零碎东西，下一层是一个很大很厚的名片夹，陈飒取出名片夹翻看，里面三教九流什么行业的人都有，他照公司名字查下去，果然有蒲公英之家，名片是孙佰龄的。

陈飒又查了其他几个相关人员，彭玲和冯君梅的名片都有，看到冯君梅的名片，他皱皱眉头，把名片夹放了回去。

名片夹下面还放了个记事本，陈飒拿了出来。

那是记录日程的，上面记了刘老板的各种计划安排，陈飒简单看了一下，都是些很平常的记录，随着翻动，夹在最下面的几张照片落到了地上。

陈飒捡起来，不由得愣住了。

照片是一对男女的合照，陈飒居然见过那个男人，就是先前在酒店和孙佰龄有过争执的那个人。

再看他身旁的女人，陈飒同样也认识，就是冯君梅。

照片背景像是高级酒店客房，两人穿着情侣睡袍依偎在沙发上，手中拿着葡萄酒杯，看姿势应该是冯君梅自拍的。

陈飒把几张照片都看了一遍，最初是吃惊，接着恍然大悟——之前他向冯君梅询问黑凤凰酒吧的时候，冯君梅的反应就比较微妙，现在他明白是什么原因了。

目光落在其中一张照片上，镜子反射了对面的桌子，摆在桌上的爱心小人引起了陈飒的注意。现在他可以确定了，刘老板和孙佰龄是一伙的，两人以前很可能还是情人关系，所以刘老板对孙佰龄以前的事非常了解，并且知道她"杀人"的内幕，至于他们为什么发生争执，多半还是出于金钱利益吧。

既然冯君梅和刘老板是情侣关系，刘老板这里还有她的名片，那她不可能不知道黑凤凰酒吧，可是，她为什么要对自己隐瞒这个事实呢？

陈飒不想怀疑冯君梅，可事实摆在这里，又让他无法无视，他点

第十六章　黑凤凰酒吧

开手机，正要拍照，对面传来哗的响声——他只顾着找线索，忘了留意外面的情况！

好在陈飒反应快，磁卡识别音响起的同时，他就一猫腰，钻进了办公桌底下，桌子当中是空的，刚好可以藏人。

他蹲下后，又伸手慢慢把抽屉推回去，马上又想到这样做没什么意义，人家只要一走近就会发现他了，抽屉是不是开的也不重要了。

房门被推开，随着脚步声踏入，有人走了进来。

想到那可能是刘老板，陈飒的心脏怦怦跳个不停，一瞬间，他的大脑里闪过好几个应对办法，可是哪个最有效他却心里没底。

幸好刘老板刚进来手机就响了，他停下脚步，像是在查看来电。陈飒听到他"啧"了一声，像是很不耐烦，不过最后还是接听了。

"孙小姐啊，我都等你好久了，你终于想到找我了？"

他笑嘻嘻地说，听声音正是在酒吧和孙佰龄纠缠的男人，陈飒屏住呼吸，心想孙小姐就是孙佰龄吧？

不知对方说了什么，刘老板语气变得严肃起来，说："警察去你们那里做调查了？你们是公益社团，有什么问题……不，当然不是我告的密，上次我就是随便说说而已，怎么能当真呢？"

稍微停顿后，刘老板又说："问到小彪和凌冰了？那有什么好怕的，小彪本来就是你们的会员……呵呵，你现在否认认识他了？那也不关我的事啊，我只是被你雇来打理酒吧的，我一直正正经经地做生意，他喜欢泡酒吧找漂亮女人是他个人的问题，不来黑凤凰也会去别的酒吧……贺晶？她好像也是通过你们社团认识小彪的吧，如果不是你给她灌输什么女人需要脱离家庭的观念，她也不会给她老公戴绿帽子……等等，她出事不会是你让小彪做的吧？所以你才怕成这个样子……放心，如果警察来这里问，我不会出卖你的，毕竟我们也交往过，不过……"他故意拖了长音，又说，"我记得你说过她给你的工厂和民宿投了上千万进去，她这一死，除了她老公，你就是最大的受益者了。你那些伎俩我都清清楚楚，你可是为了自己的利益可以把亲生父亲推下楼的人啊。"

陈飒心头一跳，原来刘老板说的孙佰龄杀人指的是这件事。

刘老板说着话，在屋子里来回踱步，还好他没有走近办公桌。陈飒很想录音，可对方离得太近，他怕被发现，一动都不敢动。

孙佰龄的语气大概不怎么好，刘老板的声音也提高了，冷笑道："你也不用在我面前装，你做了什么自己心里清楚，想让我帮忙的话，至少你得说实话……呵呵，小彪那事果然是你做的，你现在害怕也没用了，都是你那些神神叨叨的社团惹的麻烦，弄成现在这样，可不好办啊……你想威胁我，我又没掺和你那些破事……喂！喂！"

两人话不投机，孙佰龄把电话挂了，刘老板握着手机骂了句脏话，陈飒正听得起劲儿，不料手里的照片没拿稳，有一张落到了桌脚上。

声音不大，听在陈飒耳朵里却如同炸雷，刘老板好像觉察到了，往这边看过来。

陈飒缩在桌子底下，大气都不敢出，就听脚步声朝他这边走近，他急得脑门都冒汗了。

就在这时，眼前突然陷入黑暗，陈飒一愣，随即明白这是断电了，天助他也，酒吧居然在这个时候停电了。

"怎么搞的？"刘老板不快地说，匆匆跑了出去，陈飒这才吐出一口气，他不敢怠慢，用手机把那几张合照都拍了下来，重新放回抽屉，起身走到门前。

外面好像没声音，陈飒把门打开一条缝，走廊上也是一片漆黑，不远处女人们叽叽喳喳的叫声此起彼伏，看来大家都不知道发生了什么事，陷入慌乱局面。

第十六章　黑凤凰酒吧

陈飒趁机快步跑到走廊上，沿着井字走廊回到原来的VIP房间，还没等他靠近，就听到约他来的那个女人的大嗓门，他急忙捂住耳朵，加快脚步往前走。

由于突然断电，VIP区和大厅相连的门无法打开，好多客人都聚集在门口，陈飒混在人群中倒也不显眼。

电很快就来了，乐曲声中传来刘老板的声音，他向大家道歉，说"停电是电闸跳闸的问题，给大家造成不便还请见谅"，一语带过后，又说为了表达歉意，会免费提供酒水饮料等等。

陈飒一边听着，一边随其他客人出了VIP区，他从服务生的托盘里拿了杯饮料，装作没事人似的坐到了沙发上。

他刚坐下，严宁和彭玲就匆匆跑了过来，严宁的表情最初有些僵硬，看到他后，缓和了下来。

"你有没有吓到啊？"彭玲问陈飒。

"感觉有点神奇，我长这么大还没遇到过停电这种事。"

"我也没有，刚才真是吓到了，我来这家酒吧好多次，还是头一次遇到停电，一开始还以为是在玩惊喜游戏呢。"

彭玲夸张地耸耸肩，严宁说："幸好不是火灾，否则突然断电，黑灯瞎火的大家都不知道该怎么跑。"

"是啊是啊，喝一杯吧，压压惊。"

彭玲跑去点酒，严宁小声问陈飒："怎么回事？"

"我也不知道，"看看严宁的脸色，陈飒苦笑，"你不会以为是我弄的吧？不是，我没那个本事。"

周围人多，见陈飒没事，严宁就没再多问。

听附近客人议论，好像是附近有什么地方在施工，电路不稳导致的，之前也出现过一次。那位客人因为有经验，没把停电当回事，反而觉得挺有趣，和朋友们夸夸其谈。

严宁正听着，手机传来振动，是陈一霖的电话，一接通就听他说："宋剑的案子有进展了，我们追踪歹徒的车辆进了山，没找到宋剑的尸体，不过找到了部分骸骨，你能过来吗？"

"明白，我马上过去。"

严宁放下手机，陈飒看她的反应，猜到了是谁的来电，说："我送你。"

两人离开，半路遇到拿了香槟回来的彭玲，她很惊讶，问："这么快就要走了？"

"是啊，明天还要早起上班，"陈飒作势看看手表，问，"你明天休息？"

"做我们这行的哪有休息一说，还好我和客户约了下午见，所以还能再玩一阵子，那下次见吧。"

彭玲和他们摆摆手，马上就把注意力放到了不远处的帅哥身上，走过去搭讪，陈飒说："看起来她要玩通宵了。"

"大概我也要搞通宵了。"

严宁匆匆出了酒吧，陈飒问："又出什么案子了？"

严宁还不了解具体情况，就没多说，白了他一眼，说："要是整天都有案子，我得累死了……你不用管我了，我叫车回去。"

"没事，反正也是顺路，而且我有重大发现，刚好路上说。"

陈飒的家和警局南辕北辙，严宁本来想拒绝，听了后面那句话，她改了主意，说："我也打听到了不少消息。"

路上严宁说了她从胡老板那儿打听到的情报，说："这家酒吧的背后老板可能是孙佰龄，她表面说做慈善公益，实际上利用手下和愚忠的会众为自己牟利。"

"牟利部分我和你想的一样，不过真实情况稍微不同，我跟你讲，我终于知道在酒店纠缠孙佰龄的男人是谁了。"

第十六章　黑凤凰酒吧

陈飒说了自己的收获，严宁听到他偷开门锁进办公室时，都无语了，问："你又做这种事？"

"你这个'又'用得不准确，我以前可没做过，今晚也是迫不得已，已经死了好几个人了，而且我们都知道这家酒吧有问题，所以我们要做的就是尽快找出真相……好吧，我承认行为有些过火，那你要不要听我的发现？"

严宁叹了口气。

事情都已经发生了，她再说也没用，问："你都发现了什么？"

陈飒把手机给了她，让她看自己拍的照片，严宁看了冯君梅和刘老板的合照，说："这家伙真是左右逢源，一边是孙佰龄，一边是冯君梅，不知道这两个女人了解多少。"

他顿了顿，继续说："还有更刺激的呢。"

陈飒又提到刘老板和孙佰龄打电话的部分，叹道："可惜当时状况不允许，要是我录下他们的对话就好了。"

"没事，你能复述一下吗？越完整越好，我录下音。"

"没问题。"

陈飒对自己的记忆力还是挺有信心的，等严宁按下录音键，他就模仿刘老板的口吻做了复述，严宁录完，问："还有什么要补充的吗？"

"没有了，很完整，连我自己都不得不佩服我自己。"

"我也很佩服你，另一种意义上的。"

严宁挪揄着打开录音，重新听了一遍，说："听起来他们已经分手了，刘老板没有参与孙佰龄的犯罪活动，只是帮她打理酒吧，不过他知道孙佰龄的秘密，包括她推父亲下楼，还有小彪失踪，所以想以此要挟她。"

"归根结底还是为了钱啊。"

"从刘老板对孙佰龄的试探来看，小彪可能已经遭遇不测了，你该庆幸自己运气好，刚才要不是断电，你就死定了。"

"我也是这样想的，感谢我家刘叔给我的护身符。"

警局到了，陈飒原本想跟严宁一起进去，看看表，打消了念头。

严宁下车前，又提醒道："马上回家睡觉，别再惹是生非，你要是出什么事，可别指望我救你。"

"知道了，mom。"

严宁一看他这吊儿郎当的样子就来气，直接瞪过去，陈飒回了她一个微笑，然后换挡掉转车头，把车开了出去。

严宁跑回办公室，时间很晚了，办公室里却很热闹，同事们都在，各自忙着自己的事。陈一霖正在敲键盘，看到严宁，眼睛顿时瞪圆了。

"哇，你这身挺漂亮的啊。"

声音太大，楚枫和常青的目光也被吸引过来了，严宁自己也觉得不自在，把装饰耳环扯下来，说："你以为我想穿成这样？这不是要去酒吧做调查嘛。"

"不不不，这衣服挺适合你的，"陈一霖打量着她，说笑完，又正色道，"不会是陈飒选的吧？他为了协助你调查，还真舍得花本钱啊，也不知道打的什么算盘。"

魏炎还没回来，严宁拿出那个爱心小人，把他们调查到的情况都说了。

爱心小人被拆开了，大家里外都做了检查，陈一霖皱眉说："什么救了仙鹤拥有神力，怎么听都是那种邪教搞出来的噱头。"

"是啊，"常青看着陈飒拍的照片，补充道，"而且又是这个富二代身边的人，要说他跟这个系列案没关系，我还真不信。"

陈一霖也点头称是。

第十六章　黑凤凰酒吧

"他只是重复了刘老板的话，又没有录音，谁知道是真是假？而且突然断电这事也太巧合了，哪有那么凑巧的事。"

"可是我觉得他不像是撒谎，他也没有撒谎的理由。"

直觉这样告诉严宁，虽然她和陈飒相处的时间不长，陈飒甚至还有一些事情瞒着她，但她觉得陈飒不是冷血恶人，这一点在他得知凌冰过世后的态度中就能看出来。

楚枫走过来，说："我查了刘老板，他叫刘全金，以前开过纺织贸易公司，孙佰龄经营的手工艺品工厂与纺织方面有联系，这大概就是他们的交接点。刘全金没有前科，公司在三年前也关掉了，此后没有再经营公司或是就业，看来是转行经营酒吧了。"

三年前刚好是孙佰龄的蒲公英之家设立的那一年，孙佰龄成立了公益社团，之后又开了黑凤凰酒吧，并雇刘全金来打理，由此可见他们的关系不一般。

严宁说了自己的怀疑，陈一霖不是很赞同。

"他们两人的关系、两次矛盾冲突你都是通过陈飒了解到的，还不知道真实性有多高，也许是他引开我们视线的障眼法呢，反正酒吧就在那儿，也跑不了，先把眼下的问题解决了再说。"

"对了，你说的骸骨是怎么回事？"

"这个啊，那就说来话长了。"

陈一霖负责调查大众车去张明娟公寓之前的行踪。

由于郊外监控比较少，陈一霖在调查了附近所有的交通监控后，意外地发现大众车不是从市内过来的，而是从相反的方向。

他再反方向一路查下去，监控都没有拍到大众车，最后排除其他路段，就只剩下去山上那一条路了。

陈一霖灵机一动，申请搜索山上，警犬走到半山腰，就开始在周围徘徊不走了。

托那场大雨的福，陈一霖很快发现了车轮痕迹，他怀疑宋剑的尸体就埋在这里，便和同事们开始挖土。一番挖掘后，一个黑塑料袋包露了出来，里面却不是宋剑的尸体，而是一部分已经腐烂成白骨的东西。

严宁听完，马上问："那宋剑的尸体有没有找到？"

"没有，只有那一堆骨头，后来法医去了，说是成年男人的腿骨，死亡不到一年，现在还在找被害人的上半身呢。"

常青插话进来，说："我们怀疑尸骨也是那帮歹徒埋的，他们做过一次，想如法炮制埋尸，可半路想起忘了拿走盛放剧毒的小药瓶，只好临时改变计划重新返回，偷偷潜入张明娟的家里想取走药瓶，却正好被你们给撞上了。不过话说回来，那些歹徒虽然心狠手辣，脑子却不怎么灵光，他们完全可以分头行动，两人负责埋尸一人回去取药瓶，或是埋尸后再回去取。"

"不，那样可能来不及……"

严宁回想当时的情况，心脏不受控制地飞快跳动，她明白歹徒为什么会这样做了——对方知道他们会过去，但又掐不准时间，所以得抢在他们过去之前拿走药瓶，因为那个药瓶很可能是让他们暴露的导火索！

知道他们会去找宋剑的只有三个人，抛开她和当事人张明娟，就剩下冯君梅了。

"不，你少说了一个，"听了严宁的推理，陈一霖说，"还有陈飒。"

"可是他一直和我在一起，他如果有怪异举动，我一定会注意到的。"

"我没说一定是他通风报信的，也可能是他的同党冯君梅，陈飒的任务可能只是拖住你。"

第十六章　黑凤凰酒吧

"如果他和冯君梅是同伙，那为什么他要把这些照片给我？"

"可能他觉得冯君梅已经暴露了，想舍车保帅，而且这样做还能取得你的信任，你看你现在不就被他蒙蔽了？"

楚枫也说："根据我们的调查，陈飒并不擅长运动，所以他帮你躲开子弹可以说是为了救你，也可以理解成他在拖住你，好让同伙跑路；还有王小安那次也是，有人在你们去找他之前联络他让他跑路，知道你的具体行动的只有陈飒，所以综合来看，他的问题很大，严宁，你不要感情用事啊。"

"我没有感情用事，我只是根据我的观察做出判断。"

正说着，门打开了，魏炎走了进来，笑道："辩论得很激烈啊。"

大家停止争辩，魏炎说："你们双方的想法都没错，不过还需要更多的证据做论点，否则就会变成现在这样，互相都说服不了对方。"

严宁问："头儿，你有什么发现？"

"白骨这部分还没有线索，法医只能根据找到的部分骸骨判断是成年男性，年龄在二十到三十之间，身高在一米八左右，死亡时间在半年以上。"

严宁想起了陈一霖之前负责过的碎尸案，碎尸案的被害人会不会和山间骸骨是同一人？而这个新线索推翻了她的推想，早先发现的白骨身高只有一米七，两具骸骨的特征相差太大。

看到严宁脸上露出失望，魏炎笑了。

"也不是毫无进展的，山间白骨的特征与小彪很相似，所以我们正在努力寻找新骸骨——技术科的同事说尸体是在别处被肢解的，这样做可能是为了方便搬运和隐藏被害人的身份。我想骸骨的其他部分也被埋在同一座山上，正因为那里方便埋尸，歹徒才会故技重施，打算把宋剑的尸体也埋去那里……还有个好消息，开大众车的三名歹徒中，有一个被锁定了，就是姜六。"

严宁一怔，没想到杀害吴婉婉的嫌疑人会在这时候冒出来，她又惊又喜，问："怎么查到他的？"

"还要感谢技术科啊，他们在监控中找到了一张歹徒的图片。虽然没截到脸，不过体格特征分析的结果与姜六吻合，这是个极度危险分子，所以刚才我和一科的同事沟通过了，让他们协助调查，要尽快把姜六捉拿归案。"

正事说完了，魏炎看看严宁，说："你这条裙子挺不错的，是为了去酒吧搞调查特意买的？"

"是啊，您要是不给报销，那接下来的几个月我得天天喝凉水下咸菜了。"

"啊对对对，比如说在你试衣服的时候，陈飒就可以和同伙联络。"常青插话道，严宁瞪了他一眼，向魏炎说了一遍自己的发现，又重新放了陈飒的录音。

魏炎看着冯君梅和刘全金的照片，听完录音，他笑了。

"说得还挺绘声绘色的，这小子表演个舞台剧什么的应该还挺像回事的。"

"您就别称赞了，您倒是说说他的话可信度有多高。"陈一霖性子急，催促道。

"可不可信也需要证据做基础，你们彻底调查刘全金、冯君梅、孙佰龄他们三人的关系，还有冯君梅在蒲公英社团的公益事业中又扮演了什么角色，双管齐下，不给他们喘气的机会。"

电话铃响了，陈一霖拿起话筒，听了一会儿，表情严肃起来。

严宁觉得有事发生，等他一放下电话，就问："什么事？"

"技术科说查到小彪的手机联络人里有梁晓茗，在一二月份有过通话记录，他们联络了梁晓茗，梁晓茗说那个手机是她买给郑大勇的，一直是郑大勇在用，也就是说郑大勇和小彪是认识的。"

第十六章　黑凤凰酒吧

严宁说："两个相识的人在同一天去了普吉岛，并且随后贺晶就意外身亡，总不可能是巧合。"

"还有，六月份张明娟遭遇车祸之前，宋剑曾频繁给某个手机打过电话，车祸后就再没打过，技术科查了，手机号已经变空号了，还有上半年，赵龙、郑大勇都和这个号码联络过，另外还有一个人打过这个号码，你们一定猜不到是谁。"

"是谁？"几个人同时问道。

"李宝山。"

严宁一怔，反问："那个酒驾撞到常烁的家伙？"

陈一霖点点头，魏炎说："是我让技术科一起查的，昨天陈飒提供给我们一个很好的思路，我就查了一下，没想到还真就揪出这条新线索了。"

常青举手问："有没有可能是常警官在调查贺晶之死时发现了邪教的秘密，所以他们利用李宝山杀人灭口？"

"不，我倒觉得是宋剑通过赵龙接触到社团，他的目的是委托社团除掉自己的妻子，好独吞拆迁款，常烁的出现是个意外。"

听了魏炎的话，严宁心一动，前不久陈飒也说过类似的话，甚至说得更形象，那还是在他没有了解这些线索之前。

如果他真是罪犯，那就太可怕了。

陈一霖说："详细的通话记录我回头去拿，目前调查到的情况就是这样。"

他走到白板前，写下几个人名，做了标记，又在那个空号手机上打了个X。

这样一来，宋剑和赵龙相互认识，他们两人又与X有联络，郑大勇、李宝山也与X有联络，唯一没和X有联络的人是小彪，但是小彪又和郑大勇是认识的。

陈一霖在几个相关人员之间直接画了连接线，最后在当中写了陈飒的名字，再这么一连，就变成了所有人都间接或直接与陈飒有关系，他咂咂嘴。

"这家伙简直就是太阳啊，所有人都围着他转。"

严宁的心情本来有些沉重，听了这话，再看白板上那一条条连接线，她扑哧笑出了声。

魏炎也笑了，走过去拿起笔，在陈飒名字旁边加上孙佰龄、冯君梅还有刘全金的名字，说："这三个人才是中心，至于X是哪个，还要继续调查。"

"也许四个都是，只是分工合作各司其职而已，否则孙佰龄那个用来传教的爱心小人怎么会在刘全金那里？孙佰龄弄了个仙鹤的噱头，利用公益社团吸收郑月明这种思维比较简单又生活受挫的人，再加上有冯君梅这个正牌律师的帮忙，做事事半功倍；刘全金则把高级酒吧作为基地盗取客人的情报，再根据情况寻找猎物，譬如凌冰这种有钱有房子却社会经验不足的女性；至于陈飒，他利用自己的关系网周旋在其中——他的富二代身份可以帮他给酒吧提供猎物，另外，牙医的身份也可以帮他接触到普通阶层的女性，端看他的那些女朋友就知道了，有利用的也有被利用的，还真应了爱心小人的设定，抱团就是爱心，拆伙就一秒变死神了。"

陈一霖一口气说完，严宁反驳说："其他人暂且不谈，如果陈飒是犯罪团伙的成员，那他主动向我们提供情报的目的是什么？郑大勇被杀案如果不是他，凶手可能还没那么快落网；爱心小人的秘密也是他发现的；王小安就更不用说了，王小安为组织提供毒物，又忠于组织，陈飒没理由放弃这么有用的棋子。"

陈一霖也觉得这几点很难解释，想了想说："也许他不想屈居人后，就将计就计，利用这件事干掉孙佰龄等人，那社团就是他的囊中

第十六章 黑凤凰酒吧

之物了。"

"这不等于是杀敌一万自损八千嘛。"

"可是……"

魏炎拍拍手，制止了他们的争辩，说："我们目前掌握的证据还太少，没办法直接搜查社团和酒吧。我再跟上头反映一下，看能不能利用查税来个突击检查，你们既然坚持自己的观点，那就拿出足够辅佐自己观点的证据——找出骸骨的遗留部分、追踪姜六、调查孙佰龄和冯君梅等人。"

魏炎交代了任务，大家离开，严宁走在最后，半路又折回来。

魏炎见她欲言又止，问："怎么了？"

"头儿，你也觉得我太感情用事了吗？"

"你自己怎么觉得？"

"我觉得我没有。"

"那就行了，相信你自己的判断，然后去证实它，"魏炎说完，又笑道，"话说回来，要是陈飒真有问题，对你来说也是好事啊，你就不用继续写检查了。"

"我倒是希望写检查。"

她宁可写检查，也不希望陈飒是邪教组织成员，不希望他说的做的全都是演出来的。

严宁的目光扫过桌上的爱心小人，它被完全拆开，类似死神镰刀的部分摊在灯光下，幽暗诡异，让人很不舒服。

她皱皱眉，感觉自己的情绪被引导了，急忙移开目光，对魏炎说："那明早我去趟医院，向陈飒的主治医生再多了解一下他的情况，也许对我们的调查有帮助。"

"去吧，等你们的好消息。"

陈飒是被手机铃声吵醒的。

他迷迷糊糊睁开眼,光线透过窗帘缝隙射进来,感觉时间还早,他随手摸到手机,以为是严宁打来的,接通了,说:"大魔头,这么早又有什么事啊?"

"陈飒,是我。"

对面传来熟悉的声音,居然是林煜帆,陈飒一愣,脑子立刻清醒了。

沈云云一案后,林煜帆只和他联系过一次,之后就再没出现过,他在这个节骨眼上突然冒出来,听声音显得不是很精神,陈飒马上感觉到有问题。

他坐起来,说:"怎么突然想起找我?还这么早。"

他说着看看对面的挂钟,七点了,其实也不算早了,不过就他对林煜帆的了解,林煜帆是那种经常玩通宵,不到午后不起床的主儿。

"我牙疼,想让你帮我看看。"

"蛀牙吗?小毛病……"

陈飒本来想说你去诊所找江大夫就好了,转念一想,林煜帆特意来找他,可能不光是看牙这简单,刚好他也可以找机会问问林煜帆,便说:"那你几点过去?我在诊所等你。"

林煜帆和他约了九点。挂了电话,陈飒才后知后觉地想到昨晚去黑凤凰酒吧,他该顺便打听下林煜帆的,如果林煜帆与孙佰龄等人有关系,那他说不定也是酒吧常客。

算了,等见着本人,直接找机会试探他好了。

陈飒打电话给江蓝天,说了林煜帆的事,江蓝天同意了,等陈飒收拾完赶去诊所,江蓝天已经帮他安排好了诊室。

陈飒穿上白大褂,江蓝天开玩笑问:"你今天不会又是来晃晃就走吧?"

第十六章　黑凤凰酒吧

"我希望不会。"

陈飒回答得挺没底气的，向江蓝天道歉。

江蓝天没在意，摆摆手说："没事，你还在复健，需要多休息，我另外请了一位牙医帮忙，只是她不会玩魔术，小朋友们都表示不满。"

陈飒干笑着心想要是真复健就好了，自从认识了严宁，他现在每天都是连轴转啊。

像是看出了他的想法，江蓝天问："上次那个女警你追上了吗？"

"没有，我没追，不是我喜欢的类型。"

"啧啧，你就装吧，告诉她，她的诊疗还没结束，有时间就过来，别拖太久。"

陈飒答应了，拿手机打给严宁，半天没人接，他正想留言，护士进来说林煜帆来了。

陈飒先去了诊室，林煜帆很快就进来了，才几天没见，他整个人瘦了一圈，脸色憔悴，以前的嚣张消失得干干净净，左边嘴角还隐隐发紫，像是被打过，陈飒猜到他的牙疼是什么问题了。

"是不是生病了？"他寒暄道。

林煜帆含糊着回应了，坐到座位上，陈飒调整了座椅，检查他的口腔。

林煜帆是左上两颗前臼齿出现了松动，他的解释是不小心撞的。陈飒没戳穿他的谎言，先检查了牙齿松动的状况，又让他去拍片。

片子出来了，陈飒看完，对他说："你挺幸运的，牙根没有伤到，只是因为受到撞击，牙周发炎，牙齿松动度在3度，可以做下牙周夹板固定……"

"是不是很麻烦啊，不做行不行？"

"也可以不做，不过饮食方面就要多加注意了，要避免咀嚼冷硬食物，我先给你做消毒处理，再开些消炎药，你吃吃看，如果没有好转，我们再改做牙周夹板固定。"

林煜帆觉得这个方法好，他同意了，陈飒也没麻烦护士，清洁消毒的工作都自己做了。

他处理完毕，把座椅调回原位，告诉林煜帆其他注意事项。林煜帆答应了，刚要离开，陈飒叫住了他。

"你是不是遇到什么麻烦了？"

林煜帆看看他，又坐回座椅上，脸色不太好。

陈飒说："都是朋友，有什么事尽管说，要是我能帮上忙的我一定帮。"

"这事你帮不上，都是我自己一时糊涂搞出来的。"

林煜帆低声骂了句脏话，陈飒看他的态度不是很坚决，便斟酌着问："是不是和打你的人有关？"

林煜帆一怔，陈飒说："你这牙是因为受到重击造成的吧，普通人不可能下手这么狠。"

林煜帆垂着头不说话，陈飒决定下一剂重药，再问："不会是和沈云云那事有关系吧？"

他刚说完，嘴巴就被林煜帆捂住了，慌慌张张看看隔壁房间，做出噤声的动作。

陈飒点头表示不说了，林煜帆松开手，沉默了一会儿点点头，陈飒小声问："到底是怎么回事？"

"这事不能在这儿说，要是走漏出去，我跟你都得完蛋。"林煜帆说完，想了想，"去我家别墅说吧，最近我都藏在那儿呢，东西我也都放在那边了。"

陈飒想问是什么东西，看看他这态度就知道问了他也不会说，不过他一定知道社团的秘密，如果能从他口中打听出情报，那就离真相

第十六章　黑凤凰酒吧

又近了一步。

陈飒说："那好，我跟你一起去。"

他站起来，林煜帆又神经质地说："不能带手机，会被追踪到的！"

陈飒拿出手机关了电源，亮给他看，林煜帆不满意，坚持说不行，陈飒怕他改变主意，只好当着他的面将手机放到了桌子上，顺便脱下白大褂。

两人走出诊室，刚好江蓝天也做完治疗，在公共区间看电脑，他见陈飒换了衣服，问："又要走了？"

"抱歉抱歉，家里有点事，我得先离开……对了，早上咱们说的那个患者，你跟她说我今天不坐诊，让她不用过来了。"

江蓝天有点诧异，看看跟在陈飒身后的林煜帆，没多问，敲动键盘，说："就5823对吧？我知道了。"

5823是严宁的病历号，陈飒见江蓝天听懂了，放了心，带林煜帆离开了诊所。

Chapter 17
第十七章　反杀

　　林煜帆是开车来的，他来到车位前，先是左右张望，又慌忙上了车。陈飒坐去副驾驶座上，系好安全带，说："别这么紧张，大白天的很安全。"

　　林煜帆不知道在想什么，随便嗯了一声，踩着油门把车开了出去。

　　他开得很快，因为紧张，表情绷得很紧，陈飒说："你需要休息，要不我来开，反正你家别墅的地址我也知道。"

　　"你知道地址啊？啊，我想起来了，你以前去玩过。"

　　那是挺久以前的事了，林煜帆就是个花花公子，整天叫着他那些狐朋狗友去别墅吃喝玩乐，陈飒去过一次，觉得太无聊，就再没去了。

　　"我记得我就是在别墅通过你认识了冯君梅，当时还以为她是你女朋友，别墅还有密室，那次玩得可真开心。"

　　林煜帆心情不好，陈飒为了活跃气氛，没话找话说。

　　林煜帆哼了一声，自嘲说："才不是，她那种人眼睛长在脑门上，哪看得上我？"

　　"你们闹掰了吗？"

　　"那倒没有，就是话不投机，后来我就没怎么和她接触了，只在黑凤凰酒吧见过几次，她是酒吧老板的情人……"林煜帆瞥了陈飒一

第十七章 反杀

眼,"你不知道?"

陈飒是昨晚才知道的,他干笑了两声,说:"我们就是普通朋友,我不了解她的情况。"

"其实跟她也没什么关系,是我自己好高骛远……你也知道我家老头子恨铁不成钢,整天教训我,有段时间我都快得抑郁症了,就跟着朋友参加了一个教会,说什么接受心灵洗涤。一开始还挺有趣的,认识了不少漂亮女人,后来莫名其妙我就开始欠钱了,几百万几百万的,那些借据我一点印象都没有。"

前面是红灯,林煜帆骂了句脏话停下了。

陈飒问:"可能是趁你喝醉酒或是嗑药时让你签的字,这种欺骗行为不受法律保护,你可以告他们。"

"我也想过,可他们拍了不少录像,都挺糟糕的,要是让我爸看到了,他打断我的腿也就算了,恐怕会剥夺我的继承权。"

"别开玩笑了,你家就你一个,钱不给你还给谁?"

"你还不知道呢,我妈一把年纪拼了个二胎,我有弟弟了,万一出点什么事,我真的会被扫地出门的。"

林家虽然不是书香门第,但也是有头有脸的人家,陈飒猜林煜帆说的那些录像大概不仅仅是嗑药玩女人这种,他问:"是什么教会组织?"

"叫慈悲会,据说入会的门槛还挺高,要筛选的,参加聚会时大家都戴面具披披风,这样谁都不知道对方是谁,可以放开了交流,我以为沈云云也是会员,要不也不会搭讪她了。"

陈飒马上想到了孙佰龄,她在成立蒲公英之家之前曾创立过教会,就叫慈悲会,后来因为思想行为激进被取缔了,原来慈悲会没消失,而是转去地下了。

他问:"为什么你会觉得沈云云是会员?"

"不就是她手臂上那个刺青嘛,很像慈悲会的标记,正面像是半颗心,背面则是镰刀,意思是心齐即朋友,反之就是死敌,我一开始觉得挺酷的,也没想太多,谁知道他们真的会杀人啊,就因为那女孩嘲讽了一下组织,什么慈悲,就是邪教!"

"是谁介绍你入会的?"

"忘了,好像是在黑凤凰喝了酒,大家都喝高了,谁提到的,后来我就想那邪教和酒吧应该有点关系。"

陈飒心想可不就是有关系嘛,孙佰龄的远房伯伯就是酒吧的法人代表,她情人刘全金就是老板,说来说去,整件事都和她脱不了干系。

他装作很感兴趣,说:"听起来教主挺厉害的,如果我讨厌某个人,拜托他们帮忙,他们是不是可以帮我搞垮他?"

林煜帆脸色一变,陈飒看他的反应,有种感觉,他说中了。

难怪林煜帆过得战战兢兢的,天底下没有免费的午餐,他获得了利益,就要承担相应的风险,这又是一个TRIANGLE。

"你一定想不到,那是个女的,个子不高,长得也挺普通的,可她的口才特别好,我就是被她说动了心,莫名其妙就成了会员。"

接下来不用陈飒问,林煜帆就唠唠叨叨说了聚会上的仪式程序,无非是喝酒听演说,玩一些过激的游戏,有时候一玩就是一晚上,刺激又糜烂。

陈飒听着他的讲述,怀疑仪式上的饮料有问题,至少放了致幻剂之类的东西,他问林煜帆聚会场地,林煜帆答不出来,只说每次都是戴着手环在事前联络好的地点等待,到时就有面包车来载他们,车窗都拉了窗帘,所以他一直不知道路。

这么听着,慈悲会越来越像邪教组织了,陈飒暗自思忖像郑月明这种又是哪种等级的会员,说:"你趁着还没有陷太深,及时抽身吧,

第十七章 反杀

我有律师和警察朋友,看看能不能帮到你。"

"你说冯君梅?哼!"

林煜帆从鼻子里哼了一声,听起来非常不屑。

陈飒想问为什么,他抢先说:"不过你说得对,那教主是挺厉害的,可以洗脑那么多人。我就只是因为搞错了搭讪对象,就被他们暴揍威胁,以后要是有别的事,说不定他们也会像杀沈云云那样杀了我……幸好我聪明,在他们威胁我的时候录了音。"

"这就是你说的物证?"

"是啊,就是不知道仅凭这个,警察会不会处理。"

"没关系,我们一起想办法,再说沈云云那个案子也很不正常,如果与那案子有关,他们一定会认真对待的。"

陈飒生怕林煜帆改变主意,不断地安慰他,一直到他们抵达别墅。

别墅建在山脚下,附近空旷,其他的房子都距离很远,前面就是山林,如果有人靠近别墅,老远就能发现,陈飒心想林煜帆特意藏在这里,大概就是基于这个理由。

不过……

他下了车,打量周围的环境,说:"市里的高级公寓会不会更安全一些?"

"你会这样说是不知道他们的信众有多少,三教九流的哪里都是,谁能保证那些高级公寓的保安没问题?"

陈飒觉得他说得也有道理,像是郑月明和郑大勇姐弟不就是被洗脑的普通人吗?

他跟随林煜帆进了房子,房门上方贴了安保公司的标记,他想歹徒应该也不会没脑子地硬闯吧。

林煜帆大踏步走进客厅,客厅的窗帘都紧紧拉着,他打开灯,把车钥匙随便一丢,问:"你要喝点什么?"

"不用了，先看你录的音吧，麻烦越早解决越好。"

陈飒一边说着一边打量房间，这里的摆设和上次他来时一样，大理石地面亮得可以当镜子用，高级沙发摆了一排，靠墙是各种精致的琉璃瓷器，因为靠近山间，屋子里颇冷，让人很不适应。

他正要建议林煜帆开暖气，就见林煜帆朝自己看过来，表情变得诡异。

"冯、冯君……"

他盯着陈飒身后，结结巴巴地说道。

陈飒正要转头，腰间传来剧痛，触电般的痛感瞬间袭向全身，他还没来得及明白是怎么回事，就重重跌倒在地上，脸颊紧贴着冰冷的大理石地面，他恍惚看到林煜帆向自己跑过来，随即就什么都不知道了。

扑通！扑通！扑通！

声音好像从遥远的地方传来，模糊不定，陈飒喘息了一声，睁开沉重的眼皮，眼前景物带着重影，恍惚还是大理石客厅，周围一片死寂，让心跳声显得分外地清晰。他侧躺在地板上，可能是大理石太凉了，刺激了他的意识回归。

景物逐渐清晰起来，陈飒转转眼球，首先看到的就是林煜帆。

林煜帆就躺在离他不远的地上，姿势和他差不多，区别是眼睛瞪得大大的，动也不动。陈飒最初还以为他也被电击了，随着目光往下移，他看到了林煜帆胸前溢出的液体。

红色液体渗出衣服，流到了地板上，再向四周缓慢延伸，他眼神涣散，明显已经没了生命迹象。

陈飒倒吸了口凉气，一瞬间他还不明白发生了什么事，但是对危险的警觉告诉他，假如他坐以待毙的话，结果会和林煜帆一样。

第十七章 反杀

远处传来细微响声,陈飒侧耳倾听,像是人来回走动的脚步声,那人不在客厅,他松了口气,稍微动了动,身上的痛感不像最初那么强烈,但要说对抗歹徒……

陈飒立即把这个不切实际的想法抛到了脑后,抬头看向周围。

客厅只有他和一具尸体,靠近大门的地上丢了部手机,那是他趁林煜帆不注意,偷偷放在口袋里的,看来是被歹徒搜到,踩碎踢去了一边,屏幕整面都是蛛网,陈飒怀疑还能不能用。

可这部手机是目前唯一的救命稻草。

脚步声好像在靠近,由于紧张,陈飒的心脏跳得更加激烈,他来过别墅,了解这里的构造——走廊尽头是书房,书房里有一间独立的储藏室,就是来时途中他和林煜帆开玩笑说的密室,以前林煜帆向大家炫耀,他还进去玩过,他做梦都想不到自己有一天会再用到它。

声音更近了,没时间再犹豫了,陈飒一咬牙站了起来。

身体总算还撑得住,力气随着他的走动慢慢恢复,他走到门口拿起手机,接着就像运动员百米冲刺似的向前飞奔。

身后传来叫声,歹徒觉察到他的动静,跑了过来,这时陈飒已经跑到了书房,一头撞进去,径直冲到墙上挂的油画前。

陈飒拨开油画,画后露出密码键,他照记忆啪啪啪按下密码,咣当一声,隐藏的房门往旁边移开。

歹徒已经追进了书房,陈飒冲进储藏室,转头看去,刚好看到大门在歹徒面前关上。那是个个头不高却很壮实的男人,一只手都已经按住了门框,却不得不松开,气得整张脸都扭曲了。

门关上后,陈飒听到外面砰砰砰的拍打声,还伴随着歹徒愤怒的叫喊。

陈飒惊魂未定,呼呼喘着气笑起来,既有劫后余生的侥幸,又觉得歹徒那气急败坏的嘴脸很好笑。

他无视外面的叫喊,喘着气按下了照明开关。

储藏室颇大,和上次他来时一样,里面放了矿泉水、压缩饼干和一些可以长期放置的食物。陈飒看了下数量,觉得这些东西足够他在这里待上几天了。

可他并不想一直待在这里,歹徒就堵在外面,可能会弄到密码,随时闯进来,他得想办法自救才行。

陈飒拿出手机,屏幕都碎了,侥幸的是还能用,他首先的想法就是打电话给严宁,可是随即便发现屋里没信号。

陈飒不死心,跑去墙角试,这次拨通了,可惜只响了一下就断掉了。

他急了,左右看看,把放了储备粮的箱子搬到墙角,踩在上面打,还是没反应,他只好又跑去另一边试。

外面起先静了下来,没多久又是几下砰砰的震响,好像是男人在踹墙,陈飒找不到信号,正着急呢,被突然传来的响声吓了一跳。

自己在歹徒眼皮子底下逃掉了,他一定气得不得了……

陈飒正想着,忽然眼前一亮,刚才墙壁关上的那一瞬间,他看到了歹徒搭在门框上的手腕戴了两串黑珠子,那天向严宁开枪的男人手腕上好像也有,当时他还不敢肯定那是手链还是刺青。

所以他们很可能是同一人!

所有知道真相的人都被干掉了,先是宋剑,接着是林煜帆,最后轮到了自己。

想到这个可能性,陈飒背后泛起了凉意,就在这个时候手机接通了。

"喂?"

陈飒从来没觉得严宁的声音竟然如此动听,通话杂音很重,他担心断线,立刻说:"我在林煜帆的山间别墅,有人杀了他,现在要杀

第十七章 反杀

我,地址是……"

忙音传来,通话断掉了,他急得一跺脚,又重新拨号,可惜之后虽然偶尔会接通,却马上就断线了,不给陈飒说话的机会,他努力了好几次,终于放弃了。

就在他和电话折腾的时候,外面的叫喊声停止了,陈飒侧耳听听,一点动静都没有,他暂时松了口气,忽然疲倦感涌上,靠着几个箱子就地坐下来,大口喘气。

心脏跳动沉稳而有力,被电击器电到,他居然还能这么活蹦乱跳,连他自己都觉得惊奇,这大概就是所谓的求生欲吧。

陈飒随手拿起一瓶水,拧开盖想喝,却发现是碳酸饮料,又放下了。外面一片寂静,他闭上眼,思索自己被电晕前的那一幕,总觉得哪里不对劲。

是哪里呢?

困乏袭来,陈飒思索着,恍惚中意识飞远了,不知过了多久,他忽然一个激灵,睁开了眼睛。

周围一片冷寂,正因为太静了,反而让人不安。陈飒跳起来,先是看看四周,又把那些箱子错乱摆放,算是设置了障碍物,顺便又瞟了一眼手表,发现他才迷糊了十几分钟。

陈飒刚弄完箱子,外面就传来啪嗒响声,寂静中那响声分外刺耳,他立刻站直了身子,抄起一瓶碳酸饮料用力晃了几下,与此同时,哐当声响中对面的墙壁往旁边滑开了。

先前那个男人就站在门口,灯光在他半边脸上投出一道阴影,他踱步进来,一边唇角向上翘起,表情充满了得意。

"你一定没想到我知道密码吧,小耗子?"

他狞笑道,那从容的步调让陈飒觉得他是在猫戏老鼠。

陈飒借着障碍物往后躲,问:"有人告诉你密码了?"

"问那么多干什么？反正你也活不了多久了，"歹徒掏出匕首，刀刃在掌心拍打着，啧啧道，"你本来不用死的，真是聪明反被聪明误啊。"

他慢慢往前逼近，陈飒继续绕着箱子躲，不过很快就到墙角了。

歹徒举起匕首向他冲来，陈飒拧开碳酸饮料的瓶盖，手一甩，碳酸饮料飞溅，喷了歹徒一脸，他眼睛刺痛，伸手抹脸，陈飒趁机跑出了储藏室。

"妈的！"

后面传来歹徒的叫骂声，陈飒不敢回头，一口气跑到了走廊上，可歹徒的速度更快，转眼间就追上了他，危险在即，陈飒不得不暂时放弃逃跑，转身躲避攻击。

明晃晃的刀子再次向他刺来，幸好旁边有个放花盆的木架，陈飒扯过来推向歹徒，木架和花盆一起倾倒，挡住了他的攻击。

不远处就有一个房间，陈飒想往房间跑，却不料歹徒推开架子又冲过来，陈飒看到木架上的吸水石，急忙抽过来当盾牌用，慌乱中手脚的应对竟然异常迅速，歹徒几次刺来的匕首都被他挡住了，接着他一脚踹过去，正中歹徒的膝盖。

歹徒被踹得往前一扑，直接趴在了地上，一个东西从他口袋里飞了出去，落下后，又顺着地面滑去一边。

陈飒自己也愣住了，不到危急关头他都不知道自己这么能打，这大概是危险刺激的本能反应，要是再让他重新演练一回，他肯定做不到。

他惊魂未定，再看那个落地的东西，一个不大的黑色物体，却是电击器。

陈飒想要过去拿，没想到歹徒太彪悍，纵身一跃扑向他，陈飒没有实战技能，被轻易扑倒了，歹徒掐住他的脖子，捡起匕首再次向他

第十七章 反杀

刺下去!

这时候陈飒顾不得再管那个电击器了,双手紧紧抓住歹徒的手腕,抵挡对方的攻击,可他的喉咙被卡住,呼吸困难,很快就没力气了,眼看着匕首向自己一点点逼近,心脏在猛烈跳动,想放弃又不甘心。

就在这时,外面突然砰的一声枪响。

枪声刺耳,歹徒心虚,动作稍微停滞,陈飒趁机伸手拿起电击器,顶在了歹徒身上。

嗞嗞声中,歹徒的身体一阵剧烈颤抖,歪倒在地上,陈飒长舒了口气,靠着墙壁坐了起来。

砰!

又一声震响,别墅大门被踹开,严宁双手握枪冲了进来。

陈飒本来都提起戒备了,看到是她,松了口气。

严宁跑过来,目光扫过一片狼藉的走廊,落在歹徒身上,他还有意识,趴在地上发出呻吟声。

严宁上前将地上的匕首踢到一边,对陈飒说:"你可以晕倒了,我马上叫救护车。"

"假如我晕倒,那一定是被你气晕的。"

歹徒体质挺好,居然很快就缓过来了,动了动似乎想爬起来,严宁正要上前控制他,被陈飒抢先一步,又把电击器顶在他身上,就听嗞嗞两声响,歹徒颤抖着再次晕了过去。

严宁看向陈飒,陈飒耸耸肩,一脸无辜的笑。

"我也是头一次发现这玩意儿这么好用。"

警察很快就陆续赶到了,他们在调查什么陈飒不清楚,因为他只是简单说明情况后就被带去了医院做检查,负责送他的不是严宁,而是个不熟悉的警察。

到了医院，一系列的检查做完，陈飒被告知一切正常，徐离晟看了检查结果，又一脸无奈地看他，说："最近你好像天天跑医院。"

"是啊，我都觉得可以直接把家搬过来了。"

"看来你延续了器官提供者的很多习惯，以前你可没这么喜欢管闲事的，甚至豁出命地去管。"

"不，我如果知道这么危险，我肯定不会去做的。"

徐离晟看着他，表情中充满不相信。

"遭遇了各种事件，身体却没有不适反应，这种现象很少见。只能说你的身体和新器官契合得很完美，不过还是要注意别太辛苦啊。"

"你怎么知道我遇到事件了？"

"今早严警官来找我了解你的情况，我们聊了一些。你放心，有关病人的个人隐私，我不会说的，我只提到你曾经患有心脏方面的疾病，作为你的主治医生，我可以确定你的身体不适合操劳，更别说参与各种系列犯罪了。"

徐离晟说这些原本是想宽慰陈飒，却不料适得其反。陈飒听了这番话，心情变得更糟了，因为他明白了严宁一直配合自己的原因。

做完检查，陈飒又在警察的陪同下去警局录口供。

负责给他录口供的是陈一霖。

不知是不是最近案子太多，陈一霖忙得两只眼睛都变黑眼圈了，好像心情也不太好，口气中充满质疑，于是陈飒的心情更差了。

理智上讲，他的处境是挺尴尬的，被警方怀疑也无可厚非，可是林煜帆的死对他打击很大。林煜帆不算是他的好友，可原本鲜活的生命转眼就变成了一具尸体，对他来说，这种冲击还是过于强烈了。

最近他就好像被诅咒了似的，身边的人一个接着一个地出事，没出事的又成了嫌疑人。陈飒应和着陈一霖的问话，自嘲地想——得，弄到最后，连他自己也成嫌疑犯了。

第十七章 反杀

"我说的都是真的，陈警官，"他最后一次重申，"是林煜帆说他被邪教控制，他有指证那些人的证据，可是我进了别墅后马上就被攻击了。我不知道所谓的证据是什么，我只记得他冲我身后叫'冯君……'两个字，我唯一确定的是要杀我的歹徒就是那天向大魔……向严警官开枪的人，你问他不是更清楚吗？"

"没办法问他，他死了。"

陈飒一怔，首先的反应就是——"他是不是心脏太弱，被电击器电死的？那我算不算是过失杀人？"

陈一霖被他问得差点笑出声来，陈飒的表情太认真，陈一霖有点搞不懂他是真害怕还是在做戏，叹了口气，说："有关这点你不用担心，他的死与你无关，他是死于中毒。"

"是不是就和在宋剑家发现的毒一样？"陈飒喃喃说道，"那就奇怪了，他追杀我的时候那么彪悍，是什么时候中的毒？"

陈一霖瞪着他，心想你问我，当时在场的就你俩，不是该问你吗？

歹徒叫姜威，和姜六是狱友，也是拜把子兄弟，严宁赶到别墅时刚好遇到先她一步赶来的姜六。

姜六本来要进别墅，看到警察，慌乱逃跑，被严宁鸣枪警告，也正是那一枪给陈飒提供了自救的机会。

后来二人被押送警局，途中姜威出现不适，随后马上被送去医院抢救，不过还是没救得活。

姜六亲眼看着姜威中毒，吓傻了眼，他没有中毒，但他什么都不知道，只说他们都是跟着赵龙干的，拿钱办事，至于赵龙是从谁那里接的活儿，他就不清楚了。

然而赵龙已经潜逃了，一起销声匿迹的还有冯君梅，所以现在警方在集中力量追捕二人，之后鉴证人员检查了放在别墅客厅的红酒，里面混了含有锑的药物成分。

  红酒是刚开封的，瓶子上有姜威的指纹，推测是有人事先在瓶中下了毒。当时姜威无法进入储藏室，打电话向人询问密码的时候，被诱导喝了红酒，也就是说那时候幕后者就打算放弃这颗棋子了。

  幸好姜六去得晚，否则他也会和姜威一样一命呜呼的。

  陈一霖盯着陈飒，怀疑是不是他下的毒，可陈飒的证词滴水不漏，找不出破绽，然而刑警的直觉又告诉他这个男人还有话没说，而他没说的那部分也许就是最关键的地方。

  他便故意试探说："林煜帆说的'冯君'是不是指冯君梅？是冯君梅电晕你的吗？"

  "我不知道，我只是转述他说的话。"

  "那就奇怪了，为什么姜威要杀他，而不是杀你？如果林煜帆掌握了物证，那姜威应该利用你要挟他拿出物证，而不是马上杀人——我们的鉴定结果表明林煜帆哪儿都没去，甚至连反抗都没有，就被人一刀致命。"

  "原来如此。"

  陈飒眼睛一亮，点了点头，陈一霖觉得他发现了什么，问："你有什么想法？"

  陈飒本来想说的，抬头看向对面的窗户，单面玻璃的另一边，说不定有人正在观察他呢，这让他不太舒服，便改为："没有，我都晕倒了，能有什么想法？"

  陈一霖觉得他是故意不说，便说："我们会怀疑冯君梅并不是无缘无故的，她甩掉暗中跟踪她的警察，逃跑了。"

  陈飒一愣，陈一霖没有忽略他那一瞬间的动摇，马上问："你觉得她会逃去哪里？"

  "是什么时候的事？"

第十七章　反杀

"昨晚，冯君梅回家后又偷偷从后门溜掉了，真是个有心机的女人。"

"你们调查她常去的几个地方了吗？"

"都查了，她都没去过。"

"那张明娟呢？"

"她们母女很好，还住在蒲公英之家提供的公寓……等等，现在是我在问你，怎么变成你问我了？"

像是没听出陈一霖的嘲讽，陈飒说："如果我是警察，我会去找刘全金，正好趁着这个机会搜索他家和酒吧。"

"你怎么知道警察没做？事实上是什么都没问到，刘全金说他和冯君梅早在年初就分手了，因为他觉得冯君梅做事不择手段，为了打赢官司会利用一些非法势力，他不喜欢这种游走于灰色地带的行为，就提出分手了。"

"这话你们也信？"

"信不信不重要，重要的是我们不能因为他们曾是恋人关系就去搜刘全金的家。对了，你提供的他们的合照是在酒店拍的，那是冯君梅长期租住的客房，所以里面的爱心小人是冯君梅的。"

陈飒皱起了眉，陈一霖注视着他，又说："还有个消息你应该很想听到，孙佰龄被捕了。"

"为什么？"

"我们的追踪系统找到了那辆大众车，它停在孙佰龄的牧场，我们过去的时候，她正在院子里挖坑，想掩埋尸体，就是宋剑的……要谢谢你帮警方提供线索，让我们顺利找到了幕后指使者。"

陈飒觉得陈一霖一点没感谢的意思，相反，他在怀疑自己，便问："孙佰龄承认了？"

"没有，她只说过去后发现了尸体，她怕被怀疑，就想埋掉，除此之外她什么都不说，看来是打定主意在律师登场之前保持沉默了，可惜冯君梅自身难保，帮不到她了。"

陈一霖递过纸笔，让陈飒把冯君梅可能会联络的人写下来，陈飒照做了，大概陈一霖也知道问不出什么，就此打住，送他出去的时候，又提醒说："我们会派人暗中保护你，如果冯君梅联络你，你要稳住她，及时告诉我们。"

"放心吧，我会的。"

陈飒堆起笑脸附和着，心里却在想什么保护？明明就是怀疑他，暗中……不，是明目张胆地监视。

送陈飒回家的还是那个不熟悉的小警察，到了公寓，他没进去，交代陈飒可能有危险，不要乱走动，有什么事随时联络自己，陈飒答应了。

已经是傍晚了，陈飒却没什么胃口，回了家站在客厅当中环视四周，总觉得不安心。

昨晚他把家里翻找了一遍，连厨房的电源插座都仔细查看了，也没找到窃听器之类的东西，他想彭玲几次来他家，应该是试图偷放窃听器，却都没成功，最后一次也因为严宁的出现而不得不放弃。

可即便如此，他还是有点杯弓蛇影，大概是最近发生的事导致的后遗症吧。

陈飒按捺住不安的情绪，打开电视。

几个新闻频道果然都在热播蒲公英之家法人被捕的消息，手脚快的还把之前孙佰龄上电视做演讲的视频都剪辑完毕了，再对比她的被捕事件做评论报道。

从警察追踪到拘捕孙佰龄，前后应该没有多长时间，陈飒有点好奇是谁爆的料，让这些记者第一时间抓到了大新闻。

第十七章 反杀

还好新闻没有提到冯君梅和黑凤凰酒吧，只说孙佰龄与一起谋杀案有关，蒲公英之家所在的大厦被记者们包围了。

面对大家的质问，林晖很激动，和几位工作人员对着镜头反复说他相信孙佰龄是无辜的，是他们的社团活动触及了某些人的利益，所以导致被人诬陷。

接着记者又去采访一些社团成员，大家的态度非常坚定，都站在孙佰龄这边。

陈飒看得无趣，掏出手机想上网搜索。采访突然出现冲突，部分成员不想被拍摄，却被记者围着出不来，林晖上前帮她们阻拦，伸手挡住镜头。陈飒"啊"的叫出了声。

林晖左手小拇指非常长，超过无名指第一关节一大截。

这种长度不太多见，所以陈飒记忆尤深。前两次不知林晖是有意掩饰还是他们接触不多，他都没注意到，此刻看到，记忆突然回闪，他想起他和林晖在很久以前曾经见过！

就是他接受梁晓茗的邀请去凤凰酒吧的那晚。他进酒吧时，有个中年男人坐在吧台前喝酒，小拇指上戴了个蓝宝石戒指，宝石太抢眼，他就留意到了男人的手指，却没注意对方的长相，只记得男人的气质和酒吧氛围不太搭。

那颗蓝宝石从大小和成色来看至少也要十万，绝对不是一个普通人戴得起的。电视里的镜头已经转过去了，陈飒还呆呆地看着画面，不断地想——林晖为什么要去凤凰酒吧？是为了调查他才去的吗？

不可能，那时候他还不认识郑大勇，也很久没和凌冰联络了，所以林晖的目标不是他，而是另有目的。目的暂且不谈，单单看林晖的服饰就证明他很有钱，至少背地里出手阔绰。所以在这一系列的事件中，他不单单只是崇拜孙佰龄的小助手，而且他绝对都有插手，他和孙佰龄是同谋！

不过推理过程好像有断层，总感觉磕磕绊绊的，陈飒沉不住气了，抄起他那个屏幕都碎成蜘蛛网的手机打给了严宁。

所幸手机还能用，第一时间就接通了，可陈飒马上又想到其他问题，临时挂断了。

不，他还不能把自己想到的告诉警察，因为他不知道冯君梅去了哪里，或者说——她被带去了哪里。

会议室中，严宁刚拿起手机，铃声就停了，她看了下来电显示，魏炎问："陈飒的？"

"是啊，打过来又挂断，也不知道他怎么想的。"

严宁想回拨，魏炎制止了。

"不管他怎么想，他会主动联络你就代表还是信任你的，你直接去一趟，和他好好沟通看看。"

陈一霖加上一句："他还挺怕你的，沟通不成，你就亮拳头，他肯定就老实了。"

大家都笑了，严宁瞪他，"我有那么暴力吗？"

魏炎说："这叫有行动力，那小滑头的很多想法虽然剑走偏锋，不过都挺有效果的，你们俩取长补短，或许可以找到新线索。"

"阿嚏！阿嚏！"

陈飒打开冰箱，不知是不是冰箱里的冷气太足，他连着打了两个喷嚏，摸摸鼻子，心想可别折腾感冒了，否则他会被母亲骂得怀疑人生。

冰箱里多了不少食材，其中那两只大龙虾最显眼，应该是他不在的时候母亲让刘叔送过来的。

陈飒拿了瓶矿泉水，叹着气关上了冰箱门，想到没法把怀疑告诉

第十七章 反杀

严宁，他有些郁闷。

陈飒走去客厅探头看看窗外，没看到送他回来的警察，不过肯定守在哪里监视他，连着几天都出事，还都与他有关，估计警察不会让他随便走动。

陈飒放弃了，看看折腾了一天被弄脏的衣服，他脱掉了，去了浴室。

浴缸水温刚刚好，陈飒泡在水里，这几天的经历走马灯似的在眼前一帧帧划过，直到最后——林煜帆躺在地板上的那一幕。

林煜帆不算是他的朋友，可是一条鲜活的生命转眼间就消失了，换了任何人，心里都不会舒服，死神就好像在和他玩捉迷藏，把他身边的人一个个带走……

对，就是那把镰刀！

陈飒闭着眼，想起爱心小人背后的刀锋，想起沈云云手臂上的刺青，还有王小安自杀时做出的诡异动作，他终于明白为什么自己的推理会出现断层了。

外面传来门铃声，陈飒正在考虑事情，没留意，等他注意到的时候，就听到开门声和特意放轻的脚步声。

前不久才经历过一场殊死搏斗，陈飒现在都成惊弓之鸟了，慌忙从浴盆里出来，左右看看。

这是浴室，能当武器用的什么都没有，陈飒拿过花洒，心想关键时刻只能用它了。

他抹了一把脸上的泡泡，正要去拿浴巾，外面的人似乎听到了这里有动静，跑过来，叫道："陈飒，你在吗？"

听到是严宁的声音，陈飒松了口气，慌忙说："我在，我没事，你等等，别……"

话音未落，咣当一声，外面的门已被一脚踹开了，陈飒想抢先拿到浴巾，一个不小心按下了花洒按钮，热水哗地喷下来，他本能地拉开门跑了出去。

"欸？"

严宁就站在对面，手中还握着枪，当看到陈飒赤身裸体，身上还沾满泡泡，她起先的紧张转为好笑，放下手枪，问："你应该是陈飒吧？"

"我很想否认。"陈飒捂脸嘟囔。

其实他更想退回浴室里面，奈何水还在一直喷，他的眼睛又被泡泡刺激得直流泪，伸手摸索着去拿浴巾，严宁拿到了，丢给了他。

"先穿衣服吧，我在外面等你。"

陈飒擦了眼睛跑去冲完澡，浴室外没有放正式的服装，他索性只在腰间围了条浴巾，随便擦了擦头发，走了出去。反正刚才那番闹腾，他面子里子都没了，形象什么的不考虑也罢。

严宁正站在客厅窗前往外看，听到脚步声，转过头，脸上露出诧异。

陈飒感觉她在努力憋笑，没好气地说："我说，你进我家之前能不能先按门铃？"

"我按了，一直没回应，我担心你有危险，就进来了。"

陈飒去了衣帽间，拿出衣服，见严宁跟随过来，他问："你还要看我换衣服？"

严宁转了个身背对他，陈飒边穿边问："你应该不是踹门进来的吧？"

"不是，踹你家那种铁门那叫自虐，我是用钥匙开的门。"

严宁保持背对陈飒的姿态拿出钥匙，就是和车钥匙串在一起的那把，在空中晃了晃。

陈飒想起来了，他今天是坐林煜帆的车离开的，后来发生了那个

第十七章 反杀

事件，就把车钥匙给了严宁，让她找时间把自己的车送回来，没想到她还顺带登门。

"你收着吧，"他说，"反正就算还了，回头说不定又换你开。"

"别乌鸦嘴，今天这事是意外。"

"什么意外，你们警察不都在怀疑我吗？"陈飒自嘲地说，他穿好衣服，又套上外套，接着说，"不过你来得正好，有你陪着，我就可以出门了。"

"你要出去？去哪儿？"

"嘉美健，就是附近那家健身房。"

陈飒翻了翻箱子，找出一套健身服，递给严宁。

"这套给你，是我妈的，还没穿过。"

严宁接过来，见是套粉红色的，挑了挑眉。

陈飒说："别想歪了，真是我妈的，大概她老人家是打算买来和我一起去健身的，可到现在她都没用过。"

"去健身房干什么？"

"当然是做调查，总不可能是做运动，我这辈子最讨厌的就是运动了，可自从……"

自从接受心脏移植后，以往懒散的生活就和他说拜拜了。

陈飒心有戚戚焉，朝严宁甩甩下巴，示意出门。严宁想到魏炎的叮嘱，没再多问，跟了上去。

两人从大厦出来，外面夜幕沉沉，陈飒看看送他回来的那辆车，警察坐在里面，因为有严宁在，他没有露面。

陈飒堆起一脸的笑，朝他挥挥手，人家没理他，陈飒便对严宁说："做警察也挺辛苦的，要一直蹲点，就怕我也和冯君梅那样消失了。"

"你这人真没劲。"

"什么?"

"上次我就说过了,总戴面具很累的,你看你现在明明不高兴,还弄个笑脸跟我说话,太虚伪了。"

陈飒笑了,这次他是被气笑的。

"严警官,我在被怀疑啊,我被卷进案件、被怀疑就已经够倒霉了,还被说虚伪?"

"我的意思是,你完全可以表达出你的不高兴,没必要掩饰,我知道你们这种身份的人都很注重形象,不过……"

"不不不,自从我被打成熊猫眼后,在你面前我就完全没形象了。"

这次严宁没忍住,扑哧笑出了声。

陈飒本来心情挺郁闷的,看到她的笑脸,突然间觉得没那么憋屈了。

他清清嗓子,说:"刚才那事,要是有第三个人知道,我一定会杀人灭口的。"

严宁心想:还说不在乎形象,你这不还是很在意嘛。

不过既然陈飒这样说了,她也就装糊涂,反问:"刚才出什么事了吗?"

陈飒对她的回答很满意,两人顺着人行道往前走着,他说:"我在浴缸里一直在琢磨一件事,每次幕后人都可以抢在我们前头联络上当事人,她是怎么做到的?"

严宁看了他一眼,陈飒反应过来,说:"你们不会一直都在怀疑我吧,认为是我通风报信的?你配合我做调查,其实真正想调查的人是我?"

"是你配合我,不是我配合你。"

"没反驳前半句,看来我说中了,"陈飒自嘲地说,"所有事件都是围绕着我发生的,其实我都有点怀疑我自己了。假如我不是当事人,

第十七章　反杀

我都觉得自己就是幕后黑手，不过我不是，所以消息是谁传出去的？"

严宁正要回答，陈飒又马上接着说："王天鹏那次是郑月明说的；宋剑那次是碰巧，他发现老婆不见了，做贼心虚，打电话联络赵龙，结果赵龙过去时宋剑已经死了，他只能赶紧找人帮忙运走尸体；唯独王小安那次，从我们发现他到去找他，时间非常紧，我翻遍了我家，没找到窃听器那类东西，那只有一种可能！"

严宁明白了他的意思。

"你的意思是健身房的职员通风报信？可是……"

严宁想说王小安事件后，陈一霖等同事就调查过那几位职员了，他们都没有前科，与王小安和蒲公英社团也没有交集，所以大家才会把陈飒列为第一怀疑对象。

不过这话要是直接说了，陈飒肯定无法接受，她改为："可是你有证据吗？"

"没有，所以我需要你的帮助，是生死攸关的大事，你什么都不用说，配合我就好。"

陈飒加快脚步，表情严肃，严宁感觉他一定是注意到了自己没注意到的地方。也许头儿说得对，虽然陈飒做事不按常理来，但他总能在不显眼的小地方挖掘到线索。

Chapter 18
第十八章　信仰与洗脑

两人一走进健身房大厦，就遇到了之前为他们提供消息的女教练。

她还记得他们，上前打招呼，陈飒向她道谢，说："幸好有你帮忙，我们不仅顺利抓到了凶手，还把他的同伙也揪出来了，你看新闻了吗？就是那个蒲公英之家的老板。"

女教练用力点头，"看了看了，利用大家的爱心弄钱，太缺德了！她杀人是不是因为分赃不均啊？"

陈飒看看周围，把她拉去一边，小声说："咱们就在这里偷偷说，她也是被利用的，背后可能还有大鱼，不过案子差不多结了，我们也能喘口气了，来锻炼锻炼身体，顺便打听点情况，这两个人你见过吗？"

他分别调出小彪、冯君梅的照片，教练看了后摇摇头。

陈飒压低声音，继续说："这两人都和王小安认识，我们怀疑他们也参与了某些犯罪活动，尤其是这个女的，如果他们出现，千万不要惊动，请第一时间通知我。"

他一脸神秘，女教练完全信了，和他交换了手机号，答应有发现马上联络他。

第十八章　信仰与洗脑

等她走了，两人进了电梯，严宁说："你可真能忽悠人。"

"给足鱼饵，才会有鱼上钩啊。"

来到健身房，两人换了健身服，王经理过来打招呼，陈飒又对他说了相同的话，王经理的反应和女教练一样，摇头说不知道。

陈飒也没多问，拉着严宁去了跑步机，把要来的两个手机号给了她，说："让你同事留意他们两个接下来的通话记录。"

那天他们调查王小安只有这两个人知道，严宁猜想陈飒是在投石问路，反正其他几条线有同事在查，她就和陈飒另辟蹊径，把手机号传给了技术科的同事。

为了不被怀疑，陈飒把附近的健身器都挨个儿玩了一圈，顺便观察那两人，他们都表现得挺正常，直到陈飒和严宁离开。

出了大厦，陈飒让严宁把负责保护自己的那位同事叫过来盯着这两人，严宁照做了。陈飒又让她问技术科有没有新情况，又问他们有没有跟踪林晖和刘全金，给严宁一种感觉，陈飒才是她上司。

最后，她忍不住了，问："你到底想干什么？"

"当然是帮你们找出凶手啊！蒲公英之家表面做慈善，背后从事不法活动，手底下还养了一大帮不法之徒——负责杀人的、负责骗钱的，还有负责拉拢诸如郑月明那种容易被洗脑的会众的，搞得跟邪教似的。这些不可能是孙佰龄一个人搞出来的，刘全金和冯君梅都有参与，后来可能是因为分赃不均，刘全金和孙佰龄翻了脸，另外还有个林晖。林煜帆提到了他们的据点，那里一定有他们的犯罪证据，只要找到了，就可以把他们一网打尽了。"

"不，我问的是你的真正目的。"

"我？呵呵，我当然是帮你们的啊。"

陈飒打着哈哈，严宁明白他的心思，说："我知道你不相信我们，因为你觉得我们对你不信任。我的确对你的一些行为抱有疑问，不过如果我不相信你，就不会特意过来找你了，有些事情我希望你亲口告诉我。"

"怎么？我的主治医生都没告诉你吗？"

"你不会是因为我暗中调查你在不高兴吧？"

严宁一句话命中靶心，不过这一点陈飒打死都不会承认，说："警察有怀疑我的权利，我也有被怀疑后表达不快的权利，相互并不矛盾。"

严宁看看手表，折腾了一天，她都没好好吃顿饭，还要在这里和陈飒打口水仗，说："盯梢大概一时半会儿不会有后续，正好我们趁着这个时间交流下情报。"

陈飒停下脚步看向严宁，严宁认真的表情让他的心一动。

"我要考虑一下。"

"这种事有什么好考虑的？你还没吃饭吧？我请。"

"还是我请你吧，"陈飒想起了他家冰箱里的大龙虾，说，"大魔头，你有口福了。"

"如果换做半年前，照我的洁癖，一定会把你拉进黑名单的。"健身房停车场，陈飒坐在自己车上，看着在驾驶座上吃着龙虾意大利面顺便盯梢的严宁，叹气道。

几分钟前，陈飒刚把他拿手的意大利面做好，严宁就接到了魏炎的电话，说有紧急任务需要人手，要把保护陈飒的警员抽调回去，陈飒的保护工作就由严宁一人负责。

这样一来，健身房那边就没人盯梢了，随后严宁接到技术科的电话，说王经理打过几通电话，其中一通手机号码的户主资料和身份证不符。

严宁让他们继续追踪，她则当机立断，把热气腾腾的意大利面盛进盒子里，开车去健身房接手盯梢工作。

第十八章 信仰与洗脑

他们的车停在王经理的车斜对面、女教练的车附近。健身房关门比较晚，所以暂时还不用马上出车跟踪，严宁还让技术科同事留意附近的道路监控，以防他们从其他出口离开。

严宁看看陈飒，陈飒刚把插在叉子上的龙虾肉咬进嘴里，她说："你不也在吃？"

"因为我不想自虐。"

反正真皮座椅都被弄脏一次了，再说就算他不吃东西，严宁吃也可能弄脏，所以他认命了，就是可惜了他这辆才买了不久的新车。

"洁癖这习惯还能改吗？"严宁又问。

"因为……"陈飒临时把话打住了，反问，"蒲公英公寓的情况怎么样了？"

"挺糟糕的。"严宁通过耳机听着现场的情况，摇头。

孙佰龄被捕后，不知道是谁把蒲公英之家的公寓地址报给了记者，不久，消息就在网上广泛散播，有一个家暴男就根据这个消息找了过去，要带他老婆回家，还当众动了手。

蒲公英的工作人员试图阻止，争吵中，家暴男突然情绪激动，持刀伤了一名工作人员，又把他老婆和另外两名女性困在房间里，反锁住门，威胁说要放火自焚。

随后工作人员报了警，可家暴男有刀，随身还携带了易爆物品，所以警察不敢硬闯，目前还在僵持中。

更糟糕的是，蒲公英公寓的居民和闻讯赶来的记者也发生了冲突，一部分记者为了取材擅自跨过围栏进入公寓，被居民发现，居民们认为都是他们肆无忌惮的爆料导致大家遭遇危险。

双方都情绪失控大打出手，魏炎不得不调集警力过去维持秩序，除了追踪冯君梅和赵龙的部分警员外，其他人都过去帮忙了。

"也就是说林晖和刘全金现在反而不是重点调查对象了？"陈飒吞

下一口意大利面，说道。

"要先处理紧急事件，他们俩那边有人盯着呢。孙佰龄被捕后，林晖大概是怕了，缩在家里不出门，蒲公英公寓出了这么大的事，他作为老板助理却连个脸都不露，就怕警察顺便把他也抓了。"严宁说完看看陈飒，"为什么你突然对林晖这么在意？"

"因为我发现了一件有趣的事。"

陈飒说了林晖去凤凰酒吧时的打扮，严宁点点头。

"这些人真过分，利用做慈善事业赚到减税等福利，同时又把从会员们那儿弄到的钱拿来挥霍，虽然郑月明说一次就捐个几十块，可他们的会员那么多，轻松几十万就弄到手了，还不用缴税。"

"如果仅仅是这样还好，他们还利用人的盲从性实施犯罪行为。"

陈飒话语低沉，严宁想他可能是想到了凌冰，她说："是啊，王经理有事业家庭，生活也很好，别说犯罪，连记过什么的都没有，我到现在也很难相信是他通风报信的。"

"想不到不奇怪，主要是王小安的死太邪门了，再加上赵龙一直在引开我们的注意力，我想他那么做都是故意的，就是为了防止我们怀疑到其他会员身上。"

面吃完了，陈飒从后车座拿了两瓶水，正喝着水，女教练从后门出来，他们急忙低下头。

教练没往这边看，她穿了便衣，打着电话去了自己车上，然后把车开了出去。

严宁询问技术人员教练的通话记录，结果很快出来了，女教练是打给母亲的，另有几条记录，通话人是男性，职业也是健身教练，两人年龄差不多，推测是交往对象。

追踪人手不够，严宁重新看了一遍女教练的通话记录，判断她应该没问题，调查重点还是放在了王经理身上。

第十八章 信仰与洗脑

"为什么你肯定他今晚会有行动？"她抬起头问。

"不是他，是林晖，"陈飒顿了顿，说，"也许还有刘全金和彭玲。"

"那咱们直接去监视林晖不是更稳妥吗？"

"底下的人比较蠢，跟踪不容易被发现。"

严宁笑了，陈飒问："你不信？"

"他们老板今天才被抓了，现在公寓又出了挟持人质事件，林晖应该知道自己的行动被暗中控制了，你觉得他和他的同党有多大的胆子敢顶风作案？"

"那又怎样？大家都知道犯罪要坐牢，可实际上犯罪率有降低吗？因为大家都认为自己聪明，不会被发现，你是警察，应该很清楚作案凭借的就是一股侥幸和自信的冲动，还有……"陈飒想了想，补充道，"心虚。"

这话有道理，严宁点点头，表示赞同。

陈飒又说："正因为老板被抓，现在是非常时期，林晖才更要把大家召集起来稳定人心。这类组织就是这样，人心不安，散了，就什么都没有了，而他们需要这些会众，也可以说他们需要会众来加以利用，花了好几年时间才发展起来的组织，他们怎么舍得轻易放弃？林煜帆跟我说他们会变装参加聚会，他的话可能大部分是撒谎，不过为了取得我的信任，谎言中一定也夹带了一部分真相，比如他们有固定的聚会场所，所以我想他们就是要去那里。"

"那又怎么敢保证会众会去参加？正常人不是该在发现组织有问题时迅速脱离，或是另换一家？"

"不，能对信仰说换就换的人，一开始根本就不会参加这种团体，所以即使是三更半夜，他们也会跑去奇怪的地方参加集会，因为他们已经对这个组织产生了依赖心理。通常这类组织能控制人心是因为它完全渗透了你的社交圈、朋友圈，比如郑月明，她在组织里有朋友有交流，换言之，有归属感。对了，她不是还说蒲公英帮她介绍烘焙教室嘛，很便宜就能学的那种，这也是一种物质资源控制。还有张明娟，现在她和女儿有地方住，她如果工作了，还有人帮忙看孩子，这些都是蒲公英提供的资源啊。到时只要稍微给她洗洗脑，她多半会把自己的拆迁款全部都给组织的，所以她们无法离开，因为一旦离开了，不仅物质资源没有了，连精神满足也没有了，是致命的。"

"你的意思是王经理也是这样的人？他算是成功人士吧，他和郑月明完全是不同世界的人。"

"都一样的，很多人外表和工作看起来光鲜，但内心是很空虚的，只是因为身份不能表现出来，所以就更加压抑自己。如果一个组织能填满他这些需求，他就会觉得这个地方太好了，是自己的世外桃源。你不理解不奇怪，你这人一看就是意志力很强并且有自己的信仰，你这类人是这种组织的绝缘体。"

严宁听着他的解释，最初感觉匪夷所思，但细想又不是无法理解，她问："你这么了解，是不是也信教？"

"不是，只不过我以前在国外上学时，同学是这类组织的成员，就是那个叫××基的组织，你查一下，会大开眼界的，孙佰龄大概就是参考了他们的做法，吸收社会上由高到低各个阶层的人。give&take——这才是爱心小人的精髓，只不过他们胃口太大，为了更大的利益不惜犯罪。"

陈飙说完，车里陷入沉默，严宁上网查看他说的那个教会组织，很久没有说话。陈飙也不言语，摆弄着他那个快进垃圾箱的手机，就在这时，负责监视林晖的警察联络严宁，说林晖离开了公寓。

陈飙一听到这个消息，拳头一握，露出喜色。严宁看看他，交代同事别惊动目标，继续跟踪。

第十八章 信仰与洗脑

她打完电话,对陈飒说:"你说对了。"

陈飒抓抓头发,笑眯眯地说:"那当然,也许跟踪抓人这种事我不在行,可讲到教会洗脑,我可是老行家了。"

"你就不能谦虚点?"

"我只是实话实说啊。"

陈飒一脸无辜,在这关键时刻,严宁放弃和他较劲儿,认真地说:"你让我配合你,我都配合了,所以我也希望你告诉我真相,你和这个组织到底有什么关系?常烁为什么要调查你?"

"啊?"陈飒一脸惊讶,"常烁调查我?不可能,我压根就不认识他。"

"可是你们接触过不是吗?否则你怎么会知道他的一些小习惯,比如他喜欢喝白开水?"

"这个啊,没人透露,我知道是因为我可以从自己的喜好上推断出来……"

陈飒下意识地摸摸自己的心脏,严宁随着他的小动作看向他胸前,眉头微皱。

"这事要解释,那就说来话长了,总之我和蒲公英组织一点关系都没有。今天在警局我之所以没说出所有的事,是因为我知道冯君梅绝对不是凶手。"

"为什么这么肯定?"

"因为电晕我的不是她。"

虽然在陈飒被电晕前,林煜帆叫出了冯君梅的名字,可正对面摆放的瓷瓶映出了陈飒身后的影子,虽然只是一瞬间,他看不清楚,不过那人很魁梧,不是属于女人的体形,反而更像是姜威。

他本来还不敢肯定,后来看到姜威身上带了电击器,才确定自己没猜错——当时冯君梅根本不在现场,是林煜帆和姜威做了圈套让他钻。

严宁一听就急了。

"你都知道这情报有多重要了,为什么隐瞒不说?"

陈飒看了她一眼。

"明明冯君梅不在,林煜帆却叫了她的名字,你知道是为什么?"

"当然是为了陷害她!"

"不错,可为什么陷害人的人反而先被干掉了?我想林煜帆也被利用了,如果不是他自以为是,就不会引出王小安杀人,如果王小安不杀人,那王小安现在还能为他崇拜的人提供剧毒,而这些都被林煜帆给毁了。大概幕后人觉得这人太蠢,怕他会说出真相,所以骗他带我去别墅,就像伥鬼一样,我被抓后,他就自由了。

"林煜帆信了那些鬼话,把我骗去别墅,并按照要求叫出冯君梅的名字,可幕后人真正的目的是干掉林煜帆,然后嫁祸给我——这样大嘴巴的人死了,多事的我成了杀人嫌疑犯,也威胁不到他们了,还顺便拖冯君梅下水,一石三鸟。他们唯一失策的是我知道储藏室,抢先跑了进去,还联络了警察,让他们的杀人嫁祸计划落空了。

"于是新问题出现了,我躲进了储藏室,他们没法再嫁祸我,只能临时改变计划杀了我,所以姜威打电话给幕后人,要到了储藏室的密码。然而幕后人感觉到事情要败露,索性一不做二不休,引导姜威喝了下毒的酒,那酒可能原本就是为他们准备的,只是把喝的时间提前了。你们查过在我被关在储藏室的那段时间里,姜威和谁通过电话吗?"

"查了,不过是用假名办的号,已经用不了了。"

"这手法和之前几次如出一辙,如果冯君梅和孙佰龄是同谋,他们就没必要陷害她。相反地,这两天我们查到的所有线索都指向冯君梅,像是在提醒我们她就是凶手似的,而且她又刚好在这个时候人间

第十八章　信仰与洗脑

蒸发了，就更加深了她的嫌疑。我不说出真相，是因为凶手想把所有罪名都推到她身上，所以暂时还不会杀她。可如果我说了，而你们警察又不相信我说的话，说不定会打草惊蛇，假如冯君梅对凶手来说失去了作用，凶手就会马上杀她灭口，我不想冒这个险。"

陈飒说得有点道理，不过严宁不赞同他的想法，说："可是如果你不说的话，她一样有危险，难道你还打算单枪匹马去救人吗？"

陈飒冲她一笑，严宁无语，"你不会还真打算那么做吧？"

"没有，我肯定会叫上你的，我又不能打。"

"看来如果用不到我的话，你到现在还不会说，还真要谢谢您的信任。"

"至少你看着比陈一霖要聪明一点。好了，我把我知道的都告诉你了，所以你一定得相信我，冯君梅不是潜逃，是被挟持了，而且很可能被藏在他们即将集会的地方。"

严宁沉思不语，假如真如陈飒所说，冯君梅不是共犯而是被挟持的话，那她的处境将会极其危险，不是被杀，而是她将背负出卖孙佰龄的罪名。

在一群被洗脑的群众当中丢出这样的祭品，可想而知会是什么后果。幕后人什么都不需要做，只负责在一旁看戏就行了。

如果是这样，那今晚的一系列暴乱事件可能就不是偶然发生的。把蒲公英公寓的情报爆料给记者的说不定就是他们组织内部的人，因为只有把水搅浑了他们才有机会摸鱼啊。

不过……

严宁说："有件事我一直没机会跟你说，冯君梅未必像你说的那么无辜。"

贺晶的死亡疑点浮出水面后，魏炎就向她曾经入住的普吉岛酒店重新要了监控录像。可能是因为出过溺水事故，酒店保存了发生事故前后几天的录像。他们查看录像,发现冯君梅和小彪在酒店大堂休息区交谈过,还聊得很开心。之后贺晶出事,监控拍到了同一时间郑大勇和小彪出现在其他地方,唯独没拍到冯君梅,所以他们怀疑贺晶的死与冯君梅有关。

"郑大勇和小彪都有不在现场证明?"

陈飒听了严宁的讲述,很惊讶,眼睛瞪大了,严宁点头。

"冯君梅长租的酒店房间有蒲公英之家的爱心小人,我们调查了,是可以拆开的那种;她和贺晶乘同一班飞机去普吉岛并住进同一家酒店;和小彪有过交谈;她和黑凤凰酒吧的刘老板是情人关系,她知道这家酒吧却对你隐瞒不说;她和孙佰龄交往密切,推荐了很多单亲妈妈去蒲公英之家;她在接了一通神秘电话后,甩开警察离开公寓。一次两次可能是偶然,可次次都撞上的话,那必须要有一个可以解释的理由。"

陈飒不说话了,严宁正要提醒他,对面人影晃动,是个戴帽子的男人。他低着头,棒球帽的帽檐盖住了大半张脸,穿了一身黑色便装,严宁仔细看了才确定那是王经理,急忙拉住陈飒低下头。

王经理没注意到他们,步履匆匆,往自己的车位走去。

"还不到下班时间呢,看来他是沉不住气了。"陈飒看了下表,说。

严宁又询问技术科的同事,得知王经理没有再打过电话,可能是之前通电话时都说好了,也可能是通过其他方式和同伴沟通过了。

严宁不敢怠慢,等王经理前脚开车离开,她也紧跟着把车开了出去。

这个时间段路上车辆不多,为了不被发现,严宁拉开了车距,就见那辆车左拐右拐,像是为了防止被跟梢特意在绕弯。

好在严宁擅长搞跟踪,在后面平稳驾驶,既不会被甩掉,也不会

第十八章　信仰与洗脑

被他发现。她正专心开着车，忽听陈飒问："如果是反过来的呢？"

"什么？"

严宁一时间没反应过来，匆忙瞥了一眼，就见陈飒看着自己，眼睛闪亮亮的。

"冯君梅的状况和我很像，假如我被林煜帆嫁祸成功了，那之前我碰巧遭遇的事件在你们看来就都变成了人为的设计，冯君梅也是一样。你提的那些事件只有一次是碰巧，就是冯君梅去普吉岛的那次。

"幕后人在注意到她的存在后，发现可以善加利用，万一出现问题了，她就可以当替死鬼——比如让小彪找她搭话，之后又偷偷替换了她放在客房里的爱心小人。后来还真出了事，幕后人便找借口骗她离开公寓再绑架她，制造她逃亡的假象，导致她真的成了嫌疑人，对，一定是这样的！"

严宁明白了他的意思，说："你说的这些理论上没问题，可都是你的推想，没有证据。"

"对，没有，所以才需要你们去找证据——找一个女人，贺晶事件中必定有个女人参与，只要找到她，就能证明冯君梅是无辜的了。"

电话打了进来，是跟踪林晖的警察，他很懊恼地说自己把人跟丢了，林晖太狡猾，趁着去便利店，和另一个与他身形相似的人换了车，警察跟到一半发现不对劲，上前查看才知道自己中计了。

这么重要的跟踪也能出错？

严宁气得都想骂人了，不过事已至此骂也没用，幸好他们还有王经理这条线，她让同事向魏炎汇报情况，跟踪这部分交给自己。

严宁说完，扯下耳机扔到一边，陈飒叹道："出师不利啊。"

"所以我们这边绝对不能出错，"严宁说完，转回刚才的话题，问，"你为什么说是女人？"

"因为郑大勇那时候还在和梁晓茗交往，他不可能单独去普吉岛，除非另有目的，那就是干掉贺晶，可是贺晶出事时监控又拍到了郑大勇出现在其他地方，这说不通，所以可能性只有一个——计划临时有变。

"我记得你说过贺晶在去了普吉岛第二天就和小彪大吵了一架，我猜她会不会是发现了真相，或许还不知道小彪的真正目的，但她肯定是觉察到了危险。如果是这样，那她不可能和陌生的男性去人不多的地方，所以只能是女人。"

"你这个假设完全可以把冯君梅代进去。"

"但是我被设计这次没法把冯君梅代入，在凌冰公寓中神秘消失的人也没法把她代入，所以公式不成立，能让公式成立的只有一个人，一个认识凌冰、了解黑凤凰酒吧、知道储藏室密码，并且可能去了普吉岛的女人！"

"你是指彭玲？"

之前陈飒也这样怀疑过，严宁还特别调查了彭玲的日程，结果当时彭玲和朋友在日本玩，她朋友也证明了这一点，所以严宁就把这条线去掉了。

面对严宁的疑惑，陈飒用力点头。

"当然是她！我怎么会犯这么蠢的错误！我当时就该坚持自己的观点，朋友很可能因为是利益共同体，提供了假证词。你们快去找她问问，看她是不是说谎……不，她一定在说谎，否则公式不成立，我帮你盯着那辆车，你联络陈一霖！"

还好王经理的车绕了几个弯后开始笔直往前跑，倒不用担心会跟丢。严宁打给陈一霖，开了外放，转述了陈飒的怀疑。

陈一霖不以为意，说："那个家伙就不能消停点？我们现在还在蒲公英公寓，歹徒死活不放人，说要同归于尽，大家都在忙着营救人质，哪有时间查这些啊？"

第十八章　信仰与洗脑

"可是我觉得他说的很有道理……"

"我说他在纸上谈兵，他知不知道从日本飞普吉岛要几个小时？既然谋杀是一早就计划好的，那彭玲特意从日本飞去普吉岛的理由又是什么？"

陈飒在旁边听不下去了，插话说："对不起，我是'那个家伙'。"

"欸，你怎么老偷听别人的电话？"

陈飒说："飞行时间长不代表不可能，最重要的是日本和普吉岛之间的往返记录在国内很难查到，可以抹掉彭玲真正的日程；还有你的第二个问题，我想很有可能是小彪在乘机前发现冯君梅和他们一个航班，他在黑凤凰酒吧见过冯君梅，可能还知道冯君梅和刘全金的关系，他做贼心虚，就联络了幕后人，所以彭玲担心状况有变，才会临时飞过去。你们重新再查一遍普吉岛酒店的监控，就算她用了假名，也不可能完全避开摄像头的。"

"我们现在所有人都在忙，当下的案子还忙不过来呢，你就动动嘴，知道我们在外面跑得腿都快废了吗？"

严宁听出话外音，问："又有新发现？"

陈一霖没马上回答，严宁说："你说吧，没关系。"

"我们在山上找到余下的骸骨了，我刚接到消息，可以确定就是小彪的，现在常青他们正在搜查蒲公英之家的公司和孙佰龄的工厂。"

有新发现固然是好事，但也分散了人力，尤其今晚还出了好多突发状况，严宁理解陈一霖的立场，蒲公英公寓的事态紧急，只能先解决当下的问题。

"那你尽力吧，随时保持联络，我这边……"

对面传来轰隆响声，随即电话就断线了，严宁没再回拨，专心开车，陈飒有些担心，说："好像是爆炸声。"

"先别管那么多了，我们就专心处理我们的事。"

"不是，我是想问，如果集会人数众多，万一场面不受控制，就我们俩能应付过来吗？"

严宁瞥了他一眼，"这些你在做计划时没想到？"

"我没想到会有这么多意外，不过总算找到小彪的尸骨了，也许通过尸骨检查，可以找出杀害他的凶手。"

严宁点点头，叹道："看来今晚谁都别想睡觉了。"

王经理的车很快就驶出了郊外，一番绕路后在一块空地上停了车，严宁怕被发现，把车开了过去，在前面找了个地方停车熄火。

陈飒转头看去，王经理下了车，顺小路朝前走去。

前面黑暗中好像有几栋建筑物，他用手机搜了一下，建筑物是一家针织厂，已经废弃了，房屋却一直没处理掉，不知道是谁名下的产业，面积还挺大的，用于多人集会正好物尽其用。

严宁要下车，陈飒叫住她，从车座后面拿过来一个大箱子，翻了翻，拿出一个墨镜。

严宁看看那墨镜，问："你真的要大半夜的戴墨镜吗？"

陈飒也觉得这玩意儿太显眼了，换了个平光镜戴上去，又扯出一条酒红色方巾递给严宁。

严宁接了，盖到头上来回绕了两圈，遮住了半张脸，也算是种简单的变装吧。她看着陈飒又把一些乱七八糟的小玩意儿塞进口袋，叹道："你的东西还真多。"

"业余小爱好，谁能想到会用在这种地方呢。"

两人下了车，远远跟在王经理身后，他对这里很熟悉，附近没有照明，他却走得飞快，不一会儿就到了大门口，陈飒躲在草丛中探头看去，从外观看那里好像是仓库。

王经理抬起手，和门口的人交谈后走了进去。陈飒想起林煜帆的话，说："进去好像需要什么手环，咱们怎么办？"

第十八章　信仰与洗脑

"你知道手环的模样吗？"

"不知道，林煜帆就那么一说，我也是随便一听，本来是打算到了别墅看到物证再详细问的。"

"那只能随机应变了，你过去拉着他聊，我想办法。"严宁说完，不等他回应就绕去旁边，陈飒只能照她说的做，大踏步走过去，直到门口。

仓库重新装修过了，入口只有一扇普通的房门，一个身材高大的男人站在门口，他看着陈飒，问："新加入的？"

"是啊，前不久才入会的，是彭小姐推荐我的……"

"证件？"

"你是问手环吗？我找找……"

陈飒煞有介事地翻找口袋，随口说："彭小姐也到了吧，她跟我说今晚会过来的。"

男人没说话，陈飒还以为被看出破绽了，抬起头才发现他是因为脖颈被勒住了说不出话——严宁的速度很快，大拇指按住他的颈动脉，他连基本反抗都没有就晕过去了。

"你……"

事情发生得太快，陈飒忘了该说什么，随即就看到严宁把昏过去的人拖去一边，他赶忙跟上。

仓库一侧有个小杂物房，严宁对陈飒摆了下头，陈飒上前打开房门，严宁把男人拖了进去。

里面空间很小，勉强容纳两个人，严宁扯下男人的腰带把他的手绑了，又用毛巾勒住他的嘴，以免他叫喊。

陈飒在一旁看直了眼，严宁做完这一切，一抬头看到他那表情，她拉起男人的衣袖让他看。

男人整只手臂上都是刺青，严宁说："这家伙和赵龙是朋友，恐吓敲诈什么都做，既然他在这儿看门，雇他的人肯定有问题。"

"你认识他？"

"认识，上次他犯事就是我抓的。"

严宁走出杂物房，拿起原本挂在门上的挂锁，把锁扣上了，大踏步往仓库走去。陈飒跟在后面，决定以后再也不提被揍熊猫眼那事了。和刚才相比，他只是眼睛挨了一拳头，严宁简直可以说是太温柔了。

两人推开厚重的铁门，走进仓库，刚踏进走廊，迎面就闻到一股浓郁的香气，里面传来乐曲声和喧闹声，和仓库外的寂静相比，这里就像是另一个天地。

进去后，前面有个小拱门，过了拱门，眼前豁然开朗，出现一个很大的空间，里面的香气更加浓郁，像是打翻了精油瓶子。

靠着门是个柜台，上面摆放着饮料，一个长得挺漂亮的女生手里拿着纸杯，看到他们进来，把纸杯递到他们面前。

茶的香气扑鼻而来，陈飒怕里面混了药，他拒绝了，谁知女生马上换了咖啡，为了不让对方起疑心，陈飒只好接了。

严宁选了绿茶，两人喝着饮料往里走，幸好里面空间比较暗，周围的人都在注视前方大屏幕，她趁机泼掉了饮料。

陈飒小抿了一口也泼了，低声说："好像只是普通的咖啡。"

"少量掺杂很难品出来的，留着杯子回头做检查。"

陈飒把纸杯捏扁塞进了口袋，穿过人群往前走。

仓库里乍看有七八十人，两边留出通道，大家都站在当中，显得有点拥挤。前面的投影屏幕上正在播放孙佰龄的演讲录像以及她和会员们的交流视频，画外音很煽情地讲述着孙佰龄为蒲公英之家所做出的牺牲和贡献，她至今未婚，并把经营工厂和民宿的利润都用在了慈善事业上。

◀ 第十八章　信仰与洗脑 ▶

　　屏幕一角始终打着爱心小人的LOGO，在了解了这个所谓慈善社团的真面目后，陈飒觉得那颗爱心分外刺眼，不过其他会众都貌似很感动。陈飒又看到了之前听孙佰龄做演讲的那个胖女孩，她站在附近，不断地抹眼角，附和说："老师是被陷害的，肯定不是老师的错！"

　　陈飒觉得她被洗脑得很成功，再看屏幕下方，果然看到了林晖和刘全金，不过彭玲不在，那女人狡猾又小心，陈飒心想她可能觉察到警察盯上了她，所以尽量避免露面。

　　她不在最好，陈飒和她最熟，也怕她一眼认出自己。

　　陈飒正想着，四周响起了林晖的说话声。

　　"这几天发生的事情相信大家都知道了，孙老师暂时没办法向大家亲自解释，就由我来转述，希望大家相信老师的为人，不要被外界的流言蜚语左右，真相是有人嫉妒老师，故意陷害她……"

　　他的说话声被愤怒的质问打断了，大家纷纷询问诬陷者是谁。林晖没有给出解释，只是不断安抚大家的情绪，又开始长篇大论，挥舞着拳头，说一些华而不实的鼓舞人心的话。

　　陈飒穿过人群观察大家的反应。林晖的演讲风格和孙佰龄不太一样，不过同样具有煽动力，很快大家的情绪就被带动起来了，因为激动，眼睛熠熠闪光。

　　不知道是人群太密集还是香气太浓郁，陈飒感觉很不舒服，神经不由自主地绷紧了，脉搏突突突地跳，也想跟着大家一起吼。就在这时，手臂被拉了一把，严宁指指前面让他看。

　　有个男人低着头站在人群中，唯独他没有被气氛感染，听了一会儿，穿过人群迅速往通道走去。

　　陈飒只看到个背影，感觉像赵龙，见严宁快步追过去，他跟了上去，小声说："这家伙胆子真大，被追捕不藏起来，还跑到这里参加聚会。"

"大概是无处可藏,也可能是怕和小彪、姜威那样被灭口。"

严宁说完,跑到了通道,赵龙身影一晃,穿过前面的小门溜掉了。

严宁紧紧跟上,门没锁,她推门进去。

对面也是小通道,拐过弯后豁然开朗,墙壁做了隔音处理,前面大屏幕的声音和林晖慷慨激昂的叫声变得不那么刺耳了,陈飒烦躁的情绪总算得到了缓解。

后面同样是个很大的空间,这里保留了仓库的原貌,当中空荡荡的,靠墙是铁质楼梯,头顶还有不少铁架子,引人注目的是四周并排放着不少两米多高的长形木箱,木箱一边有个看似门的入口,假如稍微装潢一下,就成了类似雅间的小房子。

看着这些奇怪的箱子,陈飒猛然想起林煜帆提到的嗑药淫乱的话题,在嗑了药的人眼中,这些木箱应该变得很华丽吧。

赵龙不见了,周围一片寂静,陈飒掏出手机对准木箱拍了几张照片,随即手臂被拉住,严宁带着他迅速闪到一个木箱后面。

对面传来响动,原本完整的木箱中间多了个缺口,原来那个箱子装了拉门,门拉开后,赵龙先出来,接着是一个女人。

她穿着黑色长裙,戴了一顶很大的黄色太阳帽,陈飒起先以为是彭玲,直到她抬起头,露出半边侧脸,陈飒才发现她是冯君梅。

一瞬间,陈飒以为自己的推测全都错了,看冯君梅的样子她是自由的,并没有被挟持,至于两人说了什么,由于距离太远,他听不到,只看到冯君梅点点头,不一会儿,有两个女人进来,拉着冯君梅往外面会场走去。

"这是怎么回事?"严宁压低声音问。

陈飒也没明白,犹豫着说:"也许她被威胁了,不得不听他们

第十八章 信仰与洗脑

的话。"

冯君梅表现得很顺从,但正因为太顺从了,反而显得蹊跷。陈飒认识的冯君梅一向是意气风发充满精神的,而不是靠戴帽子掩藏身份,甚至连背都挺不直。

他仔细看去,冯君梅的脚步似乎也踩得很不稳,有种牵线木偶的感觉,他想到了一个可能性,急忙对严宁说:"他们可能给冯君梅服药了,她有危险!"

两人顺着木箱后面往回走,没走几步,严宁的手机传来振动。

振动声不大,听在陈飒的耳朵里却宛如炸雷,他僵在那儿看向严宁,严宁倒是冷静,迅速点了接听。

赵龙原本要去仓库另一角,他似乎听到了响声,停下脚步往这边看过来。

四下寂静,前面的喧闹声传达不到这边,两人躲在箱子后,就听赵龙的声音喝道:"出来!"

严宁把手机塞给陈飒,朝他打手势,示意这边自己来应付,他赶紧去找冯君梅,不等陈飒回应,她就闪身出去了。

陈飒站在原地不动,就听赵龙"啊"了一声,随即冷笑道:"呵,这不是严警官嘛,你鼻子倒是挺灵的,追到这儿来了。"

"赵龙,你涉嫌几起谋杀,跟我回去接受调查!"

陈飒听到快速的脚步声,随即是搏斗的响声,他不敢怠慢,趁严宁拦住赵龙,他加快脚步,从木箱子后面绕过去,推门跑去前面。

"出了什么事?"陈一霖在手机那头问。

陈飒快步走着,顺便观察着仓库周围的构造,说:"我们找到赵龙了,还有冯君梅,你们快来!"

说话声被激烈的鼓掌声盖过去了,陈一霖没听清,又问:"什么?赵龙……"

陈飒急着找冯君梅，没时间回应，随手把手机揣进了口袋。

他挤进人群，很快就发现了之前带冯君梅离开的女人，可冯君梅不在她身边，灯光太暗，只有前面大屏幕上还在播放孙佰龄的录像。

林晖由于扯着嗓子喊太久了，声音有些嘶哑，配合着录像背景音，他继续大声叫道："我知道你们很希望找到陷害老师的人，我们也在努力寻找，要相信老师神奇的力量，她一定会指引我们达成所愿的……对，叛徒就在我们身边，是了解蒲公英了解老师的人……会有恶报在她身上的……"

他说得声嘶力竭，陈飒的耳膜都被震得作痛。他忍着不适挤在人群中寻找，还好冯君梅的太阳帽很大，终于让他找到了，急忙加快脚步挤过去。

冯君梅像是梦游症患者，随着人流慢慢往前走，嘴里好像在嘟囔着什么，陈飒凑过去，避开大家的吵嚷，终于听到了她的声音。

"这是哪里……蒲公英之家……孙小姐出事了，是我……"

陈飒一把拉住她的手。冯君梅转过头，眼神飘忽，看着他意识模糊地叫道："陈飒……你也在……呵呵，你怎么在这里……你看到孙小姐了吗？"

"跟我走。"

陈飒二话不说，扯下了她的帽子，拉着她往人群外沿走，冯君梅有些不情愿，转头看大屏幕。

"孙小姐叫我去，她说给我看有趣的东西……呵呵……"

"我带你去孙小姐那儿。"

陈飒安抚道，身后传来更响亮的叫声，林晖叫道："仙鹤报恩了！老师不会有事的！揪出坏人！揪出坏人！揪出坏人！"

他一边叫一边打着拍子，台下的众人也跟随着一起叫，个个脸色赤红神情激愤，就像一群嗑了药的人。

第十八章　信仰与洗脑

　　看时机差不多了，林晖继续吆喝着口号，又给助手打手势，顿时大屏幕上的画面定格了，音乐声停下，一道光束在人群间闪烁过后，定在了一个头戴黄色太阳帽的人身上。

　　灯光明亮，将他整个人都罩在当中，大家的叫嚷声停下来，顺着林晖的目光看向他。

　　仿佛觉察到众人的注视，那人抬起头，摘掉了头上的帽子，王经理的脸露了出来。

　　林晖呆住了。

　　事情的发展脱离了最初设想的轨道，他瞪着王经理，不明白原本属于冯君梅的帽子怎么会在他头上。

　　王经理也一脸茫然，他还没理解当下的状况，只觉得众人的目光很冷漠。人们以他为中心往两边退开，默默盯着他，像是在盯一个怪物。

　　"怎么了？"

　　一种被大家抛弃的恐惧感涌上心头，王经理看向站在前面大台子上的林晖，那顶帽子落到了地上，没人理会，更没人靠近。

　　"大家看老师的录像，这……"

　　林晖率先反应过来，催促助手按播放键，就在这时，四面传来冷风，天窗和两边的窗户自动打开，深夜的凉气一下子吹散了室内充盈的热气，喧腾的气氛开始降温，不少人嘟囔着"太冷"，有人跑去关窗，有人去找热饮喝。

　　"怎么回事？"

　　觉察到不对劲，林晖低声问助手，一个女人跑到他身边，着急地说："冯君梅不见了！"

　　"不是让你们带她过来的吗？"

　　"是啊，还给她戴帽子了，可、可她一眨眼人就没了，怪我……"

女人也觉得诡异，焦急地向林晖解释。

林晖顾不得管她，看大家都散开了，想要再把人聚集起来。这时，从不远处传来砰砰响声，声音轻微，他却脸色一变。

那是枪声，看来是出意外了，否则赵龙他们不会在这种时候开枪。

刘全金一看不妙，转身就想跑，林晖抓住他，被他甩开了，说："别拉我，这些都是你的事，跟我没关系！"

"什么没关系？没有蒲公英的钱你那间酒吧开得起来吗？别忘了孙佰龄是你的老情人，名单上还有你的名字呢，我们出了事，你也别想撇清！"

刘全金不说话了，林晖正要交代他做事，耳机里传来手下的声音，说有人按了开窗的按钮，他们已经关上了，目前还没人出去。林晖让他们马上把人找出来，下达完命令，他的目光冷冷地看向刘全金。

"你知道接下来该怎么做了？"

Chapter 19
第十九章　凤凰图腾

开窗的不是别人，正是陈飒。

他把冯君梅从人群中带出来后，原本想带她离开，却发现拱门那边被人堵住了，看样子不是普通会众，他只好折返回来。

手触到通道一边的窗帘，无意中碰到了按钮，他猜那可能是窗户开关，就按了下去，没想到误打误撞，窗户还真都打开了。

冷风冲淡了室内浓郁的香精气味，他想至少可以减轻大家的亢奋状态，别被有心人当枪使了。

陈飒带着冯君梅转去后面的仓库，顺着走廊进去，没想到短短的时间里，里面居然变得一片漆黑，什么声音都没有，他既不知道赵龙在哪里，也不知道严宁的去向。

冯君梅还是一副迷糊状态，嘴里嘀嘀咕咕，陈飒摸不清状况，捂住她的嘴，在耳边提醒她不要吵，又凭着记忆挪进离走廊最近的箱子里。

谁知他们刚进去，背后就传来冷风，有人冲过来向他发起攻击。陈飒自己也不知道是怎么回事，危急关头居然闪身避开了，同时猫腰转身，一拳头击过去，正打在那人的肚子上。那人没站稳，从箱子门口摔了出去，发出"哎哟"的痛呼。

陈飒出拳后才想到自己居然打人了，听到叫声不是严宁的，他放了心，随即就感到来自拳头上的疼痛——刚才反应太快用力太猛，他忘了自身的承受力。

陈飒连连甩手，心脏鼓动激烈，要不是情况不允许，他真想对常烁说声谢谢，如果没受心脏的影响，仅凭他自己，刚才早被撂倒了。

他不懂徐离医生说的那些医学原理，他只知道这个应激反应出现得非常及时，并且多多益善。

对面传来脚步声，紧接着是急促的打斗声，冯君梅吓到了，刚要开口叫嚷，陈飒及时捂住她的嘴巴，低声说："在玩游戏呢，你要是把敌人叫来，咱们就输了。"

他想冯君梅是个高傲的人，尽管服了药物精神恍惚，本能还是存在的，所以试探了一下。冯君梅果然听了他的话，冷静下来了，反问："我们要怎么做？"

"你待在这里别动，别说话，当布景板迷惑敌人，我是猎人，剩下的交给我。"

冯君梅不说话，只是微微点头，陈飒松开了手。只一会儿工夫，打斗声就没了，虽然眼睛慢慢适应了黑暗，不过箱子太多，人藏在哪里，他完全看不到，只能凭猜测推断这里除了严宁和赵龙，还有攻击他的第二个人。

可这里是赵龙的地盘，他没必要切断电源，反过来讲，如果对手只有两个人，以严宁的功夫也不会特意弄碎照明灯，所以现在这里至少有五人以上。这些人想瓮中捉鳖，才会放进不放出，刚才那人就是想趁机偷袭，却被他放倒了。

陈飒有点自得，随即想到当下的状态——如果严宁都没把握，那他出去也是肉包子打狗，也不知道陈一霖什么时候能赶过来，他们想要自救，只能拖延时间。

第十九章　凤凰图腾

想到这里，陈飒蹲去木箱墙角，点开手机常用的声效软件，在声音发出之前往仓库角落奋力掷去。

几乎与此同时，尖锐的铃声爆发出来，陈飒听到了夹在铃声中的咒骂。有人冲过去想掐断铃声，可能是手机的着陆点太偏了，那人找了半天没找到，反而被其他人趁机攻击，两边打在了一起。

陈飒不知道哪个是严宁，但肯定有一个是，他趁着骚乱，从木箱跑向对面，还没靠近就听到落地的响声，有人摔倒了。

又有人冲了过来，并且打亮了手机照明，周围顿时发出刺眼的光亮，陈飒下意识地伸手捂眼睛，紧接着手臂被拉住，他被扯着摔去了一边，同一时间，头顶传来轻响，打在了后面的木箱上。

开手机照明的歹徒随即手臂中枪，却是严宁开的枪，他吓得赶忙关掉了照明，严宁趁机拉着陈飒跑去木箱后方，就听对面赵龙恶狠狠地骂道："蠢货，谁让你开灯的！"

陈飒丢出去的手机也在搏斗中被踩烂了，铃声断掉，四下重新坠入黑暗和沉寂，陈飒心有余悸，躲在箱子后面呼呼直喘气。

严宁低声问："你没事吧？"

陈飒摸摸心脏，自嘲道："照这架势，我有事只是时间问题。"

"再坚持一会儿，"严宁说完，又冲对面大声喝道，"警察马上就到了，你们逃不了了，赶紧投降吧！"

子弹射过来，打在了木箱上，发出几记沉闷的响声，赵龙在对面骂骂咧咧。陈飒低声问："一共几个？"

"六个，都是从后门进来的，我破坏了密码锁，他们现在出不去了。"

陈飒猜想歹徒可能是发现开门的人消失了，觉察到不对劲，所以进来查看。后门出了故障，唯一的出口就是通往前面大会场的那道门，严宁又在附近守着，导致双方僵持，直到他进来。

"冯君梅呢？"严宁问他。

"她没事，以为在玩游戏。"

说到这里，陈飒也希望这真是在玩游戏，再想到严宁一个人和六名歹徒周旋，还把他们困在这里，又很佩服她，说："他们出不去，肯定比我们更急。"

对面传来脚步声，还没等严宁行动，几颗子弹就射了过来，把他们逼在木箱后，歹徒趁机往通道那边跑。

严宁转去木箱边角，朝着有响动的地方开了枪，有人腿部中枪，哀嚎着倒地，对方随即向她开枪，子弹用完了，传来卡壳的声音。

严宁就在等这个机会，跳出去举枪喝道："不许动！"

"臭娘们儿！"

黑暗中不知是谁骂道，紧接着搏斗声再度响起，看来歹徒不想束手就擒，宁可拼个鱼死网破。

陈飒从木箱后悄悄探出头，只能隐约看到相互攻击的身影，他怕严宁一个人撑不住，虚张声势，喊道："不许动！否则我就开枪了！"

瞬间，众人都停了下来，赵龙马上喝道："那小子撒谎，他没枪！"

话音刚落，枪声响起，却是严宁开的，又有一名歹徒中枪摔倒。

还没等陈飒开心，他就感觉冷风冲着自己袭来，他掉头就跑。原本想躲去木箱后面，却没跑两步就被东西绊倒了，听着歹徒逼近的声音，他就地往旁边翻了两个滚，手指触到了某个冰冷物体，摸索着拿起来，竟是一把枪。

陈飒一愣，想起有人曾被他踢翻在地，手枪可能就是那时候落下的。慌乱之中他顾不得多想，顺手抄起，双手扣住扳机朝着歹徒连扣几下。

砰！砰！砰！

第十九章　凤凰图腾

也不知道子弹都射去了哪里，陈飒只听到耳边传来的闷响和他自己呼哧呼哧的喘气声，歹徒似乎没受伤，在发现他手上真有枪后没敢再攻击，转身朝通道跑去。

严宁也在那边，陈飒不敢开枪，只能大叫不许动。

就在这时，前方突然传来光亮，有人提着LED灯走进来，大声问："出了什么事？"

陈飒都被灯光吓怕了，一看到亮光，他就身子一窜，跑去了离自己最近的木箱后面，却因为跑得太快，胳膊撞到了箱子棱角，啪嗒一声，手枪脱手落到了地上。

还好对面的人注意力都放在外来者身上，把他直接忽略了。好巧不巧，那人离赵龙最近，被他一把抓住，将匕首顶在他脖子上，男人在挣扎中，LED灯落到了地上。

灯光颇亮，足够照清楚在场的每一个人——进来的是刘全金，劫持他的是赵龙，赵龙的同伙只有两个没受伤，不过脸上身上都溅了血，呼呼直喘，灯光从下方照在他们脸上，透着困兽犹斗的凶狠。

刘全金吓得尖叫起来，随即脖颈被赵龙勒住，制止了他的叫喊，严宁举枪对准赵龙，喝道："赵龙，快放了人质，你这样只会加重罪行！"

"呸，老子还怕这个？"赵龙嗤之以鼻，叫道，"放下枪，否则我就杀了他！"

严宁没动，赵龙马上加重手劲，血从刘全金的脖子上流下来。刘全金吓得脸都白了，偏偏叫不出声，急得朝严宁直摆手。

他表情急迫，严宁无法判断他们是不是在唱双簧，稍微犹豫后，把枪丢到地上，又往旁边一踢，枪顺着地面滑去了木箱下方。

赵龙原本想让同伙夺枪，被严宁这么一搞，他的打算落了空。眼看着时间越来越紧张，他咒骂了一句，拖着刘全金往前挪。他的那两个同伙一个在前面开路,一个负责垫后,防止严宁偷袭。

为了人质的安全,严宁没有紧逼,却也不能任由他们逃走。外面是什么情况还不清楚,不过几十个人的聚会应该不会马上解散,万一歹徒闯入人群,那一定会造成更大的伤害。

她紧跟上去,马上就被赵龙喝止了,快走到门口时,旁边的木箱子里突然传来哗啦响声,赵龙下意识地往那边看去,严宁趁机将手表甩向赵龙。

赵龙的一只眼睛被打中,疼得去捂脸,刘全金趁机脱离桎梏,双腿一软瘫到了地上。赵龙顾不得管他,气得甩手将匕首掷向严宁。

严宁闪身避开,却不料与此同时,垫后的歹徒握住匕首刺向了她。陈飒趴在木箱后面,眼看严宁危急,他只觉热血上涌,就地一翻,探手拿起落在地上的手枪向歹徒扣下了扳机。

枪声响起,歹徒向后一晃,他肩头中枪,随即被严宁一脚踢在胸口,踹飞出去。

陈飒握着手枪,还想继续朝赵龙开枪,忽然手腕发抖,感觉到了恐怖,不敢再动了。还好严宁一个反踢腿,正踢中赵龙脖颈,他连一声叫嚷都没发出,往前一扑,就倒在地上不动弹了。

在前面开路的歹徒被严宁的气势镇住了,不敢硬拼,掉头就跑。严宁踢中LED灯,灯盏凌空飞起,撞在歹徒的头上,他往前扑倒,晕了过去。

陈飒惊魂未定,拿着手枪站起身走了过来,刘全金吓得连滚带爬直喊救命,严宁没理他,对陈飒转头一笑。

"谢了。"

陈飒脑子里一片混沌,不知道该说什么,严宁又说:"你枪法不错啊,练过?"

"没有……我这辈子就没碰过枪……"

第十九章　凤凰图腾

陈飒说着，低头看向握枪的手，虎口被套筒撞击，出血了，想想刚才开枪那一幕，他自己都觉得神奇。

也许……他该感谢常烁的心脏对他的影响吧。

木箱里又传来哗啦声，本能促使下，陈飒立刻双手握枪指向那边，却见冯君梅晃晃悠悠从里面走出来，原来刚才的声音是她发出来的。

搏斗的时间并不长，可是在陈飒看来却像是过了几个小时，他早把冯君梅给忘了。看到她，他长长松了口气，举枪的手放下了。

冯君梅还没有完全清醒，茫然地看看严宁，又看向陈飒，问："游戏结束了？坏人都抓住了？"

严宁笑了，陈飒也笑了，说："都抓住了，一个不剩。"

傍晚，陈飒给最后一名患者做完治疗，他的手机响了。

严宁留言问他今晚有没有时间，案子告破，为了答谢他数次帮忙，想请他吃饭。

陈飒想了想，和她约在凤凰酒吧。

江蓝天从旁边经过，看到他的留言，说："哟，追上了，恭喜恭喜。"

"你想多了，是她追我。"

江蓝天一脸震惊，问："真的？"

"当然是真的。"

陈飒把脱下来的白大褂放到江蓝天手中，笑眯眯地走出了诊所。

从仓库事件到现在，已经过去了三天。

赵龙和他的同伙都被逮捕了。起先赵龙还坚持说自己只是被林晖雇佣，在集会上当临时保安，他完全没参与偷运宋剑的尸体和开枪袭警的事。直到听说了警方已在大众车上发现了自己的指纹，并且监控还拍到了他在案发后乘坐大众车的录像后，他才不得不承认偷运宋剑的尸体是他和姜威、姜六三人做的。

不过他说自己与宋剑之死无关，他只负责埋尸，要不是姜六忘了拿走装剧毒的小瓶子，他们也不至于都到了山上又不得不临时返回，不返回就不会遇到警察。开枪袭警是姜威做的，姜威做事冲动，疑心病又重，当初也是他坚持一起返回，因为他怕自己暗中捣鬼。

至于宋剑死亡的起因和理由，赵龙说自己什么都不知道，要问他的雇主孙佰龄，并且他也不承认自己绑架了冯君梅。

而冯君梅的证词则是她接到张明娟的电话，说有事要跟她详谈，并提出在她居住的公寓后门见面。

可是她出去后就被人迷晕了，之后的记忆就千奇百怪，像是进入了游戏世界，既有翻山越岭的冒险，又有美酒美食品尝，等她真正清醒过来，人已经在医院了，所以冯君梅既不知道自己是被谁绑架的，也不知道被绑架去了哪里，并经历了什么。

张明娟的证词是她否认联络过冯君梅，她说一直和孩子待在公寓，没有出去过。而孙佰龄则坚持说她不认识赵龙，更没有交代他杀人，她唯一做错的事只是埋尸。

由于还没找到林晖和刘全金的犯罪证据，所以警方暂时以非法集会拘留了他们。之后又在机场逮捕了准备乔装逃跑的彭玲，他们搜查了相关人员的公司和住所，可惜这些人太狡猾，把所有相关资料都提前销毁了，蒲公英之家的会员名单里只留下了诸如郑月明等普通成员的名字。

这几天，严宁和同事查访了部分成员，几乎所有人都对孙佰龄抱有绝对信任，坚信她没有犯罪，她是被人陷害的，都是警察不作为才导致孙佰龄蒙受不白之冤，总之就是这些人的思想很偏激，却没有参与犯罪。

第十九章　凤凰图腾

不过调查也不是一点收获都没有的,那就是鉴证人员检查了在会场播放的孙佰龄的录像,发现录像被经过特殊加工,每隔十几秒就会闪现穿黑裙戴黄帽子的女子头像,如此反复出现。

这是另一种意义上的洗脑,瞬间闪烁的画面会不断停留在人的视觉中,再通过视觉反应影响大脑,让观众潜意识中认为穿黑裙戴黄色帽子的人就是陷害者。幸好陈飒把冯君梅带出了会场,否则众人被洗脑,对冯君梅群起攻击导致死亡的话,许多真相就石沉大海了。

事后冯君梅向警方解释了她二月份去普吉岛的原因,那是因为她与刘全金分手了,心情不好,才会独自跑去散心。然而刘全金等人却做贼心虚,以为她是有目的地过去做调查,才会选择推她出来当替罪羊。

不过这些都是冯君梅的一面之词,无法用来指证刘全金和林晖参与谋杀,反倒是刘全金倒打一耙,说冯君梅是蒲公英组织成员,和孙佰龄沆瀣一气,想拉他下水,所以警方还在继续检查小彪的尸骨,希望找到更多可以起诉刘全金和林晖的证据。

以上,都是陈飒从严宁那儿听到的消息,虽然还在调查中,不过他相信林晖等人操纵这么大一个组织,享受作为"死神"的快感,不可能只染手一两桩命案,只要努力调查,就一定会找出决定性证据指证他们。

陈飒来到凤凰酒吧,晚饭后正是客人最多的时间段,还好他有先见之明,提前和老板打了招呼,预订了一个靠近墙角比较雅静的座位。

陈飒坐下没多久,严宁就来了,不光她来,还把陈一霖也带来了。陈飒的笑容都绽开一半了,看到陈一霖,他半路换成假笑,对陈一霖说:"这么巧啊?"

"不巧，我听说这间酒吧的名字和黑凤凰的很像，怀疑是不是他们组织的分支，就过来看看。"

"你可以上班时间过来调查。"

"晚上来不是还可以顺便吃饭嘛，"陈一霖也同样假笑着说，"我们做警察的也是要休息的。"

"没事，我请客，你们随便点。"严宁接过服务生递来的菜单说。

陈一霖还真没跟她客气，一下子点了三个小菜，陈飙不甘示弱，点了五个，严宁看看他们俩。

"你们是故意的吧？"

两名男士同时摇头，严宁心情不错，没和他们计较，跑去吧台叫酒。陈一霖看着她走远，立刻对陈飙说："我知道你想找机会追严宁，别做梦了。"

"我一直认为人与动物最大的区别就是人有梦想，"看着他，陈飙笑眯眯地说，"并且我的梦想通常都会成功。"

"你如果以为像追其他女孩那样追严宁，那就大错特错了。"

"我从来没这么想过。"陈飙叹气。

以前陈飙追女孩要么靠脸要么靠口才要么靠那些糊弄人的小魔术，可这次，他简直是在拿命来拼啊。

陈飙看看陈一霖，陈一霖一脸愤愤，让他的情绪显而易见，陈飙明白他特意跟过来的原因了。

陈飙好心提醒他："你肯定追不上的，严宁不喜欢你这种类型的。"

"喊，难不成还喜欢你这类的？"

"这么说吧，你知道她的哪些优点？"

"太多了，聪明果断、为人正直、有危险抢先上，还有……"

"她最大的优点是没有缺点！"

第十九章 凤凰图腾

陈飒直接一句话概括了，陈一霖噎住了，正要反驳，严宁拿着啤酒和饮料转回来，笑着问："在聊什么呢？"

"聊爱好呢，结论是咱们俩都不抽烟不喝酒，不像某人。"

陈一霖本来都掏出烟盒了，听了这话，把烟又放了回去。严宁笑了，把啤酒杯放到陈一霖面前，陈飒的是白开水。

三人碰了杯，陈飒察言观色，问："是不是调查有进展了？"

"有了突破性进展，这还多亏了严宁，她对张明娟动之以情晓之以理，终于让她说了实话。"

说到案子，陈一霖抛开个人情绪，简单说了张明娟的情况。

张明娟承认给宋剑酒中投毒的人是她，她说那次车祸后，宋剑对她态度一转，变得非常体贴。

她原本想忘记不快的过往，为了孩子再给宋剑一次机会，谁知无意中听到宋剑打电话的内容，才明白不仅那场车祸是他设计的，他还想下毒继续害自己，他是为了防止被怀疑，才故意对自己好的。

当知道了真相后，张明娟首先的反应是愤怒，她把宋剑准备的毒药下在了他常喝的酒里，又想起陈飒给自己的名片，就联络了他，一是为了给自己提供不在场证明，另外也是想借这个机会给孩子一个新的人生。

之后一切的发展都和她预料的一样，宋剑死了，有人埋尸时还被发现了，这对她来说非常有利，她几乎以为宋剑真是被别人杀的。

可就在她要松口气的时候，房间里多了部手机，有人打这部手机给她，让她约冯君梅出来，还威胁她说如果她不打电话，就把她投毒杀人的事说出来。

张明娟没想到自己投毒的事被发现了，非常恐慌，担心自己被抓，孩子没人照顾，所以不得不听从对方的命令。威胁张明娟的那通电话做了变音处理，她无法知道对方的性别，不过在短时间内了解投毒内幕的只有给宋剑毒药的人,所以警方会根据这条线索进行调查。

陈一霖说完,又加了一句:"她让我转告你,要对你说声抱歉,你真心帮她,她却欺骗了你,另外还要谢谢你为她做的一切。"

陈飒压根就没有在意这件事。他想张明娟或许会原谅宋剑害自己,却无法容忍他加害孩子,这是作为一位母亲的底线,她只是选错了自救方式。

他说:"难怪你们今晚可以出来休息了,有了张明娟的证词,调查可以说是迈进了一大步啊。"

"还有彭玲,你猜得没错,贺晶出事的前一天她的确从日本飞去了普吉岛。她的朋友说了实话,朋友其实是和情人去日本旅游的,为了避免老公起疑,才约了彭玲当掩护。实际上在日本的那段时间她和彭玲一直是分开行动的,她之前撒谎只是怕暴露自己出轨。"

严宁的话让陈飒有些沾沾自喜,好奇心促使,他问:"那有没有调查到彭玲在普吉岛的行动?"

"我们都重新做了调查,彭玲的确和贺晶住同一家酒店,虽然她用了假名,不过监控摄像头拍到了她。虽然这些还无法指证她与贺晶溺水死亡有关系,但至少证明她参与了许多犯罪活动,只要深挖下去,就不怕找不到线索。你放心,我一定会调查到底,所有犯罪者不管多狡猾,都不会让他们逃脱法律的制裁!"

严宁说着话,眼睛熠熠闪光,陈飒发现此刻的她比任何时候都更有魅力,他也相信她一定可以做到,这个女孩身上有种坚定的信念。

他以前罹患重病,对希望和信念这类词语一向嗤之以鼻,然而此刻他被严宁的情绪感染了,心脏怦怦地跳动着,说不上是感动还是喜欢。

眼睛有些湿润,为了掩饰失态,陈飒站起来,说了句"去洗手间"就慌忙离开了。

第十九章　凤凰图腾

陈一霖看着他的背影，说："为什么每次当我觉得他没问题时，他都会表现得很反常？"

大概是和陈飒接触久了，对于他各种奇怪的反应严宁都习以为常了，说："他就是这么神经兮兮的，习惯就好了。"

"我说……"陈一霖的目光从陈飒的背影转到严宁身上，"你不会是喜欢他吧？"

严宁不说话，眼神瞪过来，陈一霖立马堆起笑脸。

"我明白了，你是喜欢揍他，刚好他又打不过你，天然大沙包。"

"我有那么暴力吗？"

严宁无奈地笑，也往对面看过去。她发现陈飒没有去洗手间，而是在走廊那头停下了，幽暗的灯光投在他脸上，带出莫名的伤感。

也许他是想到了凌冰吧，案子告破，也算是对死者的一点慰藉，所以他才会约在这里见面。这个人看似凡事都不放在心上，其实是假象，他只是习惯了去隐藏自己的感情。

陈飒站在走廊上，正犹豫着要不要去吧台坐一会儿，手机响了，他掏出来一看，是冯君梅的。

冯君梅被救后，陈飒就再没见过她，没想到她会主动联络自己，急忙接听了，问："出了什么事吗？"

"看你说的，没出事我就不能找你了？"

对面传来冯君梅爽朗的笑声，看来她已经从被绑架的阴影中走出来了，顿了顿，郑重地说："谢谢你。"

"太见外了，我只是凑巧帮个忙。"

"我是谢你对我的信任。我都听严警官说了，出事后，大家都怀疑我，只有你相信我是无辜的，可是我却向你隐瞒了真相。"

她没有马上说下去，陈飒也没有催促。

稍微沉默后，冯君梅继续说："我是先和孙老师认识的，后来通过蒲公英之家举办的一些活动接触到了刘全金。他最初表现得特别绅士和风趣，我就被他迷惑了，压根没想到他居然和孙老师是那种关系，还让他拍了色情照片，帮他提供了不少建议，让他的生意游走在灰色地带而不会出问题。现在回想起来，我都想抽自己，真没想到都过三十的人了，居然还这么不理智。"

陈飒有点理解冯君梅为什么要隐瞒她在黑凤凰酒吧发生的那一段往事了，就像他被严宁揍成熊猫眼这种事，他也不希望被第三个人知道。

"后来他露出本性，要我帮他做违法的事，我就突然清醒了过来，找借口索回他给我拍的那些照片后主动提出分手。他起初很生气，还说要报复我，我就回敬过去，说要把他做的事都告诉孙老师。他好像有点忌讳孙老师，就没再纠缠我，所以我相信老师是无辜的，她和我一样，是那些混蛋在必要时推出来的祭品。"

不知是不是受音乐的影响，陈飒感觉冯君梅的说话声中带了稍许落寞。他不禁看向对面，墙壁上凤凰展翅翩然翻飞，而只有一只，傲然昂首，丝毫不露孤寂。金色凤凰下方是绚丽的火焰，描绘得相当精致美妙，浴火凤凰像是活了一般，充满了强韧的生命力，他不由得看出了神，说："那只是人生一个小小的低谷，不算什么，你很快就会忘了那些事朝前走的，就像凤凰涅槃一样。"

电话里面发出低笑。

"你说话越来越有哲理了。这两天我一直在想，当初怎么没有选择和你交往，假如我们交往，也许我就不会遇到那些事情了。"

"不，你不应该懊恼，要知道正因为遭遇了那些挫折，才造就了现在的你。"墙壁上的凤凰栩栩如生，陈飒看呆了，随口应和。

一束亮光从凤凰身上闪过，却是附近的情侣在用手机灯光嬉闹，亮光又来回闪烁了两下，消停了。陈飒追随亮光注视着凤凰，忽然觉

第十九章 凤凰图腾

得有点不对劲,他跑过去仰头仔细端详。

冯君梅还在说着什么,陈飒打断了她。

"我这里有点事,回头再聊。"

他挂了电话,继续看凤凰,从凤羽一直看到凤尾,其中一条凤尾的颜色和其他的不太一样,要不是恰巧灯光闪过,他多半不会留意到。

陈飒跑去向老板要了把椅子,放到壁画下面,严宁和陈一霖看到他的举动,跑了过来,陈一霖问:"你又看到什么了?"

陈飒指指椅子,示意他帮忙扶住,陈一霖照做了,就见陈飒站到椅子上,打开手机照明,查看一处凤尾。

"有问题吗?"严宁问。

陈飒没有马上回答,对着凤尾拍了照,跳下来,把手机给了她。

严宁接了过去,陈飒拍的是凤尾当中的部位,就是形似眼睛的那个地方,乍看没什么奇怪的,但随着她放大,当中画面清晰起来,显现出隐藏的二维码。

她惊讶地看向陈飒,陈飒的表情好像早就成竹在胸,微笑着说:"也许你们不用地毯式搜查了,这个二维码可以告诉我们所有真相。"

Chapter 20
第二十章　只有心知道

　　旭日光芒照在墓碑上，也照亮了照片中的女生，女生一脸灿烂的笑容，静静注视着来祭奠自己的人。

　　陈飒把带来的百合放在墓碑前，说："那些害你的人都已经伏法了，这一切都离不开你的帮忙……如果有来生，记得不要再这么傻了。"

　　晨风拂过青松枝杈，发出簌簌响声，仿佛女生的回应。陈飒注视着她的笑脸，受到寒冬的肃杀气氛影响，他涌起伤感。

　　凌冰隐藏在凤尾中的二维码是云端入口，里面存了小彪录的视频和几份文件。小彪在视频里说他对欺骗凌冰的行为感到抱歉，希望她原谅自己，他也很想脱离组织，这些资料可以指证那些人参与犯罪，让她好好保管。

　　资料被设置了密码，经过解码，警方调出了里面的资料，果然是林晖等人的犯罪记录，证明除了贺晶事件外，之前一直没破获的碎尸案等数起案件都与蒲公英组织有关。

　　资料里还列了爱心死神的成员名单，林晖、刘全金、彭玲都在其中。警察根据名单进行排查，很快就找到了小彪被杀害和肢解的地方——一个住在郊外的会员家里。

第二十章　只有心知道

证据确凿，会员吓得腿都软了，不用警察多问就老老实实交代了案发经过，接下来把林晖等人也都揪了出来。

原来一直以来大家口中的"先生"并非孙佰龄，而是林晖。林晖这人很狡猾，他从来不直接出面，而是沿用孙佰龄在慈悲会时期用的"先生"这个称号，利用孙佰龄的名气和公信力洗脑会众，他不仅把蒲公英之家的资源挪去私用，还另外吸收激进分子从事犯罪活动。

黑凤凰酒吧也是林晖和刘全金瞒着孙佰龄，借用孙佰龄远房伯伯的名义开的。孙佰龄最初与刘全金相好，在发现他人品有问题后分了手，林晖就乘虚而入，伪装成忠诚的追随者获取孙佰龄的信任。

陈飒在酒店看到刘全金与孙佰龄争吵，林晖维护孙佰龄的那一幕其实是林晖和刘全金故意做出来的。他们两个一个唱红脸一个唱白脸，除了刺激孙佰龄，对她进行精神控制外，还可以让孙佰龄更加信任林晖，让林晖可以获得更大的好处。

小彪在组织里负责诈骗，他的主要对象是感情上有缺失的女性，彭玲的任务则是约这类人去黑凤凰酒吧，凌冰是猎物，贺晶也是猎物，起初他们只是钱财诈骗，直到贺晶的老公李风华委托他们杀妻，才有了后来的普吉岛之行。

为了以防万一，林晖还特意派了郑大勇去协助小彪，却因为冯君梅也去了普吉岛，彭玲做贼心虚，临时也飞了过去。当时贺晶已经对小彪起了疑心，却没防备同是女性的彭玲。

彭玲杀害贺晶后，又马上返回日本，可是这个意外状况让小彪和郑大勇都很害怕。之后小彪因和林晖等人反目而人间蒸发，郑大勇更如惊弓之鸟，所以他才会轻易相信王天鹏的谎言，被王天鹏设计杀害。

有了小彪提供的线索，所有相关人员都陆续落网，等待他们的将是法律的制裁。

陈飒不知道小彪究竟是真的良心发现，把资料给了凌冰，还是因为分赃不均反目，想拼个鱼死网破。不管怎样，他已经死了，真相也随着他的死亡浮出了水面。

至于凌冰几次打电话联络王小安，陈飒想她可能是通过小彪认识的王小安，她拿到了小彪给自己的资料，想询问清楚，她不知道小彪是又在骗自己，还是真的出了事。

陈飒推理不出凌冰的想法，不过他想凌冰最终还是选择相信小彪，所以她接受了凤凰酒吧的要求，设计出和黑凤凰酒吧非常相似的风格。她希望有人可以发现其中的秘密，打开云端的加密文件，让真相水落石出。

那晚凌冰打电话给他，或许就是想说这件事，却因为他被送进医院急救而错过了。

林晖可能也觉察到了凤凰酒吧有问题，所以那晚他才会特意乔装过去查看。假如没有那场突发事件，以林晖的精明小心，说不定就会找到隐藏在凤凰壁画中的秘密了。

陈飒从来不相信所谓的命运，但这次的经历又让他感觉冥冥中自有安排——那晚他错过了和凌冰见面，却引开了林晖的注意，让秘密得以保存；郑大勇为了弄钱为爱心死神做事，可是他姐姐郑月明却是蒲公英之家的忠实信众；要不是郑月明对弟弟的死抱有疑惑，跑来向他探口风，也许他就不会发现后来一系列的事件了。

想到这里，陈飒更觉得感慨，又想起那位给了他新的人生的警官。他转过身，拿着另一束白百合走进墓园的最里面。

常烁的墓就建在那儿，陈飒快走近的时候，忽然看到墓碑前站了一位女子。

她很瘦，穿着长裙，愈发显得高挑。陈飒还以为是严宁，马上就发现不是，女子的头发比较长，阳光下透着淡淡的酒红色。

第二十章　只有心知道

他停下脚步,没有去打扰对方,就见女子对着墓碑说了什么,像是哭了,低头擦了擦眼睛。

"早。"

身后传来说话声,熟悉的声音,陈飒不回头都知道是严宁来了。

严宁手里也拿了束百合,她穿了件棕色夹克,配上牛仔裤,英姿飒爽。

陈飒问:"来给常烁扫墓?"

"是啊,这个案子是他跟的,现在破了,我想来给他汇报一下,"严宁看着墓碑前的女子,说,"现在看来不用了,林姐会跟他讲的。"

"你和她认识?"

"认识啊,她是常烁的未婚妻,他们原本打算年底结婚的。"

"啊……"

陈飒彻底震惊了,看看不远处的女子,再转头看严宁,有些消化不了这个事实。

"怎么了?"

"欸,没什么没什么。"

陈飒的心脏开始怦怦怦地剧烈跳动,以前也是这样,好像只要和严宁在一起,他就有类似的反应。

他一直以为那是因为常烁喜欢严宁,心脏受前主人的影响,所以他才会出现这样的反应,现在发现压根儿不是这么回事,人家常烁有未婚妻,都谈婚论嫁了,所以他这是……

越想越蒙,陈飒下意识地抓抓头发,苦笑着说:"那总不可能是我的自主反应吧?"

心脏移植的确对他造成了很多影响,尤其是每次面临危险的时候。然而这种影响力并没有网上传的那么神奇,至少在感情方面没有。

他虽然有过很多女朋友，却从没有过这样的体验，甚至在此刻他都不确定这是一种怎样的感情，他只知道对他来说，严宁是个独特的存在。

半晌，陈飒恍然回神，严宁已经离开了，他急忙追上去，问："你去哪里？"

"回去，我想他们一定有很多话要说，改日再来吧。"

"那花……"

下一秒，严宁把百合塞给了陈飒，又顺手把他手里的花拿了去。

陈飒啼笑皆非。

"我第一次收到女孩子送的花，"顿了顿，他又说，"还是在墓地送的。"

"我也是第一次送花给别人，你就知足吧。"

两人朝着墓园外走，陈飒清清嗓子，觉得该说点什么，可心脏很顽皮地跳着，不知该说什么，半天才想到一句："那个……你还有份检查没写呢。"

严宁脚步一顿，叹气说："我感觉好像有半个世纪没听到这句话了。"

"我也觉得好久没说了，有点怀念。"

"你是怀念了，对我来说可是个大包袱，要不还是跟上次那样，你帮我写好了。"

"我给你写了，你拿去给你上司，你上司再拿给我审查，绕一圈合着都是在折腾我自己呢。"

"谁说不是呢，所以就算了吧。"

严宁看过来，晨光照亮了她的脸庞，陈飒觉得自己又心跳加快了，"算了"两个字差点脱口而出，还好临时刹住，说："不行不行。"

"为什么？"

第二十章　只有心知道

严宁一脸惊讶，显然不明白陈飒可以为了救自己而拼命，为什么却偏偏在意一份检查。

陈飒给不出解释，只好做出一个非常友善的笑脸，说："总之，没有规矩不成方圆，所以还是要照规矩来，回头我先写蓝稿，你再照着蓝稿写。"

严宁皱眉看他，每次陈飒一做出这种招牌式的微笑，就准没好事，她说了句"神经病"，加快脚步往外走。

"你这样说普通市民，我可以投诉你的。"

"随便了，大不了再写检查呗，"严宁自暴自弃了，又加了一句，"你这个人可真奇怪，凡事都不按常理来，难怪被大家怀疑。"

"那是因为……"

陈飒原本想说那是因为他接受过心脏移植，他的很多行为都是被新心脏影响的，可转念一想，好像也不完全是那么回事。

严宁看他不说话，问："为什么？"

"因为……反正也不重要。"

"那我要跟你说件重要的事，我妈跟我说，和你爸妈见过面了，觉得这么聊得来的亲家打着灯笼都找不到，问咱们什么时候领证？"

陈飒一个没防备，被呛得咳嗽起来。

严宁拍拍他的肩膀，微笑着说："归根结底，这个误会是你引发的，所以你得负责解释清楚。"

"你就不怕我这一解释，你妈会更觉得我人不错，直接拉我们去民政局？"

"那是你的问题，你自己解决。"

严宁头也不回地往前走，陈飒看着她的背影，忽然感觉这么将错就错好像也不错。

这个念头一起来，陈飒自己都被吓到了，伸手拍了自己一巴掌，警告自己保持清醒，千万不能主动往坑里跳。

"怎么了？"

"有蚊子，呵呵，蚊子。"

"那也不用打这么狠吧，你这也太自虐了。"

"那是，我要是不自虐，会放着轻松的牙医工作不做，整天陪着你查案吗？"陈飒自嘲道，严宁注视着他，不说话。陈飒被看得有点不自在，清清嗓子，说："谢就不用了，反正又不值钱，回头记得请我吃饭。"

严宁正要开口，陈飒补充道，"如果是小面馆的话，得二十次。"

"哇，二十次，你是打定主意要吃穷我啊！"严宁鼓起腮帮子，随即就笑了，说，"二十就二十，就郑月明家的馄饨铺好了。"

"她家还开吗？"

"开啊，昨天我过去了解蒲公英社团的情况，看到神像都不见了，一问才知道是郑月明自己把神像丢了，她说他们夫妻和好了，她不想再信那些虚无的东西，她要相信自己一次，好好打理铺子，顺便学习烘焙。我吃了她试做的点心，味道还挺不错的，相信经过了这次事件，她会明白比起那些虚无的信仰，家人才是最重要的。"

这是个好消息，陈飒心头涌起心满意足的感觉，这种感觉是以往的他从来没有过的。

他说："我看新闻，孙佰龄好像被释放了，这一系列的事件与她真的一点关系都没有？"

"经过我们的调查，她确实没有参与诈骗和杀人事件。你一定猜不到，你在酒吧听到的刘老板和孙佰龄的通话，其实都是做戏，手机另一头不是孙佰龄，而是林晖。他们从彭玲那儿得知我们要去酒吧，就将计就计，弄出了一个停电的戏码，再利用打电话的方式让你认为一切都是孙佰龄做的，好让孙佰龄成为第二个替罪羊。酒吧走廊和刘

第二十章　只有心知道

严宁一脸惊讶，显然不明白陈飒可以为了救自己而拼命，为什么却偏偏在意一份检查。

陈飒给不出解释，只好做出一个非常友善的笑脸，说："总之，没有规矩不成方圆，所以还是要照规矩来，回头我先写蓝稿，你再照着蓝稿写。"

严宁皱眉看他，每次陈飒一做出这种招牌式的微笑，就准没好事，她说了句"神经病"，加快脚步往外走。

"你这样说普通市民，我可以投诉你的。"

"随便了，大不了再写检查呗，"严宁自暴自弃了，又加了一句，"你这个人可真奇怪，凡事都不按常理来，难怪被大家怀疑。"

"那是因为……"

陈飒原本想说那是因为他接受过心脏移植，他的很多行为都是被新心脏影响的，可转念一想，好像也不完全是那么回事。

严宁看他不说话，问："为什么？"

"因为……反正也不重要。"

"那我要跟你说件重要的事，我妈跟我说，和你爸妈见过面了，觉得这么聊得来的亲家打着灯笼都找不到，问咱们什么时候领证？"

陈飒一个没防备，被呛得咳嗽起来。

严宁拍拍他的肩膀，微笑着说："归根结底，这个误会是你引发的，所以你得负责解释清楚。"

"你就不怕我这一解释，你妈会更觉得我人不错，直接拉我们去民政局？"

"那是你的问题，你自己解决。"

严宁头也不回地往前走，陈飒看着她的背影，忽然感觉这么将错就错好像也不错。

这个念头一起来，陈飒自己都被吓到了，伸手拍了自己一巴掌，警告自己保持清醒，千万不能主动往坑里跳。

"怎么了？"

"有蚊子，呵呵，蚊子。"

"那也不用打这么狠吧，你这也太自虐了。"

"那是，我要是不自虐，会放着轻松的牙医工作不做，整天陪着你查案吗？"陈飒自嘲道，严宁注视着他，不说话。陈飒被看得有点不自在，清清嗓子，说："谢就不用了，反正又不值钱，回头记得请我吃饭。"

严宁正要开口，陈飒补充道，"如果是小面馆的话，得二十次。"

"哇，二十次，你是打定主意要吃穷我啊！"严宁鼓起腮帮子，随即就笑了，说，"二十就二十，就郑月明家的馄饨铺好了。"

"她家还开吗？"

"开啊，昨天我过去了解蒲公英社团的情况，看到神像都不见了，一问才知道是郑月明自己把神像丢了，她说他们夫妻和好了，她不想再信那些虚无的东西，她要相信自己一次，好好打理铺子，顺便学习烘焙。我吃了她试做的点心，味道还挺不错的，相信经过了这次事件，她会明白比起那些虚无的信仰，家人才是最重要的。"

这是个好消息，陈飒心头涌起心满意足的感觉，这种感觉是以往的他从来没有过的。

他说："我看新闻，孙佰龄好像被释放了，这一系列的事件与她真的一点关系都没有？"

"经过我们的调查，她确实没有参与诈骗和杀人事件。你一定猜不到，你在酒吧听到的刘老板和孙佰龄的通话，其实都是做戏，手机另一头不是孙佰龄，而是林晖。他们从彭玲那儿得知我们要去酒吧，就将计就计，弄出了一个停电的戏码，再利用打电话的方式让你认为一切都是孙佰龄做的，好让孙佰龄成为第二个替罪羊。酒吧走廊和刘

第二十章　只有心知道

老板的办公室里都有针孔摄像头，就是为了监视你的一举一动。"

陈飒听得毛骨悚然，他还以为自己顶着常烁的光环，也过了把特工瘾，结果关键时刻又掉链子了，他苦笑着想他毕竟不是真的刑警啊。

"不过有个地方他们失策了，他们以为你会录音，这样警察就会根据录音追查孙佰龄，他们连栽赃的证据都准备好了，可惜你没录，所以我们没有相信你的话，第一时间采取行动。他们猜不透我们的行动，狗急跳墙，索性打匿名电话通知警方孙佰龄的农场有尸体。"

其实陈飒当时也想录音的，只是因为怕被发现才没敢操作，他叹道："我这也算是歪打正着吧。"

"孙佰龄幼年遭遇了很多不幸，所以更加渴望爱情和家庭，这也导致她每次都被欺骗。她和刘全金分手后，林晖就乘虚而入，他巧言令色，又几次帮她摆脱刘全金的纠缠，所以孙佰龄对他很依赖，从来没怀疑林晖只是在利用她，而林晖喜欢的只是她的钱和影响力。孙佰龄被抓后一直保持沉默，她说是怕影响社团的声誉，社团发展到这一步不容易，每年都帮助了很多人，她不想因为自己而毁掉社团。"

"你信她的话？"

"我相信她开工厂办社团的初衷是为了帮助人，不过她未必没有怀疑过林晖，她只是不敢去面对，担心好不容易得到的爱情又消失了。我想她保持沉默也有一部分原因是无话可说，她的日程安排都是林晖负责的，所以被抓时她应该也想到了出卖自己的是谁。也许她抱了份侥幸，希望自己猜错了，只要她什么都不说，罪名就由她一个人承担，林晖依旧是好人，社团也不会解散。"

"可惜到最后，社团还是逃不掉解散的命运，那些接受帮助的人不知道会怎么样。"

"头儿说他会向上头反映这个情况，为大家做出妥善安排。"

"那刘全金说孙佰龄杀人纯属信口雌黄了？"

"刘全金说孙佰龄的酒鬼父亲不是失足坠楼，而是被她推下楼摔死的，这个是他们交往时孙佰龄亲口对他说的，绝对不会有错，可是事情过去了三十多年，除非是孙佰龄自己承认，否则很难判断真假。"

严宁回想和孙佰龄的对话，刑警的直觉告诉她刘全金没说谎，不过就算是真相，那时孙佰龄还不到十岁，而且她想孙佰龄其实已经接受了惩罚。

这些年孙佰龄努力帮助家暴受害者，与其说是热心公益，倒不如说是一种赎罪，她把自己困在道德的监狱里，也许终其一生都无法摆脱。

只希望随着法律日益健全，今后像孙佰龄和吴婉婉这类受过伤害的人会越来越少，她更希望孙佰龄可以重新振作起来，帮助更多需要帮助的人。

"对了，我们审问彭玲时，她让我帮忙带句话给你——她一直不明白当初你为什么对她不咸不淡的，她还从来没被人那么对待过，是她的魅力不够，还是那时候你就怀疑她了？"

陈飒有些惊讶，没想到彭玲会提到自己，他哑然失笑，说："那女人可真奇怪，居然在意这种事。"

"她全部都交代了，说最初的目标是你。你家有庞大的人际关系网，你年少又多金，是个很好用的棋子，结果接触了几次后发现你既没法自由支配家里的钱，个性又太独立，而且想法跳脱，她担心不好控制，最后就选择了林煜帆。"

"果然是没钱保平安啊，"陈飒颇为感叹，"我没怀疑过她，只是她几次让我买房，我又不想买，就找了个买不起的借口应付她，拒绝了几次后她就自动消失了。"

"听你的意思，你不是真没钱？"

第二十章 只有心知道

老板的办公室里都有针孔摄像头,就是为了监视你的一举一动。"

陈飒听得毛骨悚然,他还以为自己顶着常烁的光环,也过了把特工瘾,结果关键时刻又掉链子了,他苦笑着想他毕竟不是真的刑警啊。

"不过有个地方他们失策了,他们以为你会录音,这样警察就会根据录音追查孙佰龄,他们连栽赃的证据都准备好了,可惜你没录,所以我们没有相信你的话,第一时间采取行动。他们猜不透我们的行动,狗急跳墙,索性打匿名电话通知警方孙佰龄的农场有尸体。"

其实陈飒当时也想录音的,只是因为怕被发现才没敢操作,他叹道:"我这也算是歪打正着吧。"

"孙佰龄幼年遭遇了很多不幸,所以更加渴望爱情和家庭,这也导致她每次都被欺骗。她和刘全金分手后,林晖就乘虚而入,他巧言令色,又几次帮她摆脱刘全金的纠缠,所以孙佰龄对他很依赖,从来没怀疑林晖只是在利用她,而林晖喜欢的只是她的钱和影响力。孙佰龄被抓后一直保持沉默,她说是怕影响社团的声誉,社团发展到这一步不容易,每年都帮助了很多人,她不想因为自己而毁掉社团。"

"你信她的话?"

"我相信她开工厂办社团的初衷是为了帮助人,不过她未必没有怀疑过林晖,她只是不敢去面对,担心好不容易得到的爱情又消失了。我想她保持沉默也有一部分原因是无话可说,她的日程安排都是林晖负责的,所以被抓时她应该也想到了出卖自己的是谁。也许她抱了份侥幸,希望自己猜错了,只要她什么都不说,罪名就由她一个人承担,林晖依旧是好人,社团也不会解散。"

"可惜到最后,社团还是逃不掉解散的命运,那些接受帮助的人不知道会怎么样。"

"头儿说他会向上头反映这个情况,为大家做出妥善安排。"

"那刘全金说孙佰龄杀人纯属信口雌黄了？"

"刘全金说孙佰龄的酒鬼父亲不是失足坠楼，而是被她推下楼摔死的，这个是他们交往时孙佰龄亲口对他说的，绝对不会有错，可是事情过去了三十多年，除非是孙佰龄自己承认，否则很难判断真假。"

严宁回想和孙佰龄的对话，刑警的直觉告诉她刘全金没说谎，不过就算是真相，那时孙佰龄还不到十岁，而且她想孙佰龄其实已经接受了惩罚。

这些年孙佰龄努力帮助家暴受害者，与其说是热心公益，倒不如说是一种赎罪，她把自己困在道德的监狱里，也许终其一生都无法摆脱。

只希望随着法律日益健全，今后像孙佰龄和吴婉婉这类受过伤害的人会越来越少，她更希望孙佰龄可以重新振作起来，帮助更多需要帮助的人。

"对了，我们审问彭玲时，她让我帮忙带句话给你——她一直不明白当初你为什么对她不咸不淡的，她还从来没被人那么对待过，是她的魅力不够，还是那时候你就怀疑她了？"

陈飒有些惊讶，没想到彭玲会提到自己，他哑然失笑，说："那女人可真奇怪，居然在意这种事。"

"她全部都交代了，说最初的目标是你。你家有庞大的人际关系网，你年少又多金，是个很好用的棋子，结果接触了几次后发现你既没法自由支配家里的钱，个性又太独立，而且想法跳脱，她担心不好控制，最后就选择了林煜帆。"

"果然是没钱保平安啊，"陈飒颇为感叹，"我没怀疑过她，只是她几次让我买房，我又不想买，就找了个买不起的借口应付她，拒绝了几次后她就自动消失了。"

"听你的意思，你不是真没钱？"

第二十章　只有心知道

严宁狐疑地看他，陈飒笑了。

他是独子，家里的钱就是他的钱，买房子的自由还是有的，只是那时候他最在意的是身体情况。那段时间他常进出医院，总是悲观地想，反正也不知道能活多久，买那么多房子干什么？

谁会想到他的态度误打误撞，避开了一场灾祸。

走出墓园，严宁说要去前面坐车，转身要离开，陈飒犹豫了一下，叫住她。

"大魔头！"

严宁转过身，陈飒走过去，迎着她的目光，决定实话实说。

"有件事我要告诉你。"

他语气严肃，脸上也没挂招牌式微笑，严宁被他弄得有点紧张，问："是什么？"

"那个……"

"等等，"严宁抬手打断他，"如果你是要求第三份检查，我绝对不会接受！"

"当然不是，我是说我……我……"

心脏又开始不听使唤地跳动，陈飒深吸一口气，大声说："其实六月我做过一场大手术，就是被郑大勇殴打那次。严格说来，我做手术与郑大勇没有直接关系，我本来就要接受心脏移植，那次冲突只是让手术提前了而已。我的心脏提供者是常烁，也就是说我现在的心脏是常烁的。之前你一直问我还有什么事瞒着你，其实就是这件事，我知道我该一早就说出来的，毕竟与常烁有关，你肯定会在意的。"

"嗯？"

"你喜欢常烁，所以我……不，所以请你不要觉得我和他相似就进而喜欢我。当然，我也知道我非常有个人魅力，有钱帅气有智商，不被喜欢才奇怪，所以你如果喜欢我，我也会考虑的，毕竟我们也算是同生共死过，还是很有默契的，我们双方父母也都挺谈得来，再加上我也有一些常烁的小习惯……"

接下来，陈飒还准备继续剖析一下自己的心理历程，严宁抬起手，再次打断了他。

"你接受常烁的心脏移植这事我早就知道了。"

"啊？"

陈飒一脸惊讶，严宁说："我们系统很多同事都签过器官捐献申请。之前我向你的主治医生询问过，虽然他没有明说，不过我猜到了你可能就是常烁的心脏接受方。"

"你早就知道了？那你就该知道我性格上的变化、生活习惯还有我对案情的分析推理都是受常烁心脏的影响，那你还怀疑我？"

"怀疑一切本来就是警察的必备要素，你的立场又很微妙，完全不怀疑才奇怪吧？"

她这么说也有道理，陈飒耸耸肩。

严宁又说："还有，你的变化并没有你想的那么大，你当是拍电影啊，换颗心脏就可以换个人格？的确，你有不少喜好和常烁重叠，但还有很多不重叠的，常烁才不会像你这样一找到线索就夸夸其谈，推理能力也只是马马虎虎，冲动起来做事不计后果，你还有洁癖，还小气，动不动就让人写检查……"

"洁癖这一点我不赞同，你会这样说一定是不认识手术前的我，还有……"

陈飒看看严宁，及时把话打住——要是他说自己以前喜欢妖艳型的女子，而现在变成中意严宁这种类型的话，不知道会不会挨揍。

"还有反应力，假如换做以前，不管是从歹徒刀下救下冯君梅，还是拉着你躲枪子，我都做不到，我敢确定那几次都不是我的大脑控制的，而是身体的本能反应，我也不知道该怎么解释，反正就是很

第二十章　只有心知道

玄妙。"

陈飒词穷了，下意识地抓头发。

严宁注视着他，她不知道陈飒以前有没有遇到问题就喜欢抓头发的习惯。常烁是有的，其实陈飒在很多事情上的态度都很像常烁，却又不尽相同。

相比常烁的刚正，陈飒处事更圆滑，不过他的圆滑中又有着自己的尺度。

"陈飒是个感情细腻的人，这种人通常都很敏感，为了不受伤害，就习惯了把自己裹起来。你也知道小刺猬这种小东西，你跟它不熟的时候它只会用刺扎你，可一旦它觉得你值得信任了，你让它翻肚皮都行。"

想起徐离晟的话，严宁扑哧笑了，觉得不愧是陈飒的主治医生，对他的形容还真是贴切。

陈飒被笑得莫名其妙，有点不高兴。

"我的烦恼在你看来这么可笑吗？"

"不不不，我只是想起了刺猬。"

"刺猬？"

陈飒更不懂了，严宁说："我不知道该怎么解释你的这些反应，不过就算有影响，那又怎样呢？你还是你，你和常烁是完全不同的两个人，所以请不要担心我会因为常烁再进而喜欢你，因为我原本就没有喜欢常烁。"

陈飒再次傻眼了，愣了一下，首先的反应是——"你不会是在安慰我吧？"

"你总是这样怀疑别人吗？"

"'怀疑别人'不是我的属性，是常烁的。"

"你看，你们完全不一样，常烁可不会总把问题推给别人。"

421

"喔,'总把问题推给别人'是我的属性,有问题吗?"

"你的属性没问题,不过推理有很大的问题,我是有男朋友的。"

陈飒心一跳,"啊?"

"确切地说,是前男友,当我发现他背着我脚踏两条船后,就把他一秒拉黑了。"

既然是过去式了,陈飒的心又放了回去,笑嘻嘻地说:"你居然没揍他,这可真不像你。"

严宁也回之以微笑。

"这种男人不值得我动手,不过要是你再给我贴暴力标签,我可能会揍你。"

这话直接点说就是——他是值得被揍的人。

陈飒自以为是地想,一边为自己有特别待遇感到高兴,一边又为自己的受虐倾向感到焦虑。

微风拂过,吹乱了严宁前面的发丝,她抬手捋开了,眼神投向别处,轻声说:"我很喜欢常烁前辈,不过是那种很尊重很信任的喜欢。我刚当警察那会儿,有一次执行任务出了意外,是他救的我。他教给我很多专业知识,也教会我身为一名警察在面对案件时的态度。所以当听说他出事时,我特别难过,更无法接受他已经过世的事实。他说作为警察,只要有一丝疑点,就要坚持调查下去,所以我这样做了。我希望我可以做得更好一些,也许永远无法和他并肩,但我希望通过努力追上他的脚步,离他近一点,再近一点。"

这是陈飒和严宁认识后,她说的最长的一段话,话声低沉,略带哽咽,却又异常坚定。

陈飒心有所动,忽然想到也许自己正是被这种信念吸引的吧,不想看她伤感,伸手在她面前打了个响指。

啪的一声,一条手绢凭空出现在陈飒的掌心,他把手绢递了

第二十章　只有心知道

过去。

严宁接了，原本想擦眼睛，看看手绢的花色，又退回给陈飒。

"这么贵的东西，你还是留着自己用吧。"

"这是隔空抓物，从娃娃机抓来的，不值钱。"

陈飒的话半真半假，不过东西可是货真价实的，严宁笑了，越发觉得徐离晟对他的评价很贴切。她把手绢攥在手中，想道谢，话到嘴边，却说："那再抓个巧克力硬币呗。"

"你也太贪心了，我是魔术师，又不是魔法师。"

说到这里，两人都笑了，严宁说："常烁就从来不会信口开河。"

"我说真的，你要是不信，下次带你去抓娃娃机。"

"我昨天去你们诊所，你学长说你告诉他我在追你。"

"啊！"

没想到被江蓝天卖了，陈飒心里咯噔一下，立马否认。

"没那回事，他瞎说的。"

"呵呵，瞎说啊……"

严宁收起笑容，伸手揪住陈飒的衣领，将他拉到自己面前，两人四目相对，她郑重地说："我是很喜欢你……"

一瞬间，陈飒几乎以为自己听错了，就在他觉得下一秒会像电视剧里演的那样，男女主角来个热吻时，冷冷的声音打断了他的幻想。

"……很喜欢揍你，所以要是下次你再敢信口开河，别怪我把你另一只眼也打成熊猫眼！"

她说完，转身扬长而去，把一脸错愕的陈飒独自留在冷风中。

眼看着那道苗条身影越走越远，他回到自己的车位，刚拿出钥匙，就听脚步声响，严宁又匆匆跑了回来。

"陈飒，你要去上班吗？"

"大魔头，你揍人还要约时间吗？"

"不是，我刚接到头儿的电话，说某小区发生命案，让我马上过去，你要是休息，我就借下你的车。"

"我休息……"三个字话音未落，陈飒手上的车钥匙就被夺了过去，随即严宁跳上了车。

她的动作做得那叫一个行云流水，陈飒目瞪口呆，喃喃道："你这不叫借，你这是抢吧？"

"快点！"

严宁催他，陈飒急忙跳上副驾驶座，他刚系好安全带，就听到刺耳的引擎声，轿车绝尘而去。

两旁景物飞速往后划过，陈飒的心紧张地跳动着，某种兴奋的感觉涌上心头，他微笑着说："看来要花点时间，不如我们就在路上说说案子吧。"